SCHWARZSEHERIN

SASHA URBAN SERIE: BUCH 2

DIMA ZALES

Aus dem Amerikanischen von
GRIT SCHELLENBERG

♠ MOZAIKA PUBLICATIONS ♠

Veröffentlicht von Mozaika Publications, einer Druckmarke von Mozaika LLC.
www.mozaikallc.com

Lektorat: Fehler-Haft.de

Cover von Orina Kafe
www.orinakafe-art.com

e-ISBN: 978-1-63142-416-8

Print ISBN: 978-1-63142-417-5

KAPITEL 1

ICH STÖHNE – und öffne meine Augen.

Das Schlafzimmer dreht sich, und eine Horde von Schlagzeugern benutzt mein Gehirn, um »Death Metals Greatest Hits« zu üben.

Wie viel habe ich bei der Initiation getrunken?

Alles, woran ich mich erinnere, sind Leute, die mit zwei Gläsern Alkohol, eines für sich, eines für mich, zu mir gekommen sind – und wie ich dem Gruppenzwang nachgegeben habe.

Ich setze mich hin und schiebe meine Füße in meine Hausschuhe. Als ich mich bewege, fühlt sich mein Schädel wie ein weißer Zwergstern an, der kurz davor steht, als eine Supernova zu explodieren.

Mit übermenschlicher Anstrengung schaffe ich es irgendwie, meinen Weg ins Bad zu finden.

Wäre Bewegen mit Kater eine sportliche Disziplin, würde ich eine Goldmedaille bekommen.

Ein blasser Geist meines ohnehin schon pastösen

Ichs schaut mir mit riesigen blutunterlaufenen Augen und einem tiefschwarzen Haarschopf aus dem Badezimmerspiegel entgegen.

Der Blick auf die Toilette erzeugt Rückblenden, in denen ich den weißen Marmor umarme, und ich erinnere mich vage an Ariel und Felix, die um die Ehre kämpfen, meine Haare zurückzuhalten.

Nach einer gründlichen Dusche und fünf Minuten Zähneputzen ist mein Kopf klar genug, um zu entscheiden, dass dieser Kater der schlimmste meines bisherigen Lebens ist.

Ich werde nie wieder Alkohol trinken.

Wenigstens hatte ich einen guten Grund, mich so zu betrinken – die Initiation ist eine große Sache. Es war mein Eintritt in die Gesellschaft der Cogniti, der geheimen Rasse, die Seher wie mich, Nachkommen des Herkules wie meine Mitbewohnerin Ariel und was auch immer Felix ist umfasst. Nicht zu vergessen Vampire, Werwölfe, Nekromanten und wer weiß was sonst noch.

Ich stolpere zurück in mein Zimmer und überlege ernsthaft, nicht zur Arbeit zu gehen. Das Problem bei dieser Idee ist, dass mein Chef Nero jetzt mein Mentor in der Welt der Cogniti ist – eine Rolle mit noch unklarer Bedeutung. Gestern Abend, nachdem er mich über eine Gehaltserhöhung informiert hatte, verlangte er, dass ich bis 11.00 Uhr zwei neue Biotech-Aktien für unser Portfolio recherchiere – und es ist bereits 7.45 Uhr, also habe ich nicht viel Zeit.

Ich überlege mir, dass ich das Problem in kleinere

Stücke zerlegen sollte, und beschließe, in die Küche zu gehen und Flüssigkeit und Elektrolyte in mich zu pumpen, um zu sehen, ob ich davon wieder menschlicher werde. Auch wenn das jetzt, wo ich Teil der Cogniti bin, wahrscheinlich nicht mehr der richtige Ausdruck ist, da wir nicht menschlich zu sein scheinen.

Ich ziehe meine bequemste Arbeitskleidung an, schleppe mich in die Küche und sehe, dass Felix auch schon da ist.

»Morgen, Partygirl«, sagt er mit einem ekelhaft fröhlichen Lächeln, während er auf den Ofen zeigt. »Möchtest du Eier oder Haferflocken?«

Felix' Gesicht ist ein Schmelztiegel slawischer, asiatischer und nahöstlicher Züge, und er ist der einzige Mensch, den ich kenne, der liebenswert aussieht, wenn er mit seiner buschigen, zusammengewachsenen Augenbraue wackelt.

»Was auch immer besser gegen einen Kater hilft«, krächze ich, da der Geruch von Essen mich ausnahmsweise gerade nicht anspricht.

Felix nickt und beschäftigt sich am Herd, während ich der Küche dabei zusehe, wie sie sich dreht.

»Ich habe etwas Salz und Bananen in deine Haferflocken getan«, sagt er einen Moment später, und seine Stimme ist viel zu laut für mich. Er stellt die Schale mit einem für meinen Kopf viel zu lauten Klappern vor mir auf den Tisch. »Ich gebe dir auch etwas Saft und Tee.«

Als er mir die Flüssigkeiten eingeschenkt hat,

schütte ich den Saft wie Medizin hinunter und schlürfe danach den Tee, während ich darauf warte, dass der Haferbrei sich abkühlt.

»Hast du Ariel mit diesem Vampir tanzen sehen?«, fragt Felix konspirativ und stellt seinen eigenen Teller mit Eiern wieder mit einem viel zu lauten Knall auf den Tisch. »Was hat sie sich dabei gedacht?«

»Du meinst Gaius?« Ich nehme etwas Banane auf meinem Löffel. »Sie sagt, sie sind nur Freunde.«

»Nur Freunde«, murmelt Felix. »*Wir* sind nur Freunde, und wenn ich mich so an ihr reiben würde, würde sie mir wahrscheinlich das Genick brechen.«

Er errötet, als ihm bewusst wird, was er gesagt hat, und wird dann so rot wie Rote Bete, als er zur Tür schaut.

Ariel tänzelt fröhlich in den Raum. Obwohl ihr Initiations-Make-up nun fehlt, sieht sie immer noch so aus, als ob sie für ein *Maxim*-Cover posieren würde. Sie blinzelt mit ihren perfekten Wimpern in Richtung Felix und fragt: »Wer würde dir das Genick brechen, und warum?«

»Niemand. Kein Grund.« Felix stopft sich Essen in den Mund.

»In Ordnung«, sagt Ariel und flitzt durch die Küche wie ein sinnlicher tasmanischer Teufel aus den Cartoons. Schranktüren knallen, Teller klirren auf der Theke und Geschirr klappert im Spülbecken. Ich bin mir ziemlich sicher, dass ich einen Riss in der Tasse sehe, die Ariel gegen den Wasserhahn schlägt, als sie sich Wasser nehmen will. Bevor ich sie bitten kann, mit dem Geschrei aufzuhören, nimmt sie sich einen Teller Eier und eine Tasse Kaffee und geht zum Tisch.

»Würdest du dich bitte hinsetzen?«, sagt Felix zu ihr, als sie eine Sekunde später wieder aufsteht, um auf die gleiche hektische Weise Milch zu holen. »Ist das schon deine zehnte Tasse Kaffee?«

Ariel verhält sich tatsächlich so, als wäre sie auf Amphetaminen, aber ich sage es nicht laut, weil sie das nur verärgern würde. Meine Mitbewohnerin nimmt eine Reihe von legalen und, wie ich vermute, auch nicht-so-legalen Drogen, die ihr helfen, mit der posttraumatischen Belastungsstörung fertigzuwerden, die sie leugnet. Felix und ich sagen normalerweise nichts dazu, weil die Einnahme dieser Pillen ihre Lebensqualität zu verbessern scheint.

»Ich bin nur aufgeregt, nachdem ich gestern Abend so viel Spaß hatte.« Ariels Megawattlächeln blendet meine verkaterten Augen.

»So viel Spaß.« Ich mache Anführungszeichen in der Luft, damit niemandem mein Sarkasmus entgeht. »Ich könnte jetzt eine Guillotine gebrauchen.«

»Ist dein Kater wirklich so schlimm?« Ariels Lächeln schwächt sich leicht ab. »Ich kann dir eine Infusion besorgen, wenn du willst. Man sagt, sie hilft bei Dehydrierungssymptomen.«

»Nein danke«, sage ich und schlürfe meinen Tee. »Aber ich würde so viel Paracetamol nehmen, um einen Elefanten entweder zu heilen oder zu töten.«

Ariel springt auf und läuft zum Medizinschrank.

Fast augenblicklich ist sie mit einer Packung Schmerzmittel und einem Glas Wasser zurück.

Ich schiebe mir dankbar einen Haufen Pillen in den Mund und spüle sie mit Wasser runter. Hoffentlich kann meine Leber das verkraften.

»Du erholst dich besser bald. Die Initiation war nur der erste Schritt unserer Feier«, sagt Ariel, während ich weiteresse.

Ich verschlucke mich fast an meinen Haferflocken. »Noch mehr feiern?«

»Natürlich.« Sie strahlt mich wieder an. »Ich nehme dich mit in den Earth Club.«

Ich stelle mir laute Klubbeats vor, und mein linkes Auge zuckt unwillkürlich, während die Kopfschmerzen fröhlich an der Basis meines Schädels pulsieren.

Felix sieht mich an. »Bist du sicher, dass es eine gute Idee ist, sie so früh dorthin zu bringen?«

»Nein. Keine gute Idee«, sage ich, nachdem ich mich geräuspert habe, um den Knoten in meinem Hals zu lösen. »Ich würde lieber zu einem Schießplatz gehen und mir von jemandem in den Kopf schießen lassen.«

»Ich sage nicht, dass wir heute gehen«, sagt Ariel mit ungetrübter überguter Laune. »Wir müssen auch nicht morgen gehen. Wir gehen am Samstag, da gehen sowieso alle.«

»Was meinst du damit, *alle*?« Ich massiere meine pochenden Schläfen.

»Die Cogniti«, sagt Ariel und spießt ein Stück Ei mit ihrer Gabel auf. »Earth Club ist der Ort, an dem wir unsere Natur nicht verstecken müssen.«

»Das macht es ein wenig interessanter«, sage ich vorsichtig und esse einen halben Löffel Haferflocken. »Vielleicht in ein paar Jahren, wenn diese Kopfschmerzen verschwunden sind …«

»Er liegt in den Otherlands.« Ariels Lächeln wird noch breiter. »Das ist deine Chance, offiziell dorthin zu gehen – ich weiß, dass du das willst.«

»Ich werde darüber nachdenken«, sage ich und schlürfe wieder meinen Tee. »Aber kein Alkohol im Klub, sollte ich gehen. Nie wieder Alkohol für mich.«

»Sicher.« Ariel fährt sich in einer ruckartigen Bewegung mit dem Fingern durch ihr Haar und strahlt dabei immer noch wie eine Irre. »Es gibt dort jede Droge, die die Menschen kennen, und auch einige andere, die sie nicht kennen.«

Meine früheren Bedenken über Ariels Drogenkonsum kehren verstärkt zurück. Ich erwische Felix dabei, wie er mich anstarrt, und seine Gedanken müssen meine widerspiegeln.

»Kommst du auch mit?«, frage ich Felix. Was ich nicht sage, ist: *Vielleicht kannst du mir helfen, ein Auge auf sie zu haben?*

Felix zögert, dann nickt er. »Ja. In Ordnung. Ich werde mitkommen.«

Ariel springt auf ihrem Stuhl auf und ab. »Das wird so viel Spaß machen, Leute.«

In der darauf folgenden Stille höre ich das Trippeln flauschiger Füße. Eine Welle von Schuldgefühlen überkommt mich, als ich merke, dass ich in meinem

Katerelend völlig vergessen habe, Fluffster zu füttern – mein Chinchilla.

Zum Glück sieht Fluffster nicht besonders mürrisch aus, also ist er hoffentlich gerade erst aufgewacht und hat nicht gemerkt, dass ich ihn vergessen habe. Seine Augen sehen heute besonders glänzend aus, sein Schwanz besonders buschig, und seine kleine Nase zwischen seinen majestätisch langen Schnurrhaaren ist gekräuselt, während seine großen Ohren wie Antennen abstehen, die bereit sind, außerirdische Signale zu empfangen.

Meine Mitbewohner tauschen einen seltsamen Blick aus, bevor sie mich anstarren.

Ich schaue sie an, dann zu Fluffster – und dann sehe ich es.

Fluffster hat eine winzige Aura.

Das Leuchten ähnelt dem meiner beiden Mitbewohner – was in ihrem Fall bedeutet, dass sie wie ich unter dem Mandat stehen, mit anderen Worten, Cogniti sind.

»Felix. Ariel.« Ich zeige auf die Aura. »Seht ihr auch das Leuchten, das auf *Menschen* unter dem Mandat hinweisen soll? Wisst ihr, warum mein süßes Nagetier eins hat?«

»Es ist eine lange Geschichte.« Felix legt sein Buttermesser weg und schaut Ariel an.

»Fluffster ist nicht das, was oder wer du denkst«, sagt Ariel mit einem gleichbleibend strahlenden Lächeln.

Fluffster huscht näher, springt auf mein Knie und

dann so geschickt auf den Tisch, wie ich es noch nie von ihm gesehen habe. Dann schaut er mit seinen hübschen schwarzen Augen auf Ariel, und seine Haltung strahlt ungewöhnliche Intensität aus.

»Nein«, sagt Ariel, anscheinend zu Fluffster. »Es ist besser, wenn du es ihr sagst.« Fluffster sieht Felix genauso intensiv an – so, als wolle er ihn hypnotisieren.

»Schau mich nicht so an«, sagt Felix. »Ich denke, sie sollte es aus erster Hand erfahren. Oder in diesem Fall aus dem Mund des Chinchillas.«

»Mir *sagen*?« Der Raum beginnt sich wieder zu drehen, und das liegt nicht mehr an meinem Kater. »Leute, bitte. Heute ist ein schlechter Tag für Witze.«

Fluffster steht auf seinen Hinterbeinen auf dem Tisch und – vielleicht bilde ich mir das auch nur ein – gestikuliert gerade mit seinen kleinen handähnlichen Pfoten.

»Ich wüsste nicht, wo ich anfangen sollte.« Ariel legt ihre Gabel mit einem lauten Klirren ab, und ihr Lächeln verschwindet, während sie mein Haustier böse anstarrt. »Es ist dein Versteckspiel, also musst du es aufklären.«

Fluffster beginnt, auf dem Tisch hin und her zu gehen und abwechselnd Felix, Ariel oder mich anzuschauen.

»Okay«, sagt Felix endlich zu meinem Haustier. Dann dreht er sich zu mir um. »Hast du schon mal vom Domovoi gehört?«

»Ja«, sage ich, und meine Kopfschmerzen

verwandeln sich in einen Migräneschub. »Das ist eine Art russischer Hausgeist oder so was, richtig? Vlad und Pada haben Fluffster so genannt, also habe ich es nachgeschlagen.«

»Richtig«, sagt Felix. »Der Domovoi spielt eine wichtige Rolle in der slawischen Folklore. Und, laut meinem Vater, sind sie eine Gruppe von mächtigen Cogniti in ihrem eigenen Einflussbereich – und er«, Felix zeigt auf Fluffster, »ist einer von ihnen.«

Ich starre das kleine Tier an. »Aber er ist ein Chinchilla. Ein Nagetier aus den Anden in Südamerika – so weit entfernt von Russland wie es nur geht. Ich habe es in der Tierhandlung gekauft. Das ergibt keinen Sinn.«

Sowohl Felix als auch Ariel schauen Fluffster an und weichen meinem Blick aus.

»Das ist nicht lustig«, sage ich. »Wollt ihr mir ernsthaft sagen, dass Fluffster ein Werchinchilla ist? Oder soll er ein Chinchilla sein, der von einem tollwütigen Kerl aus Sibirien gebissen wurde, was ihn zu einem Wermann macht – einer süßen, pelzigen Kreatur, die sich bei Vollmond in einen haarigen russischen Kerl verwandelt?«

»Da ich in den Staaten aufgewachsen bin, weiß ich nicht viel darüber, wie die Domovoi funktionieren«, sagt Felix. »Was ich weiß, basiert auf dem, was mein Vater mir erzählt hat. Die Domovoi bleiben normalerweise in einer substanzlosen Form, aber manchmal nehmen sie die Form eines verstorbenen

Haustieres an – normalerweise ein Hund oder eine Katze …«

Ich blicke nacheinander alle an, und meine Nackenhaare stellen sich auf.

Fluffster geht zu meiner Schale mit Haferbrei, stellt sich wieder auf seine Hinterbeine und blickt mir direkt ins Gesicht.

Meine Augen werden größer, und ich blinzele ununterbrochen.

In Fluffsters Blick habe ich schon immer Intelligenz gesehen, aber noch nie so stark. Niemals so intensiv.

»Es tut mir so leid, dass du es so herausfinden musstest«, sagt eine sanfte Stimme in meinem Kopf – und obwohl sie rein mental ist, hat sie den Hauch eines russischen Akzentes.

KAPITEL 2

ICH LEGE MEINEN LÖFFEL AB. »Ich habe gerade eine Stimme in meinem Kopf gehört.«

»Ja«, sagt Felix.

»Willkommen im Klub.« Ariel strahlt schon wieder.

Mein Magen krampft. »Das ist ein Symptom der Psychose«, sage ich zu niemand Bestimmtem.

»Nicht, wenn deine Mitbewohner sich mit derselben Stimme im Kopf unterhalten haben.« Felix zwinkert mir zu. »Es sei denn, es ist eine Gruppenpsychose …«

»Keine Witze«, sage ich zu Felix und schaue Fluffster aufmerksam an. »Was hast du gesagt?«

»Ich habe versucht zu betonen, wie leid mir dein Verlust tut.« Die Stimme in meinem Kopf ist so beruhigend für mein Gehirn wie das Fell von Fluffster für meine Haut. Sogar der Kater geht leicht zurück, obwohl es auch das Paracetamol sein könnte, das zu wirken beginnt.

Ich starre mein Haustier an, als ob ich es zum ersten Mal sehe.

Es starrt zurück, ohne sich zu bewegen.

»Du fängst besser ganz am Anfang an.« Ich reibe mir die Stirn. »Warum tut es dir leid? Und was habe ich verloren?«

Fluffster starrt nun Felix eindringlich an.

»Gut«, sagt Felix nach einem Moment zum Chinchilla. »Ich werde dir helfen.« Er wendet sich mir zu und sagt: »Er erinnert sich nicht daran, aber als wir zusammengezogen sind, hatte er eine transparente Form, die Ariel und ich manchmal sahen. Wir dachten zuerst, er wäre vielleicht ein Geist …«

»Warte, es gibt auch Geister?« Ich schaue Fluffster an, der mit seinen kleinen pelzigen Schultern zu zucken scheint.

»Es gibt viele Cogniti, die für Menschen, die nicht unter dem Mandat stehen, unsichtbar sein können«, sagt Ariel. »Einige Gruppen haben die Eigenschaften von mythischen Geistern – aber sie sind nie Seelen von verstorbenen Menschen, also gibt es im engeren Sinne keine Geister.«

»Gut«, sage ich, weil mir schon wieder die Worte fehlen. »Aber zurück zum Domovoi. Ihr zwei habt ihn gesehen, und ich konnte das nicht wegen des Mandats.«

»Richtig.« Felix lächelt. »Du begreifst sehr schnell.«

»Und wie sah er aus?« Ich untersuche skeptisch das Eichhörnchen-Hasen-ähnliche Wesen vor mir.

»Etwas beängstigend«, platzt Ariel heraus und wirft

Fluffster einen entschuldigenden Blick zu. »Aber Felix'
Vater hat uns erklärt, dass es ein Domovoi ist und dass
sie die Wohnung, in der sie wohnen, beschützen.«

Felix nickt und schiebt seinen Teller weg. »Es gilt
als großer Segen für einen russischen Haushalt, einen
zu haben.«

»Ich verstehe«, sage ich, obwohl ich es nicht
wirklich tue. »Was meintest du, als du gesagt hast, dass
er sich nicht erinnert? Haben diese Domovoi
Gedächtnisprobleme?«

»Na ja.« Felix rutscht auf seinem Sitz hin und her.
»Es ist alles in der Nacht passiert, in der du das
eigentliche Chinchilla bekommen hast.«

Er schaut Fluffster demonstrativ an, aber der
scheint mit dem Kopf zu schütteln.

»Soweit Ariel und ich herausfinden konnten«, fährt
Felix fort, »hatte die Kreatur, die du aus dem
Zoogeschäft bekommen hast, in der ersten Nacht, in
der du sie nach Hause gebracht hast, einen
Schlaganfall, also rettete der Domovoi sie, indem er
ihren Körper übernahm.«

»Fluffster hatte einen Schlaganfall?« Ich sehe mein
Haustier verständnislos an.

»Es tut mir so leid«, sagt die Stimme in meinem
Kopf. »Meine allererste Erinnerung ist der Versuch,
das Leben der kleinen Kreatur zu retten. Der Schaden
an ihrem Gehirn war zu groß, als dass meine Kräfte
ihn reparieren konnten, also nahm ich ihren Körper.«

»Du hast seinen Körper genommen«, sage ich
dumm. »Also ist es tot?«

»Ich denke, das ist eine philosophische Frage«, sagt Felix. »Wenn dieser Körper getötet werden würde, wäre der Domovoi wieder unkörperlich, also bedeutet das für mich, dass das Tier noch lebt – oder zumindest sein Körper.«

Ich reibe an meinen Schläfen.

»Das Wichtigste, was du nicht vergessen solltest«, sagt Ariel, »ist, dass das Wesen, das du als Fluffster kennst, schon immer der Domovoi war. Und obwohl er dir nicht die Wahrheit über seine Natur sagen konnte, hat er immer versucht, das zu sein, was du eigentlich wolltest – ein Begleiter.«

Ich versuche, das alles zu begreifen, und wünsche mir zum millionsten Mal, dass ich nicht so verkatert wäre. Mit den Kopfschmerzen, die mein Gehirn aus meinem Kopf quetschen, habe ich Probleme, zu entschlüsseln, wie ich mich fühlen sollte. Trauere ich um das Chinchilla, das ich nur einen Abend lang kannte, oder bin ich dem Domovoi dankbar für all die Freude, die er mir bereitet hat?

»Er hat nicht besonders gute Arbeit geleistet, als er so getan hat, als sei er nur ein Tier«, sage ich nach einer Pause. »Ich dachte schon immer, er sei das klügste Haustier, das je gelebt hat.«

Fluffster hebt stolz sein Kinn und zwitschert aufgeregt. In meinem Kopf sagt er: »Danke, Sasha.«

»Gern geschehen«, sage ich und kichere hysterisch, als ich mir vorstelle, dass jemand, der nicht einer meiner Mitbewohner ist, dieses Gespräch miterlebt. »Also, wo kommst du her?«

»Ich erinnere mich nicht«, sagt Fluffster und starrt hungrig auf meine Schale mit dem restlichen Haferbrei.

Ich belade meinen Löffel mit Haferflocken und biete ihn Fluffster an. Mit einem Zwitschern nimmt sich der Chinchilla-Domovoi einen Klumpen und steckt ihn in sein Maul.

»Weiß einer von euch, wo er herkommt?«, frage ich Ariel und Felix, während Fluffster isst.

»Als er noch keinen Körper hatte, hat er nicht mit uns gesprochen«, sagt Felix. »Er hat mir nur einige Male einen Schrecken eingejagt.«

»Zuerst dachten wir, er wäre der Domovoi von Felix' Familie.« Ariel trinkt einen Schluck Kaffee. »Bis Felix seinen Vater danach gefragt hat.«

»Ja«, sagt Felix, als er aufsteht, wahrscheinlich, um sich eine Tasse Kaffee zu machen. »Mein Vater sagt, unser Domovoi wohnt im Haus meines Großvaters in Jakutsk, Russland. Meine plausibelste Vermutung ist, dass irgendeiner der Cogniti aus Russland vorher in dieser Wohnung gelebt hat und einen Domovoi hatte, der hier zurückgeblieben ist, als er starb. Ich glaube, dass sie in bestimmten Familien den Menschen folgen, aber wenn niemand mehr da ist, bleiben sie einfach im Haus.«

Ariel sieht aus, als sei ihr das sprichwörtliche Licht aufgegangen. »Weißt du«, sagt sie, »damals, als wir über all das nachgedacht haben, wussten wir nicht, dass Sasha zu den Cogniti gehört. Aber da sie das tut, gibt es eine weitere und interessantere

Möglichkeit für Fluffsters Herkunft. Er könnte zu ihr gehören.«

»Du hast recht.« Felix stellt seine Kaffeetasse auf den Tisch, und seine Augen leuchten vor Aufregung. »Das würde bedeuten, dass wir den ersten Hinweis auf Sashas Abstammung haben.« Er sieht mich an. »Könntest du aus Russland stammen?«

»Deine Eltern haben immer gesagt, dass Sasha ein slawischer Name ist«, sagt Ariel zu ihm. »Also ist es möglich, dass …«

Mein Mund steht buchstäblich offen, als ihre Worte den Dunst meines Katers durchdringen.

Ein Hinweis auf meine Herkunft.

Der bloße Gedanke löst einen Schwall von schwer zu identifizierenden Gefühlen aus, die ich wahrscheinlich mit Lucretia, der Cogniti-Psychiaterin auf meiner Arbeit, besprechen sollte.

Ich wusste von Anfang an, dass ich adoptiert wurde, also habe ich mich natürlich immer gefragt, wer meine biologischen Eltern sind und was mit ihnen passiert ist. Aber Mama – meine Adoptivmutter – war kein großer Freund solcher Fragen. Sie dachte, dass sie bedeuteten, dass ich nicht glücklich mit ihr und Dad war. Diese Logik ist jedoch falsch, da ich mit meiner neuen Familie glücklich *war* – ich wollte lediglich wissen, wer meine echten Eltern sind.

Als kleines Mädchen habe ich während des Einschlafens, anstatt Schafe zu zählen, regelmäßig über meine biologischen Eltern nachgedacht. Haben sie mich verloren oder haben sie mich verlassen?

Wenn sie mich verlassen haben, war es, weil ich es irgendwie verdient habe? Wer sind sie? Wo sind sie? Was haben sie an diesem schicksalhaften Tag am Flughafen JFK gemacht? Die Liste der Fragen wuchs mit zunehmendem Alter, bis ich lernte, meine Neugier zu unterdrücken – da viele der Möglichkeiten zu schmerzhaft waren, um über sie nachzudenken.

Jetzt, da ich weiß, dass ich zu den Cogniti gehöre, muss ich das Thema noch einmal aufgreifen. Der Rat schien keine Ahnung von meiner Herkunft zu haben, und, um Gaius zu zitieren, *nicht aus Mangel an Versuchen*. Die gute Nachricht ist, dass die Zahl der potenziellen Kandidaten für meine Eltern drastisch zurückgegangen ist, da die Cogniti nur ein Prozent der gesamten Weltbevölkerung ausmachen.

Außerdem war mindestens einer meiner Elternteile ein Seher, was es noch mehr eingrenzt. Und jetzt gibt es vielleicht noch etwas anderes, an das ich mich klammern kann: den Domovoi, also eine Verbindung nach Russland, vorausgesetzt Fluffster ist wirklich …

»Sasha?«, fragt Felix besorgt. »Bist du noch bei uns?«

»Tut mir leid«, sage ich und schüttele meinen Kopf in der Hoffnung, dass er klarer wird.

»Das muss ein schwieriges Thema für dich sein«, sagt Ariel leise mit mitleidsvoller Stimme. »Es tut mir leid, dass ich damit einfach so herausgeplatzt …«

»Nein«, sage ich. »Das ist wirklich eine interessante Idee. Muss ein Domovoi zu einem Cogniti-Haushalt *gehören*? Was, wenn er im Haushalt eines meiner Adoptivelternteile gelebt hat?«

»Ich habe keine Ahnung«, sagt Felix.

»Ich muss das herausfinden«, sage ich. »Gibt es eine Möglichkeit, Fluffsters Erinnerungen an das, was passiert ist, bevor er pelzig wurde, zurückzubringen? Einen Weg, um zu bestätigen, dass er wirklich bei meinen biologischen Eltern gelebt hat? Denn wenn ja, würde er sich vielleicht daran erinnern, wer sie waren …«

»Ich würde mich gerne erinnern, aber ich kann es einfach nicht«, sagt Fluffster mental, und seine Worte klingen unheimlich traurig – was weniger seltsam ist als die Tatsache, dass seine mentale Stimme einen Akzent hat.

Ariel schaut Felix an, der mit den Schultern zuckt, und sagt: »Ich denke, du solltest vielleicht besser mit meinem Vater darüber reden. Ich habe vor diesem hier noch nie einen Domovoi gesehen, aber mein Vater kannte den im Haus meines Großvaters.«

»Okay«, sage ich, und mir fällt auf, dass das alles – oder die Tabletten, Flüssigkeiten und Lebensmittel – meinen Kater langsam verschwinden lassen. »Ich würde mich diese Woche gern mit deinem Vater zum Mittagessen verabreden, um zu sehen, ob er vielleicht etwas weiß. Ich will sicher sein, dass Fluffster nicht *deiner* Familie wegen hier ist. Außerdem kennt dein Vater vielleicht einen Weg, um Fluffsters Gedächtnis anzukurbeln.«

»Er würde sich mit Sicherheit mehr als freuen, mit

dir mittagessen zu gehen«, sagt Felix, bevor er eine Grimasse zieht. »Meine Mutter wird wahrscheinlich nicht so begeistert sein. Du weißt ja, wie eifersüchtig sie ist.«

Zur Verteidigung von Felix' Mutter muss man sagen, dass sein Vater die Gesellschaft von Frauen ein wenig zu sehr zu genießen scheint – und das schließt mich mit ein, obwohl er sich in meiner Gegenwart nicht so seltsam benimmt wie in Ariels. Ich bin mir ziemlich sicher, dass ich gesehen habe, wie er gesabbert hat, als er sie kennengelernte.

»Vielleicht ein Essen mit der ganzen Familie?«, schlage ich vor. »Auf diese Weise wäre deine Mutter dabei, um ihn im Auge zu behalten.«

»Gerne«, sagt Felix. »Aber du wirst es bereuen, dass du meine Mutter eingeladen hast. Trotz allem, was ich ihr andauernd sage, denkt sie immer noch, dass wir zusammen sind.«

Ariel lacht, und ich schüttele nur den Kopf. Eigentlich denkt seine Mutter, dass wir beide, Ariel und ich, mit Felix zusammen sind. Ich bin mir nicht sicher, ob es daran liegt, dass in Usbekistan Polygamie praktiziert wird, oder weil sie überzeugt ist, dass ihr Sohn für Frauen unwiderstehlich ist – oder beides.

»Hervorragend«, sage ich. »Ich werde recherchieren, wem diese Wohnung vor uns gehört hat und ob es Russen waren. Ich werde auch herausfinden, ob meine Adoptiveltern russische Vorfahren haben oder Haustiere hatten und, wo ich schon einmal dabei bin, ob *sie* Cogniti sind, weil wir uns ja häufig gegenseitig anziehen.«

»Deine Mutter hat keine Mandatsaura«, sagt Felix. »Aber ich habe deinen Adoptivvater noch nie gesehen.«

»Es ist unwahrscheinlich, dass Cogniti Menschen heiraten«, sagt Ariel.

»Aber sie haben sich ja scheiden lassen«, sagt Felix und schreit vor Schmerz auf. Ariel muss ihn unter dem Tisch getreten haben.

Ich atme mit einem erleichterten Seufzer aus. Wenn Mama auch zu den Cogniti gehören würde, wüsste ich nicht, was ich tun sollte.

Ich esse einen Löffel von meinem Frühstück und gebe Fluffster den nächsten. »Ich muss bald zur Arbeit, also müssen wir das Essen per SMS organisieren.«

»Kein Problem«, sagt Felix und holt sein Handy heraus. »Ich werde meine Eltern anrufen.«

»Isst du deine Haferflocken nicht auf?«, fragt Fluffster in meinem Kopf.

»Nein.« Ich schiebe ihm den Teller zu. »Du kannst sie haben.«

»Ich bin eigentlich satt«, sagt Fluffster, geht aber trotzdem zu den Haferflocken und sieht sie bedauernd an. »Ich werde sie trotzdem essen. Es ist eine Schande, Essen wegzuwerfen, das vollkommen in Ordnung ist.«

»Felix hat mir wie immer zu viel aufgetan«, sage ich. »Er denkt, mein Magen ist so groß wie seiner.«

Fluffster blickt missbilligend Felix' halbleeren

Teller an. »Der Junge wird diesen Haushalt in den finanziellen Ruin treiben.«

Felix gibt vor, mit dem Telefon beschäftigt zu sein, aber ich sehe, dass er versucht, ein Grinsen zu unterdrücken, während er lautlos zu mir sagt: »Willkommen in der Diktatur.«

»Das habe ich gehört«, sagt Fluffster in meinem Kopf – und angesichts von Felix' Reaktion ist es klar, dass er den Gedanken auch gehört hat, was beweist, dass die Domovoi Gedanken an mehrere Menschen gleichzeitig senden können.

»Hallo, Mama«, sagt Felix in das Telefon. Er bedeckt das Mundstück und sagt: »Tut mir leid, Leute, aber ich gehe zum Telefonieren lieber ins Wohnzimmer.«

»Kein Respekt vor Älteren«, murmelt Fluffster in meinem Kopf und wirft einen mürrischen Blick auf Felix' Rücken.

»Ich gehe dann mal besser«, sage ich und stehe auf. »Ich muss Aktien auswerten.«

»Warte«, sagt Fluffster in meinem Kopf. »Kann ich dich um einen großen Gefallen bitten, bevor du gehst?«

»Natürlich«, sage ich laut, und trotz der anhaltenden Kopfschmerzen kann ich nicht anders, als zu lächeln. Ich führe wirklich gerade eine echte Unterhaltung mit meinem Haustier. »Willst du dein Staubbad?«

»Felix kann mir mit dem Bad helfen«, sagt Fluffster. »Ich hatte gehofft, du könntest mir einen deiner

Zaubertricks zeigen. Ariel hat mir so viel über sie erzählt, aber du hast mir nie welche gezeigt.«

»Es tut mir leid«, sage ich und blinzele. Das muss das erste Mal sein, dass mir vorgeworfen wird, jemandem meine Effekte *nicht* zu zeigen. »Ich wusste nicht, dass du sie verstehen würdest …«

»Kein Problem«, sagt Fluffster, und seine mentale Stimme ist besonders beruhigend. »Es ist nur etwas, was ich unglaublich gern sehen würde.«

Obwohl ich mich wirklich beeilen muss, um zur Arbeit zu kommen, glaube ich nicht, dass ich zu einem so süßen und knuddeligen Zuschauer Nein sagen kann. Außerdem, da es mir jetzt verboten ist, für Leute zu zaubern, die *nicht* unter dem Mandat stehen – was fast auf alle zutrifft –, muss ich diese Gelegenheit ausnutzen.

»Zeig ihm die Sache, die du mit den Karten machst«, meint Ariel.

»Die Sache mit den Karten.« Ich unterdrücke den Drang, Ariel zurechtzuweisen, weil sie eine ganze Richtung der Magie auf eine solche Trivialität reduziert hat. Ich lasse beiläufig meine Hände fallen, damit sie sich parallel zu meinen Taschen befinden, und sage: »Okay. Schade, dass ich keine Karten bei mir habe. Aber hey, kannst du mir ein Feuerzeug geben?«

»Hier.« Ariel geht zur Küchentheke und schnappt sich das Feuerzeug, das wir dort aufbewahren, um bei Bedarf die Flammen des Gasherdes anzuzünden.

Als sie ihre eigene und Fluffsters Aufmerksamkeit so liebenswert auf etwas anderes lenkt, greife ich in meine Taschen, um sicherzustellen, dass ich die benötigten Requisiten zu Hand habe.

Ich habe natürlich ein Kartenspiel in einer Tasche – wer hat das nicht? – und zufällige Gebrauchsgegenstände in der anderen, einschließlich eines kleinen Feuerzeuges, von dem ich gerade vorgab, es nicht zu haben. Ich atme mit einem erleichterten Seufzer aus, als meine Finger über Pyropapier streichen – etwas, was ich ebenfalls meistens in meinen Taschen habe. Mit der Gewissheit, dass ich noch mehr Pep in meinen Effekt einbauen kann, sage ich: »Bitte knülle auch ein Papiertuch zu einem kleinen Ball für mich zusammen.«

Pyropapier ist Nitrocellulose – ein Sprengstoff, der es irgendwie in die Requisiten der Zauberer geschafft hat. Wenn es angezündet wird, gibt es eine extrem helle Flamme, wie die Blitze von zigtausend Telefonkameras auf einmal. Und wenn das Zeug zu einem Ball geknüllt wird, sieht es aus wie ein zerknittertes Papiertuch.

Ariel tut, was ich ihr gesagt habe, während ich in der Zwischenzeit alles vorbereite, was ich brauche, ohne dass Fluffster oder Ariel es mitbekommen.

»Bitte schön«, sagt sie und gibt mir den Papierball.

Ich nehme das Papiertuch und tue so, als würde ich es zu einer festeren Kugel zusammendrücken, aber in Wirklichkeit lege ich es auf das zerknitterte Pyropapier. Dann tue ich so, als würde ich das Papier noch weiter zerknüllen, und so verstecke ich ganz einfach das echte Papiertuch in der Handfläche und lasse nur das Pyropapier sichtbar.

Weder Fluffster noch Ariel bemerken den Austausch, und ich fühle mich gleich besser bei dem Gedanken an all die Stunden meines Lebens, die ich damit verbracht habe, diesen Schritt zu üben.

»Achtet auf das Papier«, sage ich zu ihnen, vor allem, weil ich es genieße, ihnen meine Täuschung noch einmal extra unterzuschieben, aber auch, weil es ihnen psychologisch sagt, dass ich will, dass sie darauf achten, dass das Papier nicht ausgetauscht wird. Auf diese Weise werden sie später schwören, dass es nicht ausgetauscht werden konnte, weil sie »immer darauf geachtet haben«. Außerdem hilft es mir beim nächsten Teil, weil sie, während sie auf meine Hand starren, den Moment verpassen, in dem ich das Kartenspiel aus meiner Tasche nehme und in meiner Hand verstecke.

»Fluffster, kannst du bitte etwas zurückgehen?«, frage ich, teils, um sie abzulenken, und teils, weil ich wirklich besorgt bin, dass sein wunderschönes Fell Feuer fangen könnte.

Während er zurückhuscht, schiebe ich das Papier in die Hand, in der ich das Kartenspiel so versteckt halte, dass keiner der Zuschauer das Spiel aus seinem Blickwinkel sehen kann. Dann benutze ich meine jetzt freie linke Hand, um das Feuerzeug von Ariel zu nehmen.

Sie fragen mich nicht, warum ich das Papier in die andere Hand genommen habe. Fluffsters Bewegung hat sie abgelenkt, und ich benutzte auch ein Prinzip in der Magie, bekannt als *in transit action*. Die Papierkugel ist in die Hand gewandert, so als ob sie Platz für das Feuerzeug machen musste. Ganz ehrlich, würde ich wie ein Barbar mit der linken Hand ein Feuerzeug nehmen?

Ich lächele innerlich.

Der erste Teil des Tricks hat für Fluffster und Ariel noch nicht begonnen, aber methodisch gesehen ist er schon vorbei.

»Schaut genau hin.« Ich mache das Feuerzeug an. »Ich werde dieses Papiertuch in ein Kartenspiel verwandeln.«

Ich berühre die Kugel aus Pyropapier mit dem Feuerzeug, und die explosive Substanz entzündet sich – und blendet Ariel und Fluffster genau in dem Moment, in dem ich das Kartenspiel in meiner ausgestreckten Hand offenbare.

Auch meine eigenen Kopfschmerzen entzünden sich dank des ultrahellen Lichts wieder, aber ich sehe den Schmerz als ein würdiges Opfer für meine Kunst.

»Wow«, ruft Ariel.

»Wie?«, fragt Fluffster in meinem Kopf.

Für sie sah es im wahrsten Sinne des Wortes so aus, als hätte sich eine Papierkugel in ein Kartenspiel verwandelt.

»Ich bin noch nicht fertig«, sage ich und starte in meine eigene Version der berühmten Nummer *Ehrgeizige Karte* – ein Effekt, bei dem eine Karte immer wieder oben auf dem Spiel erscheint, nachdem sie in die Mitte gelegt wurde, und das unter immer unmöglicheren Bedingungen. Die meisten Phasen, die ich ihnen zeige, stammen aus Zauberbüchern, aber ich schließe mit einem Finale, das ich erfunden habe.

Ariel quietscht fröhlich, als die Karte nach oben springt, obwohl das Spiel gerade zurück in die Kartenbox wandert und dabei von Ariels Händen gehalten wird.

»Du bist so viel besser als der Typ auf YouTube«, sagt Fluffster und kräuselt seine Nagernase.

»Du schaust YouTube?« Ich starre ihn verblüfft an. Ich habe immer noch genug Verstand, um Ariel die Hand zu reichen, die das Kartenspiel automatisch darauflegt.

Da alle denken, dass der Trick vorbei ist, nutze ich ihre mangelnde Aufmerksamkeit, um das Kartenspiel gegen das zusammengeknüllte Papiertuch zu tauschen, das ich die ganze Zeit versteckt habe. Dann sage ich: »Oh, eine letzte Sache noch. Ich sollte dir deinen Papierball zurückgeben.«

Ich zeige ihnen, dass das Kartenspiel wieder zu einem Papiertuch geworden ist, und Ariel untersucht es ungläubig, bevor sie es wie ein Schatz in ihre Tasche steckt.

»Fluffster liebt es, YouTube zu sehen«, sagt Felix, als er den Raum wieder betritt. Er sieht mich mit dem sehr gelangweilten Gesichtsausdruck an, den er immer dann aufsetzt, wenn er denkt, dass er weiß, wie ich etwas gemacht habe. Oft weiß er es tatsächlich, weshalb ich froh bin, dass er den Großteil meiner Vorführung verpasst hat. »Ich habe in meinem Zimmer einen Computer für ihn aufgebaut«, fährt er fort. »Wenn man in Katzenvideos promovieren könnte, wäre er jetzt Doktor Fluffster.«

»Ist es nicht beängstigend für dich, Katzen zu beobachten?«, fragt Ariel. »Im Körper eines Nagetiers und so.«

»Nein«, sagt Fluffster, vermutlich in all unseren Köpfen. »Ich mag Katzen. Na ja, die meisten Katzen – die von der Nachbarin nicht. Vielleicht war ich vorher eine Katze?«

Jetzt, da ich gerade nicht zaubere, kehrt mein Zeitgefühl zurück, und ich merke, dass ich so sehr zu spät kommen werde, dass ich keine Zeit für die von Nero angeforderten Nachforschungen haben werde – und ich will unsere Mentor-Mentee-Beziehung nicht so unschön beginnen. »Ich muss mich beeilen«, sage ich und gehe zur Tür.

»Ich organisiere das Mittagessen mit meinen Eltern«, sagt Felix, als ich an ihm vorbeikomme. »Ich werde dir die Einzelheiten per SMS schicken.«

»Hört sich gut an«, sage ich von der Tür aus. »Bis später alle zusammen.«

Im Flur riskiere ich einen Blick auf mein Handy und wünsche mir sofort, ich hätte es nicht getan.

Ich bin nicht nur spät dran, ich habe auch Nachrichten von Nero. Er hat seine morgendliche Aufgabe um einige Aktien erweitert.

Wenn ich jetzt nicht sofort ins Büro komme, dann bin ich erledigt.

Ich eile zum Aufzug, als eine vertraute Stimme vom anderen Ende des Flurs ertönt.

»Sasha«, meint Rose fröhlich. »Ich bin so froh, dass ich dich gerade treffe.«

Ich drehe mich um und sehe, dass sie zu mir kommt.

Mit einem Müllbeutel in der einen Hand und der Katze in der anderen, scheint Rose einen ihrer guten, spritzigen Tage zu haben. Das passiert sporadisch, so als ob Rose ab und zu in dem Jungbrunnen der Außerirdischen aus dem Film *Cocoon*, den Mama so sehr liebt, schwimmen geht.

Ich bin überhaupt nicht überrascht, als ich Roses Mandatsaura sehe. Ihre Zugehörigkeit zu den Cogniti ist das Einzige, was ihre Beziehung zu dem modellhaften Vlad, der, weil er ein Vampir ist, so aussieht, als sei er ihr Enkel, zumindest teilweise erklären könnte.

Katzenaugen starren mich an, und ich bin erleichtert, dass Roses Katze Luzifer nicht die gleiche Aura hat wie wir anderen.

Wäre diese Kreatur übernatürlich, wäre ich sehr besorgt.

Die Katze bemerkt, dass ich zurückstarre, und – obwohl ich mir das auch nur einbilden könnte – nickt mir erhaben zu. Ihre Augen scheinen zu sagen: »Ach, wenn das nicht der Bauer ist, der unser majestätisches Leben gerettet hat, als die Feinde der Krone sich verschworen hatten, um uns diesen abscheulichen Schlüssel schlucken zu lassen. Wir werden dir gegenüber Gnade walten lassen, Bauer. Wir werden dich dein armseliges Leben behalten lassen. Genieß diese Ehre. Und jetzt geh mir aus den Augen.«

Ich verliere den Starrwettbewerb mit der Katze, und, um es zu vertuschen, sage ich: »Lass mich dir helfen.« Ich gehe zu Rose, schnappe mir den Müllbeutel und bringe ihn zum Müllschacht.

»Vlad hat mir bereits von deinem neuen Status erzählt, aber ich musste es einfach selbst sehen.« Rose nickt anerkennend zu meiner Mandatsaura, als ich ihr wieder gegenüberstehe. »Wie konnte ich nicht erkennen, dass du zu den Cogniti gehörst?«

Ich betrachte sie sorgfältig. Mit ihrem starken, aber stilvoll aufgetragenen Make-up sieht sie mindestens zwanzig Jahre jünger aus als die über achtzig Jahre, für die ich sie immer gehalten habe – aber da sie eine der Cogniti ist, ist sie vielleicht exponentiell älter.

»Also ist Vlad nicht dein Neffe«, sage ich, und meine Neugierde lässt mich fast vergessen, wie spät ich bereits dran bin.

»Nein, ist er nicht«, sagt Rose, und ich sehe einen Hauch von Röte durch das Make-up hindurch. »Ich entschuldige mich für diese Lüge. Ich bin mir nicht mal sicher, warum ich es gesagt habe. Vielleicht, weil unsere Beziehung so sehr mit meiner Macht verbunden ist, dass ich …«

»Und welche Macht ist das?«, frage ich, da meine Neugierde weiter geschürt wurde.

»Die Hexenmacht natürlich«, sagt sie und hebt ihr

Kinn an. »Ich hätte gedacht, dass dieser Teil offensichtlich ist.«

»Nicht für mich. Du bist die erste Hexe, die ich bis jetzt getroffen habe.«

»Das ist wahrscheinlich auch das Beste«, sagt Rose und krault Luzifer hinter dem Ohr – und die Kreatur schnurrt sofort erfreut. »Einige von uns können … weniger nett sein.«

Ich kann nicht umhin, mir Roses zerbrechliche Gestalt anzusehen und mich zu fragen, was sie damit meint. Will sie andeuten, dass Hexen normalerweise böse oder gefährlich sind? Da ich sie nicht beleidigen will, lenke ich das Gespräch auf das, worauf ich am neugierigsten bin. »Du und Vlad, wie habt ihr euch kennengelernt?«

Ein leichtes Lächeln erscheint auf Roses Gesicht. »Das war damals in Frankreich«, sagt sie, ihr Blick geht in die Ferne. »Kurz vor dieser schrecklichen Revolution …«

»Warte«, sage ich. »Was meinst du mit ›damals in Frankreich‹? Kommst du ursprünglich von dort?«

»Ich dachte, das wüsstest du«, sagt Rose und blickt wie zur Bestätigung auf ihr stylisches Outfit.

»Du hast keinen Akzent«, sage ich und erkenne, dass Rose mit dem Nachnamen Martin tatsächlich aus Frankreich sein könnte.

»Natürlich nicht«, sagt sie stolz. »Ich lebe seit dem Bürgerkrieg in den Vereinigten Staaten. Aber falls du irgendwelche Zweifel hast …« Sie fährt fort, etwas zu sagen, was sich nach fließendem Französisch anhört.

Mein Kater meldet sich erneut und lässt den Flur um mich drehen. »Also, wenn du sagst, dass ihr euch um die Französische Revolution herum getroffen habt, sprichst du von der mit Louis XVI, Marie-Antoinette, Robespierre und Napoleon?«

»Ja«, sagt Rose. »Und der Bürgerkrieg war derjenige mit Abraham Lincoln, der so ein netter ...«

Eine Tür gegenüber öffnet sich, und einer unserer Nachbarn kommt heraus. Er hat keine Mandatsaura, und er scheint in Roses Alter zu sein – aber jetzt weiß ich, dass das nicht der Fall ist. Er könnte leicht Roses Ur-Ur-Ur-Enkel sein.

Rose kräuselt ihre Nase fast unmerklich, so wie sie es immer tut, wenn dieser Nachbar versucht, mit ihr zu flirten. Jetzt, da ich weiß, was ich weiß, nämlich dass sie einen heißen Freund – oder vielleicht Ehemann? – hat, kann ich es ihr nicht verübeln, dass sie kein Interesse an dem älteren Mann zeigt.

»Hi, Rose«, sagt er und lächelt – ein taktischer Fehltritt angesichts seiner verfärbten Zähne.

»Hallo, Mr. Duffertnizer«, sagt Rose, und ihre Stimme ist noch kühler als sonst.

Luzifer zischt den Kerl bösartig an und erinnert mich dabei an ihr Revier verteidigende Löwen in Naturreportagen. Mr. Duffertnizer – der die gleichen Naturreportagen gesehen haben muss – macht einen Schritt zurück zu seiner Wohnung.

»Wir müssen dieses Gespräch später fortsetzen, Rose«, sage ich. »Wenn ich nicht bald zur Arbeit komme, wird Nero ...«

»Sag nichts weiter«, sagt Rose mit einem Gesichtsausdruck, der mich an die Mona Lisa erinnert. »Ich füttere am besten Luzie, bevor sie schlechte Laune bekommt.«

Sowohl Mr. Duffertnizer als auch ich schauen auf das kleine Nervenbündel in Roses Händen und fragen uns, wie diese Katze aussehen würde, wenn sie wirklich schlechte Laune hätte. Doch er bleibt tapfer an seinem Platz stehen, und als ich den Aufzug betrete, höre ich, wie er erneut versucht, ein Gespräch mit Rose zu beginnen.

Nachdem ich das Gebäude verlassen habe, nehme ich das erste Taxi, das meinen Weg kreuzt, und beginne, etwas über die Aktien zu lesen, die Nero mir zum Recherchieren gegeben hat.

UM 10.45 UHR löse ich meine Augen von meinem Arbeitsmonitor. In zehn von den fünfzehn Minuten vor Ablauf der Frist schreibe ich meine Empfehlung in eine E-Mail an Nero. Mein Finger hält jedoch inne, bevor ich *Senden* drücke.

Das ist nicht meine beste Arbeit. Da meine Zeit begrenzt war, musste ich viele Eckpunkte kürzen, und die daraus resultierende Analyse ist eher instinktiv als datengestützt.

Wenn ich ehrlich bin, ist diese Empfehlung kaum besser als eine fundierte Vermutung.

»Der Großteil des Finanzsektors basiert auf

Vermutungen«, sage ich mir und klicke entschieden auf Senden.

Dann starre ich auf meinen Posteingang und warte darauf, dass Nero sofort mit einer Verwarnung wegen meiner mangelnden Sorgfalt bei der Recherche antwortet.

Als ich nicht sofort eine Antwort bekomme, lenke ich mich ab, indem ich meine Mailbox abhöre.

Zwei der Voicemails entpuppen sich als von meinem Vater, und meine Schuldgefühle über die beschissene Analyse verschmelzen mit jenen familiären Natur darüber, keine gute Tochter zu sein. Einschließlich dieser beiden habe ich zu diesem Zeitpunkt wahrscheinlich über ein Dutzend Sprachnachrichten von meinem Vater ignoriert.

Nicht, dass er das nicht verdient hätte. Dem schrecklichsten aller Klischees entsprechend hat er meine Mutter mit seiner Sekretärin betrogen, was zum Bruch in meiner Adoptivfamilie führte. Ich weiß nicht, ob meine heftige Reaktion auf ihre Scheidung normal war oder ob sie schlimmer ausgefallen ist, weil mich schon meine biologischen Eltern im Stich gelassen haben.

Aus irgendeinem Grund konnte ich meinem Vater jahrelang nicht in die Augen sehen.

Nach einer Weile vergab ich ihm genug, um die Verbindung wiederherzustellen. Bis er die Familie zerstört hat, war er ein guter Vater gewesen, und selbst nach der Scheidung hat er alle unsere Rechnungen bezahlt, bis ich aus der Wohnung meiner Mutter ausgezogen bin – obwohl sein teuflischer Anwalt dafür gesorgt hatte, dass er es eigentlich nicht musste. Aber vor kurzem hat er seine Zahlungen an Mama eingestellt, so dass sie jetzt für sich selbst sorgen muss, und das nehme ich ihm übel. Es mag irrational sein, aber es fühlt sich an, als hätte er unsere Familie noch einmal verlassen.

Ich suche Braxton Urban in meinen Kontakten und starre auf die Nummer. Möchte ich das tun? Dann tippt mein Finger auf den Bildschirm, und das Telefon beginnt zu klingeln, bevor ich mich bewusst für einen Rückruf entschieden habe.

Habe ich meinem Vater vergeben, oder tue ich das, weil ich Fragen an ihn habe? Er könnte russische Vorfahren haben, was meinen Domovoi erklären würde.

Er könnte sogar selbst zu den Cogniti gehören.

Natürlich ist es auch möglich, dass meine jüngsten Nahtoderfahrungen meine Wut auf ihn relativiert haben. Hätte mich einer dieser Zombies umgebracht, wäre mein Papa zusätzlich erschüttert gewesen, weil wir uns so lange nicht gesehen haben.

Das Telefon klingelt weiter, und ich merke, dass ich insgeheim hoffe, dass sein Anrufbeantworter anspringt – was völlig unlogisch ist. Ich schätze, ein Teil von mir denkt, dass ich, wenn ich ihm eine Nachricht hinterlassen würde, so tun könnte, als sei meine Abneigung, ihn zurückzurufen, zumindest teilweise darauf zurückzuführen, dass ich immer auf seiner Mailbox lande und nicht …

»Sasha!« Dads schroffe Stimme klingt aufgeregt. »Mein Liebling, ich bin so froh, dich zu hören.«

»Hi, Dad«, sage ich verlegen. Seine Freude verstärkt meine Schuldgefühle mehr als jede Strafe. Wenn meine Mutter an der Stelle meines Vaters wäre, würde sie das Gespräch mit »Also erinnerst du dich doch, dass du eine Mutter hast?« beginnen.

»Ich habe dich im Fernsehen gesehen«, sagt mein Vater. »Du warst unglaublich.«

»Danke, Papa«, sage ich und frage mich, ob er mich aktiv dazu bringen will, dass ich mich schuldig fühle. Jetzt bedauere ich, dass ich die Einladung ins Fernsehstudio an Mama verschwendet habe. Wenn ich ehrlich zu mir selbst gewesen wäre, hätte ich von Anfang an gewusst, dass Mama nicht auftauchen würde, genauso wie ich jetzt davon überzeugt bin, dass Papa aus San Francisco, wo er mittlerweile lebt, eingeflogen wäre, um für mich da zu sein.

Andererseits, wenn er gekommen wäre, hätte er gesehen, wie ein Zombie versuchte, mich zu töten, und wäre dann von Vampiren in die Vergesslichkeit bezirzt worden, also ist es vielleicht das Beste, dass er nicht da war.

»Bitte erzähl mir nicht, wie du das gemacht hast«, sagt Dad und wiederholt das, was er immer zu mir gesagt hat, als ich noch ein Teenager war und ihn einer meiner Effekte wirklich überrascht hat – eine Seltenheit, als ich noch ganz am Anfang stand.

»Sicher«, sage ich genauso sarkastisch wie damals. Ich schätze, Dad hat das entlarvende YouTube-Video nicht gesehen. »Ich wollte es dir eigentlich unbedingt sagen, aber jetzt, wo du es nicht wissen willst …«

Dem alten Drehbuch folgend, lacht Papa sein ausgeprägtes, kehliges Lachen.

Instinktiv schaue ich auf meinen Posteingang. Ich habe eine E-Mail von Nero, die nur eine Zeile enthält.

Komm sofort in mein Büro.

»Papa, ich habe ein Arbeitsmeeting, aber ich würde dich auch gern mal wiedersehen«, sage ich ins Telefon. »Bist du bald wieder in New York?«

Ein paar Sekunden lang ist Ruhe. Er kann vielleicht nicht glauben, dass ich ihn gerade um ein Treffen gebeten habe. »Ich bin bis Dienstag hier«, sagt er schließlich. »Deshalb habe ich angerufen.«

»Fantastisch. Hast du am Montag Zeit zum Mittagessen?«

»Ich habe immer Zeit für dich, mein Liebling. Wie wär's mit Fuji Emporium? Du magst doch immer noch Sushi, oder nicht?«

»Klingt toll«, antworte ich. »Es tut mir leid, ich muss jetzt wirklich los.«

»Kein Problem«, sagt er. »Wir treffen uns dort um 12.30 Uhr. Am Montag.«

»Wir sehen uns.« Ich lege auf, gerade als ich Dad sagen höre: »Ich liebe dich …«

Ich starre kurz auf das Telefon, dann schenke ich meine Aufmerksamkeit wieder meinem Posteingang.

Aus irgendeinem unbekannten Grund ist meine Herzfrequenz gestiegen, so als ob ich Angst vor dem habe, was passieren wird, wenn ich Nero treffe. Aber das ist absurd. Ja, Meetings mit dem Chef sind wichtig und können Stress verursachen, aber man könnte meinen, dass ich nach den letzten Tagen über solch alltäglichen Sorgen stehen sollte. Es sei denn, dass es die Aufregung ist, meinen neuen Mentor zu treffen.

Ich weiß auf jeden Fall, was es nicht ist – Angst, eine Person zu sehen, von der ich geträumt habe, sie zu küssen … und kurz gedacht habe, ich hätte sie wirklich geküsst.

Das kann es nicht sein, denn es war die ganze Zeit über Kit, ein formwandelndes weibliches Ratsmitglied.

Der echte Nero hat keine Ahnung, dass wir uns geküsst haben, weil es in Wirklichkeit nie geschehen ist.

Als ich durch das Gebäude in Richtung Neros Büro gehe, verschlimmern sich die Angstsymptome, und ich greife im Aufzug auf die entspannende Atemtechnik zurück, um mich zu beruhigen.

Habe ich Angst davor, dass er mich für den beschissenen Job von heute Morgen feuern wird? Und wenn er das tut, würde er dann auch seine Mentorpflichten – was auch immer diese sind – beenden? Würde ich ihn jemals wiedersehen …?

Moment.

Warum interessiert es mich, ob ich ihn wiedersehe?

Wie ferngesteuert sage ich zu Venessa – einem der nervigeren Exemplare in Neros Horde von Assistenten –, dass ich erwartet werde. Sie sieht einen Moment lang ungläubig aus, aber signalisiert mir dann widerwillig, durchzugehen.

Meine Hände zittern verräterisch, als ich nach der Klinke von Neros Bürotür greife.

Auf wackeligen Knien stolpere ich in seinen hell erleuchteten, geräumigen Herrschaftsbereich voller moderner Kunst, als wäre es die dunkle und kalte Höhle eines bösen Schurken.

KAPITEL 3

NEROS BREITSCHULTRIGER RÜCKEN ist mir zugewandt. Er steht neben einem dieser schicken Steh-sitz-Tische, der sich gerade in einer Stehposition befindet. Sein Hemd umspielt seinen starken Oberkörper, und als seine Finger über die Tastatur springen, tanzen seine schlanken Muskeln unter der Baumwolle.

Ich schlucke laut.

Er versteift sich geringfügig. Ohne sich umzudrehen, sagt er: »Setz dich.«

Ich bin versucht zu sagen »Ich bin kein Hund«, aber ich lasse es bleiben. Stattdessen lasse ich mich in den ultra-ergonomischen Besucherstuhl fallen, ohne meinen Blick vom imposanten Körper meines Chefs und Mentors zu lösen.

Er tippt weiter, und meine Augen starren immerfort auf seinen Rücken.

Was ist heute los mit mir?

Nero drückt einen Knopf auf seinem Schreibtisch, der sich daraufhin langsam um 180 Grad dreht. Nero bewegt sich mit der Drehung des Schreibtisches mit, und bald starre ich auf sein gemeißeltes Gesicht.

»Ich wusste nicht, dass sich Ihr Schreibtisch so drehen kann«, sage ich mit trockenem Mund. Er antwortet nicht, also räuspere ich mich und füge hinzu: »Das ist ziemlich cool.«

»Ich bin gleich bei dir«, sagt er mit diesem tiefen, fast animalischen Knurren in seiner Stimme, das das weibliche Personal so sehr beeindruckt.

Außer mich.

Zumindest dachte ich immer, dass seine Stimme keine Wirkung auf mich hat. Heute bin ich mir da nicht ganz so sicher.

Könnte es daran liegen, dass ich mich noch lebhaft daran erinnern kann, diese harten Lippen zu küssen, von der die Stimme kam?

Nein.

Das ist nur der dumme Kater, der meinen Verstand durcheinanderbringt. Er und das Adrenalin, das durch die Sorgen über meine unzureichenden Nachforschungen erhöht ist.

Nero drückt einen weiteren Knopf auf seinem Schreibtisch, und das Ding gleitet in eine Sitzposition.

Er nimmt in seinem Netzstuhl Platz, als sei es ein Thron, wobei seine Augen sich nicht vom Bildschirm lösen.

Meine Nervosität verwandelt sich langsam in Irritation.

Wie lange will er mich noch so warten lassen?

Ich atme beruhigend ein und erinnere mich, dass er mich so lange warten lassen kann, wie er will. Er zahlt mein Gehalt, und wenn er mich für das Sitzen bezahlen will, dann kann er das tun.

Während ich versuche, nicht zu zappeln, schaue ich mich in seinem schicken Büro um. Schließlich ist das vielleicht meine letzte Chance, es zu sehen.

Neros Büro hat die Größe meiner Wohnung und umfasst ein Fitnessstudio, eine kleine Bibliothek und laut Bürogerüchten ein Dampfbad.

Sowohl das Fitnessstudio als auch das Dampfbad rufen unwillkommene Bilder in meinem Kopf hervor, die meisten von ihnen mit Neros nacktem, von Schweiß glänzendem Körper. Ich suche den Raum verzweifelt nach etwas anderem ab, über das ich nachdenken kann. Etwas, was weniger sexy ist – etwas wie ein Proktologe mit Nesselsucht in Angriffsstellung, der auch für die Bundessteuerbehörde arbeitet.

Ein wunderschönes Bild einer surrealen Landschaft fällt mir ins Auge. Unten erstreckt sich ein silberner Bergrücken, der dem Grand Canyon ähnelt, während oben unbekannte Sternformationen mit sieben unterschiedlich schattierten Monden zu sehen sind. Und für den Fall, dass es nicht genug nach den Otherlands aussieht, vervollständigt ein prächtiges Polarlicht das Bild.

Ist das eines von Neros legendären Bildern?

Laut Büroklatsch malt Nero, um sich zu entspannen – eine Geschichte, die ich schon immer fragwürdig fand. Ich kann mir nämlich nur schwer vorstellen, dass Nero, das Modell einer Typ-A-Persönlichkeit, jemals entspannt ist.

»Das ist eine tolle Recherche«, sagt Nero, wobei sein Blick immer noch auf den Bildschirm gerichtet ist.

»Sie reden endlich mit mir?«, sage ich, zum Teil, weil ich nicht glauben kann, dass er über meine halbherzigen Einschätzungen spricht, und zum Teil, weil ich mich immer noch über seine Behandlung ärgere – Chef hin oder her.

»Du solltest lernen, ein Kompliment anmutig anzunehmen, wenn es dir gemacht wird.« Nero lässt sich endlich dazu herab, mich anzusehen. Seine graublauen Augen scheinen einen schwachen Hauch von Fröhlichkeit auszustrahlen, was, wenn es stimmt, das erste Mal wäre, dass ich so etwas bei ihm sehe. »Deine Analyse stimmt mit meiner … Intuition über diese Firmen überein.«

Meine Augen weiten sich bei der Andeutung. Ich bin mir ziemlich sicher, dass seine sogenannte Intuition ein Euphemismus für grundlegende, nicht-öffentliche Informationen ist – oder Insiderhandel, wie die SEC, die Regierungsbehörde, die diese Art von Dingen verfolgt, es nennen würde.

»Danke«, sage ich, und gehe extra nicht darauf ein, was Nero gemeint hat, damit ich keinen Meineid leisten muss, sollte die SEC mich irgendwann danach befragen.

»Ich möchte, dass du den gleichen tollen Job für dieses Portfolio machst«, sagt Nero und dreht seinen Bildschirm zu mir.

»Sicher.« Ich schaue mir die Liste der Aktien an, mache eine schnelle Schätzung und sage: »Ich sollte das bis Ende nächster Woche fertig haben.«

»Ich brauche es bis heute Nachmittag fünf Uhr.« Nero dreht seinen Bildschirm zurück und tippt eine Sekunde lang. Sofort klingelt mein Telefon.

Ich streiche über meine Taschen, um das Gerät zu finden. Ich finde es und überfliege schnell seine E-Mail, die mir bestätigt, wie unmöglich das ist, was er von mir verlangt. Ich versuche, meine Stimme dazu zu zwingen, nicht zu brechen, als ich sage: »Auf dieser Liste stehen etwa zwanzig Aktien.«

»Sechsundzwanzig.« Nero schaut vom Bildschirm auf und direkt in meine Augen.

Ich starre ohne zu blinzeln zurück. Er muss aber ein Meister im Starren sein, denn ich schaue zuerst weg. Ich halte meinen Blick auf sein linkes Ohr gerichtet – und merke, dass er bizarrerweise ein sehr symmetrisches Ohrläppchen hat –, während ich sage: »Das ist nicht viel Zeit.«

»Ich bin zuversichtlich, dass du das schaffst.« Nero blickt auf seinen Bildschirm zurück, als sei unser Gespräch beendet.

Ich sitze und warte ein paar Sekunden, damit ich nicht aufspringe und ihn verprügele. Als klar ist, dass

Nero vergessen hat, dass ich noch im Raum bin, räuspere ich mich und sage: »Was ist mit dem Mentoring?«

»Ich betreue dich, seit du hier arbeitest«, sagt er und schaut mich wieder an. »Du bist einer meiner besten Analytiker …«

»Ich rede davon, eine Seherin zu sein.« Der Raum um mich herum fühlt sich unangenehm heiß an, und bevor ich merke, was meine Hände tun, knöpfe ich den obersten Knopf meiner Bluse auf.

»Ah. Das.« Neros Blick fällt auf mein freiliegendes Schlüsselbein und nimmt einen so raubtierhaften Ausdruck an, dass ich die Bluse sofort wieder zuknöpfe und mir wünsche, ich könnte mich auch noch mit einem Schal bedecken. Er schaut mir wieder ins Gesicht und sagt: »Ich denke, du machst große Fortschritte.«

Ich lege meine Hände fest auf meinen Schoß und wünsche mir, dass es ein angemessenes Arbeitsverhalten wäre, meinen Chef an seinem gestärkten Hemdkragen zu packen und ihn durchzuschütteln. Aber da Gewalt an der Wall Street verpönt ist, beruhige ich sogar meine abgehackte Atmung und sage so gespielt freundlich wie möglich: »Wie kommen Sie darauf?«

»Durch die Art und Weise, wie du dich vor dem New Yorker Rat geschlagen hast.« Er nimmt seine Hände von der Tastatur.

»Was meinen Sie mit dem New Yorker Rat?«, frage ich stirnrunzelnd. »Meinen Sie nicht *den* Rat?«

Nero zieht seine Augenbraue in die Höhe. »Du dachtest doch nicht, dass sich ein Regierungsorgan für alle Cogniti der Welt um einen Fall wie deinen kümmern würde?«

»Es gibt also noch mehr Räte?« Ich runzele die Stirn. »Warum haben dann alle über *den* Rat gesprochen, anstatt über *einen* Rat?«

»Ich nehme an, aus dem gleichen Grund, aus dem die Leute Manhattan ›The City‹ nennen«, sagt Nero.

»Okay …« Ich beschließe, das später zu vertiefen, und frage: »Sie glauben also wirklich, dass ich als Seherin große Fortschritte gemacht habe?«

»Du nicht?« Neros blaugraue Augen bekommen einen stählernen Glanz, der den dunklen Ring um die Iris hervorhebt.

»Nein.« Ich bekämpfe den Drang, wieder wegzuschauen. »Ich hatte das Glück, vor der Begegnung mit dem Rat einen hellseherischen Traum darüber zu haben, denn wenn nicht, wäre ich …«

»Du hattest einen Traum?« Neros Augen verengen sich. »Nicht einfach eine Vision? Erzähl mir alles.« Er verschränkt seine Arme.

»Es war nicht nur ein Traum«, sage ich. »Es waren viele.«

Ich erzähle Nero von dem Mal, als ich während meines Fernsehauftritts ohnmächtig wurde, und wie dieser ohnmächtige Traum mich vor einem drohenden Zombie-Angriff warnte. Danach beschreibe ich den Traum, der es mir erlaubte, Chester und Beatrice bei ihrem Gespräch zu belauschen, dann den, in dem ich die Leichen sah, die mich später töten wollten. Ich komme zu dem Traum, wo Beatrice eine sterbende Frau in einem Krankenhaus wiederbelebt hat, und dazu, wie ich eine Version der Begegnung mit dem Rat während eines Nickerchens in einem Taxi sah, nachdem ich diesen Angriff überlebt hatte.

Der Traum, von dem ich ihm nicht erzähle, ist der, in dem ich ihn geküsst habe – oder, wie sich herausstellte, Kit.

Neros Ausdruck ist unleserlich, während ich rede, aber als ich zu dem Traum komme, den ich hatte, als ich während eines Kampfes mit Beatrice ohnmächtig wurde, den, in dem ich erstochen wurde, ziehen sich die Muskeln in seinem Nacken zusammen, und ich bemerke ein leichtes Zittern in seinem Kiefer. Ich nehme an, er mag es nicht, wie knapp er dem Verlust seines sashaförmigen Goldesels entkommen ist.

Abschließend sage ich: »Heute Nacht hatte ich überhaupt keine Träume.«

»Also keine einzige Vision im Wachzustand?« Nero löst seine vor der Brust verschränkten Arme, und ein nachdenklicher Blick erscheint auf seinem Gesicht.

»Ich kann eine Vision haben, wenn ich wach bin?« Es fällt mir schwer, meine Aufregung zu unterdrücken. »Ist eine Vision im Wachzustand so, wie sie sich anhört? Eine Vision der Zukunft, wo ich …«

»Und jeder Traum hatte etwas mit einem stressigen Ereignis zu tun«, sagt Nero wie zu sich selbst. Er scheint meine Fragen nicht zu bemerken.

»Also …«

Die Tür hinter mir öffnet sich, und Venessa stürmt herein. »Sir«, sie schaut Nero geradezu verliebt an, »Ihr Elf-Uhr-dreißig-Termin ist hier. Es ist Mr. …«

»Ah, richtig.« Nero schüttelt den Kopf, als ob er ihn von meinen plebejischen Problemen befreien wollte. »Schicken Sie ihn rein.«

Venessa wirft mir einen bösen Blick zu und schließt die Tür.

Nero zeigt auf seinen Bildschirm und sagt: »Ich brauche diese Nachforschungen um 16.45 Uhr.«

»Vor ein paar Minuten haben Sie noch 17.00 Uhr gesagt«, entgegne ich. »Jetzt habe ich auf einmal eine Viertelstunde weniger?«

Nero steht auf, drückt auf einen Knopf, und sein Schreibtisch gleitet in eine Stehposition. »Das ist richtig«, sagt er kühl. »Wenn du ein Problem damit hast, kannst du gerne zu den Vampiren bei Goldman Sachs gehen. Dort sind sie viel entspannter.«

Ich möchte fragen, ob er das mit den Vampiren wortwörtlich meint – in meinem neuen Leben kann man das nicht wissen – aber ich beschränke mich auf ein »Ja, Sir«, kombiniert mit einem militärischen Gruß. Leider schaut er mich nicht mehr an, da er bereits wieder auf den Monitor blickt.

Ich weiß, ich sollte gehen, aber ich kann nicht widerstehen. »Wenn es Ihnen nicht so wichtig ist, mir etwas über die Welt der Cogniti beizubringen, warum sind Sie dann mein Mentor geworden? Um sicherzustellen, dass ich diesen Job hier nicht kündigen kann?«

Anstatt zu antworten, blättert Nero durch die Papiere auf seinem Schreibtisch. Er findet eine schäbige Visitenkarte, gibt sie mir und sagt: »Ruf diese Nummer für eine Einführung an.«

»Einführung?«

»Ich komme zu spät zu meinem Meeting.« Er blickt demonstrativ zur Tür.

Ich springe auf und stürme wütend aus dem Büro.

Als ich sehe, wer warten musste, bis Nero und ich fertig waren, lässt meine Wut spürbar nach. Neros Besucher ist ein ehemaliger Bürgermeister von New York City und derzeit einer der reichsten Menschen der Welt.

Warum ist er hierhergekommen, anstatt Nero zu sich kommen zu lassen?

Nicht zum ersten Mal frage ich mich, wie reich und einflussreich Nero wirklich ist – in der normalen menschlichen Welt, meine ich. Weil dieses Meeting »sehr« schreit.

Ich frage mich auch, ob der Milliardär der Grund ist, warum ich all diese Recherchen so schnell durchführen muss. Wenn Nero eine Art kundenspezifisches Portfolio für ihn erstellt, ergibt der Druck viel mehr Sinn.

Immer noch verwirrt, gehe ich in die Cafeteria.

Das Essen hier ist stark subventioniert und hat Fünf-Sterne-Qualität. Heute ist ein Tag der französischen Küche, deshalb fülle ich mein Tablett mit ein paar Gougères – kleinen Käsewindbeuteln – und einem Baguette zu meiner Ratatouille. Nach einer kurzen

Überlegung nehme ich auch einen mit Bananen gefüllten Crêpe zum Nachtisch und fünf kleine Tassen Café Noisette – das französische Pendant zu Caffè Macchiato.

So müde, wie ich mich fühle, würde ich wahrscheinlich auch eine Kaffeeinfusion auf mein Tablett legen, wenn sie eine hätten.

Während ich in der wie immer zu Stoßzeiten langen Schlange an der Kasse anstehe, überlege ich mir eine Strategie, wie ich sechsundzwanzig Aktien in einigen wenigen Stunden recherchieren kann. Dann ruft eine vertraute Stimme hinter mir meinen Namen.

Ich zucke leicht zusammen, und mein Tablett fällt fast auf den Boden, bevor ich es wieder fest im Griff habe.

Als ich mich umdrehe, sehe ich Lucretia, die Psychologin, die Nero beim Fonds beschäftigt, um sicherzustellen, dass alle seine Schergen sich in einem optimalen Zustand befinden. Wie ich gehört sie zu den Cogniti, aber im Gegensatz zu mir ist sie eine Pre-Vampirin – etwas, was ich gelernt habe, als ich sie gestern Abend bei meiner Initiation getroffen habe.

»Ich hoffe, ich habe dich nicht erschreckt«, sagt Lucretia mit ihrer beruhigenden Stimme. Sie beugt ihren Kopf nach vorn, um dicht an meinem Ohr zu sein. »Ich habe so viel Unzufriedenheit in dir gespürt, dass ich einfach etwas sagen musste.«

Ich ziehe mich von ihren rosa Lippen zurück. »Du hast was?«

Mein Tablett zittert ein wenig, also halte ich meine

Hände ruhig. Das Adrenalin von Lucretias Hallo muss immer noch mein Gehirn verwirren, denn ich hätte schwören können, dass sie wie ein Jedi klang, der spürt …

»Oh, du wusstest es nicht.« Sie lehnt sich wieder nach vorn und flüstert: »Ich bin eine Empathin.« Sie schaut mich erwartungsvoll an, muss aber einen völlig unverständlichen Gesichtsausdruck sehen, denn sie fügt hinzu: »Ich kann Emotionen spüren, besonders dann, wenn sie stark sind.«

Mein Verstand rast, um die beste Frage aus den Millionen, die ich habe, auszuwählen, aber alles, was ich frage, ist: »Aber du kannst nicht meine Gedanken lesen, oder?«

»Leider nicht.« Sie schaut sich um, um sicherzustellen, dass wir nicht belauscht werden, und erklärt mir mit leiser Stimme: »Nur Gefühle. Trotzdem ist es ein Segen für meinen Job.«

Natürlich.

Eine Seelenklempner-Empathin.

Kein Wunder, dass ihre Fähigkeiten so legendär sind. In einer Welt normaler menschlicher Psychologen ist ein Empath wie der einzige Kunstkritiker, der nicht blind ist, oder der einzige Gynäkologe mit Armen oder …

»Also, was bedrückt dich so sehr?«, fragt sie, diesmal ohne sich zu mir zu lehnen.

Die Schlange bewegt sich, und ich rücke nach, während ich mich frage, ob sie auch hier an die

Vertraulichkeitsvereinbarungen gebunden ist, über die wir das letzte Mal gesprochen haben.

»Das würde unter uns bleiben«, sagt Lucretia, als wir wieder stehen bleiben. Ich hoffe, sie hat nicht doch gerade meine Gedanken gelesen, obwohl sie eben das Gegenteil behauptet hat.

»Nero hat mir sehr viel Arbeit gegeben.« Ich verlagere mein Gewicht von einem Fuß auf den anderen. »Das ist alles.«

»Ich weiß, dass da mehr dahintersteckt«, sagt sie, und ihre blauen Augen sehen besorgt aus. »Du solltest wirklich zu einer Sitzung kommen.«

»Ich werde darüber nachdenken«, sage ich, und es ist keine hundertprozentige Lüge. Ich denke darüber nach, nachdem ich die Worte gesagt habe, und entscheide mich dagegen. Sie steht da und beobachtet mich geduldig, also füge ich hinzu: »Im Moment habe ich keine Zeit.«

»Ich kann mit Nero reden, wenn du …«

»Nein«, sage ich, vielleicht ein wenig zu energisch. »Bitte lass mich meine Probleme selbst lösen.«

»Natürlich«, sagt sie und schaut mich mit so viel Mitgefühl an, dass ich mich ihr hier und jetzt anvertrauen möchte. Aber ich widerstehe der Versuchung. Ich müsste viel verzweifelter sein, um meine Probleme in der Schlange einer Cafeteria auszuspucken.

In der unangenehmen Stille, die folgt, sehe ich zwei Kerle, die uns von der Nachbarschlange aus anstarren, und höre, wie einer zum anderen sagt: »Nein, ich glaube nicht, dass sie verwandt sind.«

Nicht das schon wieder.

Nur weil wir beide blass, blauäugig und schlank sind und schwarze Haare haben, heißt das nicht, dass wir gleich aussehen.

Dann kommt mir ein gewagter Gedanke.

»Lucretia«, sage ich, und mein Herzschlag beschleunigt sich. »Hast du Kinder?«

Sie erstarrt eine Sekunde lang, dann schüttelt sie den Kopf. »Nein, es tut mir leid. Ich habe keine.«

Da geht diese verrückte Idee dahin. Einen Moment lang hatte ich mich gefragt, ob sie irgendwie meine biologische Mutter sein könnte. Trotz ihres jugendlichen Aussehens ist sie Jahrhunderte alt und hätte leicht ein Kind meines Alters – oder im Alter meiner Urgroßmutter – haben können. Aber andererseits ist sie keine Seherin, also hätte ich es besser wissen sollen, als sie zu fragen.

Während wir weiter in der Schlange stehen, merke ich, dass etwas an meiner Frage sie verunsichert hat. Habe ich gerade einen wunden Punkt berührt?

»Es tut mir leid. Ich wollte nicht zu persönlich werden«, sage ich leise und lehne mich dabei zu ihr. »Ich hoffe, ich habe nicht …«

»Das ist schon in Ordnung.« Sie lächelt mich an. »Du weißt es wahrscheinlich noch nicht, aber es ist nicht einfach für uns, Kinder mit Menschen zu haben.« Ihre Stimme wird noch leiser, als sie das sagt, und ich lese zwischen den Zeilen.

Sie muss irgendwann einen menschlichen Partner gehabt haben, mit dem sie keine Kinder bekommen konnte.

Ich möchte mich noch einmal für meine fehlende Feinfühligkeit entschuldigen, aber wir sind schon an der Kasse angekommen, und der Kassierer fragt laut: »Bargeld oder Karte«?

Ich stelle mein Tablett neben der Kasse ab und ziehe meine Karte heraus. »Ich bezahle für uns beide«, sage ich und deute auf Lucretias Tablett.

»Oh, nein, das musst du nicht«, beginnt sie, aber ich winke ihre Proteste ab.

»Doch, bitte, ich bestehe darauf.«

Sie schüttelt den Kopf und lächelt. »Jetzt musst du aber wirklich noch mal für eine Sitzung zu mir kommen.«

»Vielleicht«, sage ich und denke, dass es keine Lüge ist, das zu sagen, selbst wenn die Wahrscheinlichkeit, dass ich wirklich gehe, nur den Bruchteil eines Prozentsatzes hoch ist. »Im Moment kann ich nicht. Zu viel Arbeit.«

»Und du bist dir sicher, dass du nicht willst, dass ich mit Nero rede?«

»Ich bin mir sicher«, sage ich und beginne, wegzugehen. »Bitte entschuldige mich. Ich muss mich mit meiner Arbeit ranhalten.«

»Bon Appétit«, sagt Lucretia. »Ich hoffe, wir sehen uns bald wieder.«

»Danke«, sage ich und fliehe aus der Cafeteria.

Zurück an meinem Schreibtisch, rufe ich ein paar

Artikel auf dem Rechner auf und lese sie, während ich das köstliche Essen abwesend und ohne es zu genießen herunterschlinge.

In der Zeit, die ich habe, kann ich nur die Grundlagen über jedes Unternehmen herausfinden. Also teile ich meine verbleibende Zeit methodisch in sechsundzwanzig gleiche Teile auf und gebe keiner einzigen Aktie mehr als diese winzige Spanne.

Um 16.30 Uhr fühlen sich meine Augen an, als würden sie gleich Kurs-Gewinn-Verhältnis und Gewinn- und Verlustrechnungszahlen ausbluten.

Ich fange an, meine Empfehlungen für Nero zu schreiben. Unter diesen Umständen habe ich zwar mein Bestes gegeben, aber ich würde meine Empfehlungen eher als Vermutungen bezeichnen – und nicht einmal fundierte.

Ein Affe mit verbundenen Augen, der Pfeile auf meine Monitore wirft, könnte genauso richtig liegen. Andererseits gibt es ja wirklich eine Untersuchung, die herausgefunden hat, dass Affen, die Darts werfen, definitiv genauso richtig liegen *können* wie Finanzexperten. Natürlich ist das eher ein Hinweis auf die Fähigkeiten von Finanzexperten bei der Aktienauswahl – einer der vielen Gründe, warum ich mich immer ziemlich nutzlos in dem gefühlt habe, was ich tue.

Um 16.44 Uhr schicke ich alles an Nero und atme auf. Es ist eine unberechtigte Erleichterung, wenn man bedenkt, dass ich meinen Job – oder zumindest meinen

Jahresabschlussbonus – in einigen Minuten verlieren könnte.

In der Zeit, die ich benötige, um zum Wasserspender und zurück zu gehen, bekomme ich bereits eine E-Mail von Nero.

Das war's. Armut, ich komme.

KAPITEL 4

ICH STARRE AUF NEROS E-MAIL, weil ich Angst habe, dass der Stress mich halluzinieren lässt.

Gute Arbeit, steht in Neros E-Mail. *Mach weiter so.*

Wie hätte ich es gut machen können, wenn ich kaum Zeit für eine richtige Analyse hatte? Noch wichtiger ist, wie kann er überhaupt so schnell wissen, ob meine Empfehlungen gut sind? Hat er mir noch mehr Aktien gegeben, von denen er illegale *Intuitionen* hatte?

Ich reibe meine Augen, schaue auf mein Handy und sehe zwei SMS von Felix.

Das Mittagessen ist am Freitag um eins, im Nargis Café. Hier ist ein Link zu Yelp.

Ich folge dem Link. Die Speisekarte und die Bewertungen sind sehr vielversprechend, aber der Ort liegt in Brooklyn, was ein längeres Mittagessen – gut – und natürlich eine Reise nach Brooklyn – nicht so gut – bedeutet.

Ich werde da sein, antworte ich.

Dann lese ich seine andere Nachricht.

Ich habe Informationen über frühere Mieter in unserer Wohnung überprüft. Sie klingen nicht mal im Entferntesten Russisch, und hier ist noch nie jemand gestorben. Aber ich habe etwas herausgefunden, was du nie glauben wirst. Ruf mich an.

Da meine Neugier geweckt ist, wie es Felix' Absicht war, bitte ich mein Telefon, Neophile – mein privater Spitzname für Felix wegen seiner Besessenheit von Neo aus *Matrix* – anzurufen.

Felix' lächelndes Gesicht taucht nach wenigen Augenblicken auf. Hinter ihm ist eine Wand aus mindestens einem Dutzend Monitoren und ein Gerät, das die neueste ergonomische Tastatur sein muss. Es sieht verdächtig aus wie die Tastaturen in *Matrix*.

»Ich wusste, du würdest anrufen.« Felix wirbelt in seinem schwarzen Zahnarztstuhl herum und gibt mir einen Blick auf einen riesigen Raum, der wie ein mit Supercomputern gefülltes Rechenzentrum aussieht. »Und glaub mir, es lohnt sich.«

»Ich habe einen beschissenen Tag«, sage ich. »Kannst du es einfach ausspucken?«

»Rate mal, wem unser Gebäude gehört?«, sagt Felix mit einer Singstimme.

»Dem Präsidenten der Vereinigten Staaten?«, frage ich und versuche, lustig zu klingen, trotz der starken Vorahnung, die mich plötzlich überkommt.

Felix schüttelt den Kopf. »Ich gebe dir einen Tipp, ihm gehört auch das Gebäude, in dem du gerade sitzt.«

»Nein«, sage ich, als die Vorahnung zur Gewissheit wird. »Niemals.«

»Nero Gorin«, sagt Felix triumphierend. Dann runzelt er die Stirn. »Alles in Ordnung mit dir?«

Ich muss so unbehaglich aussehen wie ich mich fühle. Bis jetzt dachte ich, ich könnte nur auf eine Art und Weise obdachlos werden: wenn Nero mich feuert. Jetzt könnte er auch einfach meinen Mietvertrag nicht verlängern, wenn ich ihn verärgere. Ich liebe unsere Wohnung und …

»Ernsthaft, was ist los?«, fragt Felix in leisem Flüsterton.

Die Sorge in seinem Gesicht ist rührend. Wenn er hier wäre, würde er wahrscheinlich eine Umarmung bekommen, obwohl er immer komisch wird, wenn ich ihn umarme.

»Nur eine Menge Arbeit.« Ich zeige mit meinem Handy auf meine Bildschirme, auf denen noch ein Haufen Artikel geöffnet sind. »Nero ist im Moment nicht gerade meine Lieblingsperson.«

Wie als Antwort auf meine Worte gibt mein Arbeits-E-Mailprogramm ein Geräusch von sich, und als ich auf den Bildschirm schaue, finde ich eine weitere E-Mail von Nero in meinem Posteingang.

Ich drehe die Kamera des Telefons zurück zu mir. »Ich muss wieder an die Arbeit. Danke, dass du dir diese Domovoi-Sache für mich angesehen hast. Ich schulde dir was.«

»Kein Problem.« Sein Grinsen ist ansteckend, also erwidere ich es und lege dann auf.

Neros neue Liste mit Aktien ist etwas kleiner als die vorherige – aber immer noch ein paar Tage Arbeit –, und meine Frist ist »morgen vor Marktöffnung«.

Ich bestelle etwas zu essen beim Mexikaner und lege los. Als mein Essen kommt, bin ich so müde, dass ich kaum noch denken kann, und nachdem ich meinen Burrito gegessen habe, gesellt sich das Essenskoma zu meiner Erschöpfung und reduziert die Qualität meiner bereits zweifelhaften Nachforschungen stark.

Um 20.37 Uhr schreibe ich meinen E-Mail-Bericht für Nero, aber ich schicke ihn nicht ab. In Anbetracht meiner Deadline setze ich den Sendezeitpunkt der E-Mail auf 6.00 Uhr am nächsten Morgen. Das sollte Nero Zeit zum Handeln geben und wird es so aussehen lassen, als hätte ich extra hart daran gearbeitet – vielleicht sogar die ganze Nacht.

Ich gebe mein Bestes, so zu tun, als würde ich mir nur die Beine vertreten gehen, während ich mich aus dem Gebäude schleiche und davongehe, ohne ein bestimmtes Ziel vor Augen zu haben.

Als ich die Straße überquere, bekomme ich ein unangenehmes Gefühl, eine Art Kribbeln zwischen meinen Schulterblättern.

Ich schaue mich um, aber ich sehe niemanden, der mich beobachtet. Dennoch bleibt das Gefühl bestehen.

Wenn ich es nicht besser wüsste, würde ich denken, dass jemand aus dem Büro beschlossen hat, mir zu folgen – aber meine Hedgefonds-Kollegen sind auf keinen Fall *so* neugierig.

Es dauert ein paar Minuten, bis mir klar wird, wohin ich gerade gehe.

Zu einem Laden für Zauberzubehör.

Normalerweise kaufe ich meine magischen Bücher und Requisiten online, aber nichts hat für mich eine so beruhigende Wirkung wie ein echter Zauberladen, den man in Fleisch und Blut betreten kann. Bevor ich in die Pubertät kam, war ein Zauberladen mein Toys'R'Us und Süßwarenladen in einem. Als ich jedoch Brüste bekam, fing ich an, seltener Zauberläden zu besuchen, weil mir von der überwiegend männlichen Kundschaft zu viel Aufmerksamkeit geschenkt wurde.

Eine Klingel ertönt, als ich hineingehe.

Meine Paranoia verschwindet nicht, denn ich habe das Gefühl, dass der imaginäre neugierige Mitarbeiter draußen steht und mich beobachtet.

Auch egal, sollen sie eben schauen. Ich habe auch ein Leben außerhalb der Arbeit, und ich schäme mich nicht dafür.

Dem Zauberladen geht es offensichtlich nicht gut – ich schätze, ich bin nicht der Einzige, der seine Einkäufe von Zauberzubehör online erledigt. Die Hälfte der Regalfläche wird nun von Scherzartikeln wie Furzkissen und Kackehaufen aus Plastik eingenommen.

Der Laden ist leer, als ich mich in ihm umsehe, aber dann kommt ein schnurrbärtiger Hipster in meinem Alter heraus. Seine Augen weiten sich, als er mich sieht, und sein Schnurrbart scheint sich in beide Richtungen zu verlängern.

»Sie sind diese Sasha«, ruft er. »Ich habe Sie im Fernsehen gesehen. Sie waren unglaublich.«

»Danke«, sage ich und bin glücklich darüber, dass er das YouTube-Fiasko ausgelassen hat. »Haben Sie Bücher darüber, wie man eine Kugel mit dem Mund fängt?«

Nach den Ereignissen der letzten Tage habe ich mich gefragt, ob ich mir eine Waffe besorgen sollte. Ich bin kein Revolverheld wie Ariel, aber ich wollte schon immer eines Tages die Illusionen mit Waffen erforschen. Vielleicht kamen all diese Zombie-Angriffe vom Universum, das mir sagen wollte, dass *eines Tages* jetzt ist.

»Wir haben nur das hier.« Der Hipster-Typ greift in ein großes Bücherregal und gibt mir ein kleines Büchlein.

Ich sehe es mir an. Die Werbung auf der Rückseite beschreibt einen Effekt, bei dem ein Darsteller eine Kugel mit einem Streichholz aufheizt und diese dann zum Feuern bringt, um schließlich im Mund des Magiers zu landen.

Kurzum, diesem Trick fehlt der dramatischste Teil der Illusion – die Waffe.

»Ich will ein größeres Kaliber«, sage ich. »Wortspiel beabsichtigt.«

»Das ist alles, was wir haben.« Er zwirbelt seinen Schnurrbart.

Das überrascht mich nicht. Das Fangen der Kugel ist eine überaus gefährliche Illusion. Mindestens sechs sehr berühmte Zauberer starben während solcher

Aufführungen. Dennoch hat jeder große TV-Illusionist, an den ich denken kann, eine Version davon vorgeführt, und ich dachte immer, ich müsse diesem Klub beitreten – das heißt, bis die Tatsache, dass ich zu den Cogniti gehöre, meine Hoffnungen, ins Fernsehen zu kommen, erstickt hat.

»Ich habe dieses russische Roulette.« Der Typ nimmt ein weiteres, etwas dickeres Büchlein aus dem Regal und legt es vor mich. »Der Effekt ist, dass man eine Kugel in einen Revolver steckt, ihn dreht und auf sich selbst schießt …«

»Ich weiß, was eine Russisches-Roulette-Nummer ist«, sage ich und versuche, meine Irritation nicht zu zeigen.

Der Verkäufer errötet. »Ich wollte nicht andeuten, dass Sie das nicht tun. Timothy möchte, dass wir allen Kunden die Effekte erklären. Unabhängig vom Geschlecht.«

Unabhängig vom Geschlecht.

Das ist, als würde man einen Satz mit »Ich will nicht sexistisch klingen, aber …« beginnen.

»Ich habe mein eigenes russisches Roulette erfunden«, sage ich ihm. Was ich nicht sage, ist, dass ich meine Nummer ohne Waffe und niemals vor Publikum getestet habe, also könnte sie schlecht sein.

»Das ist fantastisch«, sagt er übereifrig, da er offensichtlich seinen Fehltritt von eben überspielen will. »Werden Sie ihn veröffentlichen?«

Was für eine tolle Frage.

Jetzt, da ich keine Illusionen mehr machen darf,

sollte ich meine Ideen vielleicht veröffentlichen, anstatt posthum, wie ich es halb scherzhaft geplant hatte, damit andere Magier sie nutzen können.

Nein.

Die Effekte, die ich erfunden habe, sind wie meine Babys, und sie anderen Illusionisten zu geben wäre wie sie an einem Flughafen zu lassen, damit eine andere Familie sie findet.

»Nein«, sage ich entschieden. »Ich werde alles mit ins Grab nehmen.«

Der Typ sieht wirklich enttäuscht aus – was wahrscheinlich bedeutet, dass er nicht weiß, wie ich das in der Fernsehshow gemacht habe und gehofft hatte, das Geheimnis in meinem Buch zu erfahren. Wahrscheinlich will er wissen, wie ich die Gastgeberin dazu gebracht habe, die Herzdame zu nennen, bevor ich sie als Tätowierung auf meinem Arm gezeigt habe.

»Sasha«, sagt er verschwörerisch und blickt auf die Überwachungskamera. »Normalerweise bin ich derjenige, der die Effekte vorführt, aber ich habe mich gefragt, ob Sie vielleicht etwas für mich vorführen können?«

Wenn es sein Ziel war, sich zu rehabilitieren, ist es ihm mit Bravour gelungen. Es gibt kein größeres Kompliment, das man einem Zauberer machen kann, als ihn zu bitten, etwas vorzuführen. Normalerweise wartet jeder nur darauf, dass er an die Reihe kommt, um seine eigenen Fähigkeiten zu zeigen.

Ich zögere eine Sekunde, als ich mich an das Verbot des Rates für meine Auftritte erinnere, beschließe dann aber, dass das nicht dagegen verstößt. Dieser Kerl wird in einer Million Jahren nicht denken, dass ich eine echte Zauberin bin; er weiß selbst, wie die meisten Effekte gemacht werden.

Ich zeige nichts, was ich erfunden habe, da ich Angst habe, es könnte gestohlen werden, sondern wiederhole für ihn das, was ich Fluffster beim Frühstück gezeigt habe. Es gibt nur wenige Dinge in dieser Nummer, die jemanden täuschen sollten, der in einem Laden für Zaubereizubehör arbeitet, aber hoffentlich weiß er meine Ausführung aller Bewegungen zu schätzen.

»Das war toll«, sagt er, als ich fertig bin. Er streicht sich nachdenklich über seinen Schnurrbart und lässt mich denken, dass ich meine Fähigkeiten, zu täuschen, doch unterschätzt habe.

»Nicht schlecht«, sagt eine neue raue Stimme. »Ihre Fähigkeit, Dinge in Ihrer Handfläche zu verstecken, ist ziemlich gut. Für ein Mädchen.«

Ich drehe mich um und sehe, dass der Neuankömmling ein pummeliger, weißhaariger Mann in den Sechzigern ist. Ich muss ihm eines lassen: Er hat es geschafft, wie aus dem Nichts zu erscheinen.

»Timothy.« Der Verkäufer sieht aus wie ein in die Ecke getriebenes Kaninchen. Wie ich hat er nicht bemerkt, dass sich sein Boss angeschlichen hat, um meinen Auftritt mitanzuschauen.

Ich erwidere Timothys wässrigen Blick und runzele die Stirn. »Was genau meinen Sie mit ›für ein Mädchen‹?«

Ich habe schon von Timothy Bandicoot, dem Besitzer dieses Ladens, gehört. Er ist in der Zauberergemeinde von New York halbwegs berühmt, vor allem, weil er ein wenig widersprüchlich ist. Obwohl er Besitzer eines Zauberladens ist, hat er auch einen YouTube-Kanal, auf dem er seine Theorien darüber, wie berühmte Zauberer ihre Illusionen verwirklichen, verbreitet. Nachdem ich seine Show einmal gesehen hatte, war ich enttäuscht über einige der aufwendigen und unmöglichen Theorien, die er als die Methoden hinter der Magie vorschlug.

Jetzt scheint es, als hätte er auch kein Talent für Kundenservice. Vielleicht sollte ich nach der ganzen Plastikkacke in den Regalen nicht überrascht sein.

»Ich habe das als Kompliment gemeint«, erwidert Timothy und reibt die glänzende kahle Stelle auf seinem Schädel wie einen Glücksbringer. »Dinge in den Handflächen zu verstecken ist schwierig für jemanden mit so kleinen und zarten Händen wie Sie.«

»Genauuuuuu.« Ich rolle mit den Augen. »Sie behaupten also, dass Sie gesehen haben, wie ich die Karten in meiner Handfläche versteckt hatte?«

»Aber natürlich«, sagt Timothy. »Einzelne Karten und das ganze Spiel.«

»Das ist seltsam«, sage ich. »Weil ich in dieser Nummer keine einzelnen Karten benutzt habe.«

»Unmöglich«, sagt Timothy. »Jedes Mal, wenn die Karte in Ihrer Tasche gelandet ist ...«

»Wollen Sie Ihre Worte mit Geld aufwiegen? Sie haben mich aufgenommen.« Ich zeige auf seine

Überwachungskamera. »Wir überprüfen das Band, und wenn es zeigt, wie ich eine Karte in meiner Handfläche verstecke, bekommen Sie eintausend Dollar. Wenn nicht, geben Sie mir fünfhundert.«

Timothy sieht seinen schnurrbärtigen Diener flehentlich an. Aus dem Augenwinkel sehe ich, dass der Verkäufer den Kopf schüttelt.

»Wir schließen bald«, sagt Timothy. »Keine Zeit für Spielchen.«

»Dann gehe ich besser.« Ich gehe triumphierend zum Ausgang.

»Hier«, sagt der Verkäufer, als er mich eingeholt hat. Er gibt mir ein Heft mit einer Russisches-Roulette-Nummer. »Als Dankeschön, dass Sie mir Ihre Tricks gezeigt haben.« Seine Augen scheinen außerdem hinzuzufügen: »Und als Entschuldigung dafür, dass mein Chef ein Arschloch ist.«

»Danke«, sage ich und greife nach dem Türgriff. Über meine Schulter füge ich hinzu: »Vielleicht sollten Sie lieber für einen Online-Zauberhändler arbeiten.«

Ich schließe die Tür mit einem lauten Knall und gehe zur U-Bahn.

Das Gefühl, beobachtet zu werden, kehrt zurück. Hat Nero mich vielleicht mit der ganzen Forschung verrückt gemacht? Ich wünschte, ich hätte Lucretia oder einen anderen Psychiater in meinen Kurzwahlnummern, um diese Theorie zu überprüfen.

Ich verdränge den Gedanken, steige in die U-Bahn und fange an, mein Geschenk zu lesen. Die Zeit vergeht dabei so schnell, dass ich fast meine Haltestelle verpasse.

Als ich die Bahnstation verlasse, merke ich, dass mein Kopf immer noch zu durcheinander ist, um schon nach Hause zu gehen. Zum Glück kenne ich das perfekte Gegenmittel – einen Spaziergang im Battery Park.

Benannt nach den Artilleriebatterien, die hier in der gewalttätigeren Vergangenheit aufgestellt wurden, ist dieser Park mit Abstand mein Lieblingsplatz in der Stadt. Am New Yorker Hafen am Wasser spazieren zu gehen hat etwas unglaublich Beruhigendes. Sogar das Gefühl, verfolgt zu werden, lässt nach.

Zumindest ein wenig.

Ich laufe gemütlich auf der Promenade zum Yachthafen.

Wie üblich wird New Jersey auf der anderen Seite des Ufers beleuchtet, ebenso wie die Freiheitsstatue im Hafen. Die Promenade ist ziemlich voll, aber als ich im Yachthafen ankomme – das heißt mich reinschleiche und damit unerlaubt betrete –, ist niemand da.

Ich bleibe neben einer Multimillionen-Dollar-Yacht stehen, parke meinen Hintern auf dem Pier und lasse meine Beine über dem Wasser baumeln. Ich nehme das Zauberbuch heraus und lese es im Licht der antik aussehenden Laterne weiter.

Das Buch beschreibt viele interessante Methoden für das russische Roulette. Einige verwenden eine Trickpistole, andere verwenden Trickkugeln und wieder andere verlassen sich auf einen

Taschenspielertrick, wenn es darum geht, eine echte Kugel in eine echte Pistole einzusetzen – was ich auch in Erwägung gezogen hatte, als ich noch davon geträumt habe, diese Illusion auszuführen.

Eine starke Vorahnung überkommt mich plötzlich.

Habe ich mir gerade unterbewusst vorgestellt, dass ich während einer Vorstellung einen Fehler mache und mir das Gehirn wegpuste?

Mein Unterbewusstsein muss vergessen haben, dass meine Ambitionen auf eine Fernsehkarriere vorbei sind. Und selbst wenn Ariel es zulassen würde, dass ich es tue, würde ich mein Leben nicht für einen Effekt riskieren, nur um meine Mitbewohner zu unterhalten.

Nun, zumindest glaube ich nicht, dass ich das würde. Vielleicht an Felix' Geburtstag …

Das Licht der Lampe hinter mir verdunkelt sich.

Ich bin dabei, mich umzusehen, als etwas Unerklärliches passiert.

In einem Moment sitze ich auf dem Pier – und im nächsten stürze ich ins Wasser.

Mein Kopf knallt gegen etwas Metallisches, und die Welt um mich verschwimmt.

<h1 style="text-align:center">KAPITEL 5</h1>

MEINE FÜSSE TREFFEN ZUERST auf das Wasser, und dann sinkt der Rest von mir in die kalte Tiefe.

Der Schock durch das kalte Wasser klärt meine Benommenheit so weit, dass ich mich daran erinnere, den Atem anzuhalten.

Seit vielen Jahren übe ich, meine Luft anzuhalten, damit ich eines Tages für einen Effekt unter Wasser entkommen kann. Diese ganze Übung rettet mir wahrscheinlich das Leben, während ich nach oben schwimme.

Genau wie ich es während meines Trainings getan habe, fange ich an, Mississippis in meinem Kopf zu zählen – mein bisheriger Rekord ist achtundsiebzig.

Wurde ich nun geschubst oder bin ich ausgerutscht? Und wenn ich geschubst wurde: Von wem?

Wenn jemand hinter mir her ist, könnte es gefährlich für mich sein, wieder aufzutauchen.

Andererseits, sollte ich angesichts dessen, was ich über das Ertrinken gelesen habe, vielleicht das Risiko eingehen, demjenigen zu begegnen, der mich in diese schrecklichen Qualen geschubst hat.

Fünfzehn Sekunden.

Die Menschen haben den Instinkt, nicht unter Wasser zu atmen – ein Instinkt, der so stark ist, dass er die Angst vor Sauerstoffmangel überwinden kann. Zumindest bis zu dem Zeitpunkt, an dem zu viel Kohlendioxid und zu wenig Sauerstoff das Gehirn dazu zwingen, optimistisch den tödlichen Atemzug zu machen. Und die schreckliche Wahrheit über das Ertrinken ist, dass man wahrscheinlich bei Bewusstsein ist, wenn dieser unfreiwillige Atemzug geschieht.

Ich öffne die Augen, schwimme unter Wasser und versuche, nicht vom Pier aus gesehen zu werden und auch nicht an all den Schmutz, die gebrauchten Kondome, die tierischen und menschlichen Abfälle, die potenziell fleischfressenden Bakterien und Amöben und was auch immer für giftige Chemikalien der Regen bringen mag zu denken.

Mein Kopf pocht an der Stelle, an der ich auf dem Weg nach unten gegen etwas gestoßen bin, und der Schmerz verwirrt meine ohnehin schon eingeschränkte Konzentration.

Fünfundzwanzig Mississippis.

Ich bin mir nicht sicher, wie sehr ich meinen Sinnen in dieser Situation vertrauen kann, aber ich könnte schwören, dass eine große Silhouette das Licht vom Laternenpfahl verdeckt. Die Gestalt sieht riesig aus – es muss das Wasser sein, das sie verzerrt.

Ich strenge meine Augen für ein paar Sekunden an.

Der Wunsch, einzuatmen, wird zu meiner ganzen Welt. Irgendwie ist das hier hundertmal schlimmer als während meiner Fluchtübungen im Wasser – wahrscheinlich dank des Adrenalins. Paradoxerweise fühlen sich meine Lungen an, als würden sie aus Luftmangel platzen. Das ist in meinen Trainingssitzungen noch nie passiert.

Die Panik trifft meine Entscheidung für mich.

Ich werde so tun, als sei niemand auf dem Pier.

Verzweifelt suche ich die Treppe an der Seite des Stegs.

Ich bin jetzt bei vierzig Mississippis, obwohl es gut möglich ist, dass die Panik meine Zählung durcheinandergebracht hat.

Als meine Hand das Metall der Treppe berührt, wird mir klar, dass ich einen schweren Fehler gemacht habe.

Ich habe versäumt, die Auswirkungen des Adrenalins in meinen Luftverbrauch einzuberechnen, und mein Körper hat jetzt definitiv seine Grenze erreicht.

Gegen meinen Willen sauge ich einen Atemzug ein.

Wasser strömt in meinen Mund und meine Nase, bevor es meine Lungen überschwemmt.

Es fühlt sich an, als hätte ich gerade geschmolzenes Eisen eingeatmet.

Ein gelblich-schwarzer Farbton überzieht meine Sicht.

Alles in mir will fuchteln, aber ich schaffe es, die Metalltreppe krampfhaft zu umklammern und mich hochzuziehen.

Ein Vulkan explodiert in meiner Luftröhre.

Ich verliere das Zeitgefühl, während ich mich einen Schritt nach dem anderen nach oben ziehe.

Die Qualen erinnern mich an den Ritus. Wer glaubt, dass Waterboarding keine Folter ist, muss nur einmal so etwas einatmen. Ich würde jedem alles sagen, damit das aufhört.

Mit einer monumentalen Willensanstrengung ziehe ich mich eine weitere Sprosse hoch, und die kühle Abendluft schlägt mir ins Gesicht.

Die Hälfte des Hafenwassers scheint jetzt in meiner Lunge zu sein. Mit einer neuen Welle unerträglicher Schmerzen huste und würge ich, und Wasser sprudelt aus meiner Nase und meinem Mund.

Die Krämpfe bringen mich fast dazu, die Leiter loszulassen, aber ich klammere mich daran, als ob mein Leben davon abhängt – was wahrscheinlich auch der Fall ist.

Wenn ich das überlebe, wird es in meiner Karriere niemals eine Flucht unter Wasser geben – vorausgesetzt, ich bekomme diese Karriere zurück. Ich werde wahrscheinlich nie wieder schwimmen gehen. Eigentlich möchte ich sogar wie Luzifer ganz auf das Baden verzichten.

Ich klettere irgendwie eine weitere Sprosse der Leiter hinauf.

Mein Gehirn muss mit den Schmerzen überlastet sein, weil ich mich nicht daran erinnere, die nächsten Stufen nach oben zu klettern.

In Zeitlupe, als ob ich noch unter Wasser wäre, krieche ich auf den Steg und werde sofort ohnmächtig.

———

ICH WACHE KEUCHEND auf und stemme mich in eine sitzende Position hoch.

Niemand ist auf dem Pier.

Ich bin allein hier.

Meine Brust fühlt sich an, als sei sie von einem Elefanten zertrümmert worden – was keinen Sinn ergibt, es sei denn, dass ich neben dem Ertrinken auch noch einen Herzinfarkt erlitten habe.

Mit ein paar schmerzhaften, aber verjüngenden Atemzügen stehe ich langsam auf.

Mein Kopf pocht, und mein Brustkorb schmerzt, doch mein Herz schlägt gleichmäßig. Aber mir ist so kalt, dass wenn meine Zähne Zähne hätten, sogar die klappern würden.

Auf Beinen, die sich wie verbrannte Streichhölzer anfühlen, stolpere ich aus dem Hafen und ignoriere die Blicke der Menschen, die auf der Promenade spazieren gehen.

Ohne eine bewusste Entscheidung zu treffen, beginne ich zu laufen.

Ich wette, dass Laufen nach meiner Tortur von einem Arzt nicht empfohlen würde, aber es wärmt mich auf und fegt einen Teil des Nebels in meinem Kopf fort.

Warum hatte ich keinen hilfreichen Traum, der mich vor diesem Beinahe-Ertrinken warnte? Hat das Ritual mir meine Kräfte genommen? Ich dachte, das Mandat sei ein Mittel, um die Cogniti über unsere Existenz schweigen zu lassen, aber vielleicht ist in meinem Fall etwas schiefgelaufen?

Noch wichtiger: Hat mich jemand ins Wasser gestoßen – oder bin ich von selbst hineingefallen? Letzteres scheint unwahrscheinlich, aber wenn jemand auf der Suche nach mir ist, wo ist er und warum hat er mich nicht erledigt, als ich bewusstlos war?

Nicht, dass es mich stört, am Leben gelassen zu werden. Wenn mein Möchtegernmörder es sich anders überlegt hat, bin ich damit einverstanden.

In diesem Tempo erreiche ich mein Gebäude in wenigen Minuten. Als ich den Aufzug betrete, danke ich meinem Glücksstern, dass keine Nachbarn da sind, die mich sehen können.

In der reflektierenden Oberfläche der Aufzugskabine sehe ich aus wie eine Mischung aus einem nassen Kätzchen, einem gebrauchten Mopp und der Gewinnerin eines Wet-T-Shirt-Contests.

Ariel begrüßt mich im Flur, als ich die Tür öffne.

»Wow.« Sie schaut erst mich an, dann zum Fenster. »Ich wusste nicht, dass es regnet.«

»Es hat nicht geregnet«, sage ich, und ich muss

mich so elend anhören, wie ich mich fühle, denn ich kann beinahe sehen, wie Ariels Gehirn arbeitet, als sie das aktiviert, was Felix und ich liebevoll ihren »Hennen-Modus« nennen.

»Ich helfe dir, diese nassen Klamotten auszuziehen, und du erzählst mir, was passiert ist«, sagt Ariel in der strengen, aber fürsorglichen Stimme, die die volle Aktivierung des Modus anzeigt.

Ich beginne meine Erklärung, während ich auf die Toilette gehe und anfange, mich auszuziehen.

Ariel nimmt ihre zukünftigen Aufgaben als Ärztin wahr und untersucht sorgfältig meinen Schädel und meine Rippen, wobei sie die ganze Zeit den Kopf schüttelt. Im Spiegel sehe ich blaue Flecken auf meiner Brust. Die Beule auf meinem Kopf ist nicht sichtbar, aber ich kann sie spüren, wenn ich sie berühre, und Ariel auch.

»Das ist nicht gut«, murmelt sie und stellt die Dusche an, während ich mir die Zähne putze, um den Geschmack des verschmutzten Wassers loszuwerden. Ich spucke die Zahnpasta aus und erzähle Ariel von dem Gefühl des Verfolgtwerdens, das dem Ertrinken vorausging.

»Geh rein.« Ariel öffnet die Tür zur dampfenden Dusche und führt mich unter den Strahl.

Zuerst fühlt sich das Wasser kochend heiß an, aber ich stelle mich schnell darauf ein – und das Gefühl in meinen Zehen kehrt zurück. Ich schrubbe alles, bis ich wund bin, und als ich herauskomme, bin ich rosarot. Während ich mich abtrockne, überprüft Ariel meine

Vitalzeichen, stopft mich in ihren Fleecemantel und zerrt mich in die Küche.

»Das ist wirklich seltsam.« Sie legt mir einen Eisbeutel in die linke Hand und zeigt mir, wo ich ihn an den Kopf halten soll. »Deine Rippenverletzungen – die habe ich schon einmal gesehen. Das erste Mal, als ich die Herz-Lungen-Wiederbelebung in der Armee angewendet habe, habe ich Spuren hinterlassen, weil ich nicht wusste, was ich tat, und zu sehr auf die Brust des Opfers drückte.«

»Herz-Lungen-Wiederbelebung?« Ich unterdrücke Bilder eines gruseligen Fremden, der seinen Mund auf meinen presst. »Ich bin mir ziemlich sicher, dass ich geatmet habe, als ich mich da rausgezogen habe.«

»Wer immer das getan hat, hat offensichtlich keine Erfahrung mit erster Hilfe.« Ariel schiebt mir eine Tasse fast kochenden Tees in die rechte Hand.

»Aber warum war er oder sie nicht da, nachdem ich wieder zu Bewusstsein gekommen bin?« Ich puste auf den Tee, um ihn abzukühlen. »Und warum wurde 911 nicht angerufen?«

»Vielleicht war es die Person, die dich geschubst hat. Du hast gesagt, du hättest jemanden durchs Wasser gesehen, und als du aufgewacht bist, war niemand mehr da.«

Ich runzele die Stirn und trinke vorsichtig meinen Tee. »Das ergibt keinen Sinn. Warum versucht derjenige zuerst, mich zu töten, aber rettet mich dann?«

»Vielleicht war das Ziel, dich zu erschrecken?«

»Aber warum?« Ich nehme noch einen Schluck Tee. Es ist Kamillentee mit Honig, wird mir langsam klar. »Wenn man jemanden erschreckt, sagt man ihm normalerweise, warum. Wie zum Beispiel ›Sprich nicht mit der Polizei‹ oder so.«

»Da stimme ich dir zu.« Ariel lässt sich in den Stuhl neben mir fallen. »Das ergibt nicht viel Sinn.«

»Apropos Polizei.« Ich verschiebe meinen Eisbeutel ein wenig. »Sollte ich das melden?«

Ariel trommelt mit den Fingern auf dem Tisch, und auf ihrem schönen Gesicht haben sich Sorgenfalten gebildet. »Ich bezweifle, dass sie viel für dich tun können, wenn sie dir überhaupt glauben. Wenn das etwas damit zu tun hat, dass du zu den Cogniti gehörst, könntest du außerdem Ärger mit dem Rat bekommen.«

Toll. Das hat mir noch gefehlt. »Gibt es eine Polizei bei den Cogniti, mit der ich reden kann?«

»Vlad und seine Leute sind so etwas in der Art«, sagt Ariel. »Ich nehme an, du kannst zu ihm gehen, aber vielleicht fängst du mit deinem Mentor an. Wahrscheinlich würde Vlad dir das auch vorschlagen.«

»Nero?« Ich stelle die Tasse ab und massiere meinen Nasenrücken. »Muss ich das tun? Er ist im Moment nicht gerade meine Lieblingsperson.«

»Warum nicht? Was hat er getan?«

»Eigentlich nichts.« Ich schnappe mir wieder den Tee und nehme so wütend einen Schluck, dass ich mir den Gaumen verbrühe. »Er hat mich gerade dazu gezwungen, meinen Job viel schneller als sonst zu erledigen. Aber ich nehme an, das zählt nicht als ein Verbrechen.«

Ariel zieht ihre Augenbrauen in die Höhe. »Wirklich? Das ist alles?«

Das war klar. Ariel hat irgendwie herausgefunden, dass ich ein Geheimnis bezüglich Nero habe. Ich habe ihr nichts von der Kuss-Geschichte erzählt, und jetzt ist kein guter Zeitpunkt, es zu erklären. Und ich bin mir auch nicht sicher, ob es jemals einen guten Zeitpunkt geben wird, um –

»Denkst du, Chester könnte dahinter stecken?«, fragt Ariel. »Er hat deinetwegen seinen Sitz im Rat verloren, also war das vielleicht seine Rache?«

Das habe ich schon kurz überlegt, aber ich bin froh, dass Ariel es angesprochen hat. »Glaubst du, er würde so etwas tun? Gaius hat gesagt, dass ich jetzt, da ich unter dem Mandat stehe, sicher vor ihm sein sollte.«

»Ich kenne Chester nicht persönlich, also kann ich es nicht sagen, aber wer hat denn noch ein Problem mit dir?«

Ich denke darüber nach. »Weißt du, wenn es Chester wäre, könnte das die seltsame Herzmassage erklären.« Ich bewege den Eisbeutel von meinem Kopf zu meinem schmerzenden Brustkorb. »Hätte Chester mich getötet, hätte er Ärger mit dem Rat bekommen, aber so, wie es jetzt abgelaufen ist, habe ich nur ein schreckliches Tauchbad genommen, und er hat keine Konsequenzen zu befürchten – es sei denn, ich kann beweisen, dass er derjenige ist, der mich geschubst hat.«

»Wenn das der Fall ist, musst du mit Nero reden und ihm sagen, dass du Chester verdächtigst, unabhängig davon, was du gerade von deinem Mentor hältst.«

»Ich werde darüber nachdenken«, sage ich und gähne laut.

»Auf jeden Fall wirst du auf absehbare Zeit nirgendwo ohne mich hingehen.« Ariel massiert ihre rechte Faust mit der linken Handfläche.

»Das ist verrückt. Ich muss arbeiten, und du hast deine Ausbildung.«

»Dann hör auf, immer so lange im Fonds zu bleiben und …«

»… werde gefeuert«, beende ich den Satz. »Nein. Das ist nicht die Lösung, aber ich habe eine Idee, die dir gefallen wird.«

Ariel verschränkt ihre Arme vor der Brust. »Welche?«

»Wie wäre es, wenn ich mir eine Waffe zulege?«

»Du würdest eine Waffe tragen?« Sie lässt ihre Arme fallen und sieht so aufgeregt aus, dass man meinen könnte, ich hätte ihr gerade ein Jahr lang freiwillige Fußmassagen angeboten, anstatt mir einen Apparat zu besorgen, der Füße wegblasen kann.

»Besser als dich überallhin mitschleifen zu müssen«, sage ich. »Ist nicht böse gemeint.«

»Ich werde meinen Typen anrufen«, sagt Ariel, mit der gleichen unangemessenen Begeisterung. »Weißt du, was für eine Art du willst?«

»Ich habe an einen Revolver gedacht«, sage ich und

erinnere mich an das jetzt ertrunkene Zauberbuch. »Es sei denn, du hast einen besseren Vorschlag.«

»Ich selbst bevorzuge eine Halbautomatik, aber ein Revolver könnte tatsächlich etwas für dich sein. Zum einen ist es weniger wahrscheinlich, dass der Revolver versehentlich feuert, falls du ihn auf den Boden fallen lässt.«

»Ich hoffe, ich lasse meine zukünftige Waffe überhaupt nicht fallen. Aber es ist gut, das zu wissen.«

»Der Revolver hat auch keine Sicherung.« Ariel reibt ihr Kinn mit Daumen und Zeigefinger.

»Ist das gut oder schlecht?« Ich trinke meinen Tee in einem großen Schluck aus.

»Wenn du in einer Schießerei bist, mit all dem Adrenalin, könntest du vergessen, die Waffe zu entsichern. Das passiert häufiger, als man denkt. Außerdem klemmt ein Revolver seltener.«

»Großartig.« Ich gebe ihr den Eisbeutel zurück. »Warum nimmt jemand etwas anderes als einen Revolver?«

»Es gibt eine Reihe von Gründen, warum die Streitkräfte und die Polizei sie nicht benutzen.« Ariel geht hinüber und legt den Eisbeutel wieder in den Gefrierschrank. »Zum Beispiel hat ein Revolver deutlich weniger Schüsse.«

»Das ist nicht unbedingt ein Problem für mich. Wenn etwas schiefgeht, erwarte ich sowieso nicht, dass ich mehr als ein paar Kugeln schießen muss«, sage ich. »Zumindest hoffe ich, dass ich das nicht muss.«

»Wenn wir uns auf die Hoffnung verlassen wollen,

dann besorgen wir dir eine Waffe und hoffen, dass du sie nicht brauchst«, sagt Ariel in ihrem Ton eines weisen Veteranen. »Das ist besser, als sie zu brauchen und nicht zu haben.«

»Einverstanden«, sage ich unter einem weiteren Gähnen.

»Ich nehme dich dieses Wochenende auch mit zum Schießplatz«, sagt Ariel mit ernster Stimme. »Keine weiteren Ausreden.«

»Gut.« Ich gähne wieder. »Wir gehen tanzen und schießen. Willst du mich in dich verwandeln?«

»Das ist wie ein drittes Gähnen«, sagt sie und gähnt auch. Ich muss ansteckend sein. »Geh ins Bett«, sagt sie in demselben strengen Ton. »Jetzt.«

»Okay, Mama«, sage ich und gehe aus der Küche.

Als ich mein Zimmer betrete, begrüßt mich Fluffster an der Tür, und ich beginne meine übliche Haustierfütterungsroutine.

Während er frisst, hole ich mein Handy aus den nassen Sachen. Zu meiner Überraschung funktioniert es immer noch – es ist wirklich so wasserdicht, wie behauptet wurde. Ich stecke das Handy ans Ladegerät, aber schalte es aus, um sicherzustellen, dass ich heute Nacht ohne Unterbrechung schlafen kann.

»Ich mag dieses Heu wirklich gern«, sagt Fluffster in meinem Kopf, und ich merke, dass ich in meinem Adrenalinschub vergessen habe, dass er mit mir kommunizieren kann.

»Es ist Bio-Heu«, erkläre ich ihm. »Keine Pestizide für dich.«

»Ist Bio viel teurer als normal?« Fluffsters geistige Stimme klingt übertrieben besorgt. »Ich bezweifle, dass ich den Unterschied schmecken könnte und …«

»Ich werde dir weiterhin das Bio-Heu besorgen«, sage ich und widerstehe dem Drang, mit den Augen zu rollen. »Wenn ich Bio esse, warum solltest du es nicht?«

»Du kannst den Unterschied wahrscheinlich auch nicht erkennen«, meckert Fluffster. Dann muss er die blauen Flecken bemerken, als ich mein Nachthemd anziehe, weil er fragt: »Bist du verletzt?«

Nach einiger Aufforderung erzähle ich meinem Chinchilla, was passiert ist. Wenn jemand Beweise für meine geistige Instabilität sammeln wollte, würde eine Aufzeichnung dieses Gesprächs wahrscheinlich ein starkes Argument dafür sein, mich in einem gepolsterten Raum einzusperren.

»Du solltest von jetzt an zu Hause bleiben«, sagt er, als ich fertig bin. »Das passiert, wenn man nach draußen geht.«

»Deine Lösung ist so praktisch wie die von Ariel«, entgegne ich. Er bläht stolz seinen Schwanz auf, also muss ich klarstellen: »Damit meine ich, dass sie beide nicht praktisch sind.«

Wir streiten uns ein paar Minuten lang, und irgendwann gibt er auf – wahrscheinlich, weil er weiß, dass ich ihm seine Mandeln und sein Staubbad wegnehmen kann, wenn er mich wütend macht.

»Kann ich mit dir kuscheln?«, fragt er, als ich endlich im Bett bin.

»Natürlich.« Ich habe online gelesen, dass Chinchillas nicht gerne auf diese Weise eingeengt werden, aber ich schätze, das trifft nicht auf ihn zu – was für mich traumhaft ist. »Jederzeit.«

Wie einen Teddybär kuschele ich meinen warmen und himmlisch weichen Domovoi an meine Brust und schlafe ein.

KAPITEL 6

ICH WACHE AUF.

Ich hatte wieder keine Träume mit Visionen. Habe ich sie für immer verloren?

Mein Kopf und meine Rippen fühlen sich viel besser an, und nachdem ich in die Küche gegangen bin und ein paar von Felix' Blaubeer-Bananen-Pfannkuchen verschlungen habe, fühle ich mich fast so gut wie an einem durchschnittlichen Freitagmorgen.

Ich ziehe sogar ein Kleid zur Arbeit an – für Felix' konservative Eltern, die ich heute zum Mittagessen treffe.

»Ich glaube nicht, dass es Chester war, der dich ins Wasser gestoßen hat«, sagt Felix, nachdem ich ihm von meinen Abenteuern erzählt habe. »Das ist einfach nicht sein Stil.«

»Was glaubst du dann, was los ist?« Ariel isst heute ihren Pfannkuchen mit ihren Händen, wie eine Höhlenfrau.

»Keine Ahnung.« Er kratzt sich am Kopf. »Ich kann versuchen herauszufinden, ob irgendwelche Sicherheitskameras den Vorfall aufgezeichnet haben, aber ich würde nicht allzu sehr darauf hoffen.«

Für den Rest des Essens denken wir uns Theorien aus, aber nichts, was uns einfällt, erklärt das Rätsel am Pier.

Ich entschuldige mich, füttere Fluffster, ziehe ein Paar Ballerinas an, die zu meinem Kleid passen, und gehe zu Tür.

»Denk dran, dass wir später zusammen mittagessen«, erinnert mich Felix, als ich die Tür hinter mir schließe.

»Wir sehen uns dort«, sage ich und beeile mich, zur Arbeit zu kommen.

———

ALS ICH AN MEINEM SCHREIBTISCH ANKOMME, warten zwei E-Mails von Nero auf mich.

In der ersten wird er ekstatisch, was meine guten Entscheidungen von gestern Abend anbelangt, also habe ich es wohl ein bisschen besser gemacht als ein Affe mit verbundenen Augen – mein Glück muss mir also noch hold sein.

In der zweiten E-Mail bittet mich Nero, vor dem Mittagessen eine weitere Schiffsladung Aktien zu recherchieren – etwa fünfzig Prozent mehr als gestern Morgen.

Ich recherchiere die meisten Aktien so gut ich kann,

aber für diejenigen, die in die zweite Hälfte des Alphabets fallen – etwa ein Viertel von ihnen –, beschließe ich, zu betrügen und meine Empfehlungen rein instinktiv abzugeben, ohne irgendwelche Daten außer dem Namen des Unternehmens *auszuwerten*.

Meine Hoffnung ist, dass, selbst wenn Nero etwas Geld mit dieser kleineren Teilmenge von Aktien verliert, er meine wahnsinnige Arbeitsbelastung verringert, anstatt mich zu feuern.

Zehn Minuten vor der Deadline habe ich meinen Bericht fertig und schaue mich nach etwas um, was ich tun könnte, bis ich zum Mittagessen fahre.

Mein Blick fällt auf die Visitenkarte, die Nero mir gestern gegeben hat.

Bei allem, was passiert ist, habe ich die *Einführung* völlig vergessen. Ich habe sogar vergessen, meine Mitbewohner danach zu fragen.

Ich nehme mein Telefon und wähle die Nummer auf der Karte.

»Dr. Hekima«, sagt eine tiefe, melodische Stimme, die so klingt, als könnte sie gut Naturdokumentationen sprechen. »Wie kann ich Ihnen helfen?«

»Hallo. Mein Name ist Sasha.« Ich sperre meinen Computer. »Sasha Urban.«

»Ah«, sagt Dr. Hekima aufgeregt. »Sie sind die neue Schülerin, die mir angekündigt wurde.«

»Schülerin?« Ich drehe mich in meinem Stuhl. »Also ist die Einführung eine Form der Ausbildung für die C...«

»Das ist kein Thema für ein Telefonat«, sagt Dr.

Hekima, und zum ersten Mal höre ich einen leichten Akzent heraus – vielleicht kommt er aus Südafrika? »Können Sie mich am Samstag während meiner Bürozeiten besuchen?«

»Natürlich«, sage ich. »Wann und wo?«

»Würde Ihnen vierzehn Uhr passen?«, fragt er und gibt mir die Adresse, die leider in Queens ist.

»Das passt mir«, sage ich, nachdem ich einen Moment gezögert habe.

»Wir sind direkt über dem ersten Bahnhof in Queens«, sagt er. »Wenn Sie die M…«

»Ich bin mir sicher, dass ich es finden werde. Ich freue mich darauf, persönlich mit Ihnen zu sprechen, Dr. Hekima.«

»Ich mich auch«, sagt er und legt auf.

Ich schaue auf die Uhr auf meinem Handy und springe auf.

Wenn ich mich jetzt nicht beeile, werde ich zu spät zum Mittagessen mit Felix' Familie kommen.

———

ICH WAR SCHON DREIMAL in meinem Leben in Brighton Beach. Einmal, um zu schwimmen und spazieren zu gehen, einmal, als Felix Ariel und mich überzeugt hat, *den besten Kaviar und Wodka der Welt* zu probieren, und ein drittes Mal auf meinem Weg zum Freizeitpark auf Coney Island. Dieses Viertel, das als Little Odessa bekannt ist, hat die größte

Bevölkerungsdichte russischer Einwanderer in der westlichen Hemisphäre.

Ich betrachte die Schaufenster, die alle auf Kyrillisch beschriftet sind. Wenn Fluffster wirklich meinen biologischen Eltern gehört hat, dann sprachen sie wahrscheinlich Russisch – das heißt, dass ich, wenn ich nicht am Flughafen zurückgelassen worden wäre, jetzt all diese Zeichen lesen könnte.

Ich halte neben einem Gebäude an, das von dem in New York üblichen Renovierungsgerüst bedeckt ist, und ziehe mein Telefon heraus. Ich bin ein paar Minuten zu früh dran, und laut GPS ist das Restaurant nur zwei Blocks entfernt.

Plötzlich überkommt mich ein intensives Gefühl von Gefahr.

Ohne zu wissen, warum, springe ich zur Seite.

Ein Ziegelstein zerschlägt an der Stelle auf dem Bürgersteig, wo ich gerade noch stand.

KAPITEL 7

DAS GEFÜHL der Gefahr verschwindet nicht.

Ich springe instinktiv zurück und stolpere fast über die Steinreste.

Ein Eimer mit Farbe landet dort, wo ich bis vor einer Sekunde stand, und spritzt über den Bürgersteig, auf dem ein Modern-Art-Gemälde entsteht.

Was zum Teufel …?

Ich zwinge mein betäubtes Gehirn zu arbeiten und meinen Körper in Richtung Gebäude zu bewegen.

Sobald ich einen Schritt mache, fällt ein Schraubenschlüssel in den Farbfleck, und dann folgen weitere Werkzeuge in einem tödlichen metallischen Hagel.

Ich schaue auf, während ich anfange zu rennen. Auf der Seite des Gerüstes befindet sich einer der Seilaufzüge, die Fensterputzer und Bauarbeiter benutzen, nur ist dieser hier zum Boden geneigt.

Offensichtlich rutschten die gefährlichen Objekte von dort ab.

Ich wette, sie brechen eine Million Sicherheitsvorschriften, indem sie das Ding benutzen, ohne den Arbeitsbereich abzugrenzen. Ist Brighton Beach von den NYC-Gesetzen ausgenommen?

Wütend eile ich in das Gebäude und laufe in die Etage, die parallel zur Unfallquelle liegt. Ich bin entschlossen, jemandem meine Meinung zu sagen.

Ein riesiger Mann kommt auf mich zu, und ich werde langsamer, während ich mich frage, ob es wirklich eine so gute Idee war, hier hineinzulaufen.

Die meisten Europäer und Asiaten haben nach modernen Erkenntnissen etwa zwei Prozent Neandertaler-DNA. Dieser Kerl scheint mindestens fünfzig Mal so viel abbekommen zu haben. Er hat eine kurze, flache Stirn, tiefliegende Augen und einen so großen Schädel, dass der gelbe Bauhelm auf seiner Kopfspitze aussieht wie eine jüdische Kippa.

»Wie kann ich Ihnen helfen?«, brüllt er in einem Bass, der fast mit Neros mithalten kann, allerdings ohne auch nur einen Hauch von sexy Untertönen.

Nicht, dass mir Neros sexy Untertöne auffallen würden.

Ich benutze meinen ganzen Zorn, um mir Mut zu machen. »Das Ding hätte mich gerade fast umgebracht.« Ich zeige auf den losen Seilaufzug.

Er schaut dorthin, wohin ich zeige, dann zurück zu mir.

»Das hätte nicht passieren können«, sagt er, so als

ob er nicht gerade auf das schräg hängende Hilfsmittel geblickt hätte. »Wir sind extrem sicherheitsbewusst.«

»Was meinen Sie damit, dass es nicht hätte passieren können? Es ist passiert«, sage ich empört und bemerke etwas anderes an dem Kerl. Er sieht aus, als hätte er eine dicke Schicht Make-up aufgetragen. Vielleicht ist er genderfluid? Oder könnte er schreckliche Narben verdecken?

»Unmöglich«, sagt er, und als er seinen Mund öffnet, sehe ich seine unteren Zähne. Sie sind so markant, dass sie wie abgefeilte Stoßzähne aussehen.

Ich verdränge diese seltsame Beobachtung und konzentriere mich auf das Hauptthema. »Er ist genau hier, und das ganze Zeug ist rausgefallen«, sage ich und trete frustriert gegen den Fahrstuhl. »Ich habe doch nicht versucht, mich umzubringen.«

»Ich werde das untersuchen müssen«, sagt er und zeigt mir seine oberen Zähne – ein gezacktes Durcheinander, das jedem Kieferorthopäden Alpträume bereiten würde. »Danke, dass Sie uns darauf aufmerksam gemacht haben.«

Seine Augen leuchten hinterhältig auf, als er diesen letzten Teil sagt, und ich erinnere mich plötzlich an meine Verabredung zum Mittagessen.

»Gern geschehen«, sage ich und ziehe mich vorsichtig zurück. »Wir wollen ja nicht, dass noch jemand verletzt wird.«

Er wackelt mit dem Kopf, und der gelbe Helm fliegt mir fast ins Gesicht.

Ich gehe zurück ins Treppenhaus und laufe so

schnell hinunter, wie meine Beine mich tragen können. Irgendwas an dem Kerl hat sich einfach falsch angefühlt, besonders gegen Ende unseres Gesprächs.

Zu meiner Erleichterung verläuft der Rest des Wegs zum Restaurant ohne weitere Zwischenfälle.

Ich schleiche mich hinein und schaue mich um. Das Ganze hat einen deutlichen Nahost-Look, was bei usbekischem Essen wohl Sinn ergibt. Bei dem Geruch von gebratener Zwiebel und frischem Brot knurrt mein Magen.

Felix winkt mir von einem großen Tisch rechts von mir zu, an dem er allein sitzt.

»Nimm Platz«, sagt er, als ich fast bei ihm bin. »Meine Eltern haben gerade Bescheid gesagt, dass sie jetzt aus dem Zug gestiegen sind. Das tut mir leid. Mama kommt immer zu spät.«

»Das ist in Ordnung.« Ich frage mich, welcher Sitz für seine Eltern »Nicht seine Freundin!« schreien könnte, und nehme zwei Stühle weiter rechts von Felix Platz. »Ich wurde vor einer Sekunde fast getötet.«

»Was?« Er lässt vor Entsetzen fast die Speisekarte fallen. »Wann? Wie?«

»Durch einen Ziegelstein auf den Kopf«, sage ich und erzähle ihm, was passiert ist.

Sein Stirnrunzeln vertieft sich, während ich spreche, und seine Finger fummeln nervös mit der Speisekarte. »Vielleicht lag ich heute Morgen falsch«, sagt er, als ich fertig bin. »Vielleicht steckt Chester doch dahinter. Wenn ich seine Macht richtig verstehe, kann er, sollte er wollen, dass du verletzt wirst, die

Wahrscheinlichkeit erhöhen, dass Unfälle passieren, wenn er in deiner Nähe ist.«

Reizend. »Ich muss mit Nero reden, oder?«

»Definitiv«, sagt Felix, und sein Blick wandert von mir zur Tür.

Ich seufze und beschließe, mich auf etwas Angenehmeres zu konzentrieren. »Hattest du jemals eine Einführung?«, frage ich, als Felix mich wieder ansieht.

»Natürlich«, sagt er. »Die haben wir alle bekommen.«

»Was genau ist sie?« Mein Magen knurrt wieder, als ich Teigwaren und frittiertes Essen rieche.

Felix grinst. »Schickt Nero dich zur Einführung?« Bei meinem bösen Blick fängt er an zu lachen und erklärt mir: »Es ist wie eine Sonntagsschule für die Cogniti. Dort erfährst du ein paar Grundlagen über unsere Art …«

»Also, was ist so lustig?«, frage ich und verenge meine Augen, obwohl ich langsam eine Vorstellung bekomme.

»Nichts. Es ist nur eigentlich etwas, was wir als Teenager tun, das ist alles. Du wirst wahrscheinlich die älteste Schülerin dort sein.« Er lacht wieder und schüttelt den Kopf.

Ich erinnere mich, dass Gaius über seinen Job als Verkünder sprach und darüber, dass er den jungen Cogniti beibringt, was sie sind. Danach muss die Einführung folgen.

»Bitte sag mir nicht, dass ich wieder auf die

Highschool gehe.« Ich schaue Felix mit nur teilweise vorgetäuschtem Entsetzen an. »Ich habe das erste Mal kaum überlebt.«

»Es ist nur einmal pro Woche«, sagt er beruhigend und blickt dann zum Eingang. »Sie sind hier.«

Ich betrachte die beiden Neuankömmlinge.

Wenn man sie getrennt betrachtet, ist es nicht sofort offensichtlich, dass diese Menschen die biologischen Verwandten von Felix sind, geschweige denn seine Eltern. Sein Vater ist überwiegend russischer Herkunft – er sieht aus wie ein gebräunter Weißer mit slawischen Gesichtszügen. Vor allem sein großer Bierbauch steht im krassen Gegensatz zu Felix' schlankem Körper. Der größte Unterschied liegt jedoch darin, wie sein Vater mich und andere weibliche Restaurantbesucher ansieht – so als seien wir Sexobjekte und keine Menschen.

Felix' Mutter hingegen sieht gar nicht europäisch aus. Ihr Gesicht ist eine starke Vermischung orientalischer und asiatischer Züge, und es ist viel runder als das von Felix.

»Kotek«, sagt sie, und aus Erfahrung weiß ich, dass das auf Russisch *Kätzchen* bedeutet – etwas, womit ich Felix später aufziehen werde.

Felix' Familie gehört zu den fünf Prozent der Usbeken, die Russisch statt – oder im Falle seiner Mutter zusätzlich zu – Usbekisch sprechen. Deshalb leben sie in der Nähe des russisch dominierten Brighton, und deshalb spricht Felix selbst so gut Russisch, aber fast kein Usbekisch.

Ich spüre einen Anflug von Eifersucht, als ich sehe, wie seine Eltern ihren Sohn im russischen Stil auf jede Wange küssen und ihn umarmen. Meine Eltern sind viel zurückhaltender, wenn es um das Zeigen von Gefühlen geht.

»Sashen'ka«, sagt Felix' Mutter und benutzt dabei eine der vielen russischen Verniedlichungsformen meines Namens – der an sich bereits ein Diminutiv von Alexandra ist. »Schön, dich wiederzusehen.«

»Hallo, Ms. Fokin«, sage ich und stehe auf, um der Frau die Hand zu schütteln.

»Bitte.« Sie ergreift meinen Arm mit einem aikidoähnlichen Manöver, aber anstatt zu Boden zu fliegen, lande ich in einer festen Umarmung, bei der mein Gesicht fast in ihrem üppigen Busen vergraben wird. Dann küsst sie meine Wangen und hinterlässt zweifellos dicke Lippenstiftabdrücke, die genauso aussehen wie die auf Felix' Gesicht. »Ich habe dir das schon einmal gesagt. Nenn mich Zamira.«

Mit einem schüchternen Lächeln befreie ich mich. »Stimmt. Tut mir leid, Zamira.«

»Und nenn mich Ruslan«, sagt Felix' Vater und tritt näher, so als würde er mich auch gleich in eine Umarmung ziehen. Zu meiner Erleichterung wirft Zamira ihm einen Blick aus zusammengekniffenen Augen zu, der ihn dazu bringt, seine Umarmung in einen geschäftsmäßigen Händedruck zu verwandeln.

Seine Hand ist schwielig und feucht, also lasse ich sie schneller los, als es die Höflichkeit eigentlich zulässt.

Alle nehmen Platz und schauen in die Karte.

Ich überfliege die unbekannten Wörter, aber bevor ich sie entziffern kann, werde ich mit Vorschlägen von usbekischen Köstlichkeiten überhäuft, die ich *unbedingt probieren muss.*

Für den ersten Gang – man *muss* mindestens drei Gänge in diesem Restaurant nehmen –, wähle ich eine Suppe namens Lagmon, nachdem Felix und sein Vater mir unabhängig voneinander versichert haben, dass sie ohne Pferdefleisch gemacht wird. Pferdefleisch ist nämlich eine klassische Zutat der traditionellen usbekischen Küche – na ja, wenigstens ist es keine Kätzchenleber. Als zweiten Gang nehme ich gedämpfte Teigtaschen, sogenannte Manti, und als Hauptgang eine Art Pilaf namens Plov. Das alles wird von Lepyoshka, einem leckeren Brot im Tandoor-Stil, begleitet.

Unser Kellner ist ein großer, hübscher Mann, der eher russisch als authentisch usbekisch aussieht.

Er bemerkt, dass ich ihn anstarre, und zwinkert mir zu.

Zamira wirft mir den gleichen Blick mit zusammengekniffenen Augen zu, mit dem sie eben ihren Mann angesehen hat, und ich zucke zusammen. Warum sollte es ihr etwas ausmachen, dass ich männliche Aufmerksamkeit erhalte? Es sei denn, Felix hat recht, und sie denkt trotz seiner gegenteiligen Beteuerungen immer noch, dass wir zusammen sind.

Felix' Vater bestellt in superschnellem Russisch,

und der Kellner eilt weg, um Zamiras bösem Blick zu entkommen.

»Sasha und ich haben gerade Mittagspause«, sagt Felix, nachdem er sich vergewissert hat, dass der Kellner außer Hörweite ist. »Also, können wir vielleicht sofort zur Sache kommen?«

Ohne seinen Eltern eine Chance zu geben, zuzustimmen – weil sie wahrscheinlich anderer Meinung wären –, beginnt Felix mit seiner Erklärung über Fluffster.

»Das ist interessant«, sagt Ruslan, nachdem sein Sohn fertig ist. »Ich kann euch gleich sagen, dass der Domovoi nicht zu Felix gehört. Mein Großvater hatte einen, aber dieser Domovoi lebt bei meinem Vater in Russland.«

Der Kellner bringt unsere Getränke, und wir unterbrechen das Gespräch. Felix, Zamira und ich bekommen unseren Tee in einer Schüssel statt in einer Tasse. Ruslan hat sich für etwas Stärkeres entschieden – ein alkoholisches Getränk namens Bozo. Als ich anfange zu lachen, versichert mir Felix, dass das sprudelnde Gebräu aus gekochter und vergorener Hirse gemacht wird und dass bei der Herstellung dieses Getränks keine Clowns, schon gar keine namens Bozo, verletzt wurden.

»Also«, Felix nippt an dem Tee und stellt seine Schüssel wieder ab, »wir wissen, dass der Domovoi weder meiner ist noch von einem der Vormieter hinterlassen wurde. Er muss Sashas sein.«

»Stimmt.« Ruslan stellt sein Bozo ab. »Aber das

bedeutet nicht, dass er bei ihren biologischen Eltern gelebt hat.« Er schaut mich an und fragt: »Welche Nationalität haben deine Adoptiveltern? Sind sie Cogniti?«

»Nein, sie sind ganz normale Amerikaner«, sage ich und schäme mich, dass ich nie viel zu diesem Thema nachgefragt habe. »Felix und Ariel haben meine Mutter schon einmal getroffen, und sie hatte keine Mandatsaura. Ich habe meinen Vater seit dem Ritual noch nicht wiedergesehen, aber ich bin mir ziemlich sicher, dass er nicht zu den Cogniti gehört. Auf jeden Fall werde ich mich bald mit ihm treffen, um sicherzugehen.«

»Kommen nicht alle Amerikaner von anderswoher?«, meint Zamira weise. »Zumindest, wenn man ein paar Generationen zurückgeht?«

»Ja, und schon in der zweiten Generation vergessen sie oft ihr Erbe.« Ruslan schaut Felix mit einem durchdringenden Blick an, der zu sagen scheint: »Sorge dafür, dass dein Nachwuchs das nicht tut – vorausgesetzt, jemand will Kinder mit dir haben wollen, nachdem du zwei perfekte Frauen nicht halten konntest.«

Der Kellner bringt die Suppen und das Lepyoshka-Brot, also warte ich mit meiner Antwort, bis er weg ist.

»Ich kann meine Eltern fragen, ob sie russische Wurzeln haben.« Ich reiße mir ein Stück Brot ab und betrachte meine Suppe eingehend. Sie besteht aus dicken Nudeln und eher fettigeren Stücken Rind- und Lammfleisch und ist mit Lauch und Dill garniert.

»Wenn sie russisches Blut haben, frage sie, ob sie Haustiere hatten«, sagt Ruslan und pustet auf seine Tushpera-Suppe.

»Apropos«, Zamira hält mit ihrem Löffel vor ihrem Mund inne, »hattest du als Kind Haustiere?«

»Nein.« Ich nehme zaghaft einen Löffel meines Lagmons.

»Vielleicht, als du noch jünger warst?«, fragt Felix.

»Vielleicht«, sage ich. »Aber ich bezweifle es. Mama ist allergisch darauf, sich um Dinge zu kümmern.«

Felix lacht – er hat meine Mutter kennengelernt. Seine Eltern sehen jedoch sehr düster aus, und ich erinnere mich erst jetzt daran, wie wichtig es in ihrer Kultur ist, die Eltern zu respektieren.

Um meinen Fauxpas zu verdecken, stecke ich mir den Löffel in den Mund, und der würzige, pikante Geschmack macht es mir für einige Augenblicke schwer, mich auf etwas anderes zu konzentrieren. Zu der Suppe nehme ich ein Stück des leckeren Lepyoshka-Brots und widerstehe der Versuchung, vor Genuss aufzustöhnen. Als ich endlich wieder Luft geholt habe, frage ich: »Wisst ihr, wie man Fluffster – den Domovoi – dazu bringen kann, sich daran zu erinnern, woher er kommt?«

Ruslan fischt eine Teigtasche aus seiner Suppe. »Jedes Mal, wenn ein Domovoi die Gestalt eines Tieres annimmt, bildet er Erinnerungen, aber wenn dieses Tier stirbt, übertragen sich die Erinnerungen nicht in die nächste Form, die er annimmt. Ich glaube, Amnesie ist das englische Wort dafür. Ich weiß, dass das mit dem Domovoi meines Großvaters passiert ist, mindestens fünfmal.«

»Also«, sage ich langsam, um mir die Gelegenheit zu geben, die Logik in dieser eigenartigen Tatsache zu verstehen, »wenn ich keine Haustiere hatte, wären die letzten Erinnerungen von Fluffster, bevor er ein Chinchilla wurde, die als ein Haustier seines letzten Besitzers, die meine biologischen Eltern sein könnten.«

»Genau.« Ruslan schluckt die Teigtasche herunter.

»Gibt es einen Weg, wie er sich von dieser Amnesie erholen kann?« Ich rühre mit meinem Löffel in der Suppe. Ich vermute, die Antwort lautet Nein.

»Nein«, sagt Zamira.

»Vielleicht«, sagt Ruslan im gleichen Moment.

»Sprichst du von dieser alten Geschichte?« Zamira schaut ihren Mann stirnrunzelnd an. »Dein Großvater könnte sie erfunden haben, und außerdem wissen wir nicht, ob sie die gleiche Baba Yaga ist wie …«

»Darf ich sprechen, Frau?«, sagt Ruslan streng und legt seinen Löffel nieder.

Meiner Meinung nach grenzt die Art, wie er diesen Löffel geknallt hat, an einen Wutanfall, aber Zamira hört auf zu sprechen und, was noch schlimmer ist, sieht gezüchtigt aus.

Der Kellner bringt den zweiten Gang, so dass alle für ein paar lange Sekunden in dieser unangenehmen Stille sitzen, bevor Ruslan weiterspricht. »Der Domovoi meines Urgroßvaters war ein Hund«, sagt er. »Eines Tages fand mein Großvater seinen Vater und den Hund tot vor. Als er eine Katze bekam – die der

Domovoi sofort übernahm –, wollte mein Großvater den Domovoi fragen, was passiert war. Aber er hatte das gleiche Problem wie du.« Er schaut bei dieser Erinnerung schmerzlich berührt aus, und ich frage mich, ob er bei dem ganzen Familiendrama dabei war.

Zamira legt ihrem Mann beruhigend eine Hand auf die Schulter, während er weiterspricht: »Mein Großvater hat Baba Yaga konsultiert, und sie hat ihm geholfen, die Erinnerungen wiederherzustellen …«

»Das hatte seinen Preis«, sagt Zamira.

»Das stimmt«, sagt Ruslan missmutig. »Er konnte seinen geliebten Sand ein Jahrzehnt lang nicht kontrollieren, nachdem er die Hexe gesehen hatte.«

Ich denke darüber nach und zucke mit den Achseln. »Wenn man bedenkt, wie unzuverlässig meine prophetischen Träume sind, wäre es keine große Last, zehn Jahre lang auf sie zu verzichten.«

»Sag so etwas nicht.« Zamira sieht sich um, als ob die Hexe aus der Geschichte hinter der Ecke hervorspringen könnte.

Felix schluckt sein Essen hinunter und sagt: »Du willst doch nicht behaupten, dass die Baba Yaga in dieser Geschichte dieselbe Person ist, die das Restaurant ein paar Blocks entfernt hat? Izbushka Na Kurih Nojkah?« Er sieht mich an. »Das bedeutet ›eine Hütte auf Hühnerbeinen.‹«

»Ich habe keine Ahnung«, sagt Ruslan und stopft sich sein Samosa in den Mund. »Das scheint unwahrscheinlich, oder?«

»Baba Yaga ist eine Hexe aus russischen Märchen«,

erklärt mir Felix weiter. »Und zufällig gibt es in New York eine bekannte Hexe der Cogniti mit demselben Namen. Sie hat einen schlechten Ruf.«

»Mit einem Namen wie Baba Yaga würde man das erwarten.« Zamira schneidet sich vorsichtig ein Stück von ihrem Kebab ab. »Auch wenn sie nicht *die* Baba Yaga ist, überleg doch nur mal, was für eine Person einen solchen Namen annehmen würde. Was würde man von jemandem denken, der ein Pseudonym für ›Böse Hexe aus dem Westen‹ benutzt?«

»Es *ist* die böse Hexe des Westens«, sagt Felix und wird mit einem bösen Blick von beiden Elternteilen belohnt.

»Wenn ich du wäre, würde ich einen anderen Weg suchen, um zu erfahren, wer deine Eltern sind«, sagt Ruslan zu mir.

»Warum hast du ihr dann diese Geschichte erzählt?«, fragt Zamira.

Ich erwarte einen weiteren Wutanfall von Ruslan, aber er seufzt nur. »Jeder verdient eine Chance, zu wissen, woher er kommt.«

Es folgt eine lange Stille. Ich spieße einen Manti auf und überlege, ob ich bereit wäre, jemanden zu sehen, der sich die *Böse Hexe des Westens* nennt, wenn es bedeuten würde, mehr über meine biologischen Eltern zu erfahren.

»Also«, sagt Zamira und schaut Felix streng an, »wenn du weder mit Sashen'ka noch Arielechka zusammen bist, wie du behauptest, wie soll ich dann Enkelkinder bekommen?«

Ich ersticke fast an meiner Teigtasche, und Felix wird so tiefrot, dass ich mir Sorgen mache, dass jemand Borscht aus ihm machen will.

»Zufällig habe ich gerade jemanden kennengelernt«, sagt Felix, als seine Röte nachlässt und nur noch den Farbton der alten sowjetischen Flagge hat. »Ich möchte aber lieber noch nicht darüber reden.«

Ich bin versucht, ihn nach mehr Details zu fragen, aber ich halte mich zurück, falls er das nur erfunden hat, um seine Eltern zu beruhigen – was wahrscheinlich ist.

Ich esse noch eine Teigtasche und bemerke, dass Zamira mich anstarrt. Sucht sie nach Anzeichen von Eifersucht auf Felix' Enthüllung?

Der Kellner kommt gerade noch rechtzeitig, um Felix zu ersparen, noch ausführlicher über das mysteriöse – und wahrscheinlich auch imaginäre – Mädchen erzählen zu müssen.

»Wenn du nicht mit Felix zusammen bist, gibt es dann einen anderen Mann in deinem Leben?«, fragt Ruslan in einem Ton, den ich benutzen würde, um so etwas zu sagen wie: »Bist du sicher, dass du den Chupacabra wirklich unter dem Zug gesehen hast?«

Ich fühle, wie ich erröte. »Nein. Ich bin definitiv Single.«

Felix errötet wieder. Er hat sich wahrscheinlich gerade an das erinnert, was Ariel ihm neulich offenbart hat: dass ich seit zwei Jahren keinen Sex hatte.

Unser Kellner bringt das Hauptgericht gerade

rechtzeitig. Nachdem er gegangen ist, lenke ich das Gespräch sofort auf die Stadt Samarkand – ein Thema, dem Zamira und Ruslan nicht widerstehen können.

Während ich mein Plov esse, erfahre ich alles über ihre Heimatstadt, die *eine der ältesten ständig bewohnten Städte Zentralasiens* ist.

Wir schaffen es, für den Rest der Mahlzeit bei diesen sicheren Themen zu bleiben. Als der Kellner die Rechnung bringt, zeige ich auf die Reste meines Plovs und sage: »Das war das beste Reisgericht, das ich je gegessen habe. Überhaupt war das ganze Essen hervorragend.«

Die Fokins freuen sich mehr über das Kompliment als der Kellner, und sie bestehen darauf, dass ich in naher Zukunft zu ihnen nach Hause komme, um die hausgemachten Versionen der Gerichte zu probieren, die ich gerade gegessen habe.

»Das hört sich toll an«, sage ich so unverbindlich wie möglich und lege meine Kreditkarte auf die Rechnung.

»Was ist das?« Ruslan sieht meine Karte an, als ob ihr Reißzähne wachsen könnten.

»Das Essen geht auf mich«, sage ich. »Sie haben mir sehr geholfen und …«

»Nein.« Er nimmt die Karte und legt sie vor mich hin. »Nur über meine Leiche.«

Achselzuckend nehme ich meine Karte zurück und beschließe, ihnen zu ihrem nächsten Jahrestag ein schönes Geschenk zu schicken.

Ruslan bezahlt die Rechnung, und wir verabschieden uns.

Ich muss zurück zur Arbeit, aber da es nur wenige Blocks entfernt liegt, beschließe ich, an dem Restaurant vorbeizugehen, in dem diese russische Hexe der Legende lauert.

Dank meines Telefons finde ich es leicht auf Yelp. Die böse Hexe führt ein straffes Regime oder besser gesagt eine Hütte – das Restaurant hat ziemlich einstimmige Fünf-Sterne-Rezensionen.

Als ich über die zweieinhalb Blocks gegangen bin, sehe ich es. Die genaue Adresse war nicht wirklich nötig. Ich hätte es angesichts dessen, was die Fokins mir gesagt haben, allein durch sein Aussehen finden können.

Das Restaurant sieht aus wie eine riesige, mehrstöckige Holzhütte und hat Hühnerbeine, wo die meisten anderen Gebäude Säulen hätten.

Ich nähere mich und berühre die Beine. Sie fühlen sich an, als seien sie aus echter Hühnerhaut. Gruselig. Es muss ein spezielles Latex-Material sein oder so etwas in der Art.

Ich laufe die knarrende Holztreppe zum Eingang der *Hütte* hinauf und ziehe am Türknauf.

Es ist abgeschlossen.

Dann sehe ich das Schild mit den Öffnungszeiten. Das Restaurant ist zurzeit geschlossen und öffnet erst um 17 Uhr wieder. Ich speichere die Telefonnummer, die auf dem Schild steht, in meinem Telefon und bitte es, mich daran zu erinnern, hier um sechs Uhr anzurufen – was ihnen eine Stunde Zeit geben sollte, in Ruhe zu öffnen.

Ich rufe einen Uber herbei, lehne mich an eine Straßenlaterne und nutze diese freie Minute, um meine Arbeits-E-Mails zu überprüfen.

Ich habe ein paar Nachrichten von Nero, aber bevor ich sie lesen kann, überkommt mich ein unmöglich zu beschreibendes, aber vertrautes Gefühl.

Es ist das gleiche Gefühl der Gefahr wie vorhin, als mich fast ein Stein traf, nur viel stärker.

Ein Adrenalinschub beschleunigt meine Herzfrequenz, und ich schaue von meinem Handy auf.

Ein schwarzer Minivan rast im Rennwagentempo auf mich zu.

KAPITEL 8

ICH SPRINGE ZUR SEITE.

Der Minivan knallt in die Straßenlaterne, an die ich mich gerade gelehnt hatte.

Das Kreischen von Metall, das Plastik zerstört, dröhnt in meinen Ohren, und der Geruch von verbranntem Gummi versengt meine Nasenlöcher.

Ohne zu blinzeln, beobachte ich, wie sich die Front des Minivans unter dem Druck in ein Akkordeon verwandelt und der Laternenpfahl in meine Richtung kippt.

Mit einem metallischen Stöhnen löst sich der Pfahl am Sockel vom Bürgersteig und fällt wie ein abgeholzter Baum um.

Eine Sekunde bevor das Einbahnstraßenschild am Laternenpfahl eine Chance hat, meinen Hals zu durchtrennen, springe ich weg.

Keuchend und ungläubig starre ich auf das Trümmerfeld vor mir.

Ist das gerade wirklich passiert?

Und was zum Teufel war mit dem Fahrer los?

Als mir klar wird, dass dieser Idiot in schlechter Verfassung sein könnte, ziehe ich mein Telefon mit zittrigen Fingern heraus und wähle 911, um den Unfall zu melden.

Als sie mich nach der Verfassung des Fahrers fragen, sage ich ihnen, dass ich keine Ahnung habe. Das Auto ist zu kaputt, um durch die Windschutzscheibe sehen zu können, und ich habe Angst, näher heranzugehen, um Genaueres herauszufinden.

Bei meinem Glück heute könnte das Auto explodieren, oder Schlimmeres.

Nachdem ich aufgelegt habe, fällt mir ein, dass Pech – oder zumindest Pech allein – nicht der Grund für all diese Missgeschicke sein könnte. Ich schaue mich hektisch um, um zu sehen, ob ich Chester in der Menge der Zuschauer erkennen kann.

Das ist der zweite Unfall heute.

Wenn das ehemalige Ratsmitglied nicht involviert ist, ist es ein ziemlich großer Zufall.

Meine Hände haben endlich aufgehört zu zittern, also ziehe ich, als ich Sirenen höre, mein Telefon heraus, um nach dem Auto zu sehen, das mich abholen soll.

Ich hätte es mir denken können.

Das Auto ist schon da.

Es ist das, das mich fast umgebracht hätte.

Ich atme tief durch und rufe einen neuen Wagen. Während ich das tue, kommen ein Feuerwehrauto und ein Krankenwagen mit ohrenbetäubendem Sirenengeheul am Tatort an.

Ich sehe mit makaberer Neugierde dabei zu, wie die Feuerwehrleute das beschädigte Auto aufbrechen. Als sich die Tür öffnet, höre ich die Person im Inneren etwas mit der tiefsten weiblichen Stimme schreien, die ich je gehört habe. Entweder hat diese Dame fünfzig Jahre lang Zigaretten ohne Filter geraucht oder es ist eine seltsame Folge des Unfalls.

»Lasst mich runter«, brüllt sie, als das Notfallpersonal sie auf eine Trage schnallt. »Könnt ihr nicht sehen, dass es mir gut geht?«

Mein Auto kommt an, und als ich einsteige, sehe ich die immer noch schreiende Frau von der Bahre springen und wie eine Verrückte davonlaufen.

Wie kann sie nach diesem schrecklichen Unfall so lebhaft sein?

Als wir wegfahren, fällt mein Blick noch einmal kurz auf sie, und ich merke, dass es vielleicht doch keine Frau war. Obwohl sie Brüste hat, ist sie wie Hulk gebaut. Könnte sie eine Bodybuilding-Meisterin sein? Zumindest könnte ihr Körperbau teilweise erklären, warum sie sich immer noch bewegen kann.

Obwohl ich keinen guten Blick auf ihr Gesicht bekomme, erkenne ich eine Schicht Make-up, die so dick ist wie eine Trockenbauwand, und Gesichtszüge, die durch anabole Steroide erschaffen worden sein müssen – das, oder sie hat wie der Typ vorhin einen Haufen Neandertaler-DNA.

Etwas an diesem DNA-Gedanken löst eine

verschwommene Theorie aus, aber es fällt mir extrem schwer zu denken, da immer noch so viel Adrenalin durch meinen Körper strömt.

Um mich zu beruhigen, beginne ich mit den Atemübungen, die Lucretia mir neulich beigebracht hat. Nach ein paar Minuten überrede ich mich dazu, mich Neros E-Mails zu stellen.

Wie es zur Gewohnheit wird, ist die erste E-Mail voller guter Nachrichten. Anscheinend hat Nero einen Händler nach meinen Vorschlägen investieren lassen, und ein paar Aktien haben sich bereits während des Mittagessens im Preis verdoppelt – ein fast beispielloser Erfolg. Was besonders merkwürdig ist, ist, dass diese außergewöhnlich guten Aktien aus der Gruppe stammen, in der ich überhaupt nicht recherchiert habe, sondern nur den Namen der Aktie benutzt habe, um meine Intuition anzuregen.

Haben mir meine Kräfte geholfen, oder habe ich einfach nur unglaublich viel Glück? Und waren es auch meine Kräfte, die mich gerettet haben, als die letzten Unfälle beinahe passiert wären?

Und wenn ja, könnte das der Grund sein, warum ich in letzter Zeit keine Träume mit Visionen hatte? Ich hätte sicherlich einen Traum gebrauchen können, um mich vor den Dingen zu warnen, die auf meinen Kopf fallen, und vor Autos, die versuchen, mich zu überfahren. Aber vielleicht *wussten* die Träume irgendwie, dass es mir auch so gut gehen würde?

Wenn ich tatsächlich eine übernatürliche Intuition benutzt habe, ist es dann das, was Nero mit

Wachvisionen meinte? Wenn ja, ist es ein unpassender Begriff, denn ich würde erwarten, dass etwas mit diesem Namen, nun ja, visueller ist.

Ich brauche keine übersinnlichen Kräfte, um den Inhalt der nächsten E-Mail zu erraten, und Nero enttäuscht mich nicht. Er will, dass ich weitere Aktien recherchiere, und diese Liste ist noch länger. Meinem Chef ist es offensichtlich egal, *wie* ich ihm so viel Geld einbringe; er will diesen Goldesel nur gierig aussaugen, bis er tot umfällt.

Da ich mich heute zweimal mit einem Esel verglichen habe, beschließe ich, ab jetzt stattdessen die Metapher der goldenen Gans zu verwenden.

Da ich mit meiner Aktienauswahl ohne Nachforschungen so gut war, werde ich diese »Strategie« auf drei Viertel der Aktien auf dieser neuen Liste anwenden – was mir erlauben sollte, etwa fünf Minuten für jedes der verbleibenden Unternehmen zu haben und hoffentlich zu einer vernünftigen Uhrzeit nach Hause zu kommen.

Ich beginne auf meinem Handy mit der Abarbeitung meiner Aufgabe, als eine Nachricht von Ariel mein Aktienratespiel unterbricht.

Felix hat mir von dem Zwischenfall auf der Baustelle erzählt. Hast du schon mit Nero gesprochen?

Ich schreibe Felix, um ihn wissen zu lassen, dass er die größte Tratschtante ist, die ich jemals kennengelernt habe, und überlege danach, ob ich dem Rat meiner Freunde folgen sollte.

Bei der ganzen Arbeit, die ich für meinen Chef

mache … warum sollte er sich nicht auch einmal dazu gezwungen sehen, etwas Nützliches für mich zu tun?

Ich öffne meine Arbeits-E-Mails und schreibe eine kurze und besonders nette Nachricht an Nero:

Kann ich Sie persönlich sprechen?

Seine Antwort kommt fast sofort:

Ich habe am Dienstag um 11.00 Uhr kurz Zeit.

Er lässt mich vier Tage warten? Mein Kiefer spannt sich an, und ich beginne, eine wütende Antwort zu schreiben, bevor ich innehalte. Warum bin ich so aufgebracht? Wenn man bedenkt, wie sehr ich gezögert habe, ihn anzusprechen, ist diese Reaktion irrational. Ich schätze, ich will, dass er seine Aufgabe als Mentor ernst nimmt. Andererseits weiß er nicht, dass es damit zu tun hat, mein Mentor zu sein, also sollte ich ihm eine Chance geben, diese Tatsache zu erfahren.

Ich ändere meine böse Nachricht in:

Es ist dringend. Ich brauche Sie als Mentor.

Diesmal ist seine Antwort noch schneller:

Kannst du jetzt telefonieren? Ich komme erst morgen aus San Fran zurück, falls ein Treffen nötig ist.

Ich wusste nicht einmal, dass er weg ist. Das macht die Tatsache, dass er mir den Dienstag angeboten hat, ein wenig verständlicher, also bin ich froh, dass ich die böse Mail überdacht habe.

Mein Telefon klingelt, bevor ich die Möglichkeit habe, zuzusagen.

Es ist ein Videoanruf von Nero.

Ich atme beruhigend ein und nehme den Anruf an.

Nero muss im Fitnessstudio sein, weil ich die

muskelbildende Folterausrüstung im Hintergrund sehe. Es ist nicht überraschend, dass das schicke Fitnessstudio, in dem er sich befindet, mit erstklassiger Videokonferenzausrüstung ausgestattet ist, was bedeutet, dass mein Chef kein Telefon halten muss wie der Rest von uns. Was noch beunruhigender ist, ist, dass diese Videoausrüstung mir einen sehr guten Blick auf die Schweißperlen auf Neros Stirn und die Venen gibt, die aus den sich deutlich abzeichnenden Muskeln unter seinem hautengen, ärmellosen Shirt springen.

Ein Shirt, das ihn aussehen lässt, als sei er in Karamell getaucht.

Als ich bemerke, dass ich ihn anstarre und mir Speichel aus dem Mund läuft – natürlich bei dem Gedanken an Karamell –, verlagere ich meinen Blick auf sein Gesicht. Sehe ich in diesen raubtierhaften Gesichtszügen Besorgnis – oder ist es Verärgerung darüber, dass sein Training von einem niederen Diener unterbrochen wurde?

»Bist du verletzt worden?« Sein kräftiges Kinn und seine markanten Wangenknochen, die durch den Schweiß, der sein Gesicht überzieht, betont werden, verleihen ihm einen besonders harten Gesichtsausdruck.

Wenn er plötzlich knurren und in die Kamera beißen würde, wäre ich nur leicht überrascht.

»Mir geht es gut«, sage ich. »Aber ich bin fast gestorben.«

»Erzähl mir alles.« Er verschränkt seine Arme vor der Brust. Ich weiß nicht, ob es sein Ziel war, seine

Bizeps und seine Brustmuskeln zu zeigen, aber die Geste hat es geschafft.

Ich konzentriere mich darauf, den Blickkontakt aufrechtzuerhalten, um den unangemessen heißen Körper meines Chefs nicht anzustarren, und erzähle ihm von meinem kürzlichen Fast-Ertrinken im Hafen, den Dingen, die fast auf mich gefallen wären, und dem Autounfall. Ich erwähne auch meine Theorie über Chester.

»Es war gut, dass du es mir gesagt hast, anstatt die Behörden zu benachrichtigen«, sagt Nero, als ich fertig bin. »Ich werde Chester daran erinnern, wie man es schafft, am Leben zu bleiben.«

Die Art, wie er den letzten Teil betont, jagt mir einen Schauer über den Rücken. Ich würde definitiv nicht Chester sein wollen, wenn mir etwas passiert.

Ich sehe eine Bewegung hinter Nero. Ein Gesicht, das ich kürzlich auf dem Cover des Forbes Magazins gesehen habe, erscheint in der Kameraansicht und fragt: »Ist alles in Ordnung? Ich könnte einen Spotter gebrauchen.«

Ich starre verblüfft darauf. Neros Workout-Partner ist der CEO einer beliebten Social-Media-Plattform und einer der reichsten Menschen der Welt. Er verdient in den Minuten, die er meinetwegen auf Nero warten muss, wahrscheinlich mehr als mein Jahresgehalt.

»Ich bin sofort bei dir«, sagt Nero zu seinem milliardenschweren Fitness-Kumpel. »Nur noch einen Moment.«

»Ich wollte nichts weiter hinzufügen«, sage ich, so schnell ich kann. »Sie sollten gehen.«

»Am besten wir reden am Dienstag, wenn ich wieder zurück bin«, sagt Nero und greift nach oben, um etwas auf der Kamera vor ihm zu berühren – eine Bewegung, die mir einen genauen Blick auf seinen sehnigen Unterarm ermöglicht.

»Natürlich«, sage ich atemlos, und die Verbindung bricht ab.

Ich schüttele den Kopf und kehre zu meiner Aktienliste zurück, so dass ich für den Rest der Fahrt meinen Blick nicht mehr vom Telefon löse.

Als ich endlich an meinem Schreibtisch ankomme, kann ich dank der vielen Bildschirme und der richtigen Tastatur viel schnellere Nachforschungen anstellen. Als ich fast mit der Hälfte fertig bin, bekomme ich so großen Hunger, dass ich mich nicht mehr konzentrieren kann.

Ich gehe runter in die Cafeteria und hole mir thailändisches grünes Curry mit Mango-Klebreis. Als ich in der Schlange stehe, um zu bezahlen, erinnert mich mein Telefon daran, Baba Yaga anzurufen.

Ich wähle die Nummer.

»Izbushka Na Kurih Nojkah«, sagt eine angenehme Frauenstimme in fließendem Russisch.

»Hallo«, sage ich. »Wäre es möglich, mit dem Eigentümer Ihres Restaurants zu sprechen?«

»Ich stelle Ihren Anruf zum Manager durch«, sagt das Mädchen mit einem starken Akzent. »Bitte bleiben Sie dran.«

»Dobriy vecher«, sagt eine männliche Stimme eine Sekunde später. Sie klingt wie getrocknete Knochen, die von einem riesigen Mörser mit Stößel zermahlen werden.

»Hallo«, sage ich vorsichtig. »Ich möchte mit der Besitzerin sprechen. Ist sie da?«

»Und Sie sind …?«, fragt der Mann in besserem Englisch als die Kellnerin.

»Mein Name ist Sasha. Wahrscheinlich kennen Sie mich nicht, aber …«

»Sie haben sich heute früh hier umgesehen?«, fragt er. »Haben eines der Hühnerbeine berührt?«

»Ähm, ja …«

»Sie sind Sasha Urban, richtig? Ein neues Mitglied unserer illustren Gemeinschaft?«

Ist dieses Restaurant eine Tarnung für den KGB? Woher zum Teufel weiß er, dass ich vorhin dort war? Oder kennt meinen vollen Namen? »Das bin ich«, sage ich vorsichtig. »Gibt es einen Newsletter der Gemeinde, von dem ich nichts weiß?«

»Wir im Izbushka machen es uns zur Aufgabe, immer gut informiert zu sein«, sagt er stolz.

»Ich verstehe.« Ich versuche, nicht so unbehaglich zu klingen, wie ich mich fühle. »Könnte ich mit Ms. Yaga sprechen?«

Ein gruseliges Geräusch kommt aus dem Telefon, und es dauert ein paar Augenblicke, bis ich erkenne, dass der Kerl lacht. »Sie spricht nie mit jemandem am Telefon, aber sie wird persönlich mit Ihnen sprechen.«

»Das wäre noch besser«, sage ich und wünschte, ich

würde es auch glauben »Könnten Sie bitte ein Treffen für mich arrangieren?«

»Kommen Sie am Montag um 23 Uhr«, sagt er herrisch. »Nicht früher. Nicht später. Fragen Sie nach mir, und ich bringe Sie zu ihr.«

»Und Sie sind?« Ich stelle mein Tablett neben der Kasse ab und reiche dem Kassierer meine Kreditkarte.

»Wo sind nur meine Manieren?«, sagt die Stimme am Telefon spöttisch. »Ich bin Koschei. Betrachten Sie mich als den Manager dieses Hauses.«

»Okay, Mr. Koschei«, sage ich. »Wir sehen uns am Montag.«

Der Manager lacht wieder wie ein böser Schurke – etwas an englischen Verabschiedungen scheint diesen Kerl zu amüsieren. Schließlich bekommt er sein Lachen unter Kontrolle und sagt: »Wir sehen uns bald, *Ms.* Sasha.«

Ich lege auf und wische meine verschwitzten Handflächen an meinem Kleid ab, bevor ich mein Tablett ergreife und ins Büro zurückgehe.

Der Rest des Tages vergeht wie im Flug. Als ich mein verrücktes Arbeitspensum beendet habe, bin ich völlig erschöpft. Mein Nacken ist verspannt, meine Augen schmerzen, und ich wette, ich könnte zwanzig Stunden am Stück schlafen.

Ich schalte meinen Monitor für das Wochenende aus, tausche meine hochhackigen Büroschuhe gegen ein Paar flache Ballerinas und gehe hinaus.

An einem typischen Freitag würde ich mit meiner

Vespa fahren, aber da sie einen ehrenvollen Tod starb, sind meine Optionen die U-Bahn oder ein Taxi.

Alle gelben Taxis, die vorbeifahren, sind besetzt, und als ich mein Handy herausziehe, sehe ich, dass die Taxi-Apps überlastet sind, was bedeutet, dass ich länger warten und Wucherpreise bezahlen muss. Da die U-Bahn nur einen Block entfernt ist, schleppe ich mich dorthin.

Ich verschlafe den Großteil der Fahrt, wache aber rechtzeitig auf, um an meiner Haltestelle auszusteigen.

Als ich unter der Straßenbeleuchtung entlanggehe, ziehe ich eine deprimierende Bilanz meines Lebens. Der Grund, warum ich aus Neros Fonds aussteigen und Illusionistin werden wollte, war teilweise die Hoffnung, dass ich das Licht der Welt erblicken könnte – buchstäblich. Jetzt, da meine magische Karriere vorbei ist, macht mich das zusätzliche Arbeitspensum, das er mir auferlegt …

Meine düsteren Gedanken werden von einem Fußgänger und seinem Hund in meiner Nähe unterbrochen.

Der Hund ist ein mahagonifarbenes Monster der Rasse Mastino Napoletano. Ein riesiges Geschöpf, das so aussieht, als ob es mindestens hundertfünfzig Pfund schwer wäre, und fast einen Meter hoch ist.

Als jemand, der mit acht Jahren einmal von einem Mops angegriffen wurde, werde ich verständlicherweise unruhig. Solche Hunde zu sehen weckt in mir die gleichen Emotionen, die unsere primitiven Vorfahren beim Anblick eines Löwen gefühlt haben müssen – obwohl diese Menschen zugegebenermaßen vielleicht etwas ruhiger gewesen wären, wenn sie einen angeleinten Löwen gesehen hätten, mit dem gerade Gassi gegangen wird.

Aber egal wie unheimlich der Hund ist, es ist der Besitzer, der meine Aufmerksamkeit erregt. Er ist von hinten so groß und muskulös, dass sein Hund im Vergleich dazu wie ein Chihuahua aussieht. Wo kommen überhaupt diese ganzen riesigen Leute her? Hat jemand Steroide ins Trinkwasser gegeben?

Dann erinnere ich mich an die halbfertige Theorie, die mir durch den Kopf ging, als ich die Frau sah, die mich fast mit dem Auto umgefahren hätte.

Ich gehe schneller, greife in meine Tasche und nehme mein Handy so in die Hand, dass der große Kerl es nicht sieht, wenn ich vor ihm bin.

Ich gehe schneller, und als der Hund anhält, um seine Blase zu entleeren, überhole ich das Paar.

Ohne zurückzublicken, mache ich heimlich ein Bild mit meiner Handykamera und werde langsamer.

Aus dem Augenwinkel sehe ich, dass der großen Kerl und sein Hund an mir vorbeigehen, also hocke ich mich hin und tue so, als würde ich meine nicht vorhandenen Schnürsenkel zubinden.

Als sie ein paar Meter voraus sind, atme ich die Luft aus, die ich angehalten hatte, und schaue mir das Bild an, das ich gerade heimlich gemacht habe.

Wie ich befürchtet habe, hat auch dieser Mann den Neandertaler-Blick. Tatsächlich könnte sein Anteil an dieser DNA sogar noch größer sein als der des Mannes von der Baustelle und der Frau vom Unfall.

Ich stehe auf, drehe mich um und gehe zügig von dem massiven Mann und seinem Hund weg.

Heute habe ich zweimal Menschen gesehen, die zu einem bestimmten Genotyp passen, und zweimal bin ich fast bei einem Unfall ums Leben gekommen.

Zufall? Unwahrscheinlich.

Und jetzt habe ich eine weitere Person gesehen, die der große Bruder der beiden anderen sein könnte. Außerdem habe ich, als ich fast ertrunken wäre, durch das Wasser auch jemanden gesehen, der extrem groß war.

Also aus welchem Grund auch immer ist eine Gruppe von Leuten mit diesem Aussehen hinter mir her. Vielleicht sollte ich mich für diese Art von Neandertaler-Stereotypisierung schämen, aber ich finde es schwer, zu glauben, dass es keine Verbindung zwischen diesem Kerl und den anderen Personen mit diesem Körperbau gibt.

Wahrscheinlich stehe ich gerade kurz vor einem weiteren *Unfall*.

Mein Herz hämmert in meiner Brust, während ich das Tempo erhöhe. Hoffentlich sehe ich für Chester oder andere Zuschauer so aus, als hätte ich es einfach nur eilig, so wie jeder andere New Yorker.

Ich bin ein paar Blocks von meinem Gebäude entfernt, und obwohl ich einen Umweg mache, sollte ich bei diesem Tempo in ein paar Minuten zu Hause sein.

Als ich an die Ecke komme, schaue ich mich vor dem Abbiegen nach dem verdächtigen Mann und seinen hündischen Komplizen um.

Das Paar ist mehr als einen halben Block von mir entfernt, was gut ist, aber der Besitzer starrt mich an, was sehr schlecht ist.

Der Riese sieht sowohl angepisst als auch enttäuscht aus.

Ich glaube nicht, dass ihm bis jetzt klar war, dass ich vor ihnen weggegangen bin.

Zu meinem Entsetzen schreit er seinem Hund etwas zu und macht ihn von der Leine los.

Die Falten des zerknitterten Gesichts des Hundes scheinen sich in ein böses Grinsen zu verwandeln, als die massive Kreatur auf mich zuschießt.

KAPITEL 9

ICH DREHE mich auf der Ferse um und sprinte auf mein Gebäude zu.

In weniger als einem Moment befinde ich mich im Fluchtteil der berühmten Kampf-oder-Flucht-Reaktion. Mein Herz rast, und ich kann praktisch das Cortisol und Adrenalin in meinem schnell austrocknenden Mund schmecken.

Genau so müssen sich diese primitiven Menschen gefühlt haben, wenn sie von diesem hypothetischen Löwen gejagt wurden.

Während meine Füße abwechselnd den Bürgersteig berühren, denke ich an Netflix. Dort gab es vor kurzem einen Dokumentarfilm über das K9-Training, in dem Menschen in dicken Schutzanzügen bösartige Bisse an Armen, Beinen und Gesäß abbekamen.

Ich würde alles für einen dieser dicken Anzüge geben.

Die Bestie hinter mir bellt halb und knurrt halb.

Ich wage es nicht, über meine Schulter zu schauen, aber das Geräusch scheint jetzt näher zu sein als einen halben Block entfernt, was bedeutet, dass der Hund näher kommt.

Ich setze all meine Willenskraft in meine bleiernen Beinmuskeln und laufe so schnell ich kann.

Die Straße vor mir verwandelt sich in einen dunklen Tunnel.

Die Bewegung meiner Beine und das Hämmern meines Herzens sind wie eine App, die ich im Hintergrund laufen lasse, genauso wie das schnelle Tempo meiner flachen Atmung.

Das knurrende Bellen wiederholt sich, diesmal viel näher.

Ich biege um eine scharfe Kurve und sehe endlich mein Gebäude – was mich anspornt.

Meine Lungen schreien nach Sauerstoff, und meine Beine fühlen sich an, als würde Milchsäure durch meine Haut sickern, aber ich kämpfe, um ihr Jammern mit meinem eisernen Willen zu überwinden.

Ich schalte den Schmerz aus und konzentriere mich auf mein Haus, das jetzt nur noch wenige Meter entfernt ist.

Die Krallen des Hundes kratzen hörbar auf dem Bürgersteig hinter mir, als ich die Tür zur Lobby öffne.

Ich kann fast hineingehen, als massive Klauen sich am Rock meines Kleides festklammern und mich zurückziehen.

Mit einem Aufschrei festige ich meinen Griff an der Tür und schiebe mich nach vorne, wobei ich ein Stück

Stoff im Maul der Kreatur zurücklasse, als ich die Tür hinter mir zuschlage.

In Anbetracht des böswilligen Hundebesitzers – sowie der Tatsache, dass einige Hunde Türen öffnen können – renne ich schnell zur Treppe und rase hinauf in meine Etage.

Dass mir fast der Hintern abgebissen wurde, hat Wunder bei meinen schmerzenden Beinmuskeln bewirkt.

Als ich auf meiner Etage ankomme, erwarte ich halb, dass entweder der Neandertaler oder sein Hund auf mich warten, aber der Gang ist leer.

Ich gehe kein Risiko ein, laufe zu meiner Wohnung und atme erst auf, als ich die Tür hinter mir verschließe.

Der plötzliche Adrenalinabfall trifft mich hart. Plötzlich verflüssigen sich meine Beine, und ich lehne mich an die Wand, um an ihr herabzurutschen, weil ich mich auf den Boden setzen will.

In dieser Position finden mich Ariel und Fluffster, als sie ein paar Sekunden später aus Ariels Schlafzimmer kommen.

»Was stimmt nicht mit ihr?«, fragt Fluffster Ariel in einer Gruppennachricht, die auch in meinem Kopf ertönt.

»Sasha?« Ariel hockt sich vor mir hin. »Was ist los?«

Ich lecke über meine trockenen Lippen. »Ich habe gerade ein sehr gründliches Cardio-Training gemacht, so wie du es dir immer von mir wünschst.«

»Sie steht unter Schock«, sagt Fluffster mental zu uns beiden, und als ich sein pelziges Gesicht betrachte, könnte ich schwören, dass es dem Domovoi gelingt, mit seinem Nagergesicht einen sehr menschlich wirkenden Ausdruck von Besorgnis zu zeigen.

Ich reiße mich mit Mühe zusammen. »Mir geht es gleich wieder gut.« Ich fange an, meine brennenden Waden zu massieren. »Ein Hund hat mich gejagt, das ist alles.«

Ich fahre damit fort, ihnen von meinem ganzen Tag zu erzählen, und während ich das tue, werden beide immer wütender.

»Ich habe dir doch gesagt, du sollst das Haus nicht verlassen«, projiziert Fluffster streng in meinen Kopf, als ich die Geschichte beendet habe.

»Und ich habe dir gesagt, dass du mich überallhin mitnehmen sollst«, sagt Ariel genauso unfreundlich, aber laut.

»Ich werde keine Gefangene in meinem eigenen Haus sein.« Ich strecke meine Beine aus, um meine schmerzenden Kniesehnen zu dehnen. »Ich kann auch nicht überallhin einen Aufpasser mitnehmen.«

»Kann ich dich wenigstens begleiten, wenn ich frei habe?«, fragt Ariel mit einem flehentlichen Blick.

Ich lächele sie an. »Natürlich. Ich werde mir auch gleich morgen früh eine Waffe besorgen.« Ich sehe Fluffster an. Wie viel kann ein paranormales Chinchilla mit wiederkehrender Amnesie über Waffen wissen? Ich beschließe, ihm vorsichtshalber zu erklären, was sie sind. »Fluffster, Waffen sind diese Dinger, mit denen man …«

»Ich weiß, was Waffen sind«, unterbricht mich der Domovoi. »Ich habe gesehen, wie Ariel ihre gereinigt hat, und außerdem schaue ich YouTube.«

»Gut zu wissen. Jetzt könnte ich etwas Wasser gebrauchen.« Ich ziehe meine Füße an, gehe in die Hocke und strecke meine Hand nach Ariel aus. Sie steht auf und hilft mir auf die Beine.

Ich humpele in die Küche, gieße mir ein Glas Wasser ein und schnappe mir eine Schachtel Müsli für den dringend benötigten Zucker.

Ariel und Fluffster, die mir gefolgt sind, sehen mir dabei zu, wie ich mich wie ein 90-Jähriger auf einen Stuhl plumpsen lasse.

»Also.« Ariel geht zur Kaffeemaschine und füllt frische Bohnen ein. »Ich begleite dich auf jeden Fall zu dieser Baba Yaga.«

»Ich komme auch mit«, sagt Fluffster, obwohl er weniger überzeugt klingt als Ariel.

»Gut.« Ich öffne die Müslipackung, stopfe mir ein paar Kohlenhydrate in den Mund und spüle sie mit Wasser herunter. »Ich könnte dich dort sowieso brauchen«, sage ich zu Fluffster, »Das heißt, vorausgesetzt, du willst dein Gedächtnis überhaupt wiedererlangen.«

»Nicht, wenn dich das in Gefahr bringt.« Fluffster springt zuerst auf meinen Schoß, dann auf den Tisch. »Ich weiß nicht, ob meine Erinnerungen das wert sind.«

»Ich werde nicht in Gefahr sein, wenn Ariel mitkommt.« Ich lege einen kleinen Haufen Cerealien vor Fluffster. »Und wenn du deine Erinnerungen wiedererlangst, erfahre ich vielleicht, wer meine biologischen Eltern sind – und das ist es mir wert.«

Fluffster knabbert an seinem Snack, anstatt zu antworten, und ich wende meine Aufmerksamkeit Ariel zu, wobei ich erst jetzt bemerke, wie schick sie sich gemacht hat.

Mit den hohen Absätzen und dem engen Kleid hätte sie auf der Titelseite eines Modemagazins sein können.

»Gehst du irgendwohin?«, frage ich und betrachte ihr makelloses Make-up und die winzige Handtasche über ihrer Schulter.

Sie wirft mir einen schuldbewussten Blick zu, während sie sich Kaffee einschenkt. »Da ist eine Party. Medizinstudenten, die du nicht kennst.«

Ariel ist nicht so ein schlechter Lügner wie Felix, aber ich bin sicher, dass sie sich gerade eine Geschichte ausdenkt. »Party mit deinem *Freund* Gaius?«, frage ich boshaft nach.

»Eine Party.« Sie setzt sich hin und weicht meinem Blick aus, indem sie auf ihren Kaffee pustet.

»Gehen wir nicht schon morgen zu einer Party?«, frage ich, da ich das Thema einfach nicht fallen lassen kann.

»Morgen gehen wir in den Klub.« Sie schaut von ihrem Becher auf, und ihre Mundwinkel erheben sich zu einem Grinsen. »Ich kann es kaum erwarten, dass du den Earth Club siehst und …«

»Ist das nicht zu viel Party? Selbst für dich?« Ich schnappe mir noch eine Handvoll gezuckerter Haferflocken, stopfe sie mir in den Mund und bereite mich darauf vor, mehr von Ariels Ausreden und wie sie es abstreitet zu hören.

»Ein Paket ist mit der Post für dich gekommen.« Sie steht auf und nimmt ein gelbes Paket vom Kühlschrank. »Es ist von Darian.« Sie betont den Namen, passend zu meinem Ton von eben. »Ich wette, es ist das Jubiläumsgeschenk, das er dir versprochen hat.«

Ich reiße ihr das Paket aus den Händen und verbringe einen Atemzug damit, auf Darians Namen im Absender zu starren, bevor mir auffällt, dass ich noch nie einen so kunstvollen Themenwechsel erlebt habe. Ich entscheide mich dafür, das Thema fallen zu lassen, und betrachte weiterhin den Absender.

Zu meiner Enttäuschung hat Darian die Adresse des Fernsehstudios angegeben, bei dem er vorgegeben hatte zu arbeiten, anstatt seiner wirklichen Adresse.

Dahin ist meine unausgereifte Idee, seine Wohnung zu stalken, um eine richtige Seherausbildung zu bekommen.

Ich platze fast vor Neugierde, während ich das Paket aufreiße.

Enttäuscht starre ich auf seinen Inhalt.

Das schwarze Objekt im Inneren kann nur eine Sache sein, die allerdings keinen Sinn ergibt.

»Sein Geschenk ist eine Videokassette?« Ich sehe Ariel auf der Suche nach einer Erklärung an, aber meine Freundin zuckt nur mit den Schultern.

»Früher wurden auf diesen Dingen Filme aufgenommen, aber sie wurden schon nicht mehr benutzt, bevor ich dich bekam«, erkläre ich Fluffster und zeige ihm das schwarze Plastikding. »Hollywood hat vor über einem Jahrzehnt aufgehört, die zu verkaufen.«

Fluffster nickt nur. Offensichtlich hat er keine Dokumentationen über VHS auf YouTube gesehen.

Ariel hört lange genug auf, auf ihren Kaffee zu pusten, um mich unsicher anzusehen. »Vielleicht hat Felix ein Abspielgerät dafür?«

»Natürlich«, sage ich. »Es steht direkt neben seinem Abakus und dem Modem.«

»Kein Grund, sarkastisch zu werden.« Ariel nimmt ihr Handy heraus und tippt etwas. »Sein Zimmer ist vollgestopft mit Computermüll.«

»Spitzencomputer-Hardware ist nicht dasselbe wie ein alter Videorekorder«, sage ich. »Aber das ist kein Problem – ich wette, dass ich das, was ich brauche, online bekommen kann.«

»Solltest du nicht mit Felix sprechen, bevor du etwas Unnötiges kaufst?«, sagt Fluffster, und seine mentale Stimme klingt mürrisch. »Dieser Haushalt kommt kaum so über die Runden.«

»Wie kommst du darauf?« Ich schnappe mir etwas Müsli aus der Schachtel in meinen Händen und bewege mich, als würde ich es vor ihn stellen, aber halte im letzten Moment inne. »Hast du dich in mein Bankkonto gehackt oder so?«

»Ich habe eine begründete Vermutung aufgestellt«, sagt Fluffster, wobei seine Augen nie meine Hand verlassen.

Ich fühle mich schuldig, weil ich seinen Lieblingssnack als Erpressung benutze, weshalb ich das Müsli schnell neben das Chinchilla stelle und ihm eine kurze Kinnmassage gebe.

Ariels Telefon klingelt. Sie schaut darauf und seufzt. »Felix besitzt keinen Videorekorder.«

Ich wette, Felix hat ihr etwas viel Schlimmeres geschrieben als »Ich habe keinen«, aber ich reibe es ihr nicht unter die Nase. »Dann ist alles klar«, sage ich. »Ich werde die fünfzig Dollar oder was er auch kostet, wohl entbehren müssen.«

Fluffster sieht unglücklich aus, aber Ariel wechselt das Thema noch einmal gekonnt. »Zeig mir das Bild von dem Kerl mit dem Hund.«

Ich rufe das Bild auf meinem Handy auf und drehe das Display zu Ariel.

Sie nimmt mir das Telefon aus den Händen, und ihre Augen verengen sich, während sie den Kerl eingehend betrachtet. »Er sieht aus wie ein Ork«, sagt sie und runzelt die Stirn. »Nur mit Make-up.«

»Ein Ork?« Ich sehe Fluffster nach moralischer Unterstützung bittend an, aber mein Haustierdomovoi sieht völlig ruhig aus, während er seine Version von Junk-Food kaut. »Wie die Orks in *Herr der Ringe* und *World of Warcraft*?«

Da mein neues Weltbild Vampire und wandelnde Tote einschließt, scheint ein Ork nicht so abwegig zu sein, wie er sollte.

»Ja, ein Ork.« Ariel schluckt ihren Kaffee und sieht selbstgefällig aus. »Orks sind diese großen Barbaren, die in einigen Otherlands leben. Wie bei ihren fiktiven Brüdern hat ihre Haut eine grünliche Färbung – was die dicke Schminke erklärt, die jemand auf dieses Exemplar geschmiert hat. Ich dachte, sie dürften nicht in unsere Welt kommen, aber ich schätze, jemand hat trotzdem ein paar hereingelassen.« Sie runzelt die Stirn. »Das heißt, wer auch immer dahinter steckt, ist einflussreich. Sehr einflussreich.«

»Oder mit anderen Worten, das ist ein weiterer Beweis gegen Chester.« Ich trinke den Rest meines Wassers aus, um die plötzliche Trockenheit in meinem Mund wegzuspülen.

»Genau«, sagt Ariel. »Du musst sehr vorsichtig sein, wenn du jemals wieder eine dieser Kreaturen triffst. Orks sind unglaublich stark – wie du wahrscheinlich an ihrer Größe erkennen kannst. Außerdem haben sie notorisch schlechte Laune, sind immun gegen …«

»Kann eine Waffe sie ausschalten?« Ich stelle mein Glas etwas zu fest auf dem Tisch ab.

»Oh ja«, sagt Ariel. Sie mag eindeutig die Richtung, in die ich denke. »Sieht so aus, als wäre es nicht mehr nur optional, dir die Waffe zu besorgen.«

»Nicht, dass es überhaupt optional wäre«, murmele ich vor mich hin und stehe auf. »Ich gehe besser schlafen, damit du zu deinem geheimen Date gehen kannst.«

»Zu einer Party«, sagt Ariel defensiv und steht auch auf.

»Vergiss nicht, das Licht auszumachen«, sagt Fluffster, als ich ihn hochnehme und Ariel aus der Küche folge. »Eure letzte Stromrechnung war schockierend hoch.«

Da er mich nicht sehen kann, wenn ich ihn an meiner Seite halte, gönne ich mir den Luxus, mit den Augen zu rollen. Machen sich alle Domovoi so viele Sorgen um die Finanzen der Haushalte – oder haben nur wir das Glück?

Aber ich schalte trotzdem das Licht aus.

Als ich in mein Zimmer komme, öffne ich meinen Laptop und sehe mir ein paar Videorekorder auf eBay an. Ich finde eine Auktion, die in einer Sekunde endet, und biete 46 Dollar. Mein Gebot gewinnt, also zahle ich sofort und entscheide mich dafür, den Versand zu beschleunigen, als ich danach gefragt werde. Ich erwähne das Versandupgrade Fluffster gegenüber jedoch nicht, damit er mich nicht für eine weitere *unnötige* Ausgabe zurechtweist.

Ich fühle mich wie eine ausgepresste Zitrone, also gehe ich ins Bett und schlafe sofort ein.

———

MEINE AUGEN SIND während des köstlichsten Kusses meines Lebens geschlossen.

Geschickte Finger versprühen elektrische Ladungen, während sie mein Gesicht streicheln.

Unsere Zungen tanzen Foxtrott, dann Samba, dann Swing.

Zu sagen, dass ich erregt bin, wäre eine Untertreibung. Dieses hier ist im Vergleich zu der normalen Erregung wie ein Konzert von Mozart verglichen mit einem Eiswagen-Jingle.

Seine Handflächen liegen jetzt auf meinem Rücken, der sich wölbt, während sich die warme Energie entlang meiner Wirbelsäule ausbreitet.

Was passiert mit mir? Das ist nur ein Kuss.

Ich unterdrücke ein Stöhnen und vergesse alle Vernunft, als das Blut in meinen Ohren hämmert, und mein Gesicht, mein Hals und meine Brust brennen, weil sich all die Millionen von Blutgefäßen erweitern.

In mir wächst eine körperliche und geistige Anspannung, und ich bin kurz davor, ihn um etwas zu bitten – obwohl ich zu benebelt bin, um zu wissen, was das ist.

»Ist das für dich okay?«, murmelt die sexyeste Stimme, die ich je gehört habe.

Es ist, als ob sich alle Male, an denen ich in meinem Leben erregt war, zu einem einzigen Aufwallen vereinigt und sich die letzten zwei Jahre der Abstinenz in zweihundert verwandelt hätten.

Kurz gesagt, ich werde zu einem männlichen Teenager.

»Ja«, sage ich – oder vielleicht wimmere ich auch –, aber dann merke ich, dass ich keine Ahnung habe, was »das« eigentlich ist. Was, wenn er nur meine Zauberbuchsammlung alphabetisch ordnen will?

Die Finger beginnen, meine Bluse zu öffnen, und das ist die beste Idee, die jemals jemand hatte. Verdammt, ich will, dass er den Rest davon wegreißt. Meine Kleidung ist eine einschnürende Zwangsjacke auf meiner Haut, der ich trotz all meiner Fähigkeiten nicht entkommen kann.

Dann küsst er meinen Hals, und das Gefühl zerreißt mich in einer explosiven Welle. Alle Muskeln in meinem Körper spannen sich gleichzeitig an, bevor ich heftig erschaudere, als er seine Küsse auf meine Schulter verlagert.

Irgendwo inmitten der Flut von Endorphinen entsteht ein vages Gefühl der Gefahr. Wenn ich so stark auf einen bloßen Kuss reagiere, was passiert dann, wenn wir einen Schritt weitergehen?

Er knabbert sanft an meinem Ohrläppchen, und die Lust wird so intensiv, dass meine Bedenken erneut aufwallen – nur um von einer weiteren Welle der Glückseligkeit ertränkt zu werden.

Seine Lippen bewegen sich zu meinem Schlüsselbein, und eine neue Explosion schießt durch mein Fleisch, so dass mein Körper in seinen Armen zuckt. Das Gefühl der Gefahr ist nur noch eine ferne Erinnerung, aber ein rationaler Teil von mir fragt sich, ob ich den seltsamsten Anfall in der Geschichte der Medizin habe.

»Wir sollten aufhören«, möchte ich sagen, aber

stattdessen kommt mir ein orgastisches Stöhnen über die Lippen.

Ich werde schwächer, da die nächste Welle der Ekstase meine Nerven überlastet.

Mir wird klar, dass ich gleich ohnmächtig werde … vom Küssen.

Die neue Explosion überkommt mich wie eine Supernova, und meine Welt wird schwarz.

KAPITEL 10

ICH ERWACHE SCHLAGARTIG und setze mich sofort hin.

Die dunklen Umrisse meines Zimmers beruhigen meine Atmung, aber meine Herzfrequenz ist weiterhin extrem hoch. Außerdem bin ich immer noch so geil wie ein läufiges Nashorn.

Ich greife in meinen Nachttisch, um Copperfield – mein Spitzname für einen Hitachi-Massagestab – herauszuholen, aber wachsende Wut hält mich davon ab, meinen treuen Freund zu benutzen.

Es ist schlimm genug, dass ich keine Visionsträume hatte, als ich sie gebraucht habe, aber jetzt habe ich stattdessen feuchte Träume?

Oder war es eine Vision?

Genauso wichtig ist: Wer war das in meinem Traum?

Schon wieder Nero?

Die Stimme klang nicht wie das markante tiefe

Knurren meines Chefs, aber wer weiß schon, wie sie im Traum klingen würde?

Ich erröte und lege Copperfield weg.

Auf keinen Fall werde ich das mit Neros Bild in meinem Kopf machen.

Ich schaue auf die Uhr.

Es ist zwei Uhr morgens, was es offiziell zum Wochenende macht. Kein Wunder, dass ich mich fühle, als könnte ich noch zehn Stunden schlafen.

Als ich mich an den bevorstehenden Ausflug zum Schießstand mit Ariel erinnere, wird mir klar, dass ich diesen Luxus vielleicht nicht haben werde, also lege ich mich wieder hin, entschlossen, so viel Schlaf wie möglich zu bekommen.

Ich kuschele mich unter die Decke und versuche, den Traum aus meinem Kopf zu vertreiben, aber es vergeht eine weitere Stunde, bis mich der Schlaf wieder mit seiner Anwesenheit beehrt.

———

DIE SCHIESSANLAGE RIECHT nach Testosteron und Schießpulver, und überall hängen Plakate von Waffen und Erwähnungen des zweiten Zusatzartikels zur Verfassung.

Die wenigen Kerle, die an einem Samstag um elf Uhr morgens hier sind – also quasi zum Morgengrauen –, starren Ariel so bewundernd an, dass sie beinahe sabbern … was wohl zu erwarten war. Abgesehen davon, dass sie wunderschön ist, ist sie eine

Stammkundin an diesem Ort und kann sie wahrscheinlich alle unter den Tisch schießen.

Wir nähern uns der großen Waffenauswahl, als jemand im anderen Raum seine Waffe abfeuert. Sogar mit den Ohrstöpseln, die ich tief in meine Ohren gesteckt habe, und speziellen Ohrenschützern darüber ist der Knall lauter als ein Zahnarztbohrer – und ungefähr genauso amüsant.

»Nimm eine Waffe, irgendeine Waffe«, sagt Ariel. Oder zumindest nehme ich an, dass es das ist, was sie sagt – es ist schwer, mit der Sicherheitsausrüstung zu hören. Um sicherzugehen, dass ich es verstehe, fährt sie einladend mit der Hand über eine Vitrine mit Waffen, die für mich alle fast identisch aussehen.

»Ein Revolver?«, schreie ich und zeige auf den kleinsten, den ich sehen kann. »Was für einer ist das?«

»Ah«, schreit der Typ hinter dem Tresen zurück. »Eine tolle Wahl.«

Dann brüllt er einen Vortrag über die Waffe, aber obwohl er mehr als sehr laut spricht, registriere ich nur zwei Dinge: dass dies ein Exemplar des klassischen Revolvers Smith & Wesson J-Frame ist, und dass das Kaliber .38 ist, das kleinste, das sie haben.

Ich ziehe an Ariels Ärmel. »Ist dieses Kaliber gut genug, um einen …«

Ein heftiger, unerträglicher Schmerz lässt mich abrupt innehalten, bevor ich das Wort »Ork« aussprechen kann. Es ist sehr schnell vorbei, aber einen Augenblick lang hat es sich so angefühlt, als würde mich jemand überall mit Nadeln durchbohren.

Ariel sieht mich besorgt an und deutet auf meine für alle anderen unsichtbare Mandatsaura.

Natürlich.

Ich habe fast das Mandat gebrochen, weil ich das Wort »Ork« sagen wollte. Wie Vampire und andere Arten von Cogniti sind Orks Wesen, von denen bloße Menschen nichts wissen sollen.

Vielleicht hatte ich diesmal Glück. Ariel hat aus ihren Augen, Mund und Ohren geblutet, als sie beinahe den vom Mandat erzwungenen Schweigepakt gebrochen hätte. Ich wische mir die Nase ab, um mich zu versichern, dass ich der stärkeren Blutungsphase des Mandatsentmutigungsprogramms entgangen bin.

Ich werde mir das, was ich sage, in Zukunft viel genauer überlegen müssen, wenn das Mandat so übereifrig ist. Das Wort *Ork* ist Teil der Popkultur, und der Typ hätte meine Frage sicher als Witz verstanden, anstatt plötzlich an Orks zu glauben …

»Dieses Kaliber könnte keinen Bären zur Strecke bringen«, sagt Ariel. »Dafür braucht man so etwas wie diese 44er Magnum.« Sie zeigt auf einen großen Revolver. »Die hat Clint Eastwood in *Dirty Harry* benutzt.«

»Das ist so groß wie mein Unterarm«, murmele ich. »Ich müsste eine Kuriertasche tragen, um eine so große Waffe zu verstecken.« Als ich merke, dass ich eine illegale Aktivität plane, schaue ich den Kerl so unschuldig wie möglich an und füge hinzu: »Hypothetisch.«

Der Typ zwinkert mir zu und macht

Anführungszeichen in der Luft. »Hypothetisch. Natürlich.«

»Okay«, sage ich entschieden. »Ich probiere die Magnum aus.«

»Sind Sie sicher?«, fragt der Typ und tauscht zu meinem Ärger ein wissendes Lächeln mit Ariel aus. »Sie hat einen ziemlich starken Rückstoß.«

»Ich kann alles aushalten, was ihr schafft«, sage ich, schaue die beiden an und frage mich, warum Ariel etwas akzeptiert – und unterstützt –, was im Kern eine sexistische Haltung zu sein scheint.

Dann erinnere ich mich an ihre Superkraft, und ein Teil meiner Courage verschwindet.

Feierlich nimmt der Typ die Riesenwaffe heraus und zeigt sie mir. Die Waffe hat eine morbide Schönheit.

Wenn ich jemals eine Waffe haben wollte, die auf der Bühne toll aussieht, würde sich dieses dicke Ding wirklich gut machen.

Nach der Einweisung teilt der Verkäufer jedem von uns eine Bahn zu, und Ariel fängt eifrig an, die Waffe abzufeuern, die sie sich dafür mitgebracht hat, während ich Schießtraining bekomme.

Nachdem der Typ mir die Grundlagen erklärt hat, warnt er mich noch einmal vor dem *starken Rückstoß*, und dann stehe ich auch schon in der richtigen Position und bereite mich darauf vor, mit dem dicken Lauf auf ein Papierziel zu zielen.

Das Ziel ist viel, viel kleiner als ein Ork. Also, wenn ich das treffen kann, sollte ein Ork kein Problem sein.

Mein Herzschlag beschleunigt sich.

Den Tod in den Händen zu halten erweist sich als überraschend aufregend.

Ich fühle mich mächtig. So als ob jemand eingreifen und mich aufhalten sollte, aber niemand tut es.

Ich verstehe, warum Ariel so oft hierherkommt.

»Beugen Sie sich nach vorne«, schreit der Typ, und ich tue es. »Halten Sie den Finger immer vom Abzug fern, bis Sie schussbereit sind.«

Da mein rechtes Auge mein dominantes ist, benutze ich es, um das Zielfernrohr und das vordere Visier in eine Linie zu bringen, wodurch das Ziel ein wenig verschwimmt. Es ist keine Überraschung, dass mit einer Waffe zu zielen nicht dasselbe ist, wie mit einem Messer zu werfen.

Ich versuche, das aufgeregte Zittern meiner Hände so weit wie möglich zu beruhigen, halte den Atem an und drücke den Abzug.

Die Luft wird aus meiner Lunge gepresst, als der Knall den Schießstand bis ins Fundament erschüttert. Durch den Rückschlag lasse ich die Waffe fast fallen.

Es ist, als ob in meinen Händen gerade eine alte Kanone abgefeuert wurde.

Ariel und der Typ sehen mich grinsend an, also beiße ich die Zähne zusammen und gebe vor, den Schmerz in meinen Handgelenken nicht zu spüren.

Mit einem möglichst ruhigen Gesichtsausdruck ziele ich erneut.

Weil ich jetzt weiß, was mich erwartet, hämmert

mein Herz noch schneller, aber ich ignoriere die Nervosität und schieße.

Obwohl ich diesmal standfester bin, schmerzt der Rückstoß noch mehr – vielleicht, weil ich jetzt angespannt bin?

Ich fluche leise. Diesen Rückstoß *stark* zu nennen ist eine Untertreibung.

Ich schieße noch einmal.

Der Schmerz ist diesmal leichter zu ertragen – oder aber meine Hände werden taub. Wenn der Rat mir nicht verboten hätte, Illusionismus zu betreiben, müsste ich mir wahrscheinlich Sorgen machen, ob ich den größten Alptraum eines jeden Handkünstlers entwickele – Karpaltunnelsyndrom.

Ich beschließe, mich selbst zu pushen, und ziehe den Rest der sechs Runden so schnell wie möglich durch.

Als ich ihm sage, dass ich nachladen möchte, sieht der Typ mich mit einem Hauch von Respekt an.

Die zweite Runde ist nicht einfacher, aber ich fange an, mich mit der Waffe anzufreunden.

Beim dritten Nachladen meiner Waffe unterbricht Ariel ihr Training und kommt herüber, um mich mit fast mütterlichem Stolz anzusehen.

»Das reicht fürs erste Mal«, sagt sie nach meinen letzten sechs Runden. »Mal sehen, wie gut du es gemacht hast.«

Der Typ holt mein Papierziel ein und berechnet meine Trefferquote auf vierzig Prozent.

»Das ist wirklich nicht schlecht«, sagt Ariel, als sie

die Löcher in Brust und Kopf des Ziels untersucht. »Besonders für das erste Mal.«

Möglicherweise ist es die Finanzanalytikerin in mir, aber ich verstehe, dass diese Trefferquote bedeutet, dass mehr als die Hälfte meiner Schüsse danebengehen würden. Das macht mich nicht glücklich, aber wer bin ich, dass ich mich mit einer Ex-Soldatin streite?

Ich nehme mein Handy heraus, mache ein Bild von meinem allerersten Ziel und versuche, irgendeinen Stolz zu spüren – ich versage. Dann schaue ich auf die Uhr des Telefons und merke, dass ich bald zu meinem Treffen mit Dr. Hekima gehen sollte.

»Ich bringe dich natürlich hin«, sagt Ariel, als ich sie an meine Verabredung erinnere. »Wir müssen nur einen kurzen Zwischenstopp hier in New Jersey einlegen.«

Sie muss den illegalen Waffenkauf meinen.

Toll. Ich kann es kaum erwarten.

Wir gehen zurück zu Ariels Hummer. Dieses Auto ist ein Geschenk ihres Vaters und macht Ariel proportional zum Benzinverbrauch glücklich. Ein Teil des Grundes, warum meine Freundin die ganze Zeit so pleite ist, ist die überzogene Parkgebühr, die sie unserem Vermieter – oder ich schätze, ich sollte angesichts Felix' Enthüllung *Nero* sagen – zahlen muss.

Wir fahren eine halbe Stunde, während der ich mir heimlich die Hände massiere. Nicht, dass Ariel es bemerken würde, wenn ich es offensichtlich täte. Sie scheint in einem ihrer seltsamen, laserscharfen Fahrmodi zu sein, wobei sie auf die Straße achtet und auf sonst nichts. Wenn sie sich in diesem Zustand befindet, spricht sie nicht und beantwortet keine Fragen. Ich denke, es hat etwas mit ihrer Zeit in der Armee zu tun, also habe ich nicht viel nachgebohrt. Alles, was mit ihrem Militärdienst zu tun hat, ist ein Minenfeld.

Schließlich parkt sie neben einem Gebäude, das aussieht wie ein Geisterhaus, das in ein Crackvertriebszentrum verwandelt wurde.

»Warte hier«, sagt sie, als sie sieht, dass ich zögerlich meinen Sicherheitsgurt abschnalle. »Ich bin gleich zurück.«

Ich verriegele alle Türen und warte, während ich mich frage, wie ironisch es wäre, wenn ich beim Kauf der Waffe getötet werden würde, die mich vor genau diesem Szenario schützen sollte.

Nach den längsten zehn Minuten meines Lebens tanzt Ariel mit einem deutlichen Hüftschwung aus dem verwunschenen Crackhaus.

»Das ist dein Initiationsgeschenk«, sagt sie und öffnet eine ölige, braune Papiertüte, um eine Waffe herauszunehmen, die identisch zu der ist, mit der ich gerade auf dem Schießplatz gespielt habe. »Bitte benutze sie vorsichtig.«

»Ich bin mir nicht sicher, ob es so vorsichtig ist, dieses Ding zu haben«, entgegne ich, aber ich kann nicht anders, als ihr die Waffe ehrfürchtig abzunehmen.

»Ist es, wenn man es mit Orks zu tun hat.« Ariel gibt mir eine Schachtel Kugeln. »Wie ich schon gesagt habe, hoffen wir, dass du sie hast und nicht brauchst.«

»Natürlich«, sage ich. In meiner besten Ansagerstimme sage ich: »Ich werde sie Harry nennen.«

»Nach Dirty Harry?« Ariel lässt den Wagen an. »Oder Harry Potter?«

»Nach Harry Houdini.« Ich gebe die Adresse in Queens in mein Handy ein und stelle es als Navi in die Fensterhalterung. »Natürlich.«

———

ALS WIR AUF den Highway kommen, stecke ich Harry und die meisten Kugeln in das Handschuhfach und behalte eine einzige Kugel in meiner Hand. Wenn Ariel nicht hinsieht, experimentiere ich damit für einen Taschenspielertrick.

Wie sich herausstellt, funktionieren einige der Handgriffe für Münzen genauso gut für eine Kugel vom Kaliber .45.

Zuerst übe ich einfach, wie es sich anfühlt und so aussieht, als würde ich eine Kugel wirklich von einer Hand in die andere geben. Ich finde, dass diese Art von Übung dafür sorgt, dass die Bewegungen so natürlich aussehen wie meine wirklichen Bewegungen. Dann versuche ich den alten Klassiker *Le Tourniquet*, bei dem ich die Kugel mit meinem Daumen und den ersten beiden Fingerspitzen der rechten Hand halte und mit der linken Hand vortäusche, die Kugel zu nehmen, obwohl sie in Wirklichkeit in der rechten Hand bleibt. Von diesem Ausgangspunkt aus entwickele ich eine Variante der Illusion, bei der man die Kugel – oder Münze – in der Hand aufblitzen lässt, die angeblich das Objekt genommen hat, und die Zuschauer schwören auf die Gesundheit ihrer Mutter, dass das Objekt in der fraglichen Hand sein muss, weil sie es *gesehen* haben. Dann versuche ich die Bewegung mit geschlossenen Augen zu machen, dann mit …

»Das ist dein Ziel«, sagt Ariel, und mir fällt auf, dass ich so sehr in meine Fingerübungen mit der Kugel vertieft war, dass ich nicht einmal bemerkt habe, dass sie den Hummer geparkt hat.

»Kannst du diese Kugel nehmen?«, frage ich Ariel, und mache eine Bewegung, so dass die Kugel in meiner rechten Hand zu sein scheint.

»Klar«, sagt sie und streckt ihre Handfläche aus.

Als ich meine leere Hand öffne und keine Kugel herausfällt, atmet Ariel hörbar ein.

Sie erholt sich schnell – sie hat mich so etwas mit vielen kleinen Gegenständen machen sehen – und meint: »Gut gemacht. Aber bitte keine Kugeln aus den Ohren kleiner Kinder ziehen. Wir wollen nicht, dass du auf irgendeiner Liste landest.«

Ohne ihre Spitze mit einer Antwort zu würdigen, stecke ich die Kugel ein und gehe in das Gebäude vor uns.

»Ich bin hier, um Dr. Hekima zu sehen«, sage ich zu dem fülligen Wachmann in der Lobby.

»Er erwartet Sie«, sagt der Mann. »Gehen Sie einfach direkt in die Klasse.«

Ich frage nach, wo *die Klasse* ist, und nach wenigen Minuten befinde ich mich auch schon im fünften Stock, *in der Klasse*.

Ich bin mir nicht sicher, woher der Spitzname *Klasse* kommt, wenn man bedenkt, wie viel dieser Ort von einer Müllhalde hat. Es scheint besser für die anonyme Selbsthilfegruppe der Klebstoffschnüffler an solchen Tagen geeignet zu sein, an denen sie keinen besseren Ort finden können. Mit Klappstühlen an den Wänden, einer heruntergekommenen Kaffeestation und Wänden, von denen die Farbe abblättert, gleicht der Ort nicht ansatzweise einem Klassenzimmer – ihm fehlt sogar jegliche Klasse.

Ein Mann – die einzige Person im Raum – steht mit einem warmen Lächeln von einem der Klappstühle auf. »Hallo, Sasha. Ich bin Dr. Hekima.«

Wenn Morgan Freeman für die Rolle von Albert Einstein besetzt wäre – und hey, wenn er Gott spielen kann, kann er Einstein spielen –, könnte das Ergebnis sehr nach Dr. Hekima aussehen, bis hin zu den wilden grauen Haaren und dem intelligenten Funkeln in den Augen des Mannes.

»Hallo«, sage ich. »Ich freue mich, Sie kennenzulernen.«

»Setzen Sie sich.« Dr. Hekima schlurft zurück zu seinem Stuhl und setzt sich vorsichtig hin.

Ich versuche, den am wenigsten abgenutzten Klappstuhl zu nehmen, und entscheide mich für einen, der nur eine leicht verbogene Sitzfläche hat und an dem noch Farbspuren haften. Ich ignoriere das Spinnennetz an der Rückseite der Lehne, klappe den Stuhl in der Mitte des Raumes mit einem lauten Kreischen auf und setze mich hin.

»Jetzt«, sagt Dr. Hekima, »müssen Sie eine Entscheidung treffen.«

»Eine Entscheidung?« Ich verschränke meine Arme vor der Brust. »Was für eine Entscheidung?«

»Sie können entweder in ein paar Monaten im nächsten Semester mit der neuen Klasse beginnen«, sagt er mit dieser beruhigenden, leicht akzentuierten Stimme, »oder Sie können morgen anfangen, dann haben Sie erst ein paar Stunden verpasst.«

»Können wir bitte ein paar Schritte zurückgehen?« Ich nehme meine Arme herunter. »Vielleicht mit einer Erklärung anfangen, was die Einführung eigentlich ist?«

»Natürlich«, sagt Dr. Hekima lächelnd. Das Wort *Erklärung* scheint den Mann praktisch aufblühen zu lassen. »Die Einführung ist eine Institution, um neue Mitglieder der Gemeinschaft der Cogniti zu unterrichten.«

»Wie Sonntagsschule?«, frage ich vorsichtig und wiederhole Felix' Worte.

»Die einzige Gemeinsamkeit ist, dass wir uns sonntags treffen.« Er schiebt seine Brille mit einer geübten Bewegung seines Mittelfingers auf dem Nasenrücken in die Höhe, ohne zu wissen, wie sehr die Geste danach aussieht, als würde er den Mittelfinger zeigen. »Die Einführung hat keine direkte Entsprechung im menschlichen Bildungssystem.«

»Also, was für Dinge unterrichten Sie?« Ich schaue mich im schäbigen Raum um, sehe aber kein Äquivalent der Cogniti für das Periodensystem oder eine Weltkarte. »Noch wichtiger, wenn ich morgen hinzukomme, was habe ich verpasst?«

»Hmm.« Er zieht sein Telefon heraus und konsultiert eine Art Notizen. »Ah. Ja. Wir haben die Geschichte des Mandatsystems behandelt«, sagt er in einem Professorenton, ohne dass seine Augen den Bildschirm verlassen. »In diesem Zusammenhang sind wir auch auf die Notwendigkeit eingegangen, die Existenz der Cogniti geheimzuhalten.« Er schaut auf und wirkt lebhafter. »Wir haben ausführlich über die religiösen, philosophischen, politischen und anderen Implikationen diskutiert, sollte eines Tages die Geheimhaltung unserer Spezies durchdrungen werden – ein Thema, das immer eine sehr gute Klassenbeteiligung hervorruft. Diesmal haben wir einige Szenarien aus der menschlichen Fiktion genommen, von X-Men bis zu den Jedi, und …«

Ich lache auf, aber ersticke fast an meiner Belustigung, als er mir einen strengen Blick zuwirft. Dr. Hekima hat eindeutig einen schwarzen Gürtel, wenn es darum geht, in seinen Vorlesungen mit Störfaktoren fertigzuwerden.

»Es tut mir leid«, sage ich. »Bitte fahren Sie fort.«

»Die X-Men-Reaktion«, sagt er, »wäre, uns zu fürchten – die sprichwörtliche ›Angst vor dem

Unbekannten‹. Diejenigen von uns mit großer Macht würden wie Massenvernichtungswaffen behandelt werden, während jemand mit Kräften wie Ihre als Werkzeug zum Sammeln von Informationen benutzt werden könnte …«

»Klingt dystopisch«, sage ich und unterdrücke einen Schauer, als ich mich in einem unterirdischen Bunker eingesperrt sehe, wo ich geopolitische Vorhersagen für den CIA mache – eine Aufgabe, die die Nachforschungen für Nero glatt wie Spaß aussehen lassen.

Er nickt. »In der Tat dystopisch. Und ein guter Kontrast zu dem ›Jedi-Szenario‹, das allerdings ziemlich utopisch ist. Bei *Star Wars* waren die Jedi extrem mächtig, aber sie wurden weder gefürchtet noch für etwas benutzt, für das sie nicht benutzt werden wollten …«

»Bis sie alle ausgelöscht wurden«, murmele ich. »Spoiler-Alarm.«

»Richtig, aber das waren die Sith.« Er hält immer noch sein Handy in der Hand und wirft einen Blick auf seine Armbanduhr.

Da ich das Gespräch faszinierend finde, tue ich so, als hätte ich die Geste nicht gesehen.

»Ich würde die Sith als eine Unterart der Jedi betrachten«, fährt er fort, »zumindest um dieser Analogie willen. Es waren nicht die Menschen, die den Völkermord begangen haben – das ist die Hauptaussage dieses Szenarios.«

»Aber haben Vampire nicht die Macht, die Leute

vergessen zu lassen, dass es die Cogniti gibt, selbst wenn das Geheimnis herauskäme?«, frage ich. »Macht das diese Diskussion nicht überflüssig?«

Er blickt wieder auf seine Uhr, und ich tue erneut so, als würde ich es nicht bemerken.

»Ich kann schon jetzt sehen, wie anregend es sein wird, Sie in meinem Unterricht zu haben«, sagt er. »Sie stellen die richtige Art von Fragen.«

»Danke. Aber mir ist aufgefallen, dass Sie gar nicht geantwortet haben.«

»Wenn man bedenkt, wie jung und beeinflussbar meine Schüler sind, halte ich mich normalerweise von diesem Thema fern«, sagt er, diesmal mit einem Blick auf sein Handy. »Aber Sie scheinen eine reife und intelligente junge Frau zu sein, also kann ich Ihnen sagen, dass, ja, selbst wenn unser Geheimnis herauskäme, das Problem gelöst werden könnte.«

Er blickt wieder auf seine blöde Uhr. »Die Vampire und andere Cogniti haben Zugang zu Menschen auf allen Machtebenen, von führenden Köpfen in Unternehmen bis hin zu Staatschefs. Sie können sie in die Richtung lenken, die gut für die Cogniti ist. In einigen Fällen haben auch Cogniti wichtige Positionen inne. Zum Beispiel sind die wichtigsten Akteure der meisten organisierten kriminellen Unternehmen Wahrscheinlichkeitsmanipulatoren, da diese Position es ihnen erlaubt, im Chaos auf eine Weise zu gedeihen, die die Existenz der restlichen Cogniti nicht offenbart.«

Es fällt mir leicht, mir jemanden wie Chester als

Verantwortlichen für ein Drogenkartell vorzustellen. Ich erinnere mich auch an Neros Kommentare über die Vampire bei Goldman Sachs, und mein Kopf beginnt sich zu drehen.

Das muss er buchstäblich gemeint haben.

Ein Haufen Fragen wirbelt in meinem Kopf herum, aber ich platze erst einmal mit derjenigen heraus, die mir am wichtigsten erscheint. »Was wäre, wenn das Geheimnis groß rauskäme? Sagen wir mal, ein Gestaltwandler würde sich live im Fernsehen in ein unsichtbares rosa Einhorn verwandelt?«

»Die Menschen könnten immer noch die Wahrheit leugnen«, sagt er. »Es als Computeranimation oder etwas in der Art erklären. Aber wenn sie beginnen würden, es zu glauben, fürchte ich, dass wir herausfinden würden, welches der vielen fiktiven Szenarien das realistischste ist.« Dieses Mal entsperrt er sein Handy und starrt einen Moment lang darauf, bevor er mit »Ich persönlich vermute, dass wir – wie meine Schüler sagen würden – am Arsch wären« endet.

»In Ordnung, aber was, wenn …«

»Es tut mir furchtbar leid, dass ich das abkürzen muss.« Er blickt mit echter Reue im Blick von seinem Telefon auf. »Ich habe noch eine Verabredung, und wir haben nicht mehr viel Zeit.«

»Nur noch ein paar letzte Fragen«, sage ich schnell. »Wenn es Ihnen nichts ausmacht.«

Er schüttelt den Kopf.

»Baut der weitere Unterricht auf dem Material auf, das Sie in den ersten Vorlesungen behandelt haben?«

»Nein.« Er fährt sich mit der Hand durch das wilde Durcheinander von Haaren auf seinem Kopf. »Ich glaube nicht, dass wir bisher etwas Grundlegendes besprochen haben.«

»In diesem Fall … könnte ich morgen anfangen, aber dann die verpassten Stunden nachholen, wenn die nächste Gruppe Cogniti ihr Semester beginnt? Ich möchte nichts verpassen, aber ich bin auch sehr daran interessiert, so schnell wie möglich damit anzufangen, etwas zu lernen.«

»Hmm«, sagt Dr. Hekima. »Es ist unorthodox, aber Mr. Gorin hat in so hohen Tönen von Ihnen gesprochen, dass …«

Ich bin so schockiert, dass ich alles verpasse, was er als Nächstes sagt. Nero hat in hohen Tönen von mir gesprochen?

»… und vielen Dank, dass Sie heute zu mir gekommen sind«, höre ich, als ich mich wieder auf das konzentriere, was Dr. Hekima sagt. »Ich freue mich darauf, Sie morgen um drei zu sehen.« Er steht auf und streckt seine Hand aus. »Es war sehr nett, Sie kennenzulernen, Sasha.«

»Es hat mich auch sehr gefreut, Sie kennenzulernen.« Ich schüttele ihm die Hand und verabschiede mich widerwillig.

Auf dem Weg zum Auto denke ich über die Dinge nach, die ich erfahren habe. Trotz der Aussicht, von Teenagern umgeben zu sein, freue ich mich sehr auf den morgigen Unterricht – und das restliche Semester.

»Wie geht es dem guten Dr. Hekima?«, fragt Ariel, als ich ins Auto steige.

»Ich habe keinen guten Vergleichswert«, antworte ich. »Er schien ziemlich beschäftigt zu sein.«

»Ich bin überrascht, dass er sich überhaupt Zeit für dich genommen hat.« Sie lässt das Auto an und fährt vom Parkplatz. »Niemand sieht ihn jemals außerhalb des Unterrichts.«

»Es könnte ein Gefallen für Nero gewesen sein.« Ich schnalle meinen Sicherheitsgurt um. »Ich schätze, mein Boss erfüllt doch noch einige seiner Mentor-Aufgaben.«

»Ich hatte schon immer das Gefühl, dass Nero nicht so schlecht ist, wie du ihn darstellst«, sagt Ariel mit ihrem boshaftesten Gesichtsausdruck. »Eigentlich ist es fast so, als ob du …«

»Ich bin am Verhungern«, sage ich ernst. »Gehen wir irgendwo was essen?«

»Felix hat eine Nachricht geschickt.« Sie hupt ein gelbes Taxi an und schneidet einen anderen Fahrer, als sie plötzlich die Spur wechselt. »Er hat etwas namens Dolma gemacht, das laut meiner Google-Suche Paprika oder Kohl mit Fleischfüllung ist. Oder beides.«

»Dann gehen wir nach Hause«, sage ich, und mein Magen knurrt. »Wir wollen Felix' Kochhobby doch unterstützen.«

»Richtig.« Ariel lächelt schelmisch. »Denk an den hinterhältigen Plan – wir bedanken uns mehr als überschwänglich, und vergiss auch nicht, den Koch mit Komplimenten zu überschütten.«

»Ich selbst habe mir diesen ›hinterhältigen Plan‹ ausgedacht, schon vergessen?«, sage ich und hole die Kugel heraus.

Damit kann ich noch ein wenig üben, wenn wir auf die Autobahn kommen und Ariel wieder in ihren Fahrmodus verfällt, in dem sie nicht ansprechbar ist.

———

»DAS IST FANTASTISCH«, sagt Ariel, als sie in eine große Paprika beißt, die mit würzigem Fleisch gefüllt ist.

Wenn sie nur vortäuscht, ist sie so gut, dass selbst ich – die Meisterin der Täuschung – es nicht erkennen kann, und Felix strahlt vor Freude.

»Meine Mutter hat mir das Rezept nach unserem Mittagessen mit Sasha gemailt«, sagt er. »Sie wollte, dass ich es einer von euch gebe, weil ihr die Mädchen seid, aber ich fand das etwas beleidigend, und ihr wisst ja außerdem, wie gerne ich koche.«

»Außerdem«, sage ich mit einem Mund voller leckerer Paprika und saftigem Fleisch, »wenn Ariel kochen würde, wäre es mit Sicherheit eine Beleidigung. Für unsere Geschmacksknospen.«

»Wer im Glashaus sitzt …« Ariel leckt ihre Gabel sauber. »Wir haben dein Illusionsmahl nicht vergessen.«

Felix erschaudert sichtlich bei der Erinnerung daran, und Ariel lacht.

»Hey.« Ich muss mich wirklich sehr anstrengen, um ein ernstes Gesicht zu behalten. »Ich bleibe dabei, dass es eine meiner besten Ideen war.«

»Ich habe keine Ahnung, wovon ihr alle redet.« Fluffster hebt seinen Kopf von einem Teller Luzerneheu. »Ich wusste nicht, dass Sasha kocht.«

»Natürlich koche ich«, sage ich beleidigt, aber Ariel und Felix schnauben.

Ich starre sie wütend an und wende mich dann an Fluffster. »Auf jeden Fall geht es darum, dass ich einmal mit Synsepalum dulcificum eine kulinarische Illusion erschaffen wollte. Das ist eine Pflanze, die auch als Wunderbeere bekannt ist«, füge ich hinzu, als mich alle mit einem fragenden Gesicht ansehen. »Der Inhaltsstoff Miraculin in dieser Beere macht etwas sehr Seltsames. Er verstärkt die Wahrnehmung der Geschmacksrezeptoren der Zunge für Süßes, so dass ein Mensch, der saure Lebensmittel wie Zitronen isst, sie als süß empfindet.«

»Richtig.« Ariel lacht wieder. »Also hat sie einen Kuchen aus Zitronen gemacht. Nicht zu verwechseln mit einem Zitronenkuchen.«

»Der sauerste Kuchen aller Zeiten«, wirft Felix ein.

»Richtig«, sage ich. »Aber ich hatte die Wunderbeeren in unseren Aperitif geschmuggelt.«

»Ohne etwas zu sagen«, sagt Felix.

»Zu ihrer Verteidigung«, sagt Ariel, »das Ergebnis war sehr süß. Also am Tag der Illusion, meine ich.«

Ich grinse. »Ja, sie haben den Kuchen geliebt. Aber am nächsten Tag bin ich aus dem Badezimmer gestürmt, weil ich all diese verzweifelten Flüche und Schreie hörte. Sie haben versucht, die Reste zu essen – ohne zuerst die Wunderbeere zu nehmen.«

»Es war schrecklich.« Felix erschaudert wieder. »Ich habe buchstäblich Kiefersperre bekommen.«

»Hört sich nach einer weiteren Vergeudung von Lebensmitteln an«, sagt Fluffster, und obwohl seine mentale Stimme verärgert klingt, entdecke ich auch ein kleines Lachen.

Felix schüttelt den Kopf, dann sieht er mich und Ariel an. »Also, ich habe eine Frage an euch beide.« Er wirft Fluffster einen entschuldigenden Blick zu. »Als Frauen.«

Ariel, die sich gerade gefüllte Paprika in den Mund gestopft hat, verschluckt sich so schlimm, dass ich mich darauf vorbereite, das Heimlich-Manöver anzuwenden.

»Jedenfalls …« Felix lässt seinen Blick auf seinen fast leeren Teller fallen. »Sagen wir, ich wollte eine Dame unterhalten … Denkt ihr, ich sollte ihr genau dieses Essen kochen?«

Mit einem lauten Geräusch verschlingt Ariel die Paprika, an der sie sich gerade verschluckt hatte, und rasselt heraus: »Wer? Was? Wann? Wie?«

Ich will mich ihrem Beispiel anschließen und ihn mit Fragen bombardieren, aber dann erinnere ich mich, dass er seinen Eltern gegenüber ein Mädchen erwähnt hat.

Sieht aus, als hätte er sich keines ausgedacht, nur um sie zu beruhigen.

»Ihr kennt sie nicht«, sagt Felix. »Ich bin mir nicht mal sicher, ob etwas daraus wird. Ich versuche nur zu entscheiden, welche Aktivität die beste wäre und …«

»Ich denke, dass Kochen beim ersten Date ein bisschen zu viel sein könnte.« Ich lege meine Gabel etwas zu plötzlich ab. Irgendetwas daran stört mich, aber ich habe keine Ahnung, warum.

Könnte ich ernsthaft eifersüchtig sein?

Nein. Das ergibt keinen Sinn.

Wenn ich verärgert bin, dann nur, weil Felix seine Schwärmereien normalerweise auf Bewohner dieser Wohnung beschränkt hat, sich also entweder für mich oder Ariel interessierte, so, wie es ein guter polygamer Ehemann tun sollte. Jetzt stellt sich heraus, dass sein Herz ein wankelmütiges Wesen ist.

Na ja, wie er möchte. Wenn er ein Flittchen will, kann er sie haben.

»Ich würde sie auf einen Kaffee einladen«, sagt Ariel. »Und wenn es gut läuft, Netflix und Chillen.« Anscheinend teilt sie meine Bedenken über diese Situation nicht.

Felix errötet nicht, also dürfte er nicht wissen, dass N&C ein Code für Sex ist.

Ich zwinge mich, zu lächeln und zu sagen: »Ich schließe mich an.« Dann hebe ich meine Gabel wieder auf und ersteche noch eine Paprikaschote. »Und wenn sie vorbeikommt und du zufällig leckere Reste von etwas hast, was du selbst gekocht hast, wird sie richtig beeindruckt sein, ohne dass du übermäßig unter Druck stehst.«

»Ich schlage vor, Reste von deinen geräucherten Lachs-Eiern.« Ariel nimmt einen hungrigen Bissen von der gefüllten Paprika. »Oder vielleicht die russische Version mit dem roten Kaviar?«

»Und«, sagt Fluffster in unseren Köpfen, »zeige ihr, wie ich mich in einem Staubbad wasche. Es scheint bei den beiden Frauen, die das bis jetzt sehen durften, einen bleibenden Eindruck hinterlassen zu haben.«

»Das würde es bei jedem, der Augen im Kopf hat«, sagt Ariel.

»Und Sinn für Dinge, die niedlich sind«, füge ich hinzu.

»Danke, Leute.« Felix holt sein Telefon raus und macht sich Notizen.

»Natürlich«, sage ich, »kannst du auch alles, was wir gerade gesagt haben, verwerfen und deine neue Freundin heute Abend zum Earth Club mitbringen.«

»Vorausgesetzt natürlich, sie gehört zu den Cogniti.« Ariel springt fast vor Aufregung auf und ab. »Es wird getanzt, es gibt Musik ...«

»Sie ist keine von uns und hat heute Abend zu tun.« Felix steckt sein Telefon weg und bringt seinen Teller zur Spüle. »Außerdem gefällt mir die ruhigere Variante viel besser.«

»Was ist mit dir?«, fragt Ariel ihn. »Kommst du immer noch heute Abend mit mir und Sasha mit?«

»Ich denke nicht, dass ich das tun sollte.« Felix spült

seinen Teller ab und stellt ihn in die Spülmaschine. »Das wäre wie fremdgehen.«

Ariel blickt seinen Rücken mit Stielaugen an. »Ihr hattet nicht mal ein richtiges Date.«

»Und wir gehen nur in einen Klub, um zu tanzen, nicht, um an einer Orgie teilzunehmen«, sage ich und schaue dann Ariel an. »Oder?«

»Keine Orgien«, bestätigt sie. Leise fügt sie hinzu: »Es sei denn, du willst eine.«

»Stellt euch vor, was meine Dame sagen würde, wenn wir eines Tages heiraten und ich ihr beichte, dass ich ohne sie in einen Klub gegangen bin, *nachdem wir uns bereits getroffen hatten*«, sagt Felix und sieht dabei völlig ernst aus.

»Was ist eine Orgie?«, fragt Fluffster.

Wir alle – mit Ausnahme des Chinchillas – fallen vor Lachen fast um.

Trotz des Lachkrampfes schaffe ich es, herauszupressen: »Ich glaube, wir haben die Grenzen der YouTube-basierten Bildung entdeckt.«

Mein Kommentar bringt meine Freunde noch mehr zum Lachen, bis ich feststelle, dass Fluffster uns mit seinen schwarzen, zu Schlitzen verengten Augen anstarrt – wodurch ich fast vor Lachen platze.

Irgendwann hören wir auf, Fluffster zu ärgern, und Ariel erklärt freiwillig, was eine Orgie ist.

»Wir müssen gehen«, sagt sie, nachdem sie den armen, unschuldigen Chinchilla verdorben hat. »Sasha und ich haben Maniküre-Pediküre-Termine, bevor wir zum Earth Club gehen.«

Ich wusste nicht, dass wir so etwas haben. Wenn ich vorher gefragt worden wäre, hätte ich darauf hingewiesen, dass meine Nägel nach der Initiation immer noch perfekt aussehen, aber was soll's?

Ariel setzt bei solchen Dingen immer ihren Willen durch.

————

DIE ANGEKÜNDIGTE MANIKÜRE und Pediküre entpuppt sich als ein umfangreicheres Schönheitsprogamm, das auch Gesichtsbehandlungen umfasst.

Bald wird klar, dass Ariel beschlossen hat, das Initiationsgeschenk, das Nero für mich organisiert hatte, zu wiederholen, nur mit einem überschaubareren Budget und freier Auswahl beim Shoppen.

Als wir nach dem ganzen Verwöhnprogramm mit neuen Klamotten nach Hause kommen, gehe ich gleich in mein Zimmer, um mich für den Abend fertig zu machen.

Ich ziehe die neue Jeans an, die schicke Bluse, deren oberste Knöpfe ich als Zugeständnis an Ariel offen lasse, und die neuen Stiefel. Ein Blick in den Spiegel genügt, um zu bestätigen, dass dieses Ensemble wirklich hervorragend zu meiner neuen Lederjacke passt.

Wie üblich erinnere ich mich daran, dass Gesichtsbemalung eine Art Illusion ist, um mir das

Auftragen von Make-up schmackhafter zu machen. Auf diese Weise kann ich mich dazu zwingen, ein wenig davon aufzutragen, damit Ariel nicht so tun muss, als wären wir nicht zusammen gekommen.

Um mein Outfit zu vervollständigen, stecke ich meine neue Waffe in eine Messenger Bag, die ich mir über die Schulter hänge. Wenn ich die Waffe mit mir herumtragen will, muss ich mir mehr Taschen für verschiedene Outfits besorgen.

»Oh mein Gott«, ruft Felix, als ich ins Wohnzimmer stolziere. »Du siehst großartig aus!«

Fluffster schaut mich auch an, und da er sich nicht über die unnötigen Einkäufe beschwert, nehme ich sein Schweigen als Kompliment.

Dann kommt Ariel herein.

Niemand findet Worte – nicht einmal Fluffster, der telepathisch sprechen kann.

Sie hat geschummelt.

Das ist nichts, was wir gerade eingekauft haben, weil wir nicht bei BDSM "R" Us shoppen waren.

Ariels ganzer Körper ist mit schwarzem, enganliegenden Leder umhüllt – obwohl es auch Latex sein könnte. Die glänzende, hautenge Hose zeigt jeden Muskel ihrer Tänzerbeine, und die schwarzen Pumps heben ihre Reize noch mehr hervor. Ihr Oberteil ist wie eine zweite Haut und zeigt ihre Bauchmuskeln. Ich habe keine Ahnung, wie sie in beide Teile hineingekommen ist.

Um alles abzurunden, ist ihr Haar hochgesteckt und wird von so etwas wie einer Stricknadel oder einem

Schraubenzieher zusammengehalten – unter den Wellen ist das schwer zu sehen.

Sie könnte nicht mehr Sexappeal ausstrahlen, wenn sie dort in Victoria's-Secret-Dessous stehen würde.

»Bist du eine Domina oder Catwoman?«, frage ich und versuche, den Zauber zu brechen. »Und wenn es Letzteres ist, denkst du nicht, dass du mit deiner Batman-Sucht übertreibst?«

»Nein«, sagt Felix mit heiserer Stimme. »Ich denke, das ist eine viel, viel engere Version von Trinitys Outfit, aus Matrix.«

»Das ist nur etwas, was gerade im Earth Club in Mode ist«, sagt Ariel und fährt mit ihren Handflächen ihren Oberkörper ab. Sie klingt etwas verlegen. »Ich kann mich umziehen, wenn …«

»Nein«, sagen Felix und ich unisono.

»Du siehst toll aus«, verdeutliche ich.

»Du musst dich nicht umziehen.« Felix räuspert sich. »Glaub mir.«

Ariel schenkt jedem von uns ein strahlendes Lächeln. »Großartig. Ich gehe mich jetzt schminken.«

»Das war ungeschminkt?«, sage ich zu niemand Bestimmtem.

»Sie könnte als Model so viel Geld verdienen«, sagt Fluffster in meinem Kopf. »Das habe ich ihr auch schon gesagt. Warum kümmert sich niemand in diesem Haushalt darum, Ersparnisse aufzubauen?«

»Du pelziger Sparfuchs.« Ich schnappe mir das Chinchilla und reibe das himmlische Fell an meiner Wange. »Wenn Ariel Ärztin werden will, soll sie

Ärztin werden, nicht Model. Außerdem verdienen Ärzte gut.«

Das scheint den Domovoi zu beruhigen, und wir setzen uns hin, um auf Ariel zu warten.

Sie kommt nach einer gefühlten Stunde wieder. Wir alle starren sie erneut völlig sprachlos an – obwohl ich mir nicht sicher bin, ob es das neu aufgetragene Make-up im Gothic-Stil oder die anhaltende Wirkung des sexy Superheldinnen-Outfits ist.

»Wir sollten besser schnell gehen«, sagt sie zu mir. »Die Zeit vergeht an unserem Ziel anders.«

Ich stehe von der Couch auf und strecke mich.

»Zieht euch etwas Warmes an«, ermahnt uns Fluffster in unseren Köpfen. »Es ist frisch draußen.«

Ich widerstehe Witzen über jemanden, der wie ein perfekter Pelzfäustling aussieht, stecke meine schwarzen Lederhandschuhe ein, schlinge meinen Lieblingsschal um meinen Hals und ziehe eine Mütze auf.

Ariel schlüpft in einen langen Regenmantel, der an Szenen aus romantischen Komödien erinnert, in denen das Mädchen unter einem solchen Mantel nichts trägt.

»Lass die Tasche hier«, sagt Ariel zu meiner Pistolen-Kuriertasche.

»Aber ich habe die –«

»Sie würden dich nicht mit so einem … Verbrechen gegen die Mode reinlassen.« Sie spitzt die Lippen und schüttelt den Kopf, als wollte sie sagen: »Keine Widerrede, sonst müssen wir den anderen die Waffe erklären.«

»Okay.« Ich nehme die schwere Tasche ein wenig erleichtert ab.

»Dafür hast du mich doch«, sagt Ariel, und ich kann nicht umhin, über die doppelte Bedeutung zu lächeln.

»Nehmen wir nicht dein Auto?«, frage ich Ariel, als sie die Schlüssel für ihren Hummer an die Haken neben der Tür hängt.

»Parken am JFK ist die Hölle«, sagt sie und öffnet die Tür. »Außerdem«, sie grinst, »könnte ich auf dem Rückweg etwas berauscht sein.«

»Das erinnert mich an etwas«, sage ich, als wir die Wohnung verlassen und zum Aufzug gehen. »Ist JFK der beste Weg, um zu den Otherlands zu gelangen?«

»Leider ja.« Ariel gleitet anmutig in den Aufzug, und ich folge ihr. »Wenn es in LaGuardia Tore gibt, sind sie für uns, diejenigen am Ende der Nahrungskette der Cogniti, nicht zugänglich.«

»Diese Dinger werden offiziell Tore genannt?« Ich kann nicht anders, als vor Aufregung zu springen. »So habe ich sie für mich auch genannt.«

»Alle nennen sie Tore, aber es könnte einen offizielleren Begriff geben, den ich nicht kenne.« Ariel steckt mir eine lose Haarsträhne unter die Mütze.

»Wie kannst du solche Dinge nicht wissen?«, frage ich sie beim Verlassen des Fahrstuhls.

»Ich denke, du bist so neugierig, weil du gerade in all das reingezogen wurdest.« Ariel holt ihr Handy heraus, um uns ein Taxi zu rufen. »Du bist wie ein Tourist, der New York zum ersten Mal besucht.«

»Hey«, sage ich gespielt beleidigt. »Nimm das zurück.«

»Eine einheimische Touristin«, sagt sie todernst. »Mit Gürteltasche und Stadtplan aus Papier.«

»Ja klaaar. Und du bist die zu coole Einheimische, die noch nie an der Freiheitsstatue oder im Empire State Building war.«

»Das ist richtig.« Ariel verschränkt ihre Arme vor der Brust. »Und ich hasse den Times Square.«

Ich kann nicht anders, als zu lachen. Keine von uns beiden war jemals bei der Freiheitsstatue, obwohl wir nur wenige Gehminuten von der Fähre nach Ellis Island entfernt wohnen.

»Also«, sage ich. »In welches der Otherlands gehen wir?«

»Es heißt Gomorrha«, sagt Ariel, als ein schwarzer Minivan am Bordstein anhält.

»Gibt es dort viel Feuer und Schwefel oder so was?«, frage ich, als ich über den Namen nachdenke.

»Du wirst schon sehen.« Sie geht zum Auto. »Gehen wir.«

———

ALS WIR AM JFK ANKOMMEN, machen wir uns auf den Weg zur geheimen Tür, die Ariel das letzte Mal benutzt hat, als wir hier waren.

Da ich heute keine Augenbinde trage, betrachte ich eingehend die Wände der Flure, die zu dem großen Raum mit den Toren führen.

Die Tunnel sind schrecklich gewöhnlich – das hätte ich mir, wegen des schlichten Linoleums, das ich das letzte Mal unter unseren Füßen gesehen habe, auch gleich denken können.

Das einzig Merkwürdige an unserem Weg ist, wie unnötig labyrinthartig die Gänge sind – es gibt andauernd Abzweigungen. Doch Ariel nimmt jede Kurve souverän, sie hat sich den Weg offensichtlich ganz genau eingeprägt.

Stillschweigend nehme ich mein Telefon heraus und beginne eine neue Notiz: Ich tippe L für links und R für rechts, jedes Mal, wenn wir eine entsprechende Abzweigung nehmen. Später, wenn ich einen Moment Zeit habe, werde auch ich diesen Weg auswendig lernen.

»Wo würden wir herauskommen, wenn du falsch abbiegen würdest?«, frage ich, als wir einen längeren Korridor betreten.

»Eine Schlangengrube?« Ariel zuckt mit den Schultern. »Als mein Vater mir den Weg zum Drehkreuz gezeigt hat, hat er gesagt, ich soll nie falsch gehen – also habe ich es nie getan. Soweit ich weiß, führen alle diese Korridore zu ihren eigenen Drehkreuzen.«

Wie können ihr solche Dinge egal sein? Ist es einfach die touristische Analogie? Weil ich anfange zu denken, dass Ariel das Neugierde-Gen fehlt – zumindest, wenn es um die Dinge geht, die die Cogniti betreffen.

Wir nehmen noch ein paar Abzweigungen, und ich beschließe, dass Ariel meine Notizen überprüfen soll, bevor ich versuche, diesen Ort auf eigene Faust zu erkunden. Wenn es da draußen eine Schlangengrube gibt, will ich nicht hineinfallen. Ich höre auch auf zu reden, damit ich den Ort so genau wie möglich erfassen kann.

Irgendwann verwandelt sich der Boden unter unseren Füßen in das rutschige Chrommaterial, an das ich mich von unserem letzten Ausflug erinnere.

Wir müssen uns dem nähern, was Ariel als Drehkreuz bezeichnet hat.

Die nächste Tür ist geschlossen, also öffnet Ariel sie und fragt mit Trara: »Bereit?« Dann geht sie, ohne auf mich zu warten, hinein.

Mein Puls beschleunigt sich vor Aufregung, als ich ihr folge.

»Wow«, murmele ich mit einem ehrfürchtigen Flüstern, während ich meine Umgebung aufnehme.

Der runde Raum ist so groß wie der Madison Square Garden, und überall um uns herum befinden sich die bunten Plasmatore. Riesige Kabel schlängeln sich von der Decke bis zum Fuß jedes Tores, und elektrizitätsartige Energie strömt sichtbar herunter, so als ob ein verrückter Wissenschaftler versuchen würde, Frankenstein wiederzubeleben. Mein Verstand ist von dem Anblick überwältigt.

Die Stromrechnung für diesen Raum muss dem Bruttoinlandsprodukt einer kleinen Nation entsprechen.

»Kein Hopping heute«, sagt Ariel und zeigt auf ein türkisfarbenes Tor in der Nähe.

»Mit ›Hopping‹ meinst du, ein Tor zu einem anderen Drehkreuz zu nehmen und dann ein weiteres?«, frage ich und spüre, dass sich mein Nacken von all dem Auf- und Ab- und Umsehen verspannt.

»Richtig.« Ariel spaziert zum türkisfarbenen Tor.

»Gibt es so viele Welten, wie es Tore gibt?«, frage ich mit einer Handbewegung, die die Vielzahl an Toren um uns herum einschließen soll.

»Nicht mal annähernd«, sagt Ariel, und ihre Unbekümmertheit ist unglaublich nervig, wenn man bedenkt, wie sehr mich gerade alles überwältigt. »Es gibt unendlich viele Welten. Was wir die Otherlands nennen, ist nur ein kleiner Tropfen in diesem Fluss – es sind nur die, die mit bestehenden Toren erreicht werden können. Die Tore hier bei JFK führen lediglich zu einem kleinen Bruchteil aller zugänglichen Welten, aber mit genügend Hopping kann man alle anderen erreichen – auch wenn man es in manchen Fällen besser nicht tun sollte.«

»Wie kannst du wissen, dass es Welten gibt, zu denen keine Tore führen?« Ich bleibe stehen und schaue mich um, um die Anzahl der Tore im Raum zu schätzen, gebe aber bald auf. »Und was meinst du mit ›besser nicht‹?«

Ariel zuckt mit den Achseln und geht weiter. »Ich gebe nur weiter, was Dr. Hekima uns während der Einführung gesagt hat. Er ist ein Experte für Tore, also muss er es wissen. Was die Gefahren angeht, hat er uns auch gesagt, dass wir nicht willkürlich auf Rucksacktour gehen sollten. Es gibt Welten, in denen man sofort stirbt, wenn man aus dem Tor tritt.«

»Sterben?« Ich folge ihr. »Warum?«

»Das ist unterschiedlich.« Sie hält neben dem türkisfarbenen Tor. »Bist du bereit?«

Ich möchte noch ein paar Monate lang hierbleiben und mehr über die Otherlands erfahren, aber ich sehne mich auch danach, ein Beispiel für eine echte andere Welt zu sehen. Ich denke mir allerdings, dass ich sie, Felix, oder sogar Dr. Hekima später ausfragen kann, und nicke deshalb entschieden. »Bereit.«

Ariel tritt in das türkisfarbene Plasma. Wo ihr Körper die schimmernde Oberfläche berührt, verschwindet er, so als sei er abgeschnitten.

Als sie vollständig verschwunden ist, gehe ich einen Schritt in Richtung Tor.

Meine Nackenhaare stellen sich auf.

»Dann mal los«, sage ich in den leeren Raum und betrete das Tor.

KAPITEL 11

»WILLKOMMEN IN GOMORRHA«, sagt Ariel triumphierend.

Während ich mich umschaue, überlege ich, ob ich mich selbst kneifen sollte, um sicherzugehen, dass das kein aufwendiger Traum ist.

Obwohl es im JFK fünf Uhr abends war, ist es in dieser Welt schon Nacht. Der Himmel ist wolkenlos, wodurch sich mir ein unglaublicher Anblick bietet.

Ein Anblick, der die Tatsache, dass wir nicht mehr in Kansas (oder New York) sind, mehr als deutlich macht.

Es gibt keinen Mond am Himmel. Stattdessen wird die Dunkelheit über uns von etwas dominiert, was wie ein majestätischer Nebel aussieht – eine interstellare Wolke aus Staub und Gasen. Die Gelb- und Rottöne in ihr bilden lange Säulen und erinnern mich gespenstisch an Feuer und Schwefel, die von oben herabregnen.

Ich wende meine Augen vom surrealen Himmel ab und schaue mich um. Wir sind in einem kolosseumartigen Außenraum, der nur als Drehkreuz dient, und ich kann nicht glauben, dass ich das nicht gleich bemerkt habe – es befindet sich auf einem riesigen Wolkenkratzer.

Fasziniert gehe ich hinter das Tor und schaue nach unten.

Das Gebäude ist wahnsinnig hoch. Es ist mindestens zehnmal höher als alle auf der Erde. Wieso frieren wir in dieser Höhe nicht? Dieser Planet muss viel wärmer sein, oder es gibt eine unsichtbare Heizung um uns herum. Ganz zu schweigen von einer künstlichen Sauerstoffversorgung.

Das Dach des Gebäudes muss auch eine Touristenattraktion sein, denn es gibt hilfreiche Teleskope rund um den ganzen Rand. Ich stürze mich auf eines und schaue hindurch.

Selbst wenn man alle Wolkenkratzer aus den Städten der Erde wie New York, Dubai, Shanghai, Paris und Moskau zu einer einzigen Superstadt zusammenpferchen würde, würde das Ergebnis im Vergleich dazu noch schäbig aussehen. Es gibt einen Disneyland-Times-Square-Vibe in dieser weitläufigen Megapolis, der mich dazu bringt, jeden Winkel und jede Ecke erkunden zu wollen.

»Ich nehme an, du bist beeindruckt?« Ariel legt eine Hand auf meine Schulter. »Fühl dich deshalb nicht schlecht, genau dafür wurde dieser Ort geschaffen.«

»Er muss riesig sein.« Ich trete vom Rand des Gebäudes zurück.

»Die Stadt Gomorrha ist größer als die Vereinigten Staaten von Amerika. Die Welt oder der Planet Gomorrha ist ungefähr so groß wie die Erde, also wird der Rest des Planeten genutzt, um die verrückte Bevölkerung der Stadt zu ernähren.«

Ich pfeife leise und drehe mich um, um Ariel anzusehen. Ich bemerke, dass etwas nicht stimmt, und reibe mir die Augen, um sicherzugehen, dass es keine Nebenwirkung der Reizüberflutung ist.

»Deine Aura«, sage ich, als sich nichts ändert. »Sie ist verschwunden.«

»Nun, ja«, sagt Ariel entspannt. »Deine auch. Wir brauchen sie hier in Gomorrha nicht.«

Ich schaue auf den Spiegelboden und stelle fest, dass sie recht hat: meine Aura ist auch verschwunden. Ich hebe meinen Kopf und frage: »Ist die Aura spezifisch für unsere Welt?«

»Nein«, sagt Ariel, und ich weiß nicht, ob ich mir den selbstgefälligen Unterton in ihren Worten nur einbilde. Vielleicht genießt sie es nach all den magischen Effekten, mit denen ich sie überrascht habe, mehr zu wissen als ich. »Die Aura ist speziell menschlich.«

»Was meinst du mit ›speziell menschlich‹ ?« Ich massiere meine Stirn in der Hoffnung, dass ich mehr Blut in mein derzeit träges Gehirn fließen lassen kann.

»Gomorrha ist eine der Welten, auf der keine

Menschen leben.« Ariel geht auf die Mitte des Daches zu und bedeutet mir mit einer Geste, ihr zu folgen.

Ich hole sie ein und frage: »Was meinst du damit, dass keine Menschen hier leben?« Ich winke zu der gigantischen Stadt. »Da wohnt eindeutig jemand.«

»Alles Cogniti«, sagt Ariel über ihre Schulter. »Daher ist keine Aura nötig.«

»Warte.« Ich bleibe stehen. »Ist das die ursprüngliche Welt, aus der unsere Leute kommen?«

»Nein.« Ariel bleibt auch stehen. Sie wendet sich mir zu und neigt ihren Kopf. »Ich hätte warten sollen, bis du die Einführung abgeschlossen hast, bevor ich dich hierherbringe. Das wird eine Nacht voller *Warums*, stimmt's?«

»Also ist es nicht die Heimatwelt, aber alle sind Cogniti«, wiederhole ich und ignoriere ihre Beschwerde. »Warum?«

»Ich werde dir noch vier weitere Fragen beantworten, dann genießen wir einfach die Nacht«, sagt sie, obwohl mir ihr Genervtsein ein wenig gespielt vorkommt. »Offensichtlich leben die Cogniti hier, weil sie diese von Menschen unbewohnte Welt entdeckt haben, sie ihnen gefallen hat und sie beschlossen haben, sich hier niederzulassen. Anfangs zumindest diejenigen, die keine Kräfte hatten.« Sie geht weiter zur Mitte der Fläche, wo ich eine kleine Konstruktion sehe.

»Was meinst du mit ›Anfangs zumindest diejenigen, die keine Kräfte hatten‹?« Ich beschleunige, um neben sie zu gelangen.

»Nicht alle Cogniti haben eine messbare Kraft. Aber der Rest von uns, der sie hat, verliert sie auf Welten wie Gomorrha«, erklärt sie. »Welten ohne Menschen.«

»Tun wir ehrlich?«, frage ich und bin mir nicht sicher, wie ich mich fühlen würde, wenn ich meine Ab-und-an-Kräfte verlieren würde, nur um in einen Klub zu gehen – egal wie cool er ist.

»Mach dir keine Sorgen.« Ariel wird schneller. »Das ist ein sehr langsamer Prozess. Es dauert sehr lange, bis du vollständig entladen bist.«

»Entladen?«

»Ist das die dritte Frage?« Ariel bleibt neben der Konstruktion stehen, die unser Ziel war. Sie sieht aus wie ein Fahrstuhlschacht – ein Eindruck, der dadurch bestätigt wird, dass Ariel einen Knopf neben den Spiegeltüren drückt.

»Hörst du auf, meine Fragen zu zählen?« Ich verenge meine Augen zu Schlitzen, während ich sie böse anschaue.

»Erklärst du mir alle deine Tricks?« Sie grinst rachsüchtig. »Besonders den, bei dem du in unserer Küche geschwebt hast?«

»Schön.« Es mit gleicher Münze heimgezahlt zu bekommen nervt. Ich überlege kurz, etwas anderes zu erklären als den Effekt, den sie gerade erwähnt hat, aber der Wirbelsturm von Fragen in meinem Kopf macht es mir schwer, eine Nummer zu finden, die ich ihr problemlos verraten kann.

»Was meinst du mit ›völlig entladen‹?«, frage ich

noch einmal. »Oder, um es noch einmal auf den Punkt zu bringen, meintest du, dass die Cogniti, wenn sie auf dieser Welt leben, ihre Kräfte völlig verlieren würden? Und wenn ja, meinst du dauerhaft, und wenn das der Fall ist, warum würde dann jemand hier wohnen? Abgesehen von den Machtlosen, meine ich? Und warum? Brauchen wir Menschen, damit die Kräfte funktionieren?« Die Fahrstuhltüren öffnen sich, während ich eine Pause einlege, um Luft zu schnappen.

Ariel geht in den Aufzug und drückt den großen Lobby-Knopf. »Das waren fünf, vielleicht sogar sechs Fragen.«

»Komm schon.« Ich schaue sie mit meinen schönsten Welpenaugen an. »Bitte, bitte? Erkläre mir das, und ich werde heute nichts mehr fragen.« Ich kreuze meine Finger hinter meinem Rücken und füge hinzu: »Ich verspreche es dir.«

Ariel verdreht die Augen. »Dir ist schon klar, dass ich im Spiegel sehen kann, dass du die Finger kreuzt? Und dass du keine fünf Jahre alt bist?«

»Wenn ich deine herablassenden rhetorischen Fragen beantworte, wirst du dann meine eigene Anzahl von Fragen aufstocken?« Ich lege meine Hände auf die Hüfte.

Die Fahrstuhltüren öffnen sich. Wenn man die Höhe dieses Gebäudes bedenkt, war das die schnellste Aufzugsfahrt aller Zeiten.

Ariel tritt heraus und sagt über ihre Schulter: »Okay. Ich erkläre es dir, bis wir im Klub sind …«

Die Gebäudelobby ist der feuchte Traum eines

jeden Architekten und Museumskurators. Es sieht aus wie das Kind der Liebe des New Yorker Bahnhofs Oculus und des Guggenheim-Museums.

»Du hörst mir nicht einmal zu«, sagt Ariel, als ich mit offenem Mund gegen sie stolpere.

»Ich höre dir zu.« Ich schaue sie an.

Sie seufzt. »Es gibt leere Welten, Welten mit sowohl Cogniti als auch Menschen und Welten, in denen nur Cogniti leben. Und es könnte auch reine Menschenwelten geben, auch wenn sie per Definition keine Tore haben, weil wir die gebaut haben.«

Mein Kopf fühlt sich an, als würde er gleich explodieren. Ich habe noch eine Million weitere Fragen, aber ich weiß, dass sie vielleicht für immer damit aufhören könnte, mir alles zu erklären, wenn ich sie jetzt unterbreche.

Sie geht weiter. »In Welten, in denen es beides gibt, scheinen wir die Menschen zu brauchen, um unsere Kräfte zu behalten.«

»Klingt, als wären wir eine symbiotische Spezies«, murmele ich leise vor mich hin.

»Was war das?« Ariel runzelt die Stirn.

»Symbionten.« Ich beschleunige mein Tempo, um Ariels langbeinige Schritte einzuholen. »Wie diese Putzerfische, die größeren Fischen helfen. Oder die nützlichen Bakterien, die einen riesigen Teil des Körpers von jedem ausmachen.«

»Symbionten«, sagt sie. »Ich weiß, was das ist. Ekelhaft. Aber auf jeden Fall verlieren wir irgendwann dauerhaft unsere Kräfte, wenn wir auf einer Welt ohne Menschen bleiben – aber auch hier ist der Effekt von einem Abend vernachlässigbar gering. Und was das Warum-überhaupt-jemand-hier-leben-Möchte betrifft, die meisten sind hier geboren und bleiben einfach dort, wo sie geboren sind. Genauso wie Menschen, die an ungastlichen Orten auf der Erde geboren wurden und trotz der Existenz New Yorks dort bleiben.« Sie blickt mich an, und wir tauschen ein wissendes New Yorker Lächeln aus.

»Wie haben es die Menschen auf mehr als eine Welt geschafft?«, frage ich als Nächstes. »Und was ist mit Außerirdischen? Haben diese Welten noch andere empfindungsfähige Spezies außer uns?«

»Selbst wenn ich die Antworten wüsste, stünden dir die Fragen offiziell nicht mehr zu.« Ariel blickt zurück, um sich zu vergewissern, dass ich ihr folge, sieht meinen niedergeschlagenen Gesichtsausdruck und sagt freundlicher: »Ich weiß es aber auch nicht. Menschen können nicht durch die Tore gehen, also glaube ich nicht, dass sie sich auf diese Weise auf mehr als einer Welt ausbreiten konnten. Ich bezweifle sogar, dass Dr. Hekima den Umfang *deiner* Neugierde befriedigen kann. Du bist eine weitere Laune der Natur – einige Menschen haben große Zeigefinger; du hast ein riesiges ›Warum-Zentrum‹ in deinem Hirn.«

Auch wenn ich weiß, dass es nicht Ariels Absicht war, betrachte ich ihre Bemerkung als Kompliment.

Wir gelangen zu den Drehtüren, die aus dem

Gebäude herausführen, und Ariel schiebt die schweren Türflügel fast ohne sie zu berühren an, so dass sie sich für uns beide drehen.

Ich muss wohl keine Frage mit: »Können wir trotzdem unsere Kräfte auf dieser Welt einsetzen?« verschwenden, da sie es eindeutig kann. Außerdem ist die Frage in meinem Fall etwas sinnlos, es sei denn, ich entscheide mich dazu, ein Nickerchen zu machen.

»Wow«, sage ich, als wir nach draußen gehen. »Dieser Ort ist wie Las Vegas auf Crack. Und Steroiden.«

Das Durcheinander von Veranstaltungsplakaten, exotischen Gebäuden, 3D-Hologrammen, Lichtern und farbenfroh gekleideten Menschen droht bei mir eine Migräne auszulösen.

»Wir müssen nicht weit gehen«, sagt Ariel und zeigt auf ein großes Gebäude, das von einem Haufen sperriger Leuchtreklamen auf Deutsch, Italienisch, Portugiesisch, Holländisch und jeder anderen Sprache der Erde sowie einer runenähnlichen Schrift bedeckt ist, die mich an die Symbole erinnern, die Beatrice in die von ihr animierten Leichen eingraviert hat. Vielleicht ist das die eigentliche Sprache der Cogniti? Auf der englischen Version des Schildes steht: »Earth Club.« In kleinerer Schrift rühmt er sich mit: »Der beste Wodka aller Otherlands.«

Es gibt eine riesig lange Schlange, um hineinzukommen, aber die interessiert Ariel nicht. Sie schnappt sich meine Hand und schleift mich zu den ozeanblauen Türen, die wie aus Marmor zu sein scheinen.

Ein Rausschmeißer bewacht sie.

Ein riesiger, grüner Türsteher.

Er sieht aus wie der verschollene Bruder der Orks, die mich beinahe umgebracht hätten, aber er trägt kein Make-up.

Hoffentlich arbeitet er nicht mit ihnen zusammen – eine Hoffnung, die durch den völlig leeren Blick, den er mir zuwirft, bevor er Ariel anerkennend ansieht, genährt wird.

»Ist das ein Ork?« Ich flüstere ihr so leise wie möglich zu.

Der Türsteher muss ein übernatürlich scharfes Gehör haben, denn er hebt die Augenbraue und schaut zu Ariel, als ob er sagen wollen würde: *Wer ist diese Idiotin, die du mitgebracht hast? Sie ist noch zu grün, um hineinzugehen.*

»Sie gehört zu mir«, sagt Ariel entschlossen und greift so fest nach meiner Hand, dass meine Knochen knacken. Sie hält sie fest und geht direkt auf den Türsteher zu. »Das ist Sasha. Sie arbeitet für Nero Gorin«, sagt sie, als der Typ sich nicht bewegt. »Er ist auch ihr Mentor.«

Ich glaube nicht, dass der Türsteher ihr so schnell aus ihrem Weg gegangen wäre, wenn sie ihn mit all ihrer mächtigen Kraft geschlagen hätte.

»Sie kennen Nero hier?«, frage ich Ariel, als wir den Klub betreten.

Falls sie antwortet, höre ich sie bei dem

erdbebenlauten Beat, der meine Trommelfelle bestürmt und meine inneren Organe in Schwingungen versetzt, nicht.

»Willkommen im Earth Club«, schreit mir Ariel ins Ohr. »Der Spaß kann beginnen.«

KAPITEL 12

DAS IST ANDERS ALS ALLES, was ich je erlebt habe.

Die Böden unter meinen Füßen sind aus Glas, so dass man einige Stockwerke hinunterblicken kann, von denen jedes mit einer eigenen Tanzfläche aus Glas ausgestattet ist. Die Gesamtatmosphäre auf jeder Etage erinnert an die Kantine von Star Wars. Es gibt Cogniti in allen möglichen Formen und Größen, von einem Riesen, der mich an den Mann erinnert, der während des Rituals über mir auftauchte, über schlanke Lebewesen mit spitzen Ohren – Elfen? –, bis hin zu einer Palette von höhenmäßig ziemlich vernachlässigten Individuen – Zwerge oder Kobolde? –, und einigen Wesen von der Größe Tinkerbells – Feen? –, die mit kolibriähnlichen Flügeln herumschwirren.

Meine Augen drohen aus ihren Höhlen zu springen. Hätte ich vorher etwas getrunken, würde ich denken, dass ich auf Halluzinogenen bin. Obwohl ich meine

Weltanschauung in den letzten Tagen sehr stark verändert habe, ist die Realität, die ich gerade akzeptiert hatte, jetzt in winzige, elfengroße Scherben zersplittert.

Und ich hatte einmal Schwierigkeiten, an Vampire zu glauben.

Apropos Vampire, dieser Ort muss bei ihnen besonders beliebt sein – zumindest gehe ich davon aus, dass diese ganzen blassen Menschen in schwarzen Outfits mit Indoor-Sonnenbrillen welche sind. Interessanterweise werden die meisten Vielleicht-Vampire von Tanzpartnern in hautengen schwarzen Lederoutfits begleitet, die dem verdächtig ähnlich sehen, das Ariel trägt.

Als ich mich genug erholt habe, um nach oben zu schauen, sehe ich, dass die Etage über mir ein großer Pool ist, in dem Menschen und Delfine schwimmen. Auf den zweiten Blick entdecke ich auch etwas, was nur Meerjungfrauen sein könnten – Menschen mit Flossen und Schwanz. Und hey, wieso nicht?

»Das sind Werdelphine und Meeresvolk«, schreit mir Ariel ins Ohr, nachdem sie meinem Blick gefolgt ist. »Möchtest du mit ihnen schwimmen?«

»Ich denke, ich bleibe erst einmal beim Tanzen«, schreie ich zurück.

Ariel hält ihre Daumen nach oben und bewegt ihre Hüfte im Rhythmus der Musik.

Ihr Enthusiasmus ist so ansteckend, dass er meine Weltanschauungskrise durchbricht und ich ebenfalls beginne, mich zur Musik zu bewegen.

Der Musikstil ist unmöglich zu bestimmen, und auch die Instrumente, die spielen, habe ich noch nie zuvor gehört. Irgendeine Art von Synthesizern vielleicht?

In meiner neuen Welt könnten es natürlich auch Sirenen sein, die singen.

Ich verliere Ariel für einen Augenblick aus den Augen, und als ich sie suche, erregt etwas meine Aufmerksamkeit.

Ich erstarre und nehme den Anblick auf, ohne zu blinzeln.

Darian tanzt ein paar Meter von mir entfernt – und er tanzt mit mir.

Na ja, offensichtlich tanzt er nicht mit mir, sondern mit jemandem, der abgesehen von dem Outfit genauso aussieht wie ich.

Ich zwinge meine erstarrten Gliedmaßen, sich in Bewegung zu setzen, um das seltsame Duo zu konfrontieren, aber bevor ich bei ihnen bin, fangen die beiden an zu knutschen.

Ich bleibe direkt neben ihnen stehen.

Allerdings bemerken die beiden meine Gegenwart nicht, und ich kann es nicht vermeiden, den glückseligen Gesichtsausdruck auf Darians Gesicht aufzunehmen und festzustellen, dass das andere Ich mit meinem wahren Ich in jedem noch so kleinen Detail, das mir einfällt, übereinstimmt – mit Ausnahme der Begeisterung, mit der sie ihn küsst.

Sie lutscht praktisch an seinen Mandeln.

»Was zum Teufel ist hier los?«, sage ich laut zu den

Möchtegern-Liebhabern. »Ist das so eine Art kranker Witz?«

Darian zuckt zusammen, öffnet seine Augen, und sein Blick fällt zuerst auf seine Partnerin, dann auf mich.

Er springt zurück, als ob er sich verbrüht hätte, wobei das ganze Blut sein Gesicht verlässt.

Das andere Ich zwinkert und verwandelt sich sofort in das Ratsmitglied Kit – die formwandelnde Frau, die es eindeutig anmacht, wenn sie Menschen unter Vortäuschung falscher Tatsachen küsst.

»Sasha …« Darian macht einen Schritt auf mich zu, und sein britischer Akzent wird immer stärker, als er fortfährt: »Ich hatte keine Ahnung. Ich meine, ich wusste, dass du hier sein würdest – ich habe es in einer Vision gesehen –, aber ich wusste nicht, dass sie …«

Ich starre ihn wütend an. »Du dachtest, ich würde dich küssen? Das hast du in einer Vision gesehen?«

Er schaut von mir zurück zu Kit, und sein Gesicht sieht aus wie die exakte Definition von Verwirrung. »Ich …«

»Ich sollte gehen«, sagt Kit.

»Nein«, sagen Darian und ich unisono.

»Du hast hoffentlich eine gute Erklärung dafür.« Ich richte meinen Blick auf Kit.

Sie zieht einen Schmollmund. »Ich will doch nur meinen eigenen Seher. Ist das so falsch?«

Darians Hände spannen sich an seinen Seiten an, aber Kit verwandelt sich in einen grimmigen Riesen, und was auch immer Darian zu sagen oder zu tun vorhatte, stirbt auf seinen Lippen.

»Viel Spaß noch im Klub«, sagt Kit mit der dröhnenden Stimme des Riesen, bevor sie wieder ihre eigene Gestalt annimmt und weggeht, wobei sie einen schwachen Duft nach Kirschblüten hinterlässt.

Ich starre Darian an.

Er scheint sprachlos zu sein – zweifellos ein für ihn ungewöhnlicher Zustand.

Eine Hand legt sich auf meine Schulter. »Ist alles in Ordnung?«, fragt Ariel.

»Ja«, lüge ich. »Ich wollte gerade gehen.«

»Sasha, warte«, sagt Darian, aber ich ignoriere ihn, da ich schnell der unangenehmen Situation entkommen will.

Ariel schleppt mich auf die Tanzfläche, und wir verschmelzen mit der Masse der tanzenden Körper. Zwischen der Musik, die in meinen Knochen pulsiert und den stroboskopischen Lichtern, die meine Augen treffen, kann ich meine Gedanken nicht ausreichend sammeln, um den Vorfall mehr als nur oberflächlich zu analysieren.

Kit hat bei Darian den gleichen Trick erfolgreich angewandt wie bei mir und damit bewiesen, dass der Seher nicht allwissend ist.

Und dass er mich anscheinend küssen will.

Dann ist ja gut.

Weiter geht's.

Wir tanzen für eine Weile, bevor ich merke, dass

Ariel uns langsam durch die Menge in Richtung der Rückseite des Klubs führt, wo sich die Bar befindet.

»Ich habe Durst«, sagt sie zu mir, und ich nicke, während ich mir einen Schweißtropfen von der Stirn wische.

Ich könnte auch einen Drink gebrauchen.

Das war's mit meinem Schwur nach der Initiationsfeier, nie wieder Alkohol anzurühren.

Die Gäste an der Bar sind so vielfältig wie die auf der Tanzfläche, und es gibt nur wenige menschlich aussehende Exemplaren unter ihnen.

Ein sehr hübsches Exemplar blickt mich mit einem Lächeln und einem sinnlichen Schimmer in seinen verträumten bernsteinfarbenen Augen an. So wunderschön der Mann auch sein mag, er ist nicht mein Typ. Mit diesen perfekten, fast zu schönen Gesichtszügen und den glänzenden Locken mit Strähnchen, die wie in einer Shampoowerbung über seine Stirn fallen, erinnert er mich an Leonardo DiCaprio in Titanic oder an die Boy-Band-Mitglieder, die derzeit die Teenager zum Kreischen bringen. Ich mag lieber männlichere Männer – wenn ich diese Art von Schönheit wollen würde, würde ich Ariel einen Antrag machen. Trotzdem fesselt mich etwas an dem Fremden. Und außerdem bilde ich mir ein – auch wenn das eine Art Geruchsillusion sein muss –, dass ich ihn riechen kann, und es der leckerste Duft ist, den ich jemals …

Ich bemerke, dass sich Ariels enthusiastischer Gesichtsausdruck in einen finsteren verwandelt hat.

Ich löse meine Augen von dem sexy Unbekannten und folge ihrem Blick.

Da drüben sitzt Chester – das ehemalige Ratsmitglied, das Beatrice angeheuert hat, um mich zu töten – auf einem blaumarmorierten Barhocker.

Er muss bemerken, dass wir ihn ansehen, weil sich sein Mund zu einem satyrähnlichen Lächeln verzieht. Er hebt mit einer Hand sein Martini-Glas nach oben und winkt mit der anderen – so als seien wir die besten Freunde.

Ariel geht auf ihn zu, und ihr eng anliegendes Outfit zeigt ihre angespannten Rückenmuskeln.

Ich folge ihr, und mein Kiefer ist ebenfalls angespannt, auch als ich einen weiteren kurzen Blick auf den interessanten Fremden werfe – der mich beim Hinsehen erwischt und mir ein weiteres magnetisches Lächeln schenkt.

Die gläserne Tanzfläche geht in blauen Marmor über – vielleicht, um die Bar abzugrenzen –, und als ich diese Schwelle überschreite, sinkt die Lautstärke der Musik um etwa hundert Dezibel. Es ist jetzt möglich, das Gemurmel der Barbesucher zu hören und sogar das Klappern der Gläser auf der Steintheke.

Ohne Chester würde ich mein Versprechen, keine Fragen zu stellen, brechen und Ariel ausquetschen, wie dieser offensichtliche Sprung in der akustischen Chemie funktioniert, aber so versuche ich einfach, Schritt mit ihr zu halten.

»Du«, sagt Ariel so laut, dass sich einige der anderen Barbesucher in ihre Richtung umdrehen.

»Ich«, sagt Chester mit einem Grinsen. »Und du bist du, und sie«, er zeigt auf mich, »ist sie, und sie», er zeigt auf die Tanzfläche, »sind sie, und …«

»Jetzt ist nicht der Zeitpunkt für deine Trickser-Witze«, sagt Ariel mit einem erschreckend stählernen Unterton. »Du hast versucht, Sasha zu töten.«

Chester nimmt einen Schluck von seinem rubinroten Getränk, während er mich ansieht. »Ist sie immer so viele Schritte hinterher? Dieses Chaos mit Beatrice ist jetzt Vergangenheit. Es ist an der Zeit, das hinter uns zu lassen.«

»Ich spreche von etwas, das erst vor kurzem passiert ist, und das weißt du auch.« Ariels Hand wandert in ihr Haar, und mit einem schnellen Ruck zieht sie etwas heraus, während die volle Masse wie ein Wasserfall auf ihren Rücken fällt.

Jetzt sieht sie nicht nur aus wie Xena, die Kriegerprinzessin, sondern hält auch eine lange, nadelförmige Waffe in der Hand.

»Die Chancen stehen gut, dass deine Ahle meine lebenswichtigen Organe verfehlen würde«, sagt Chester mit selbstbewusstem Spott. »Wie du wissen musst, ist das Glück stets mit mir.«

»Hast du gerade ein Zitat aus *Die Tribute von Panem* ausgeschlachtet?«, frage ich Chester. Ariel flüstere ich zu: »Du solltest ihm mit ›Nun fragst du dich, ob heute dein Glückstag ist?‹ antworten«

Ariel starrt uns beide mit zusammengekniffenen Augen an, dann zischt sie mit zusammengebissenen

Zähnen: »Ich kann so lange zustechen, bis dein Glück vorbei ist.«

»Und was dann?« Er lächelt uns teuflisch zu. »Die Bluthure einer der Vollstrecker zu sein stellt dich nicht über das Gesetz.«

Als ich sehe, dass Ariel im Begriff ist, ihn anzugreifen, lege ich beruhigend eine Hand auf ihre Schulter und frage mich, ob sich der abwertende Begriff, den er gerade benutzt hat, auf Ariels merkwürdige Beziehung zu Gaius bezieht.

»Wie du sicher weißt«, sage ich so herablassend, wie ich kann, »gab es in letzter Zeit eine Reihe von unglücklichen Ereignissen in meinem Leben. Unglück ist dein Modus operandi. Genauso wie das Anheuern von Helfern für die Drecksarbeit. Also kannst du vielleicht verstehen, wie das hier für uns aussieht.«

Ariels Schulter entspannt sich leicht unter meiner Hand. »Sasha hat Nero über ihre Missgeschicke informiert«, sagt sie zu Chester. »Glaubst du wirklich, er würde dich am Leben lassen, wenn sie zu Schaden käme?«

Chesters Grinsen verschwindet. »Ich habe keine Ahnung, wovon du sprichst.«

»Das.« Ich nehme mein Handy heraus und zeige ihm das Bild des Orks. »Hast du einen deiner Helfer vergessen?«

»Das ist ein Ork.« Chester stellt seinen Drink ab und greift nach meinem Handy. Da ich ihm nicht traue, schnappe ich mir das Gerät sofort wieder.

»Dieser Ork hat einen Hund auf mich losgelassen«,

sage ich und erschaudere beinahe bei der Erinnerung. »Das Ungeheuer hat mich fast gefressen.«

Chester greift nach seinem Drink, hält dann aber inne. »Es ist mir völlig gleichgültig, wie das für dich aussehen könnte«, sagt er mit einem ernsten Gesichtsausdruck, der auf seinem Gesicht irgendwie unnatürlich aussieht. »Aber ich habe seit Jahren nichts mehr mit einem Ork zu tun gehabt.«

»Orks«, sage ich. »Plural. Es gab mehrere Anschläge auf mein Leben.«

Er schließt die Augen und massiert seine Schläfen, dann öffnet er die Augen wieder. »Hältst du mich wirklich für so blöd? Ich habe Beatrice angeheuert, um dich zu töten.« Er streckt seine Hand aus und krümmt seinen rechten kleinen Finger. »Ich werde dabei erwischt und«, er krümmt seinen Ringfinger, »du bekommst Schutz unter dem Mandat – das heißt, wer dich tötet, stirbt auch, wenn er erwischt wird.« Er krümmt seinen Zeigefinger. »Also bringe ich in einem Anfall ultimativer Dummheit Orks auf die Erde – was übrigens ein weiterer Verstoß ist, der mit dem Tode bestraft werden kann – und bitte sie dann, dich zu töten?« Er krümmt seinen Daumen, was nur seinen Mittelfinger übrig lässt, der auf uns zeigt. »Und schließlich«, sagt er, »vermasseln meine Orks als i-Tüpfelchen immer wieder die Mordanschläge?« Er krümmt den Mittelfinger.

»Beatrice hat versagt.« Ich rieche immer noch etwas Leckeres, und meine Augen können nicht anders, als zu dem bernsteinäugigen Fremden zu wandern. Er scheint nun jedoch in seinen Drink vertieft und schaut nicht mehr in meine Richtung. Ich zwinge mich, wieder zu Chester zu schauen, um zu sagen: »Das folgt einem etablierten Schema.«

»Mit Darians Einmischung zweifellos«, sagt Chester abschätzig. »Die Kräfte der Seher heben die von Wesen wie mir auf – deshalb wollte ich verhindern, dass ein anderer Seher offiziell in die New Yorker Cogniti-Gemeinschaft aufgenommen wird.« Er schaut mich ernst an – oder so ernst, wie seine hinterhältigen Augen dazu in der Lage sind. »Das ganze Durcheinander war nicht persönlich gemeint«, fährt er fort. »Jetzt, da du Teil der Gemeinschaft bist, werde ich mich einfach mit deiner Existenz abfinden.«

»Ich bin mir sicher, dass Nero nichts mit deinem plötzlichen Wohlwollen gegenüber Sasha zu tun hat. Du bist einfach nur ein guter Cogniti-Bürger, der wegen seines guten Herzens so nett ist«, sagt Ariel, und ich bin schockiert, wie hart sie klingt – sie muss immer noch sauer wegen dieser Bluthuren-Anspielung sein.

»Also, was ist, wenn Nero eine Rolle bei meiner Entscheidung gespielt hat?« Chester nimmt seinen Drink in die Hand. »Ich habe keine Probleme mit ihm.« Er trinkt einen Schluck der rosafarbenen Flüssigkeit. »Als es Darian war, der sie unbedingt wollte«, er schaut mich an, »hat das die Dinge für mich zu etwas Besonderem gemacht. Aber das ist jetzt alles Schnee von gestern.«

»Du erwartest doch nicht, dass wir diesen Mist glauben«, sage ich. Aus dem Augenwinkel sehe ich, dass der lecker duftende Unbekannte mein Gesicht eingehend betrachtet. »Du hast meinetwegen deinen Sitz im Rat verloren«, fahre ich fort und richte meine volle Aufmerksamkeit auf Chester. »Du erwartest von mir, dass ich dir glaube, dass alles vergeben und vergessen ist?«

»Ich beschuldige Darian dafür, nicht seine temporären Bauern«, sagt er, wobei sich sein Mund anspannt. »Er und ich haben noch eine Rechnung zu begleichen, aber du stehst nicht auf meiner Liste – außer, wenn sich dieses Gespräch noch viel länger hinzieht.«

Ich schaue zu Ariel.

Sie wirkt unsicher.

Was er sagt, ist logisch genug, um nach der Wahrheit zu klingen – aber andererseits ist das bei allen guten Lügen so.

»Ich habe Beatrice angeheuert, weil dein Tod schnell passieren musste«, sagt Chester. »Jetzt, da es zu spät ist, zu verhindern, dass du Schutz erhältst, wäre meine Rache nicht mehr so direkt und impulsiv. Ich könnte, nur als Beispiel, dein Risiko für Brustkrebs drastisch erhöhen oder ...«

Er hört auf zu reden, weil er Ariels Waffe an seiner Kehle hat.

Ich blinzele immer wieder. Ich habe nicht gesehen, dass sich meine Freundin bewegt hat – obwohl ich, zugegebenermaßen, vielleicht durch einen Schwall des leckeren Geruchs des bernsteinäugigen Fremden abgelenkt worden bin.

»Natürlich würde ich nicht wirklich etwas so Taktloses tun, wie irgendjemandem Krebs zu wünschen.« Chester nippt an seinem Getränk, so als ob er nicht bemerkt, dass die Spitze an seinem Kehlkopf liegt. »Wie ich schon sagte, Schnee von gestern.«

»Ariel?«, sagt eine bekannte hypnotische Stimme. »Amüsierst du dich ohne mich?«

Als ich mich umdrehe, sehe ich Gaius. Er hat sich seine Sonnenbrille in die Stirn geschoben, und ich sehe, wie sich seine arktischen Augen wie selbstgesteuerte Raketen auf Ariel richten.

Ariel nimmt die Waffe von Chesters Kehle und steckt ihr Haar wieder hoch. Die Ahle verschwindet so schnell, dass ich versucht bin, sie zu fragen, wie sie es gemacht hat, damit ich diese Bewegung meinem Repertoire von Handtricks hinzufügen kann.

»Es war großartig, mit euch Ladys zu plaudern.« Chester legt ein paar Geldscheine einer Währung auf die Theke, die ich noch nie gesehen habe, steht auf und murmelt: »Und ich benutze diesen Begriff im weitesten Sinne.«

Er spaziert davon, und Ariel starrt ihn an, als würde sie ihre Ahle in seinen Rücken stechen wollen – und zur Sicherheit noch ein paar Dolche hinterherwerfen.

»Warum bist du nicht zu mir in die neunte Etage gekommen?«, fragt Gaius Ariel. Seine sanfte Stimme passt nicht zu seinem besitzergreifenden Gesichtsausdruck, als er sich Ariels Outfit anschaut. »Gehst du mir aus dem Weg?«

»Wir sind gerade erst angekommen«, sagt sie schnell. »Ich wollte etwas mit Sasha trinken und dann zu dir kommen, während ich ihr den Klub zeige.«

»Würde es dir etwas ausmachen, wenn ich mir Ariel für einen Moment ausleihe?« Gaius schaut mich an. »Vielleicht macht es dir ja Spaß, alles ohne Babysitter zu erforschen.«

»Das ist schon in Ordnung.« Ich versuche, einen heimlichen Blick auf den leckeren Fremden zu werfen, aber er erwischt mich und zwinkert mir noch einmal zu. Ich schaue zu Ariel. »Mach dir keine Sorgen um mich. Geh und verbring Zeit mit deinem Freund.«

»Freund?« Gaius reibt sich das Kinn und schaut Ariel nachdenklich an.

Meine Freundin wirft mir einen bösen Blick zu. »Wage es ja nicht, diesen Ort ohne mich zu verlassen.«

»Ich schwöre es hoch und heilig«, sage ich und lege dabei meine Finger auf mein Herz.

»Hier.« Gaius wirft mehr von der gleichen seltsamen Währung auf die Theke und winkt dem Barkeeper zu. »Sashas nächster Drink geht auf mich.«

Er nimmt Ariel am Ellenbogen und führt sie weg.

Trotz aller Proteste von Ariel sind sie eindeutig mehr als nur befreundet. Was irgendwie Sinn ergibt. Schließlich ist sie von Batman besessen – und mit seinem schwarzen Umhang und seiner Affinität zu Fledermäusen ist Batman ziemlich vampirhaft.

Der Barkeeper nimmt Chesters nicht geleertes Glas weg und wischt die Theke vor mir mit einem Tuch von fragwürdiger Sauberkeit ab.

»Was hättest du gerne?«, fragt er, und ich sehe ihn seitwärts mit einer amphibisch anmutenden, milchigen Nickhaut blinzeln – einem durchsichtigen dritten Augenlid, mit dem er seine Augen befeuchten muss.

»Ich nehme das Gleiche.« Ich deute auf Chesters unvollendeten Drink in seiner Hand.

»Bist du sicher?« Er schaut mich mit einer Mischung aus Ungläubigkeit und Respekt an.

Ich suche nach Ariel und Gaius, aber sie sind in der Menge verschwunden. »Ja«, sage ich zum Barkeeper. »Ich kann die Party genauso gut beginnen lassen.«

»Wie du willst.« Er geht fort und mischt das Getränk in einer Reihe von schnellen Bewegungen, die mich an Froschsprünge erinnern.

Ich rieche wieder den Duft des leckeren Fremden und frage mich, ob ich mich dem Kerl nähern könnte – oder sollte. Ariel hat keine Probleme, auf Männer zuzugehen, aber andererseits braucht sie sich auch keine Sorgen machen, abgelehnt zu werden, denn jeder mit einem Hauch von Leben in sich wird sie sicher unwiderstehlich finden.

Wenn ich mir das so recht überlege, vielleicht auch ein paar ohne einen Hauch davon. Ich muss herausfinden, ob Vampircogniti einen Puls haben.

Der Barkeeper knallt das Getränk vor mir auf die Theke, und ich beschließe, dass ein wenig flüssiger Mut genau das Richtige für mich sein könnte.

Ich greife nach dem Glas und nehme einen großen Schluck – den ich sofort bereue.

Die Flüssigkeit glüht wie heißes Magma auf meiner

Zunge, und die Hitze strahlt in meinen Magen und in jedes Schmerzzentrum meines Gehirns.

Habe ich gerade reines Pfefferspray getrunken?

Ich schnappe panisch nach Luft.

Meine Augen tränen, und ich will schreien.

Wenn ich einen Fluss vor mir hätte, würde ich ihn wahrscheinlich austrocknen.

»Du hättest sie vor Chimäras Feuer warnen sollen«, sagt eine neue Stimme von irgendwoher. Noch strenger fügt der Neuankömmling hinzu: »Gib mir ein Glas Gargoylemilch. Jetzt.«

TNT explodiert immer wieder in meinem Mund, und ich hyperventiliere, als mir das Glas in die Hand geschoben wird.

»Das sollte helfen«, sagt die neue Stimme – eine Stimme, die von einem köstlichen Aroma begleitet wird, das ich selbst in meinem erbärmlichen Zustand wahrnehmen kann.

Ich kippe verzweifelt die Milch hinunter, und eine wohltuende Erleichterung breitet sich in meinem Inneren aus.

Während ich ein paar zittrige Atemzüge mache, wische ich mir die Tränen von den Augen und schaue meinen Retter in der Not an.

Aufgrund des Boy-Band-Soprans und des unverwechselbaren Dufts hätte ich mir denken können, wer es ist.

Der verträumte Fremde hatte es endlich satt, dass wir mit unseren Augen Tischtennis spielen.

»War das überhaupt Alkohol?«, krächze ich und

schiebe die Überreste des Getränks so weit weg von mir, wie ich nur kann. Ein paar Tröpfchen schwappen auf die Bar, und ich erwarte fast, dass die Oberfläche knistern wird.

Wieso ist Chester nicht daran gestorben, als er während unseres gesamten Gesprächs an dieser Abscheulichkeit genippt hat? Noch wichtiger ist: Hat der Bastard das abscheuliche Gebräu getrunken, nur damit ich das Pech haben würde, es ebenfalls zu bestellen?

»In Chimäras Feuer ist Capsaicin«, sagt der Barkeeper.

Das erklärt so einiges. Capsaicin ist das, was Chilischoten scharf macht, und dieses grausame Getränk war wahrscheinlich Capsaicin in seiner reinsten Form.

»Ja«, sagt mein Retter und runzelt die Stirn, während er den Barkeeper ansieht. »Und deshalb solltest du die Leute immer warnen.«

»Gib mir nicht die Schuld dafür«, sagt der Barkeeper. »Sie schien sich so sicher zu sein, dass ich …«

Ich ignoriere den Rest von dem, was er sagt, als ich mir eine Serviette schnappe und mich von meinem Retter abwende, um Rotz- und Tränenreste wegzuwischen.

Natürlich.

Murphys Gesetz besagt, dass ich an dem Tag, an dem ich einen scharfen Fremden in einer Bar treffe, einen so scharfen Drink bekomme, dass mich meine

Wimperntusche in einen Waschbären verwandelt. Oder soll ich es in Zukunft *Chesters Gesetz* nennen?

Ich drehe mich wieder um, um dem Kerl ins Gesicht zu sehen, und zu meiner Erleichterung erschaudert er nicht vor Entsetzen.

»Du hättest mit Alienblut anfangen sollen«, sagt er grinsend zu mir. »Oder Drano Armageddon.«

»Ich glaube, ich habe genug von den Drinks an diesem Ort.« Ich atme tief durch und merke sofort, dass ich einen Fehler gemacht habe. Ich habe gerade eine viel größere Dosis seines wunderbaren Dufts eingeatmet, und mein Kopf dreht sich – obwohl ich vermute, dass der Schwindel auch die kombinierte Wirkung der beiden Drinks sein könnte, die ich gerade hatte. Wer weiß, welche Art von Chemielabor jetzt durch meinen Körper strömt?

»Eine Weile keine Drinks könnte eine gute Idee für dich sein.« Der Typ zwinkert mir mit unverschämt langen Wimpern zu.

»Ich bin Sasha«, sage ich und strecke meine Hand so professionell wie möglich aus, wobei es all meine Willenskraft erfordert, nicht mit meinen Fingern über seine markanten Wangenknochen zu streichen – etwas, wofür meine dumme Hand plötzlich sterben würde.

»Harper.« Er streckt seine Hand aus, und als seine Handfläche die meine berührt, breitet sich ein Stromschlag, von meiner Handfläche ausgehend, in meinem ganzen Körper aus.

Die Zeit scheint sich zu verlangsamen, als er mich

mit diesen großen Augen ansieht, und ich fühle mich, als wäre ich nur noch einen Wimpernschlag entfernt, um wie diese hundert Millionen Jahre alten Insekten zu enden, die im Bernstein festsitzen.

Irgendwie schaffe ich es, meine Hand zurückzuziehen und zu krächzen: »Schön, dich kennenzulernen.«

»Das Vergnügen ist ganz meinerseits«, sagt Harper und scheint mich in eine Wolke aus leckeren Pheromonen zu hüllen.

Mein Atem ist abgehackt, während ich ihn anstarre wie eine paarungsbereite Pfauenhenne ein leuchtendes Pfauenrad.

»Möchtest du tanzen?«, murmelt Harper in mein Ohr, und seine weichen Lippen streifen meine Ohrläppchen.

Anstatt zu antworten, springe ich auf.

Mit einem übermütigen Grinsen steht er auf und greift nach meiner Hand.

Seine Berührung ist dieses Mal noch elektrisierender.

Benebelt lasse ich mich von Harper auf die Tanzfläche führen, und wir beginnen, uns zu bewegen – er bewegt sich im Rhythmus und ich mich wie eine Marionette, deren Fäden er hält.

Die Musik dröhnt mit Heavy-Metal-Riffs, aber mit elektronischen Geigen statt Gitarren.

Mit ihm zu tanzen ist wie eine Achterbahnfahrt, nur anstatt ein Kribbeln im Bauch zu spüren, fühle ich es überall. Er ist nicht sehr groß – nur ein paar Zentimeter größer als ich –, aber das macht es mir nur schwerer, seinem intensiven Blick zu entkommen. Ich kann nicht anders, als ihn wieder einzuatmen, und mein Kopf wirbelt wie ein Schilfrohr bei einem Tornado.

Was passiert hier?

Sind es die Getränke?

Ich habe so etwas noch nie erlebt. Ich will näher zu ihm, um ihn zu trinken wie heiße Schokolade an einem kalten Tag.

Meine Lippen fühlen sich geschwollen an – und ich möchte, dass er etwas dagegen unternimmt. Aber er schaut mich nur an und tanzt weiter – was mich wahnsinnig macht und dazu führt, dass ich diesen Kuss umso mehr will.

Wenn er mich nicht bald küsst, werde ich ihn vielleicht einfach anspringen.

Ein Teil von mir weiß, dass es unangebracht wäre, seine üppigen, glänzenden Locken zu ergreifen und seinen Kopf zu mir zu ziehen, aber ein anderer Teil von mir will diesem ersten Teil von mir sagen, er soll die Klappe halten.

»Wollen wir auf der nächsten Ebene weitermachen?«, murmelt er während einer Pause zwischen den Songs.

Meine Haut kribbelt überall. »Ja«, keuche ich. »Das sollten wir.«

Er beugt sich vor, und ich schließe meine Augen. Mein Herz rast.

Er wird mich endlich küssen.

Ich kann ihn praktisch schon schmecken, aber anstatt mich zu küssen, greift er nur nach meiner Hand. Da die Elektrizität der Berührung meine bereits hyperaktiven Sinne angreift, muss ich meine ganze Willenskraft aufwenden, seine Hand nicht an einen Ort zu schieben, der für die Tanzfläche zu intim sein könnte.

Er zieht an meiner Hand und führt mich irgendwohin.

Während wir gehen, sehe ich Kit in ihrer wirklichen Form in der Menge und seufze vor Erleichterung. Unterbewusst muss ich mir Sorgen gemacht haben, dass ich mitten in einem anderen ihrer seltsamen Spiele war.

Bald erreichen wir den Fahrstuhl.

Bevor ich fragen kann, streichelt Harpers muskulöser Finger über den Fahrstuhlknopf – eine Geste, die mich sehr eifersüchtig auf ein unbelebtes Objekt macht.

Er führt mich hinein und drückt den Knopf für die neunte Etage.

Die Türen des Aufzugs sind aus Glas, so dass jeder hineinschauen kann, aber ich möchte immer noch, dass er mich gegen diese Türen drückt und …

Der Aufzug gongt, und die Türen öffnen sich.

Bin ich kurz ohnmächtig geworden – oder ist dieser Aufzug noch schneller als der im Wolkenkratzer?

Harper ergreift mich wieder an der Hand und

vertreibt damit alle Gedanken, außer denen, wie empfindlich meine Haut ist, wie sehr sie prickelt ...

Ich werde von unserer Umgebung leicht aus dem hormonellen Dunst gerissen.

Es scheint, dass der neunte Stock nicht wirklich zum Tanzen gedacht ist.

In meinem benebelten Gemütszustand fällt es mir schwer, zu erkennen, was der eigentliche Zweck dieses Ortes ist, aber es sieht aus wie eine Mischung aus einem BDSM-Dungeon und einer Lounge.

Zu meiner Rechten ist ein muskulöser weiblicher Ork auf einem großen Tisch ausgestreckt, und ihr nackter Körper ist mit Horsd'œuvres bedeckt, über die die kleinen, bärtigen Kerle mit einer übertriebenen Begeisterung herfallen.

Zu meiner Linken ist ein nackter männlicher Elf mit einem ekstatischen Gesichtsausdruck auf einem kreuzgeprägten Holzrahmen gefesselt. Eine Frau, auf deren freiliegenden Schultern blaue Schuppen schimmern, peitscht ihn aus. Als die Auspeitscherin eine kurze Pause macht, streitet sich eine Horde von Vampiren darum, wer der Erste ist, der die Blutflüsse auf dem Rücken des Elfen ablecken darf.

Bei dem seligen Lächeln auf dem Gesicht eines blutrünstigen Vampirs läutet eine ferne Alarmglocke in meinem Kopf. Ich frage mich, ob Ariel und Gaius auch irgendwo auf dieser Etage sind ... wer weiß, was sie tun.

»Wir können hinten ein privates Zimmer finden«,

flüstert Harper heiser und zieht meine Aufmerksamkeit wieder auf sich.

»Okay«, schaffe ich herauszupressen. »Nimm mich … mit dorthin, meine ich.«

Er führt mich an einem Kerl vorbei, der in einer Glaswanne etwas Bizarres mit dem Blasloch eines Delfins macht, und irgendwo ganz tief in meinem Kopf werden mir einige Dinge klar.

Erstens bin ich so geil wie noch nie in meinem Leben.

Zweitens stimme ich zu, allein in einem Raum mit einem Kerl zu sein, dessen Nachnamen ich nicht kenne.

Hatte ich nicht eine Regel, dass man den Nachnamen von Leuten kennen muss, bevor man in eine solche Situation kommt?

Im Moment fällt es mir schwer, mich für seinen Nachnamen oder etwas anderes zu interessieren.

Hat meine jahrelange Abstinenz einen Teil meines Gehirns beschädigt, oder war da etwas in diesen Getränken? Könnte Harper etwas in das Glas getan haben, das er mir gegeben hat?

Die letzte Möglichkeit erscheint mir unwahrscheinlich, aber wenn sie stimmt, wäre das ironisch. Wenn Harper so fingerfertig wäre, hätte er mich nicht unter Drogen setzen müssen. Er hätte mir einfach seine Fähigkeiten zeigen können, und ich hätte wahrscheinlich genauso sehr mit ihm ins Bett gewollt wie jetzt.

»Wie wäre es hiermit?«, murmelt Harper, und eine

frische Wolke des leckerem Dufts klärt meinen Kopf von allen Gedanken.

Ich stolpere in den gemütlichen kleinen Alkoven, setze mich auf die Ledercouch, lehne mich zurück und versuche, meine hektische Atmung zu beruhigen.

Ohne überhaupt die Tür zu schließen, sinkt Harper neben mir auf die Couch und schaut mir intensiv in die Augen.

Ich erwidere seinen Blick, und meine Lunge verwandelt sich in einen Blasebalg.

Er beugt sich zu mir.

Sein Blick, oder vielleicht sein Geruch, oder vielleicht das Wissen, dass wir uns küssen werden, löst das aus, was ich am besten als eine Armee von rosa Schmetterlingen beschreiben kann, die wie wahnsinnig mit ihren Flügeln in meinem Magen und meiner Brust flattern – zumindest denke ich, dass es Schmetterlinge sind und nicht Sodbrennen durch dieses überwürzige Getränk. Einer der Schmetterlinge ist eindeutig ein Strebertyp, die Art, die einen Hurrikan verursachen kann, denn ein Wirbelwind von Wärme, Kribbeln und Pochen breitet sich in meinem Körper aus und lässt mich nach Luft schnappen.

Harper ist jetzt nur noch einen Zentimeter entfernt.

Meine Augen schließen sich, ohne dass ich das will.

Unsere Lippen treffen sich.

Die Welt um mich herum scheint schärfer zu werden, als ob jemand sie auf ultrahohe Auflösung gestellt hätte.

Es ist amtlich.

Das ist der köstlichste Kuss meines Lebens.

Als Harpers glatte Finger mein Gesicht streicheln und kleine Stromstöße aussenden, steigt irgendwo in meinem Gehirn ein nagender Zweifel auf.

Als unsere Zungen zu tanzen beginnen, wachsen die Zweifel, und endlich kann ich das Problem erkennen.

Etwas an diesem Moment kommt mir irgendwie bekannt vor.

Meine Erregung von eben war zurückhaltend im Vergleich zu dem, was ich jetzt fühle. Diese hier ist im Vergleich zu der normalen Erregung wie ein Konzert von Mozart verglichen mit einem Eiswagen-Jingle.

Seine Handflächen liegen jetzt auf meinem Rücken, der sich in einer Art Yogapose wölbt, während sich die warme Energie entlang meiner Wirbelsäule ausbreitet.

Was passiert mit mir? Warum kommt mir das so bekannt vor?

Ich unterdrücke ein Stöhnen und vergesse jede Vernunft, als das Blut in meinen Ohren hämmert, und mein Gesicht, mein Hals und meine Brust brennen, weil sich all die Millionen von Blutgefäßen erweitern.

In mir wächst eine körperliche und geistige Anspannung, und ich bin kurz davor, ihn um etwas zu bitten – obwohl ich zu benebelt bin, um zu wissen, was das ist.

»Ist das für dich okay?«, murmelt Harper.

Mit einem Gefühl von Déjà-vu vereinigen sich alle Male, an denen ich in meinem Leben erregt war, zu einem einzigen Aufwallen.

»Ja«, wimmere ich.

Die Finger beginnen, meine Bluse zu öffnen, und das kommt mir genauso bekannt vor wie mein Wunsch, dass sie den Rest aufreißen.

Dann küsst er meinen Hals, und das Gefühl zerreißt mich in einer explosiven Welle. Alle Muskeln in meinem Körper spannen sich gleichzeitig an, bevor ich heftig erschaudere, als er seine Küsse auf meine Schulter verlagert.

Das frühere Gefühl der Vertrautheit ist das Einzige, was es mir erlaubt, in diesem Ozean der Endorphine auf einer Art von gesundem Menschenverstand zu schwimmen.

Warum. Kommt. Mir. Das. Bekannt. Vor?

Als Harper sanft an meinem Ohrläppchen knabbert, bekämpfe ich die Welle der Glückseligkeit und konzentriere mich auf die Vertrautheit dieser Geste.

Seine Lippen sind dabei, sich in Richtung meines Schlüsselbeins zu bewegen, als sich ein Teil von mir erinnert.

Mit einer monumentalen Willenskraft distanziere ich mich von der mächtigen Explosion der Gefühle, die durch mein Fleisch jagen.

»Nein«, schreie ich, anstatt ein orgastisches Stöhnen hören zu lassen. »Hör auf!«

KAPITEL 13

ICH KÄMPFE gegen die wachsende Schwäche an und öffne meine schweren Augenlider.

Harper sieht anders aus. Wilder, aus Mangel an einem besseren Wort. Abgesehen davon gibt es einen unbeschreiblichen Ausdruck auf seinem Gesicht – eine Mischung aus Überraschung und Verärgerung.

»Ich habe gesagt, du sollst aufhören«, wiederhole ich in einem ruhigeren Ton.

»Kämpfe nicht dagegen an«, murmelt er, und der leckere Duft wird erstickend stark. »Entspanne dich einfach.«

Endlich fällt es mir ein.

Der Grund dafür, dass sich das so vertraut anfühlt, ist, dass ich es geträumt habe.

Mein feuchter Traum war eine Vision.

Eine Vision hiervon.

Mein Herzschlag beschleunigt sich, ich benutze all

meine Willenskraft, um meine Kraft zu sammeln und Harper von mir wegzustoßen.

Er sieht einen Moment lang noch verwirrter aus, greift dann aber wieder nach mir, und seine geschmeidigen Finger erinnern mich plötzlich an Krallen.

Wut verjagt die Überreste der Erregung aus meinem noch benebelten Gehirn. »Nein bedeutet Nein«, sage ich mit Nachdruck und schlage mit meiner Faust in sein zu hübsches Gesicht.

Ich treffe ihn auf die Wange, und in meinem Arm explodiert ein Schmerz.

Es ist, als hätte ich eine Wand getroffen.

»Du Schlampe.« Harpers Stimme springt in die Höhe. »Du wirst …«

»Unversehrt hier rausgehen«, sagt eine vertraute Stimme.

Ich schaue nach oben, und atme erleichtert aus.

Ariel steht vor uns und hält die Ahle fest in einer Faust.

Ihr schwarzes Outfit macht sie fast unsichtbar vor den schwarzen Wänden des Raumes. Sie benutzt unbeabsichtigt eine magische Technik namens Schwarze Kunst, obwohl ich wette, dass Ninjas sie lange vor den Magiern entdeckt hatten.

Harpers leckerer Duft wird stärker, und mit der gleichen seltsamen Falsett-Stimme sagt er: »Du solltest dich uns anschließen.«

Unglaublich. Trotz allem, was gerade passiert ist, klingt die Idee, dass Ariel zu mir und Harper stößt, eine Sekunde lang verlockend. Erschreckenderweise sieht Ariel auch so aus, als ob sie das Angebot in Betracht zieht. Dann blickt sie auf die Tür, und ihr Ausdruck verwandelt sich wieder in grimmige Entschlossenheit.

Ich folge Ariels Blick und erkenne, dass Gaius im Türrahmen steht. Er sieht mit seinen komplett sichtbaren Reißzähnen, den Spiegelaugen und einem Gesicht, das zu einer grausamen Grimasse verzogen ist, absolut furchterregend aus.

»Stell den Gestank ab«, befiehlt Gaius Harper kalt. »Du hast eine Sekunde, bevor ich dir den Kopf abreiße.«

»Ich bin voller Energie von ihr hier.« Harper deutet auf mich. »Bist du sicher, dass ich dich mir meinen Kopf abreißen lassen würde?«

»Ich werde ihm helfen, ihn dir abzureißen«, sagt Ariel grimmig. »Nachdem ich ein paar Löcher in dich gebohrt habe.«

»Ich denke nicht, dass ich Hilfe brauche.« Gaius ballt seine Hände zu Fäusten.

Harper seufzt demonstrativ und steht auf, wobei er die Arme über den Kopf hebt, als würde er mit einem Polizisten kooperieren.

Ariel senkt ihre Ahle und tritt zur Seite, als ob sie ihn nur ungern berühren würde. Harper grinst, als er an ihr vorbeischlendert. Als er neben Gaius steht, beugt er sich nahe zu dem Vampir hin. »Ihr Blutsauger seid solche Heuchler.«

Der Vampir tritt vor ihn und blockiert seinen Weg.

»Du wagst es, deine Art mit meiner zu vergleichen?« Gaius' eisige Augen sehen aus, als seien sie bereit, auf Harper zu schießen. »Wir nehmen unsere Nahrung in gegenseitigem Einverständnis.«

»Sicher tut ihr das.« Harper stößt den viel größeren Gaius mit der Schulter an.

Zu meiner Überraschung taumelt der Vampir kurz und gibt Harper dadurch die Möglichkeit, aus dem Raum zu verschwinden.

Gaius sieht so aus, als würde er über eine Verfolgung nachdenken, aber er muss sich dagegen entscheiden, denn er bleibt, wo er ist.

»Geht es dir gut?«, fragt Ariel mich, und ihr Gluckenmodus ist mit mindestens elf von zehn Punkten voll aktiviert.

»Ich glaube schon«, lüge ich. In Wirklichkeit habe ich keine Ahnung, wie ich mich fühle oder was gerade passiert ist.

»Es tut mir so leid, dass ich dich allein gelassen habe.« Ariel greift nach vorne, um meine kühlen Hände zu ergreifen. »Ich werde das nie wieder tun.«

»Es geht ihr eindeutig gut«, sagt Gaius, und seine Augen werden wieder eisblau.

»Wie kommst du darauf?«, erwidert Ariel. »Wenn wir eine Minute später gekommen wären, wäre sie tot.«

Ich starre sie an, und das ganze Blut verschwindet aus meinem erröteten Gesicht. »Wäre ich das?«

»Du hast Glück, dass du ›hör auf‹ geschrien hast«, sagt Gaius zu mir, und sein Tonfall ist etwas freundlicher. »Dank meines scharfen Gehörs konnten wir rechtzeitig hier sein.«

»Es war nicht gerade Glück«, sage ich und knöpfe meine Bluse zu. »Könnt ihr mir sagen, was zum Teufel Harper ist?«

Gaius schaut Ariel an, die mit den Achseln zuckt und sagt: »Hast du jemals menschliche Legenden über Inkubi oder Sukkubi gehört?«

Alle Überreste von Schmetterlingen in meinem Magen kehren zu ihrer Raupenform zurück. »Die Dämonen, die Menschen verführen?«

»Klar«, sagt Ariel. »Harper wollte dein Leben in Form sexueller Energie aussaugen, aus Mangel an einem besseren Begriff. Das Ergebnis ist in der Regel tödlich.«

»Da wir gerade davon sprechen«, meint Gaius. »Fühlst du dich schwach?«

Ich horche in mich und nicke. »Ja. Es ist, als hätte ich einen sehr niedrigen Blutdruck und eine Mahlzeit ausgelassen.«

»Iss das.« Gaius holt einen Schokoriegel heraus und gibt ihn mir.

Ich möchte fragen, warum ein Vampir einen solchen Snack mit sich herumträgt, aber vielleicht möchte ich es gar nicht wissen. Ich reiße die Verpackung auf und schiebe mir die Schokolade in den Mund.

»Glaubst du, dass Darian dich deshalb darum gebeten hat, hier mit dir zu sprechen?«, fragt Ariel

Gaius, während ich kaue. »Denkst du, er wusste, dass Sasha deine Hilfe gebrauchen könnte?«

»Wenn ja, wünschte ich mir wirklich, dass er einfach sagen würde: ›Fahr in den neunten Stock, geh um 1.37 Uhr in den dritten privaten Raum auf der rechten Seite und rette Sasha‹«, sagt Gaius und massiert sich den Nasenrücken. »Seher können so irritierend sein – nichts gegen dich, Sasha.«

»Kein Problem«, murmele ich mit Schokolade und Nougat im Mund. »Ich stimme dir zu. Wenn Darian wirklich wusste, was passieren würde, hätte er mich davon abhalten sollen, überhaupt mit Harper zu tanzen.«

Ariel reibt ihr Kinn. »Ich frage mich, warum er es nicht getan hat.«

»Vielleicht hat er es versucht? Er wollte mir nach diesem Kit-Vorfall etwas sagen. Oder vielleicht wusste er, dass ich bereits eine Vision davon gesehen hatte.« Ich schlucke den Rest des Schokoriegels herunter. »Vielleicht wollte er, dass ich meine Seherfähigkeiten nutze, um mich selbst da herauszuholen?«

»Du hast eine Vision davon gesehen?« Ariel sieht mich an, als würde mir ein Zeh auf der Stirn wachsen. »Warum hast du es dann nicht vermieden?«

»Mein Traum war nicht so konkret.« Ich lecke gierig die letzten Schokoladenreste von meinen Fingern. »Vielleicht ist das auch Darian passiert. Vielleicht hatte er eine so vage Vision wie ich gehabt und wusste nur, dass er dich auf diese Etage bringen musste.«

»Oder es ist auf diese Weise mehr für ihn drin.« Gaius betrachtet seine Fingernägel, und ich bemerke, dass er schwarzen Nagellack trägt. Ich bin mir ziemlich sicher, dass er ihn vorher nicht hatte, also muss es ein Gothic-Look für diesen Klub sein.

»Wie fühlst du dich?« Ariel schaut mich an, als sei ich eine Porzellanpuppe, die auf Betonboden gefallen ist.

Ihr fürsorglicher Ausdruck lässt sie aus irgendeinem Grund extrem sexy aussehen. Eigentlich ist dieses Outfit in Kombination mit …

Ich schüttele den Kopf, als ich merke, dass Harpers Verführungsmagie noch nicht aus meinem Körper gewichen ist.

»Mir geht es gleich wieder besser«, sage ich und versuche, meine Atmung zu beruhigen. »Aber ich würde wirklich gerne nach Hause gehen.«

Ariel und Gaius tauschen einen kurzen Blick aus, dessen Bedeutung meinem müden Gehirn entgeht.

»Bring sie nach Hause«, sagt Gaius, vielleicht ein wenig zu herrisch für meinen Geschmack. »Wenn du kannst, komm danach hierher zurück. Ich begleite euch nach ganz oben.«

Ariel nickt und hilft mir, auf die Beine zu kommen.

Ihre Berührung ist fast so elektrisch wie die von Harper, also versuche ich es mit unsexy Gedanken über syphilitische nackte Maulwurfsratten – und die Finanzbranche.

Als wir den Raum verlassen, sehe ich, dass die Besucher dieses Stocks eine große Bühne in der Mitte der Etage betrachten. Zwei fast nackte Männer führen im Cirque-du-Soleil-Stil eine Balance-Akrobatik mit dem Körper des jeweils anderen vor. Ihre Bewegungen sind sanft und sinnlich, und ich wünschte, ich wäre zwischen ihnen …

Ich schüttele wieder den Kopf und versuche, meine Erregung zu vertreiben, indem ich an Bandwürmer und Fußpilz denke.

»Ich weiß, dass es unwahrscheinlich ist«, flüstert mir Ariel ins Ohr, »aber ich will nur sichergehen.« Sie senkt ihre Stimme noch mehr. »Du hast diese Abscheulichkeit nicht zu uns nach Hause eingeladen, oder?«

»Wir hatten nicht viel Zeit zum Plaudern«, flüstere ich zurück, und meine Wangen röten sich, als Gaius uns einen unlesbaren Blick zuwirft.

Ariel scheint ihn nicht zu bemerken, denn sie sieht erleichtert aus, als wir zum Aufzug gehen.

Ich kann nicht anders, als mich daran zu erinnern, dass ihr neuer Freund – oder was auch immer er ist – sich für eine Einladung in unser Haus interessiert hat. Bedeutet das, dass Vampire und Inkubi in dieser Hinsicht gleich sind? Obwohl ich neugierig bin, habe ich genug Fingerspitzengefühl, um jetzt keinen von beiden zu fragen.

Die Akrobaten vollenden eine besonders eindrucksvolle Pose, und sie bekommen von allen Standing Ovations.

Glückliche Akrobaten.

Was würde ich nicht alles für Standing Ovations

geben.

Meine Eifersucht über dieses enthusiastische Klatschen bringt mich auf eine Idee. Könnte ich als Illusionistin hier im Earth Club auftreten? Oder wenn nicht hier, vielleicht woanders in Gomorrha? Schließlich ist der Grund, warum mir die Aufführungen verboten sind, das Mandat, aber das Mandat gilt in dieser Welt nicht.

Würden die Cogniti überhaupt von meinen Effekten beeindruckt sein? Schließlich können viele von ihnen wirklich das tun, was ich nur vortäusche. Und bei den meisten Mentalismuseffekten würden sie vermuten, dass ich meine Seherkräfte benutze. Allerdings – und das ist das stärkste Argument gegen diese Idee – würde ich, wenn ich die ganze Zeit in Gomorrha arbeiten würde, meine Kräfte für immer verlieren und …

Der Aufzug kommt an, und Ariel und Gaius schieben mich hinein.

Die Fahrt zurück nach oben ist wieder unglaublich schnell; es scheint fast so, als würden sich die Türen schließen und sich dann gleich wieder auf der Straßenebene des Klubs öffnen.

Ein gutaussehender Mann steht vor unserem gläsernen Aufzug.

Es ist Darian, und er sieht selbstgefällig aus – wahrscheinlich, weil er stolz auf seine Fähigkeit ist, den genauen Moment unserer Ankunft zu antizipieren.

Offensichtlich hat er es geschafft, das Kit-Debakel zu vergessen.

»*Du*«, sagt Ariel zu Darian, und lässt meinen Oberarm los, um ihre Hände auf ihre Hüften zu legen.

»Darian«, sagt Gaius bissig, »wolltest du nicht im neunten Stock mit mir sprechen?«

»Hallo«, sagt Darian, und sein britischer Akzent klingt sexyer als sonst. »Ich habe meine Meinung über unser Gespräch geändert. Es ist mein Vorrecht als Ratsmitglied, mit den Vollstreckern zu sprechen … oder auch nicht, je nachdem, ob ich will.«

Während er spricht, scheinen seine grünen Augen durch uns auf etwas jenseits des Horizonts zu starren – oder vielleicht, genauer gesagt, in die Zukunft.

Ich fühle mich von zu vielen Menschen umgeben, also mache ich einen Schritt nach vorne, um den Aufzug zu verlassen, aber ich muss immer noch schwach oder hormonell stumpfsinnig sein, denn ich stolpere über die Stelle, wo der Aufzug zu Ende ist und der Fußboden beginnt.

Bevor ich mit dem Gesicht auf dem Boden landen kann, fangen mich Darians überraschend starke Arme auf und stellen mich wieder hin.

»Geht es dir gut?«, fragt er, und sein Akzent verstärkt sich.

»Ich weiß es nicht«, sage ich, unfähig, aufzuhören, in diese grünen …

Ariel räuspert sich neben mir. »Danke, Darian«, sagt sie, obwohl es selbst für mich in meinem seltsamen Zustand klar ist, dass sie es nicht von ganzem Herzen meint.

»Gerne.« Darian streicht über seinen perfekt

gepflegten Spitzbart. »Ein Tanz mit Sasha wird die Belohnung für meine Dienste sein.«

»Wer hat gesagt, dass Sasha mit dir tanzt?« Ariels Augen verengen sich. »Sie muss nach Hause gehen. Sie …«

»Sasha entscheidet, mit wem sie wann tanzt«, sage ich und verschränke meine Arme. »Ein Tanz wird mich nicht umbringen.« Ich betrachte bewundernd Darians breite Schultern. »Es könnte in der Tat das Gegenteil bewirken.«

Während mein Mund spricht, fragt sich mein Verstand, warum ich diesem Tanz tatsächlich zustimme.

Ich habe gesehen, was er will – die Szene mit Kit war ziemlich aufschlussreich –, aber das bedeutet nicht, dass ich mitspielen muss.

Ich möchte ihm nur ein paar Fragen über Seherkräfte stellen.

Ja, das ist es.

Ich stimme diesem Tanz sicherlich nicht zu, weil ich mich an den Gesichtsausdruck erinnere, als er dachte, dass er mich küsst, oder weil ich die Falte auf seiner Stirn mag, die sich gebildet hat, während er auf meine Entscheidung wartet. Und das schon gar nicht wegen seines sehr muskulösen Halses, der zum Anknabbern einlädt.

Und sein Akzent ist nicht sexy. Die Königin von England hat den gleichen Akzent, und ich will keinen Sex mit Ihrer Majestät haben.

»Ein Tanz könnte eine gute Idee sein.« Gaius legt

eine Hand auf Ariels Hüfte. »Danach kannst du sie nach Hause bringen.«

»Schön.« Ariels Tonfall ist identisch mit dem, den meine Mutter oft gebraucht hat, als ich jünger war. »Aber nur einen Tanz.«

Ich nicke, und Darian streckt seine Arme nach mir aus.

Als ich meine Hände in die seinen lege, spüre ich wieder einen elektrischen Funken. Meine Atmung beschleunigt sich, und meine Handflächen werden feucht – zusammen mit ein paar anderen Stellen an meinem Körper.

Verdammter Harper. Mir gehen die ekelhaften Dinge aus, an die ich denken kann.

In genau diesem Moment beginnt eine langsame Melodie, die aus den Millionen Lautsprechern um uns herum ertönt, und mir wird klar, dass keine Songs gespielt wurden, während wir uns mit Darian unterhalten haben.

Ich reiße meine Augen weg von Darians hypnotischem Blick und schaue zu Ariel.

Ich wette, sie denkt genau wie ich nicht, dass das mit der Musik ein Zufall war. Darian muss den DJ bezahlt haben, um diesen Song genau zu timen, was bedeutet, dass …

Darian beginnt, sich im Einklang mit der Musik zu bewegen, und ich werde vom Tanz mitgerissen.

Dämlicher Inkubus. Ist es sein Werk, oder habe ich vorher nur nicht in vollem Umfang bemerkt, wie gutaussehend Darian ist?

Darian bewegt uns mit anmutigen und sicheren Bewegungen über die Tanzfläche, so als bestimme er mit Hilfe eines Supercomputers die optimale Strecke.

Ich habe immer gewusst, dass seine Augen grün sind, aber ich merke erst jetzt, wie unglaublich grün sie tatsächlich sind. Wenn mir jemand sagen würde, dass er mit diesen Augen Photosynthese betreiben kann, würde ich es sofort glauben.

Er beugt sich zu mir.

Ein Teil von mir hofft, dass er das echte Ich küssen will, genauso wie der viel rationalere Teil von mir weiß, dass ich ihn in die Leiste treten sollte, falls er es wagt.

»Wie entwickeln sich deine Sehervisionen?«, flüstert Darian mir mit einer heiseren Stimme ins Ohr.

Dann dreht er sich um und beugt seinen Kopf, um sein eigenes Ohr in die Nähe meines Mundes zu bringen, damit ich antworten kann. Zu meinem Entsetzen finde ich sogar sein Ohr attraktiv. Es ist perfekt geformt, und das Ohrläppchen ist so weich und greifbar …

Ich tue mein Bestes, um Harpers Voodoo abzuschütteln, und versuche, so locker wie möglich zu klingen. »Ich bekomme nur Traumvisionen, und sogar diese sind nicht berechenbar.«

Die Musik wird schneller, und Darian führt uns durch eine überkreuzende Figur, die uns die Plätze tauschen lässt. Außerdem lässt sie mich atemlos zurück, und ich fühle mich, als wäre ich am Set von *Dancing with the Stars*.

Wieder beugt sich Darian zu mir, so als ob er mich küssen wollte, und murmelt: »Es ist großartig, dass du bereits volle Visionen hast – der Leistungsschub, den ich dir gegeben habe, funktioniert eindeutig. Allerdings sind Traumvisionen einschränkend, da man pro Tag nur maximal zwei Stunden REM-Schlaf bekommt. Wenn dein Schicksal mehrere Bedrohungen an einem Tag bereithält, hast du schon Glück, wenn du nur eine einzige Traumvision als Warnung bekommst.« Er biegt mich in einer weiteren beeindruckenden Tanzbewegung zurück.

Als sich unsere Körper wieder treffen, neigt er sich und fährt fort: »Unwillkürliche Visionen zu erwecken ist das, wonach du als Nächstes streben solltest. Sie sind ähnlich wie Traumvisionen, da man nicht kontrolliert, wenn man sie bekommt. Aber du hast wenigstens den ganzen Tag lang die Möglichkeit, sie zu bekommen.« Er wirbelt mich herum, als wäre ich eine Ballerina. »Irgendwann lernen die Mächtigsten von uns, Visionen mit bewusster Kontrolle hervorzubringen.«

Von der Kombination aus dem, was Darian mir erzählt, und seinen Tanzbewegungen wird mir schwindelig wie bei einem NASA-Training.

Ich will ihn gerade mit einer Million Fragen überschütten, als ich Ariel sehe, die ein paar Meter entfernt mit Gaius tanzt.

Wenn mein Tanz mit Darian als sinnlich bezeichnet werden kann, ist das, was Ariel und Gaius tun, grenzwertig erotisch. Sie haben im Grunde genommen

Sex in Bekleidung zur Musik. Was die Sache noch interessanter macht, ist, dass, sobald sie sich mehr als gewollt voneinander entfernen, es ihnen ihre jeweiligen Superkräfte erlauben, eine Tanzbewegung auszuführen, von der ich noch nicht einmal gehört habe.

Jemand hat sich eindeutig von den Akrobaten im neunten Stock inspirieren lassen.

Ariels Augen sind wild und ihre Wangen so errötet, wie sie es während eines Orgasmus werden könnten …

Verdammter Inkubus. Jetzt denke ich an Ariels Orgasmen.

Als die Akrobatikeinlage vorbei ist, beugt sich Gaius wieder zu Ariel, und ich sehe, dass er sich an ihren Hals schmiegt. Ariel sieht glückselig ekstatisch aus.

Es ist amtlich.

Wenn diese beiden »nur Freunde« sind, sind sie Freunde mit erheblichen Benefits.

»Wir haben nicht viel Zeit für unseren Tanz«, sagt Darian, und ich erinnere mich daran, wo ich bin – und warum ich so geil und verwirrt bin. »Ich weiß, dass du mein Geschenk bekommen hast.«

»Die Videokassette?« Ich lasse mich von Darian auf der Stelle drehen. »Woher wusstest du, dass ich es bekommen habe? Hattest du eine Vision?« Ich bin froh, etwas zu haben, was meine Gedanken davon ablenken kann, wie heiß er aussieht und wie sexy …

»Nein.« Darians Grinsen ist das süßeste Lächeln, das ich je gesehen habe. »Ich habe mein Paket auf der UPS-Website verfolgt.«

Ich antworte mit einem höchst unladyliken Schnauben, aber er überspielt es, indem er mich ein weiteres Mal dreht – und ich bemerke, dass andere Tänzer uns neidisch anschauen.

Darian beugt sich noch näher zu mir, und ich kann die Bergamotte in seinem Parfum fast schmecken. »Hast du irgendwelche Visionen von *mir* gesehen?«

Er versucht, entspannt auszusehen, aber ich spüre, dass er den Atem anhält. Die Antwort ist für ihn aus irgendeinem Grund wichtig – ein weiterer Beweis dafür, dass er nicht allwissend ist.

»Nein«, sage ich. »In meinen bisherigen Visionen ging es nur darum, getötet zu werden, also bezweifle ich, dass ich eine Vision von dir haben werde, es sei denn, du planst, mich zu töten. Du planst doch nicht, mich zu töten, oder?«

»Natürlich nicht«, sagt er und versteckt dabei kaum seine Enttäuschung. »Also waren alle deine Visionen von der nahen Zukunft?«

»Ja«, sage ich. »Warum?«

»Im Gegensatz zu dir *habe* ich Visionen von uns beiden gesehen«, sagt er, und passend zu seinen Worten bekommen seine grünen Augen einen abwesenden Blick. »In einer Zukunft sind wir so glücklich miteinander, dass ...«

Er verstummt, und seine Augen starren auf etwas hinter mir, während sein Gesicht leichenblass wird.

Mein Herz schlägt mit 300 km/h, als ich Darians Blick folge.

KAPITEL 14

ES DAUERT EINEN MOMENT, bis ich verstehe, wohin Darian starrt.

In einer kleinen Nische, die der VIP-Bereich sein muss, steht eine vertraute breitschultrige Gestalt.

Es ist Nero, und sein Gesichtsausdruck ist erschreckend wütend – dabei allerdings überraschend sexy.

Jetzt verstehe ich es.

Darian muss gerade eine Vision von einer Zukunft gehabt haben, die von Nero zerstört wird, oder was auch immer diesen erwachsenen Mann so sehr an meinem Chef verängstigt.

Ich merke, dass meine Hände plötzlich leer sind, aber wie ein Reh, das auf tödliche Scheinwerfer starrt, fällt es mir schwer, meinen Blick von Neros Zorn zu lösen.

Als ich auf meinen Tanzpartner zurückblicke, ist er nicht mehr da.

Ich suche die Tanzfläche mit den Augen ab, aber kann Darian nirgendwo finden.

Ich reibe mir die Augen.

Immer noch kein Darian.

Wie ist er so schnell verschwunden?

Benutzt er seine Kraft, um diesen Ninja-Stunt hinzubekommen? Wenn er vorhersehen kann, wohin ich schaue, kann er theoretisch sicherstellen, sich in diesem Moment nicht dort zu befinden. Natürlich würde diese Art der Kontrolle über seine Seherfähigkeiten …

Ich werde abgelenkt, als mein Blick wieder auf Neros kantiges Gesicht fällt.

Mist. Harpers Machenschaften prägen definitiv meine Wahrnehmung meines Chefs.

Ich wollte mich noch nie vor Nero ausziehen und mich ihm so unbedingt an den Hals werfen. *Niemals.*

Als ich meine Augen abwende, erhasche ich einen Blick in die VIP-Nische, aus der Nero gekommen ist. Dort gibt es eine Schar von modelhaften Flittchen, mit denen er eindeutig diesen kleinen Tisch geteilt hat.

Was für ein Arschloch.

Jetzt werde ich mich ihm nicht mehr an den Hals werfen.

Was sage ich da? Ich wollte mich Nero niemals an den Hals werfen.

Oder doch?

Er kommt näher, und sein Gesichtsausdruck verwandelt sich von wütend zu besorgt.

Oh. Macht er sich Sorgen um mich? Ein warmes,

schmelzendes Gefühl erfüllt meine Brust.

Oh nein. Ich denke verzweifelt an Popel, dann an verkrustete Reste von Wimperntusche und diese haarähnlichen Rückstände auf gebrauchten Porenreinigungsstreifen, aber nichts davon ist ekelhaft genug, um die plötzliche Flut von Adults-only-Bildern von Nero zu stoppen, die durch mein dummes Gehirn rasen.

Ariel hört lange genug damit auf, Gaius zu besteigen, um zu bemerken, dass Nero sich nähert, und als mein Chef auf halbem Weg zu mir ist, steht Ariel mit mir Schulter an Schulter.

Wenn sie wüsste, woran ich gerade gedacht habe, würde sie diese Schulter desinfizieren wollen.

»Was zum Teufel macht Nero hier?«, frage ich Ariel und verdränge das warme Schmelzen. »Ich hatte noch so viele Fragen an Darian, und er hat ihn verjagt.«

»Nero gehört dieser Klub«, antwortet Ariel über die Musik hinweg. »Und dein Gespräch mit Darian könnte falsch verstanden worden sein, so als ob Darian versucht hätte, dich Nero auszuspannen ... als Mentee.«

Natürlich. Ich hätte mir verdammt nochmal denken können, dass Nero dieser Ort gehört. Was gehört ihm nicht?

Dies erklärt die Reaktion des Türsteher-Orks, als Ariel den Namen Nero fallen ließ. Es könnte auch erklären, warum ...

Nero macht eine Handbewegung, und die Musik verstummt abrupt.

Die Menschen um uns herum spüren, dass etwas nicht stimmt, und gehen Nero aus dem Weg, so dass er nach nur wenigen langen, raubtierhaften Schritten bei mir ist.

»Sasha.« Seine tiefe Stimme versprüht Sexappeal – etwas, was ich definitiv noch nie zuvor bemerkt habe.

Wahrscheinlich, weil ich noch nie in der Gegenwart meines Bosses Inkubus-Läuse in meinem Körper hatte.

»Nero.« Ich gebe mein Bestes, um nicht zu stottern.

Er steht in Kussentfernung.

Vergiss es, er steht in Schlagweite.

Er atmet die Luft ein, als ob er an mir schnüffelt, und betrachtet mich einmal eingehend, bevor er mir in die Augen schaut.

Der Limbusring in seinen Augen ist heute besonders dick, und sein hautenges blaues Hemd unterstreicht jeden Muskel seines kräftigen Körpers. Die Farbe hebt das Blau in seinen blaugrauen Augen hervor, die mich an einen stürmischen Ozean erinnern.

Er benetzt die Lippen.

Sein sauberer, holziger Duft trifft auf meine Nasenlöcher, und ich frage mich, ob auch er ein Inkubus ist.

Entweder das – oder Harpers Kräfte sind außer Kontrolle.

Ich möchte in diese Lippen beißen und ihn greifen und auf den Boden drücken, um mich auf ihn zu stürzen.

Er beugt sich vor.

KAPITEL 15

WIRD NERO MICH JETZT KÜSSEN?

Werde ich das zulassen?

Warum hatte ich keinen Traum davon?

»Es scheint dir nicht gut zu gehen«, sagt er, und seine kräftigen Augenbrauen ziehen sich zusammen, als er die Stirn runzelt. »Du.« Er schaut zu Ariel. »Kannst du sie nach Hause bringen?«

Ariel nickt demütig – und ich habe dieses Mädchen noch nie etwas Sanftmütiges tun sehen.

»Gut«, sagt Nero und stolziert davon, was mich in einer Mischung aus Wut, Erregung und Verwirrung zurücklässt.

Während er geht, winkt er wieder mit der Hand, und die Musik setzt wieder ein.

Ariel nimmt meine Hand ein wenig zu fest und zieht mich zum Ausgang.

Ich folge ihr wie ein sanftes Schaf.

Auf unserem Weg aus dem Klub übe ich die

Atemtechnik, die Lucretia mir beigebracht hat, aber sie hilft nicht. Alles zu begehren, was einem unter die Augen kommt, muss noch stressiger sein als Reden in der Öffentlichkeit.

»Er hat es mit Absicht getan«, sagt Ariel, als wir die Straße überqueren und zurück zum Wolkenkratzer gehen. »Ich weiß, dass er das getan hat.«

»Wer?« Ich schaue nach oben und bewundere die enorme Höhe des Gebäudes. »Hat *was* getan?«

»Darian.« Ariel drückt so heftig gegen die Schwenktüren, dass ich darauf achten muss, dass ich nicht zerquetscht werde. »Erinnerst du dich, dass wir uns gefragt haben, warum Darian nicht einfach deine tödliche Begegnung verhindert hat, indem er Gaius sagt, wo er dich retten soll? Ich glaube, ich habe herausgefunden, warum er so indirekt war. Er wollte, dass du unter dem Einfluss der Pheromone stehst, damit du ihn so ansiehst, wie du es getan hast, als er dich um den Tanz gebeten hat.«

»Wie habe ich ihn angesehen?« Ich weiche ihrem Blick aus, indem ich mich in der museumsartigen Lobby umsehe.

»Lüstern«, sagt Ariel. Dann fügt sie in einem konspirativen Flüstern hinzu: »Obwohl es nichts im Vergleich zu der Art und Weise war, wie du Nero angesehen hast.«

Toll. »Offensichtlich kannst du mein wütendes Gesicht nicht von meinem geilen Gesicht unterscheiden«, entgegne ich.

Ariel sieht mich mit einen glühend heißen Blick an,

der Sex verspricht, bevor sie lacht und mich fragt: »War das wütend?«

Ich räuspere mich. Ich bin mir ziemlich sicher, dass meinem Gesicht die Muskeln fehlen, um das zu tun, was sie gerade getan hat. »Du könntest recht haben, was Darians Motivation betrifft. Erinnerst du dich, als du mich neben ihm und Kit gesehen hast?«

Sie nickt.

»Na ja, ich hatte in dem Moment keine Gelegenheit, es dir zu sagen, aber ich habe die beiden erwischt, wie sie rumgeknutscht haben – wobei Kit mein Gesicht hatte.«

»Was?« Ariels Augen werden so groß wie Zwei-Euro-Stücke.

»Ja, ich glaube, sie hat ihn reingelegt – sie hat etwas darüber gesagt, dass sie einen eigenen Seher haben will. Keine Ahnung. Der Punkt ist, dass er darauf reingefallen ist, und als wir getanzt haben, hat er mir erzählt, dass er eine Zukunft gesehen hat, in der wir zusammen waren.«

Ihr Mund bleibt für eine Sekunde offen stehen. Dann fragt sie leise: »Glaubst du, er hat die Wahrheit gesagt?«

»Warum sollte er lügen?« Ich rufe den Aufzug.

»Vielleicht will er eine sich selbst erfüllende Prophezeiung erschaffen?« Ariel kratzt sich am Hinterkopf.

»Ich weiß es nicht. Ich denke, ich glaube ihm. Aber das bedeutet immer noch nicht, dass die Zukunft so verlaufen wird. Wie ich aus den wenigen Visionen gelernt habe, die ich hatte, ermöglicht das Wissen, was passieren wird, etwas zu ändern – vorausgesetzt, man will es.«

Der Aufzug öffnet sich, und Ariel schiebt mich hinein. »Willst du eine Zukunft mit Darian?«

»Ich will in Ruhe eine Nacht schlafen«, sage ich und schließe meine müden Augen, so als ob ich hier und jetzt ein Nickerchen machen wollte.

Als ich meine Augen wieder öffne, schaut mich Ariel immer noch erwartungsvoll an. Der superschnelle Aufzug öffnet seine Türen auf dem Dach, und ich sage: »Ich kenne Darian kaum. Im Moment bin ich mehr an ihm als Seher interessiert.«

»Nichts für ungut, aber gerade, dass er ein Seher ist, ist der Grund, warum du dich von ihm fernhalten solltest.« Ariel übernimmt mit schnellen langbeinigen Schritten die Führung. »Du hast keine Kontrolle über dein Leben, wenn Seher in der Nähe sind.«

»Kennst du irgendwelche Seher außer Darian?«, frage ich. »Ich will, dass mir jemand beibringt, meine reinen Traumvisionen in Tagesvisionen zu verwandeln.«

»Seher sind sehr selten«, sagt Ariel, ohne sich umzudrehen. »Du wirst wahrscheinlich keinen finden, es sei denn, sie *wollen* sich in deine Probleme verstricken, was sie, abgesehen von Darian, wohl nicht tun werden. Und man könnte auch argumentieren, dass er die Quelle deiner Probleme ist.«

Sie erreicht das Tor, das zu JFK führt, und geht ohne viel Tamtam hinein.

Selbst in meinem derzeitigen überwältigten Zustand erfüllt mich der Insta-Trip von Welt zu Welt mit Ehrfurcht.

Wir gehen für ein paar Sekunden in dem JFK-Drehkreuz, bevor ich meine Uhr überprüfe. Hier auf der Erde ist es 4.20 Uhr. Ich bin mir ziemlich sicher, dass es im Klub früher war.

»Die Zeit fließt in den Otherlands anders«, sagt Ariel. »Man kann ganze Tage verlieren, wenn man nicht aufpasst.«

Wir gehen einige Gänge entlang, ohne etwas zu sagen. Dann sammele ich meinen Mut. »Also ... was läuft bei dir und Gaius?«

»Wir sind nur Freunde«, sagt Ariel sehr schnell. »Wie oft muss ich dir das noch sagen?«

Eine bessere Frage ist: Wie oft muss sich Ariel das noch sagen, vorausgesetzt, sie glaubt wirklich an diesen Unsinn?

Als ich sie genauer betrachte, stelle ich fest, dass sie, aus welchem Grund auch immer, erschöpft aussieht. Vermisst sie ihren *Freund* Gaius – oder hat sie genug von Harpers Dämpfen eingeatmet, um fast im gleichen Boot wie ich zu sitzen?

»Glaubst du, dass es Chesters Macht war, die dich fast umgebracht hätte?«, fragt sie, offensichtlich begierig darauf, das Thema zu wechseln.

Ich denke über ihre Frage nach.

Ich habe Chesters Kräfte bereits hinter dem Debakel mit dem scharfen Getränk vermutet. Hätte er auch mein Glück und Unglück bei der Begegnung mit

Harper beeinflussen können? Schließlich gab das Getränk Harper die Möglichkeit, sich mir zu nähern.

»Das erste Mal, als ich Harper sah, waren wir bei Chester«, sage ich. »Also scheint das möglich zu sein.«

Ariels Schritte werden länger. »Ich hätte diesen Bastard erstechen sollen.«

»Dann hättest du jetzt Probleme mit dem Rat«, antworte ich und bemühe mich, Schritt zu halten.

»Das könnte es wert sein«, grummelt sie. »Ich hätte selbst bei ihm gedacht, dass er vor Vergewaltigung zurückschrecken würde.«

»Hätte ich die Vision nicht gehabt, wäre ich mir nicht sicher, ob es eine Vergewaltigung gewesen wäre«, sage ich nach einer langen Pause. »Das war das Problem. Ich wollte Harper.«

»Wegen Harpers Macht.« Ariel reißt fast den Griff aus der Tür vor ihr heraus. »Erregung so zu erzwingen ist Vergewaltigung.«

Ich eile durch die Tür, um mit ihr Schritt zu halten. »Nicht, dass ich Harper verteidigen will, sondern nur, um den Anwalt des Teufels zu spielen, aber wenn ich jemanden will, aus welchem Grund auch immer, ist es dann Vergewaltigung?«

»Wenn man hineingelockt wird, ist es das«, sagt Ariel.

»Durch diese Logik kann man viele einvernehmliche Begegnungen in Vergewaltigungen verwandeln. Sagen wir zum Beispiel, dass ein Kerl ein Mädchen über seinen Job anlügt – und sich dadurch attraktiver erscheinen lässt, um sie abzuschleppen. Das ist keine Vergewaltigung … oder doch? Oder was ist mit den Abschlepp-Künstlern, die die Mädchen dadurch ins Bett bekommen, dass sie ihre Selbstzweifel ausnutzen? Sind sie nach deiner Definition auch Vergewaltiger?«

»Was sie tun, ist nicht so mächtig wie das, was Harper mit dir gemacht hat.« Ariel öffnet die Tür, die zurück zu JFK führt. »Aber ich denke, es ist das gleiche Prinzip.«

Ich beschließe, diese Debatte auf einen Tag zu verschieben, an dem mein Verstand klarer ist, und wir gehen in düsterem Schweigen den Rest des Weges durch den Flughafen.

Als wir in ein Taxi steigen, döse ich ein und verschlafe den Großteil der Rückfahrt.

»Home, sweet home«, sagt Ariel, und ich wache gerade genug auf, um ihr zu helfen, mich aus dem Auto zu ziehen.

Wir gehen in den Aufzug, aber bevor sich die Türen schließen können, steigt ein Mann ein.

»Guten Abend, Sasha«, sagt Vlad, und seine düsteren Gesichtszüge erwärmen sich mit einem schwachen Lächeln. Dann bemerkt er, dass ich nicht allein im Aufzug bin, und jeder Hauch eines Lächeln verschwindet sofort.

Ich betrachte Roses Vampirschönheit und bereue es sofort. Seine imposante Gestalt und sein blasses, symmetrisches Gesicht – mit diesen sinnlichen Lippen – reaktivieren Harpers bösen Einfluss mit Nachdruck.

Er drückt aus irgendeinem Grund auf den

Knopf für die oberste Etage. Vielleicht will er nicht, dass Ariel weiß, dass er in unser Stockwerk will? Ich schätze, er denkt nicht, dass ich ihr bereits neulich von ihm und Rose erzählt habe, nachdem er mich vor den Zombies in unserem Flur gerettet hatte.

»Ariel, das ist Vlad«, sage ich und beschließe, die Scharade mitzuspielen, dass Ariel nichts von seiner Verbindung zu Rose weiß. »Vlad, das ist meine beste Freundin Ariel.«

»Wir kennen uns bereits«, sagt Vlad, und sein Gesicht wird wieder dunkel, brütend und unleserlich.

»Tut ihr das?«, frage ich, aber keiner von beiden antwortet, weshalb ich mich frage, ob sie sich bei einer geheimen Vampirveranstaltung getroffen haben, zu der Gaius sie mitgenommen hat.

»Ich wusste nicht, dass du in diesem Gebäude wohnst«, sagt Ariel mit einer kühlen und höflichen Stimme zu Vlad. Ich nehme an, auch sie hat sich dazu entschlossen, so zu tun, als wüsste sie nichts von Vlad und Rose.

»Ich komme nicht oft in diese Wohnung«, sagt Vlad und schaut mich eindringlich mit diesen pechschwarzen Augen an, die zu sagen scheinen: *Ich lüge, um Rose zu beschützen, und du solltest besser mitspielen.*

Da es für mich in dieser sehr unangenehmen Situation am einfachsten ist, nichts zu sagen, halte ich den Mund.

Das Schweigen, das folgt, sollte wahrscheinlich in

das Webster's Dictionary aufgenommen werden«, um das Wort *unangenehm* zu definieren.

Um mich von meinem Verlangen nach Roses Mann abzulenken, stelle ich Berechnungen im Kopf an. Innerhalb weniger Augenblicke berechne ich, dass der Abstand zwischen seinen Augen und seinem Mund 36 Prozent der Länge seines Gesichts beträgt, während der Abstand zwischen Vlads Augen …

Als der Aufzug gongt, steigen Ariel und ich aus und lassen Vlad zurück, damit er so tun kann, als würde er in einen anderen Stock fahren.

Ariel öffnet mir die Wohnungstür, und ich gehe auf Zehenspitzen, weil ich fest entschlossen bin, Felix nicht zu wecken –– nicht nur, weil ich ein guter Freund bin, sondern auch, weil ich ihn auf keinen Fall durch eine dank Harper sexuell gefärbte Brille sehen will.

»Du bleibst heute Abend in meinem Zimmer«, sagt Ariel zu Fluffster, als er aufgeregt auftaucht, um uns zu begrüßen.

»Cool«, antwortet das Chinchilla uns beiden mental. »Darf ich dein Messer berühren?«

»Aber tue dir nicht weh«, sagt sie und rollt mit dem Augen. »Und fass meine Schusswaffen nicht an.«

»Deal«, sagt Fluffster und rennt wie ein kleiner Wirbelsturm in ihr Zimmer.

»Ich empfehle dir dringend ein Date mit deinem *magischen* Massagegerät«, sagt Ariel grinsend, kurz bevor ich in mein Zimmer gehe. »Du kannst die Leute nicht weiterhin so anstarren, wie du es momentan tust – besonders nicht, wenn du morgen zur Einführung gehst. Wenn du einem Teenager so einen Blick zuwirfst, landest du sicher auf irgendeiner Liste.«

Ich schlage meine Tür vor Ariels grinsendem Gesicht zu und schließe ab.

Sie hat nicht ganz unrecht mit meinem Zustand. Meine Haut fühlt sich viel zu heiß und straff an, und meine Kleidung scheuert unangenehm. Bevor ich etwas anderes tue, beschließe ich, mich erst einmal auszuziehen.

Das sollte eine einfache Aufgabe sein, aber in meinem aufgeheizten Zustand fühlt es sich bizarr sinnlich an. Je mehr Kleidungsstücke ich entferne, desto erregter werde ich – so als ob es ein Liebhaber wäre, der mich auszieht, und nicht ich selbst.

Als ich völlig nackt bin, greife ich nicht gerade widerwillig nach Copperfield und rutsche unter meine Decke.

Als ich Copperfield einschalte, bin ich schmerzhaft begierig auf die Begegnung. Ariel hatte völlig recht. Ich muss dieses Problem beseitigen, bevor mich all diese aufgestaute Energie dazu bringt, etwas Dummes zu tun.

Moment.

Ich kann nicht an Ariel denken, wenn ich das hier mache.

Was das betrifft, kann ich auch nicht an jemand anderen denken, den ich kenne, also sollte eine Fantasie mit einem Star sicher sein. Ein Schauspieler wie Matthew McConaughey oder Michael Fassbender. Oder beide.

Ich atme ein und berühre mich kaum mit Copperfield, als weißes Licht vor meinen Augen explodiert und warme Energie so heftig durch meinen Körper pulsiert, dass ich in mein Kissen beißen muss, um nicht laut zu schreien.

Wow.

Das war der überraschendste und gewaltigste Orgasmus, den ich je hatte.

Ich ziehe Copperfield weg, um zu sehen, ob ich noch einmal will.

In weniger als einer Sekunde erkenne ich, dass ich definitiv noch einmal will.

Das zweite Mal komme ich so stark, dass meine Sicht verschwimmt. Möglicherweise habe ich mir auch einen Muskel gezerrt.

Als ich wieder zu Atem komme, muss ich zugeben, dass es gewisse positive Aspekte an diesem Zwischenfall gibt, fast durch einen Inkubus zu sterben. Jemand sollte ihren Zauber in Flaschen abfüllen und es für Freizeitaktivitäten verkaufen.

Ich möchte unbedingt noch einmal, also tue ich es, wobei sich ohne mein Verschulden das Bild von Michael Fassbender irgendwie in das von Nero verwandelt. Ich schätze, dass sie der gleiche Typ sind.

Zu meinem absoluten Entsetzen fällt das Bild von Nero mit dem stärksten Orgasmus zusammen, bei dem sich meine Zehen bis zum Anschlag krümmen.

Ich bin nicht in der Lage, die Bilder von Nero zu vertreiben, während ich es immer wieder tue.

Hat Harper mich zu einer Sexsüchtigen gemacht?

Denn so erschöpft und überempfindlich ich auch schon bin, ich kann nicht anders, als noch ein Dutzend weitere Male zu wollen.

Ich drehe die Geschwindigkeit von Copperfield zurück und erlaube mir ein letztes Vergnügen – mit dem Bild von Nero, das wieder in mein müdes Gehirn eindringt.

Das reicht. Ich bin nun offiziell eine sexuell ausgepresste Zitrone.

Mit einem dümmlichen Grinsen im Gesicht schließe ich die Augen, um all die Endorphine zu genießen, die in meinem Blutkreislauf schwimmen, und schlafe sofort ein.

ICH WACHE mit verschwommenen Erinnerungen und einem Vibrator unter meinen Schulterblättern auf.

Ich lege Copperfield weg und schaue auf die Uhr.

Es ist 13.37 Uhr, und ich muss um drei bei der Einführung in Queens sein.

Ich werfe mir hektisch ein Shirt über und renne bereits aus meinem Zimmer, während ich noch meine Jeans an- und den Reißverschluss hochziehe. Mein Speichelfluss erhöht sich, als ich etwas Köstliches aus Richtung Küche rieche.

Ich stürze ins Badezimmer, mache mich schnell frisch und rase dann in die Küche.

»Das Partygirl erwacht.« Felix grinst mich an. »Um wie viel Uhr bist du nach Hause gekommen?«

Er steht am Herd mit einer brutzelnden Pfanne voller gebratenem Gemüse, das meinen Magen wie einen mürrischen Bären knurren lässt.

»Fünf Uhr morgens.« Ich schnappe mir einen Teller und schiebe ihn Felix mit einem flehenden Blick zu.

»So spät ins Bett zu gehen wird deinen Biorhythmus ruinieren.« Er gibt einen Teil des Essens auf meinen Teller, bevor er sich selbst eine Portion auffüllt. »Du stehst definitiv unter Ariels schlechtem Einfluss.«

Ich schaufele mir etwas würzigen Pak Choi in den Mund und widerstehe dem Drang, vor Genuss aufzustöhnen. Leide ich immer noch unter Inkubus-Nebenwirkungen?

Nein. Wenn ich noch unter dem Einfluss stünde, würde Felix für mich attraktiver aussehen, als er es gerade in seinem weiten Batman-Schlafanzug tut – ein schreckliches Geschenk von Ariel, von damals, als Felix wahrscheinlich noch dünner war als jetzt.

»Wo ist Ariel?«, frage ich, als mein Mund ausreichend leer ist.

Felix zuckt mit den Schultern. »Vielleicht schläft sie noch?«

Fluffster huscht in den Raum und winkt mir mit seiner kleinen Vorderpfote zu.

Ich fühle mich wie eine Patientin in der Psychiatrie, als ich meinem Chinchilla zurückwinke.

»Du warst doch in Ariels Zimmer«, sage ich zu ihm. »Wo ist sie?«

»Sie ist sofort gegangen, als du im Bett warst.«

Fluffster benutzt mich als Zwischenstation, um mit zwei Sprüngen auf den Tisch zu gelangen. »Sie ist nicht zurückgekommen. Ich weiß das, weil ich auf ihrem Kissen geschlafen habe.«

Felix nimmt sein Handy heraus und tippt in Windeseile.

Ich schlinge gierig mein Essen hinunter, bis ich sein Telefon klingeln höre.

»Sie sagt, dass es ihr gut geht«, informiert uns Felix mit einem Hauch von Missbilligung. »Sie sagt, dass sie später zurückkommen wird.«

»Ich schätze, dann muss ich wohl ohne Babysitter zur Einführung gehen«, sage ich. »Seltsam, dass sie ihre Pflichten so vernachlässigt.«

»Das ist der Vampir«, sagt Felix, senkt seine Stimme und schaut sich um, so als ob Gaius hinter unserer Küchenzeile zuhören könnte. »Ich glaube nicht, dass er gut für sie ist.«

Ich schlucke eine Gabel voll Kichererbsen und Brokkoli hinunter, bevor ich frage: »Was ist eine Bluthure?«

Felix verschluckt sich an seinem Essen und beginnt so stark zu husten, dass ich für den Fall aufstehe, dass ich das Heimlich-Manöver durchführen muss.

Er scheint jedoch wieder zu Atem zu kommen, also gehe ich stattdessen zum Küchenschrank und hole ein paar Haferflocken und eine kleine Untertasse für Fluffster.

»Wo hast du diesen Begriff her?«, fragt Felix, als er endlich wieder sprechen kann.

»So hat Chester Ariel gestern Abend genannt.«

»Du hast Chester gesehen?« Die rechte Seite von Felix' durchgängiger Augenbraue fliegt wie eine Wippe in die Höhe. »Das hast du mir nicht gesagt.«

»Es war letzte Nacht«, sage ich. Was ich nicht hinzufüge, ist, dass Felix nie die komplette Abfolge der Ereignisse der vergangenen Nacht erfahren wird – nicht, wenn ich ihm in dieser Küche auch in Zukunft noch begegnen will. »Wir sind Chester kurz begegnet. Er hat gesagt, dass er nicht versucht hat, mich zu töten, und im weiteren Gespräch hat er Ariel so genannt.«

»Ich glaube nicht, dass Ariel … das ist.« Felix sticht ein paar Mal in das Gemüse auf seinem Teller, so als ob es wegkriechen könnte. »Es ist ein abfälliger Begriff für jemanden, der von Vampirblut abhängig ist. Diese Menschen sind normalerweise bereit, alles zu tun, um ihre Dosis zu bekommen – deshalb der Begriff …«

»Vampirblut macht süchtig?«, frage ich und erinnere mich an die unorthodoxe Bluttransfusion, die ich miterlebt habe, als Ariel bei der *The-Bodies-*Ausstellung verletzt wurde.

»Es hat sowohl heilende als auch schmerzstillende Eigenschaften und soll mit einigen der schlimmsten illegalen Drogen konkurrieren, wenn es um das High geht, was man bekommt.« Er wird knallrot. »Nicht, dass ich es aus Erfahrung wüsste.«

»Also könnte Ariel süchtig sein?«, frage ich und sehe ihn und Fluffster bestürzt an.

»Ich bezweifle es«, antwortet Fluffster mental. »Sie ist sehr stark.«

»Aber sie ist auch ein wenig angeschlagen«, sagt Felix und reibt sich die Stirn.

»Dann behalten wir sie besser im Auge.« Ich versuche, so viel Motivationsenergie wie möglich zu projizieren.

»Auf jeden Fall«, sagt Felix.

Fluffster hält in seinem Angriff auf die Haferflocken inne und nickt feierlich mit seinem pelzigen Kopf.

»Okay.« Ich spieße den Rest des Gemüses auf meine Gabel. »Ich muss los.«

Ich stopfe mir die Gabelladung in den Mund, nehme meinen leeren Teller und stelle ihn in die Spülmaschine, während ich hektisch kaue.

»Viel Spaß«, sagt Felix mit einer starken Dosis Sarkasmus. »Ich bin mir sicher, die Einführung wird der Wahnsinn.«

Immer noch kauend, winke ich zum Abschied und eile zum Kleiderschrank, wobei ich mich frage, ob ich die Waffe mitnehmen sollte.

Ich werde mit Teenagern zusammen sein, also besteht ein echtes Risiko, dass ich versucht sein könnte, jemanden zu erschießen – was ein gutes Argument gegen das Mitnehmen einer Waffe ist. Aber andererseits wird Ariel wütend auf mich sein, wenn ich sie nicht bei mir habe.

Ich zucke mit den Schultern, nehme die Tasche mit der Waffe und hänge sie mir um.

Bewaffnet und bereit, mache ich mich auf den Weg zur Einführung.

———

LAUT MEINEM TELEFON ist es 14.55 Uhr, als ich mich dem schmutzigen Raum nähere, in dem ich gestern Dr. Hekima getroffen habe.

Ich sehe auf meinem Handy einen Haufen Nachrichten von der Arbeit.

Brauchen sie mich noch einen Sonntag?

Ich beschließe, mit dem Überprüfen der Nachrichten bis nach dem Unterricht zu warten, schalte mein Telefon aus und überlege, ob ich in den Raum gehen sollte.

Sogar hier draußen im Flur gesellt sich zum Aroma von abgestandenem Kaffee und Schimmel der intensive Geruch von *Teen Spirit*. Das leise Summen vieler junger Stimmen, die auf einmal sprechen, ruft unangenehme Rückblenden aus der Highschool hervor.

Meine Herzfrequenz beschleunigt sich. Als ich langsam den Raum betrete, fühle ich mich, als würde ich in einem Western in einen Salon gehen.

Es wird still, und zwanzig böse Augenpaare starren mich mit sadistischer Faszination an.

KAPITEL 16

OKAY, vielleicht zeigt nur eine kleine Handvoll von Gesichtern ein leichtes Interesse für meine Existenz, und die Klasse schweigt wahrscheinlich, weil alle dachten, ich könnte Dr. Hekima sein – der leider noch nicht im Raum ist.

Der Ort sieht immer noch wie ein Treffpunkt für Selbsthilfegruppen aus, nur hat er jetzt auch die Atmosphäre einer Highschool-Cafeteria – mit all den Horrorszenarien, die das mit sich bringt.

Im Raum sitzen ungefähr zwanzig Teenager im Highschool-Alter, die sich so verteilt haben, dass sie wie dreißig Cliquen aussehen.

Ich laufe wie durch giftige Melasse und nehme mir einen Klappstuhl an der Wand.

Die meisten Kinder wirken ziemlich durchschnittlich. Eine Clique besteht jedoch aus vier Mädchen, die eher wie Schauspielerinnen aus einem

Teeniefilm aussehen – weitaus älter als ihr Alter und mit Kleidung, Haaren und Make-up, die ein Team von Stylisten und Friseuren erfordern sollten.

Ich nenne sie im Kopf *den Bienenstock*.

Ich umklammere meinen Stuhl, scanne meine Umgebung und versuche, zu entscheiden, wo ich sitzen soll. Wenn ich ein Teenager wäre, wäre das eine lebensbestimmende Entscheidung.

Glücklicherweise bin ich kein Teenager mehr, und die Entscheidung ist einfach.

Es gibt nur zwei freie Plätze, es sei denn, ich bin bereit, Teenager zu bitten, ihre Stühle zu verschieben, um Platz für mich zu schaffen – lieber würde ich eine Wurzelbehandlung bekommen.

Ich drehe mich zu dem kleinen Mädchen mit der Brille um.

»Ist sie hier richtig?«, fragt eine der vier Bienen mit gedämpfter, aber durchaus hörbarer Stimme, sobald mein Rücken zu ihnen gedreht ist.

»Ich frage mich, was sie ist«, sagt eine andere, die nicht einmal so tut, als würde sie flüstern. »Vielleicht ein Pre-Vampir?«

»Ich bezweifle es«, sagt eine weitere, noch frechere Biene. »Die sehen nie so altbacken aus.«

»Oh mein Gott«, flüstert noch eine von ihnen mit einer Stimme, die klingt, als hätte sie sechzig Jahre lang fünf Packungen am Tag geraucht. »Ist sie dabei, sich zu Psycho zu setzen?«

Ich klappe meinen Stuhl selbstbewusst neben dem

kleinen Mädchen auf, das sie Psycho genannt haben, und hänge meine Messenger Bag über meine Stuhllehne, weil ich denke, dass ich so weniger in Versuchung komme, ihren Inhalt zu verwenden.

Meine neue Nachbarin schaut nicht von ihrem Heft auf, in das sie etwas krakelt, als ob ihr Leben davon abhinge.

Das arme Mädchen.

Ich erkenne ihr Opferverhalten.

Ich war als Teenager ein Spätzünder, und das war schon scheiße, aber dieses Mädchen wird wahrscheinlich immer so klein bleiben und jung aussehen – ein Segen, wenn sie vierzig sein wird, aber heute ein Fluch für sie.

Nachdem er genug über mich gelästert hat, geht der Bienenstock zu einer Diskussion über meine neue Nachbarin über – zumindest nehme ich an, dass sie über sie sprechen. Von den nicht ganz geflüsterten Kommentaren, die ich höre, könnte man meinen, dass sie von einem Zombie mit Lepra sprechen anstatt von diesem süßen Mädchen. Ihnen zufolge ist die Hornbrille meiner Nachbarin eine abscheuliche Zumutung, ebenso wie ihre Kleidung, ihre Haltung, ihre Frisur, ihre Tasche und alles andere.

Natürlich denke ich, dass ihre Brille stylisch ist und sie wie eine sexy Bibliothekarin in der Ausbildung oder eine heiße Hipsterbraut aussehen lässt. Aber was weiß ich schon? Anscheinend sind meine schönen schwarzen Jeans und mein mit Leder besetztes, von Criss Angel inspiriertes Top »altbacken«.

Meine Nachbarin schaut von ihrem Heft auf und starrt mich mit so großen Augen an, dass sie kaum hinter ihre Brille passen. Man könnte meinen, ich hätte gerade diese »Sasha erscheint«-Illusion gemacht, die ich schon immer im Fernsehen vorführen wollte.

»Hi«, sage ich so freundlich, wie ich nur kann. »Ich hoffe, es macht dir nichts aus, dass ich mich neben dich gesetzt habe.«

»Das ist ein freies Land.« Das Mädchen lächelt schüchtern und zeigt dabei eine Zahnspange und die schönsten Grübchen, die ich je gesehen habe.

»Ich bin Sasha«, sage ich, und kämpfe gegen den Drang an, in diese bezaubernde Wange zu kneifen, während ich meine Hand ausstrecke.

»Maya.« Sie gibt meiner Hand den schlaffsten Händedruck, den ich je bekommen habe.

Aus der Richtung des Bienenstocks höre ich ein Kichern, aber ich ignoriere es. So laut ich kann, sage ich: »Es ist sehr schön, dich kennenzulernen, Maya.«

Sie errötet und fährt mit dem fort, was sie in ihrem Notizbuch gemacht hat.

Der Mentalist in mir kann nicht anders, als einen Blick darauf zu werfen.

Sie arbeitet an einer Zeichnung – einer unheimlich genauen Karikatur des hübschesten der vier nervigen Mädchen. Wir müssen das Gleiche denken, denn sie hat ihrer Zielperson den Körper einer molligen Biene mit einer Krone auf dem Kopf gegeben.

Die makellose, kecke Nase der Biene sieht in der Karikatur eher wie eine Schweineschnauze aus, und das restliche Zickengesicht ist ausgeprägter als im wirklichen Leben. Doch das wallende gesunde Haar, der verstimmte Schmollmund auf den perfekt vollen Lippen und das spitze Kinn lassen keinen Zweifel daran, wer es ist. Während ich zuschaue, schreibt Maya »Roxy« unter die Karikatur, blättert die Seite um und beginnt, ein weiteres Mitglied der Clique zu zeichnen.

»Ma'am«, sagt Roxy übertrieben laut, und ihre drei Untergebenen kichern über ihren Witz. »Madam?«

Ich fühle mich wie eine Hundertjährige und ignoriere die Aufforderung demonstrativ.

»Entschuldigung«, sagt Roxy lauter und starrt mich direkt an, bis ich nicht mehr so tun kann, als würde sie jemand anderen anschreien.

»Oh.« Ich ziehe meine Augenbrauen hoch. »Du hast mit mir gesprochen?«

»Psycho hat Chlamydien«, sagt sie zur Freude ihrer Freundinnen. »Ich habe gelesen, dass man auch Chlamydien bekommen kann, wenn man lesbischen Sex hat.«

Alle Kinder außer Maya lachen, obwohl einige es auch vortäuschen könnten, so wie die Leute in der Geschäftswelt über die dummen Witze ihres Chefs kichern.

»Wow, das ist sehr hilfreich«, sage ich, und meine Stimme tropft vor einem Sarkasmus, den ich bei den Zwischenrufern geübt habe, die es manchmal gewagt haben, meine magischen Vorführungen zu stören. »Und obwohl du eine Expertin zu sein scheinst, werde ich dir noch einige weitere nützliche Hinweise geben.« Ich schaue auf ihre Freundin rechts von ihr. »Man kann auf die gleiche Weise auch leicht eine bakterielle Vaginose bekommen.« Ich schaue auf ihren linken Lakaien. »Auch das menschliche Papillomavirus. Ganz zu schweigen von Trichomoniasis.« Ich schaue ihre dritte Zofe an, bevor ich Roxys brodelnden Blick ruhig erwidere. »Auch zu beachten ist, dass ein Genitalherpes, selbst wenn man die Blasen nicht hat, immer noch ansteckend ist …«

Ich höre auf zu reden, weil ich Dr. Hekima sehe, der in der offenen Tür steht, wobei die graue Augenbraue bis zur Mitte seiner Stirn hochgezogen ist.

Roxy sieht so vergnügt wie der Grinch aus, was mir sagt, dass Dr. Hekima mindestens eine der aufgezählten Geschlechtskrankheiten gehört haben muss.

»Das *sind* nützliche Informationen«, sagt Dr. Hekima mit einem todernsten Gesichtsausdruck zu der Klasse. »Menschliche Krankheiten können auch die meisten Cogniti treffen, also solltet ihr immer auf euch aufpassen.«

Roxy verschluckt sich an ihrer Enttäuschung und flüstert ihrer Clique etwas für alle anderen Unhörbares zu.

»Roxy«, sagt Dr. Hekima mit einem leicht bedrohlichen Unterton. »Bitte heb dir deine Fragen für das Ende des Unterrichts auf.«

Zu meinem Schrecken setzt sich Roxy eine

gehorsame Maske auf und nickt zustimmend mit dem Kopf. Dr. Hekimas Cogniti-Supermacht muss es sein, Angst in dem zu verbreiten, was auch immer als Herz in der üppigen Brust von Wesen wie Roxy durchgeht.

In Totenstille geht er auf die Stuhlreihe zu, nimmt sich einen Stuhl und klappt ihn vor der Klasse auf.

Mit einem kleinen Stirnrunzeln schaut er in meine Richtung.

Der Bienenstock folgt eifrig seinem Blick.

»Maya?«, sagt Dr. Hekima.

Meine Nachbarin schreckt hoch.

Sie war so in der Zeichnung vertieft gewesen, dass sie die Ankunft unseres Lehrers nicht bemerkt hatte.

»Bitte leg das Heft neben meine Füße«, sagt er ihr. »Du kannst es nach dem Unterricht abholen.«

Maya drückt das Notizbuch an ihre Brust, springt auf und geht zu Dr. Hekima.

Sie beugt sich vor und legt es auf den Boden, als sei es aus Glas.

»Als erste Amtshandlung«, sagt Dr. Hekima, als Maya wieder auf ihrem Platz ist, »möchte ich, dass ihr eine neue Schülerin, Sasha Urban, willkommen heißt.«

Alle sehen mich mit unterschiedlich starkem Desinteresse an, und ich lächele und winke wie eine Teilnehmerin bei einem Schönheitswettbewerb.

»Gut.« Dr. Hekima verschränkt seine Arme vor seiner Brust. »Wir werden heute über die Vererbung sprechen. Als Erstes werde ich euch nacheinander aufrufen, und ihr sagt mir dann, was für eine Art

Cogniti ihr seid, also wie ihr es gerne nennt, welche ›Macht‹ ihr habt.«

Alle außer Maya sehen begeistert aus.

»Roxy«, sagt Dr. Hekima. »Warum fängst du nicht an?«

Roxy steht anmutig auf und streckt stolz ihr Kinn in die Höhe. »Ich bin eine Werwölfin.« Sie schaut nach rechts, und Lakai eins sitzt gerader, als sie sagt: »Maddie auch.« Dann schaut sie nach links. »Ashley auch.«

Lakai zwei – alias Ashley – richtet ihre Schultern.

»Und natürlich ist Tiffany ebenfalls eine Werwölfin«, schließt Roxy, während Lakai drei so strahlt, als hätte sie gerade eine Medaille gewonnen.

Also *ist* Roxy keine Bienenkönigin. Sie ist eine echte Bitch-Queen, wenn man den korrekten englischen Begriff für eine Hündin benutzt.

»Sasha«, sagt Dr. Hekima und holt mich aus meiner spontanen Namensfindung heraus. »Warum bist du nicht die Nächste?«

Ich stehe zögernd auf. »Ich bin eine Seherin.«

Alle außer Dr. Hekima sehen so aus, als hätte ich gerade behauptet, der Weihnachtsmann zu sein.

»Maya«, sagt Dr. Hekima. »Kannst du als Nächste?«

Der Bienenstock, besser gesagt das Bitch-Rudel, kichert aus irgendeinem Grund.

»Psychometrie«, sagt Maya so leise, dass ich bezweifle, dass es jemand außer mir gehört hat.

»Psycho-was?«, fragt Roxy gespielt unschuldig. »Ich konnte dich nicht hören.«

»Sie sagte ›Psychometrie‹.« Dr. Hekima blickt Roxy streng an. »Eine Fähigkeit, Fakten über ein Ereignis oder eine Person zu entdecken, indem man unbelebte Objekte berührt, die mit ihnen verbunden sind.«

»Das ist wirklich beeindruckend«, flüstere ich Maya zu, als sie sich wieder hinsetzt. »Ich habe diese Fähigkeit während einiger meiner Restaurantauftritte vorgetäuscht.« Als Maya mich verwirrt ansieht, füge ich hinzu: »Ich bin oder war ein Illusionistin.«

Als ich aufschaue, sehe ich, dass Dr. Hekima mich warnend anblickt. Als mir klar wird, dass ich während des Unterrichts gesprochen habe – und einige nützliche und interessante Informationen über meine Klassenkameraden verpassen könnte –, halte ich den Mund und höre zu.

Es gibt ein paar Pre-Vampire im Raum, ein paar Arten von Hexen und Hexenmeistern, ein Mädchen mit telepathischen Kräften, einen Jungen, der Menschen dazu bringen kann, das zu tun, was er möchte, einen Bruder und eine Schwester, die behaupten, Elfen zu sein, aber nicht so aussehen wie die, die ich im Klub gesehen habe, einen großen Jungen, der telekinetische Kräfte hat, und ein paar Jugendliche, die Glück manipulieren können, genau wie Chester.

Während ich zuhöre, mache ich mir Sorgen um etwas viel Weltlicheres, anstatt von noch mehr unmöglichen Wesen und Fähigkeiten beeindruckt zu sein. Meine Idee, im Earth Club aufzutreten, scheint mehr und mehr ein Reinfall zu sein. Ich könnte ihnen

Wunder zeigen, aber die Cogniti würden nur mit den Achseln zucken und sagen: »Also liest du seine Gedanken und verbiegst diese Gabel mit der Kraft deines Willens. Na und? Ein Kind kann das machen.«

»Habt ihr bemerkt, dass ihr alle nur eine einzige Macht erwähnt habt?« Dr. Hekima schlägt die Beine übereinander. »Nur um sicherzugehen: Hebt die Hand, wenn ihr mehr als eine Fähigkeit habt.«

Niemand tut es.

»Jetzt hebt die Hand, wenn eure Eltern verschiedene Arten von Cogniti sind«, sagt er.

Ein paar Hände – einschließlich Roxys – gehen nach oben.

Ich frage mich, was ihr Nicht-Werwolf-Elternteil ist. Vielleicht eine Hyäne oder die entfesselte Krake?

»Das ist kein Zufall.« Dr. Hekima legt seine Fingerspitzen aneinander. »Mehrere Kräfte sind äußerst selten, auch wenn sie vorkommen können.«

Ich schaue mich im Raum um. Die meisten Jugendlichen scheinen von diesem Thema genauso fasziniert zu sein wie ich.

»Kennt jemand Beispiele aus der Geschichte?«, fragt Dr. Hekima, und sein Blick gleitet von Schüler zu Schüler.

Ein Mitglied des B-Rudels hebt seine Hand.

»Ja, Maddie?« Dr. Hekima nickt in Richtung des besagten Lakaien.

Maddie steht auf und räuspert sich, so als ob sie sich darauf vorbereiten würde, eine Schachtel

Zigaretten auszuspucken. »Loki konnte hexen wie ein Hexenmeister, und er war auch ein Trickser.«

Dr. Hekima zieht seine Augenbrauen in die Höhe.

»Ich meine, ein Wahrscheinlichkeitsmanipulator«, korrigiert sie schnell und blickt auf einen der Möchtegern-Chesters.

»Sehr gut«, sagt Dr. Hekima. »Sonst noch jemand?«

»Lilith«, sagt Roxy, ohne ihre Hand zu heben. »Sie war ein Trickser wie Loki, aber auch ein Vampir.«

Okay, es ist amtlich.

Es hat mich doch wieder umgehauen.

Loki? Lilith? Die, aus der Mythologie? Sie waren Cogniti?

»Roxy, bitte hebe deine Hand und benutze die korrekten Bezeichnungen«, sagt Dr. Hekima, sein Kiefer spannt sich kurz an. Er wendet sich von ihr ab und schaut in die Klasse. »Ich bin froh, dass Roxy Lilith erwähnt hat, eine weitere Wahrscheinlichkeitsmanipulatorin. Sie sind ein Sonderfall. Wenn die Kräfte eines Elternteils, die Wahrscheinlichkeit zu manipulieren, stark sind und er oder sie sich Nachkommen mit doppelten Kräften wünscht, steigen die Chancen dafür – was in der Natur der Wahrscheinlichkeitsmanipulation liegt.«

Roxy sieht aus, als hätte sie auf eine Zitrone gebissen. Es ist offensichtlich, dass sie darauf brennt, wieder zu sprechen, ohne die Hand zu heben.

Dr. Hekima wirft ihr vorsorglich einen bösen Blick zu, und sie hält den Mund.

»Die Fähigkeit, die Vererbung zu beeinflussen, ist

auch der Grund dafür, warum Wahrscheinlichkeits-manipulation die am weitesten verbreitete Macht ist«, fährt er fort. »Allerdings gibt es auch einige wenige Beispiele für Doppelmächte ohne Wahrscheinlichkeits-manipulation. Zum Beispiel war Thoth ein Seher, eine Seltenheit an sich«, er blickt mich an, »aber er war auch ein Gestaltwandler.«

Die Kinder murmeln ehrfürchtig, während ich mich wegen dieses ganzen neuen Wissens über die Cogniti dabei erwische, wie ich meinen Mund weit geöffnet habe und fast sabbere.

»Also, für das, was als Nächstes kommt, werde ich den einfacheren Fall, den einer einzelnen Macht besprechen«, sagt Dr. Hekima. »Ihr solltet aber wissen, dass man mehrere haben kann. Außerdem will ich euch auf die Tatsache hinweisen, dass Nachkommen aus Verbindungen zwischen uns und den Menschen zwar selten sind, aber dennoch vorkommen – und manchmal sogar Cogniti daraus entspringen.«

Roxy und der Rest des B-Rudels schauen demonstrativ Maya an, während ich mich daran erinnere, wie traurig Lucretia war, als wir darüber gesprochen haben, dass sie keine haben konnte.

Die Verbindung zwischen ihr und ihrem menschlichen Geliebten war eindeutig keine derjenigen, die das Glück hat.

»Deshalb«, so Dr. Hekima weiter, »bin ich überzeugt davon, dass uns nur wenige Gene vom Menschen unterscheiden. Diese Gene müssen die Essenz dessen sein, was uns zu Cogniti macht. Unsere

Fähigkeiten sind also buchstäblich in unsere DNA kodiert.«

Er hält einen Moment für einen dramatischen Effekt inne, aber nur ich scheine von seiner Aussage überwältigt zu sein.

Wenn er recht hat, könnte jemand die genetischen Kombinationen herausfinden, die bestimmte Kräfte verleihen, und dann Gen-Splitting-Technologien wie CRISPR nutzen, um Götter zu erschaffen.

»Natürlich ist die Erforschung dieses Aspekts der DNA von allen Räten weltweit verboten«, sagt Dr. Hekima, als ob er meine Gedanken lesen könnte, und hey, vielleicht ist das ja auch der Fall.

»Der New Yorker Rat hat jedoch beschlossen, dass ich euch alles darüber beibringen soll, wie Vererbung funktioniert, also wird der Rest des heutigen Vortrags ein Crashkurs in Genetik sein und wie sie auf Gene hinter der Macht zutrifft.«

Als Einzige in der Gruppe mit einem Uni-Abschluss bin ich sehr enttäuscht, als Dr. Hekima anfängt, über die mendelsche Genetik zu sprechen, nur um zu dem Schluss zu kommen, dass sie nicht verwendet werden kann, um die Fähigkeiten der Cogniti vorherzusagen.

Er beginnt dann mit der DNA-Struktur und -Replikation, der Proteincodierung und -faltung, und als er dazu kommt, wie sich Cogniti-Gene ausbreiten könnten, bin ich zu Tode gelangweilt. Seine Erklärung unterscheidet sich nicht allzu sehr von der Art und Weise, wie andere, weniger wundersame Eigenschaften weitergegeben werden – ein Thema, das ich erst vor kurzem sehr erfolgreich an der Columbia University durchgenommen habe.

»Gibt es irgendwelche Fragen?«, will Dr. Hekima gegen Ende des Unterrichts wissen und schaut auf seine Uhr.

Alle schauen nach unten, aber ich hebe meine Hand.

Er nickt mir widerwillig zu. Ich habe das Gefühl, dass er es nicht gewohnt ist, dass jemand tatsächlich sein Angebot, Fragen zu stellen, aufgreift.

»Wie ist der menschliche Glaube mit dieser DNA-Machttheorie verbunden?«, frage ich, und versuche, nicht übereifrig zu klingen, woran ich wahrscheinlich scheitere. »Mir wurde gesagt, dass die Cogniti der Vergangenheit stärker wurden, wenn sie Gläubige hatten.«

Er reibt sich die Stirn. »Niemand ist sich sicher, wie diese Energie übertragen wird – oder ob überhaupt wirklich Energie übertragen wird. Im Kontext der DNA werden die neuen Machtinformationen wahrscheinlich über die Epigenetik gesteuert. Weißt du, was das ist?«, fragt er, und ein kleines Lächeln zeigt sich in seinen Augenwinkeln beim Anblick der verblüfften Teenager, die von ihm zu mir und zurück schauen.

»Das ist, wenn etwas in der Umwelt unsere Gene beeinflusst«, antworte ich. »Eine Möglichkeit, wie es funktioniert, ist die DNA-Methylierung. Das Beispiel, das sie uns an der Columbia gaben, war das der Agouti-Mäuse. Identische Zwillingsmäuse mit diesem Gen können orange und fettleibig oder braun und schlank sein, je nachdem, wie viel Folsäure die Muttermaus gefressen hat, als sie schwanger war.«

»Genau richtig.« Er lächelt mich an und schaut nicht auf seine Uhr – obwohl mir etwas sagt, dass er das gerade tun wollte.

Ich hebe meine Hand noch einmal, und er nickt.

»Was ist mit Kreaturen wie Orks oder flüchtigeren Wesen wie den Domovoi, die die meiste Zeit entweder als Geister oder als Haustier verbringen?«, rattere ich heraus. »Kann diese Art von Komplexität in der DNA kodiert werden?«

»Ich denke, es ist einfach, so etwas wie *Ork* in die DNA zu kodieren, aber was du fragst, ist mehr die Frage nach dem Wie. Konkret: Wie manifestiert sich unsere Macht?« Er sieht mich an, und ich nicke so heftig, dass mein Nacken schmerzt.

»Die Manifestation der Macht ist ein recht unklarer Aspekt unserer Natur. Alle Cogniti sehen anfangs so menschlich aus wie jeder in diesem Raum, aber irgendwann in ihrer Entwicklung werden Orks zu Orks, und einige andere Untertypen von Cogniti verlieren ihre Körperlichkeit komplett oder durchlaufen noch mehr wundersame Transformationen. Meine Theorie ist, dass Orks am meisten mit der Wolfsform der Werwölfe gemein haben – nur ohne die Möglichkeit, ihre Erscheinung zu ändern – aber es ist im Moment nur eine Theorie. Mehr Forschung ist notwendig, um …«

»Was, wenn menschliche Wissenschaftler auf die Gene stoßen, die die Cogniti zu dem machen, was wir sind?«, unterbreche ich ihn, weil ich begierig darauf bin, ihm so viele Fragen wie möglich zu stellen, während er Antworten gibt.

Diesmal schaut er auf seine Uhr. »Die Vollstrecker haben ihre Tentakel in allen großen Labors«, sagt er schnell. »Nicht nur, um die extrem unwahrscheinliche Möglichkeit zu verhindern, die du beschrieben hast, sondern auch, um Wissenschaftler daran zu hindern, einen Super-Virus zu entwickeln, der uns auslöschen kann.«

»Aber die Genforschung wird von Tag zu Tag billiger«, sage ich, diesmal ohne meine Hand zu heben. »Ist es nicht eine Frage der Zeit, bis ein Kind in einem Heimlabor unsere Gene entdeckt?«

»Ich würde mir immer noch mehr Sorgen um dieses hypothetische Kind machen, das eine Plage erzeugt, die sowohl uns als auch die menschliche Rasse auslöscht«, sagt Dr. Hekima, blickt erneut auf seine Uhr und runzelt die Stirn.

»Ich fürchte, wir haben heute keine Zeit für weitere Fragen, aber etwas, das ihr bedenken solltet, ist, dass dies nur ein Einführungskurs ist. Wenn ihr eine Leidenschaft für Wissen habt, könnt ihr euch für den Besuch der Akademie qualifizieren – etwas, worüber ihr auf jeden Fall mit euren Mentoren reden solltet.«

Toll.

Ich bin sicher, Nero wäre begeistert von der Idee, dass sein Goldesel so etwas besucht, was sich wie Hogwarts anhört.

Dr. Hekima steht auf, stellt seinen Stuhl weg und geht zur Tür.

Maya springt auf die Füße und eilt zu ihrem Heft.

Mit einer Geschwindigkeit, die ich nicht für möglich gehalten hätte, schlägt Roxy Maya vor dem Ziel und schnappt sich das Notizbuch mit ihren perfekt gepflegten Pfoten.

Dann öffnet sie das Buch und runzelt die Stirn.

Maya erstarrt an Ort und Stelle und starrt auf den sich schnell verdunkelnden Ausdruck der Bitch-Queen.

Ganz offensichtlich schätzt sie die Karikaturen nicht als die Kunstform, die sie sind.

»Du bist sowas von tot«, presst Roxy durch zusammengebissene Zähne, und ihre Augen bekommen das gelbe Leuchten, das ich mit Raubtieren in einem dunklen Wald assoziiere.

Maddie, Ashley und Tiffany beginnen, Maya zu flankieren wie ein Rudel Wölfe – was sie ja auch sind.

Ich springe auf, werfe meine Tasche über meine Schulter und stelle mich zwischen Ashley und Maya.

Maya benutzt die Öffnung, die ich geschaffen habe, um zur Tür zu rasen.

Das B-Rudel läuft Maya hinterher.

Ich folge ihnen.

Maya nimmt die Treppe anstelle des Aufzugs, und der Bienenstock – oder das Wolfsrudel oder was auch immer – nimmt denselben Weg.

Auf eine Eingebung hin rufe ich den Aufzug herbei, weil ich mir denke, dass ich immer noch die

Treppe nehmen könnte, wenn der Aufzug nicht sofort kommt.

Der Aufzug muss schon in diesem Stockwerk gewesen sein, denn die Türen öffnen sich sofort.

Ich nehme ihn bis nach unten.

Als sich der Aufzug öffnet, sehe ich, wie die ganze Gruppe das Gebäude verlässt. Maya ist zwar immer noch an der Spitze, aber das B-Rudel holt auf.

Ich eile zur Tür und sehe, wie Maddie die Treppe zur U-Bahn hinunter verschwindet.

Ich folge ihr.

Als ich die halbe Treppe hinuntergegangen bin, sehe ich vier Blitze von unten – so als ob jemand mit einer höllischen Kamera Fotos gemacht hätte.

Dann ertönt ein hohes Kreischen, gefolgt von animalischem Knurren.

Mist.

Als Roxy Maya sagte, dass sie tot sei, dachte ich, sie würde sich auf eine Art Catfight beziehen – oder Wolfskampf oder was auch immer. Bei diesen Geräuschen frage ich mich jedoch, ob die B-Queen es wörtlich gemeint hat.

Gänsehaut bildet sich an meinen Armen, als mehr kehliges Knurren von unten ertönt.

Ich darf nicht an meine jüngste Begegnung mit einem großen Hund denken.

Ich darf gar nicht an Hunde – oder Wölfe – denken.

Mit zitternden Händen greife ich in die Kuriertasche und ziehe den riesigen Magnum-Revolver heraus.

Die Angst verleitet mich dazu, die Waffe beim Hinuntergehen abzufeuern, aber ich sollte heute wahrscheinlich besser keinen jugendlichen Cogniti töten.

»Kommt schon, Tagesvisionen«, murmele ich vor mir hin. »Jetzt wäre ein guter Zeitpunkt dafür, dass ihr euch zeigt.«

Die Tagesvisionen gehorchen nicht.

In der Hoffnung, dass ich das im Jenseits nicht bereue, nehme ich die Kugeln aus meiner Waffe und stecke alle bis auf eine in meine Tasche, da ein verrückter Plan in meinem Kopf herumgeistert, während ich die Treppe hinuntergehe.

Als ich halb unten bin, stolpere ich über die Designer-Kleidung des B-Rudels. Sie ist überall auf der Treppe verstreut, wie der feuchte Traum eines Sexraubtieres.

Atme, erinnere ich mich, als ich über einen Stapel Schuhe springe. Wenn Hunde Angst riechen können, können es auch Werwölfe in Wolfsform.

Leider steigt meine kürzlich verstärkte Angst vor großen Eckzähnen mit jedem neuen Knurren weiter.

Meine Handflächen schwitzen am Griff der Waffe, also umfasse ich sie fester – mein Plan beruht darauf, eine Waffe in der Hand zu haben.

Als ich die unterste Treppe erreiche, sehe ich sie endlich.

Die Station ist leer, abgesehen von der versteinerten Maya und den vier riesigen, zotteligen

Bestien, die wie eine Kreuzung zwischen einem Wolf und einem Esel aussehen.

Die Eselswölfe umschließen Maya in einem immer enger werdenden Kreis.

Das größte Exemplar des Rudels wackelt mit den Ohren und dreht sich dann zu mir um.

Unsere Augen treffen sich, und ihre Schnauze scheint sich in ein böses Grinsen zu verwandeln.

Ohne warnend zu knurren, greifen mich die B-Rudel-Bestien an.

KAPITEL 17

ICH HEBE meine Waffe und projiziere eine Unerschrockenheit, die ich nicht fühle. »Ich würde das nicht tun, wenn ich an eurer Stelle wäre.«

Sie halten so plötzlich inne, dass ihre Krallen Spuren im Beton hinterlassen.

Die größere Wölfin heult und zeigt mir ihre Zähne.

»Das ist eine .44er Magnum«, sage ich in meiner besten Clint-Eastwood-Imitation. »Die wird eure Köpfe sauber wegblasen. Sie werden euch in einem geschlossenen Sarg beerdigen müssen.« Ich habe keine Ahnung, ob das, was ich gesagt habe, sachlich richtig ist, aber es klingt kaltblütig, was das Ziel war.

Die kleinste Kreatur wimmert.

Mein Plan funktioniert.

»Jetzt«, ich zeige ihnen die einzige Kugel in meiner Hand, »werden wir ein kleines Spiel spielen.«

Bevor sie reagieren können, fahre ich mit dem riskantesten Teil des Plans fort.

Ich schiebe die Trommel heraus und zeige ihnen, dass sie leer ist.

Wenn sie eine Spezialeinheit der Polizei wären, hätten sie mich sofort angegriffen, aber sie scheinen von meinem irrationalen Verhalten verblüfft zu sein und bleiben still stehen.

Mit einem Schwung stecke ich die Kugel in die Trommel, drücke sie wieder hinein und gebe ihr eine toll klingende Drehung.

»Dieses Spiel heißt russisches Roulette«, sage ich zu meinem faszinierten Publikum.

Die großen Hunde treten einen Schritt zurück, und die Schwänze von allen bis auf den größten wedeln unsicher.

Dieser nächste Teil meines Plans ist ein weiterer Moment, den sie zu ihren Gunsten ausnutzen könnten, also bringe ich ihn so schnell wie möglich hinter mich.

Ich richte die Waffe auf meine eigene Schläfe, und bevor jemand knurren kann, drücke ich demonstrativ den Abzug.

Mein Kopf explodiert nicht.

Stattdessen macht die Pistole dieses Klicken eines leeren Magazins.

»Ihr seid dran«, sage ich.

Ohne ihnen die Möglichkeit zu geben, zu reagieren, richte ich die Waffe auf die größte Wölfin und drücke den Abzug erneut.

Auch ihr Kopf explodiert nicht, aber das panische Quieken des Tieres klingt sehr menschenähnlich. Die Kreatur steckt ihren Schwanz zwischen ihre Beine und gibt ein paar Laute von sich, die wie ein Wolf klingen, der versucht, Englisch zu sprechen.

Ich drehe die Trommel erneut vor ihren Augen. »Was? Du willst noch einmal?«

Bevor die Wölfin antworten kann, vorausgesetzt, sie kann antworten, drücke ich den Auslöser, und die Waffe macht wieder klickediklick.

Ich werde von einem Energieblitz geblendet, der von dem größten Wolf ausgeht.

Wenn sie mich jetzt angreifen, ist es vorbei.

Als meine Sicht zurückkehrt, sehe ich jedoch nur eine nackte Roxy auf allen vieren, und Maya, die wegen des nicht jugendfreien Anblicks mit riesigen Augen hinter ihr steht.

»Du bist total verrückt!« Roxy springt auf die Füße, wobei andere Teile ihrer Anatomie hüpfen.

Sie ist beeindruckend unbefangen mit ihrem Körper. Andererseits muss sie daran gewöhnt sein, sich in diesem Zustand zu wandeln – ganz zu schweigen davon, dass sie die schlanke Muskulatur eines Fitnessmodels hat.

Ich drehe die Trommel noch einmal, richte die Waffe auf ihre menschliche Stirn und drücke ab.

Die Waffe klickt noch einmal wirkungslos.

»Bitte hör auf.« Ist das eine Träne in Roxys Auge? »Du musst uns gehen lassen.«

»In Ordnung. Dann verlierst du das Spiel. Und jetzt geht.« Ich drehe die Trommel noch einmal und trete zur Seite, während ich die Waffe auf sie richte und so tue, als könnte ich eine weitere Runde spielen wollen.

Die nackte Roxy und ihre noch pelzigen Freundinnen rasen verzweifelt zum Treppenhaus und sammeln ihre Klamotten mit Händen, Pfoten und Zähnen ein.

Sie bewegen sich – besonders die in Wolfsgestalt – so schnell, dass ich staune, dass mein idiotischer Plan überhaupt funktioniert hat.

»Geht es dir gut?«, frage ich Maya nach den wenigen Augenblicken, die es dauert, bis die Werwölfe verschwunden sind.

»Ich-ich denke schon.« Maya beugt sich nach unten, und ich bemerke, dass ihre Brille zerbrochen am Boden liegt. Sie zittert so stark, dass ich mich frage, ob sie genauso Angst vor mir hat wie vor ihren Angreifern.

Ich stecke die Waffe wieder in meine Tasche und sage beruhigend: »Gut. Wo wohnst du?«

»Downtown Manhattan«, sagt sie etwas ruhiger und rattert eine Adresse heraus.

»Wir sind quasi Nachbarn«, sage ich mit einem beruhigenden Lächeln. »Lass uns zusammen nach Hause fahren, um sicherzustellen, dass es keine weiteren unangenehmen Überraschungen gibt.«

Sie nickt mit dem Kopf und steckt die Reste der Brille in ihre Tasche, während wir zu den Drehkreuzen gehen.

Ich ziehe meine MetroCard heraus und bezahle für uns beide.

»Danke«, sagt sie, als wir am Bahnsteig ankommen.

»Ich dachte schon, dass sie mich diesmal wirklich zerfleischen würden.«

»Würden sie keinen Ärger bekommen? Und wenn du stirbst, würden sie sich nicht vor dem Rat verantworten müssen?«

Maya zuckt mit den Schultern. »Roxy ist verrückt.«

»Das stimmt.«

»Aber du bist noch verrückter.« Maya schaut mich mit großen Augen an. »Du hättest dich selbst erschießen können.«

»Das hast du wirklich gedacht?« Ich kann mein aufgeregtes Grinsen nicht unterdrücken. »Würdest du schwören, dass du gesehen hast, wie die Kugel in die Waffe ging?«

»Ja«, sagt sie und schaut mich verwirrt an. »Die Kugel ist in der Waffe gelandet. Ich bin auch ohne meine Brille nicht blind, solltest du wissen.«

Ich schaue mich im leeren Bahnhof um und flüstere konspirativ: »Ich werde dir ein Geheimnis verraten, aber du musst schwören, dass du es keiner Seele verraten wirst.«

Sie nickt, und ihr Blick wird wieder ängstlich. Sie muss denken, dass ich unzurechnungsfähig bin.

»Ich habe nur so getan, als würde ich die Kugel in die Waffe stecken.« Ich zeige ihr die Kugel, die ich noch in der Hand halte.

Sie blinzelt sie verständnislos an.

Ich lasse die Kugel einige Male auf verschiedene Weisen verschwinden und zeige ihr jedes Mal meine unerwartet leere Hand.

»Wie?« Sie reibt sich die Augen.

»Wie ich dir bereits im Unterricht gesagt habe, bin ich eine Illusionistin«, sage ich. »Zumindest war ich das bis vor kurzem.«

»Ich dachte, du wärst eine Seherin«, sagt sie. »Du hast doppelte Kräfte? Wie Loki und Lilith?«

»Ich bin eine Taschenspielerin«, erkläre ich ihr. »Willst du mir sagen, dass es einen echten Cogniti-Typen namens ›Illusionist‹ gibt?«

»Klar«, sagt sie. »Sie können dich alles erleben lassen, was sie wollen. Fühlt sich so ähnlich an, wie auf einem Trip zu sein.«

Ich reibe mir die Stirn und frage mich, wie ich mich nennen müsste, wenn ich jemals eine Karriere als Illusionist für die Cogniti anstreben würde.

Andererseits würde ich angesichts der Existenz dieser echten Illusionisten sowieso niemanden beeindrucken.

Ein Zug taucht in der Ferne auf, also schweigen wir, bis er anhält und die Türen sich öffnen.

Der Wagen ist leer, und wir haben die freie Auswahl der Sitze. Langsam beginne ich, Sonntagnachmittage in den Boroughs zu lieben.

»Was wäre, wenn jemand die Station betreten hätte, als sie in Wolfsform waren?«, frage ich Maya, als wir uns setzen. »Würden sie nicht das Mandat brechen, indem sie in dieser Form sind?«

»Wie ich schon gesagt habe, Roxy ist total durchgeknallt.« Maya klingt jetzt viel selbstbewusster. »Aber ich schätze, sie hätten vorgeben können, sibirische Huskys zu sein oder so.«

Ich verdrehe die Augen. »Sicher, das ist glaubhaft. Niemand würde den Kleiderhaufen in Frage stellen, oder dass sie eher wie Tschernobyl-Mutanten als sibirische Huskys aussahen.«

Maya lacht auf. »Sie werden es sich definitiv zweimal überlegen, bevor sie sich wieder mit dir anlegen.«

»Hey. Ich werde lieber gefürchtet als geliebt«, sage ich in meinem machiavellistischsten Tonfall.

Mayas Lachen ist genauso süß wie der Rest von ihr, aber das erwähne ich nicht. Ich spüre, dass sie über Komplimente verärgert sein könnte, die ihre zierliche Statur hervorheben.

»Also, wie ist deine Geschichte?«, fragt sie und lächelt immer noch. »Wie kommt es, dass du in … ähm … deinem Alter bei der Einführung bist?«

»Bist du auch kurz davor, mich Ma'am zu nennen?«, frage ich mit gespieltem Entsetzen.

»Ich wollte nicht …«

»Ich habe nur einen Scherz gemacht«, sage ich und lächele. »Ich habe erst kürzlich erfahren, dass ich zu den Cogniti gehöre.«

»Wirklich?« Maya sieht ernsthaft fasziniert aus. »Wie konntest du das nicht wissen?«

Ich erzähle ihr die Kurzfassung meiner Geschichte, also wie ich in jungen Jahren adoptiert wurde und wie das Fernsehen meine Kräfte vervielfacht hat und ich fast dafür vom Rat hingerichtet worden wäre.

»Also hast du keine Ahnung, wer deine biologischen Eltern sind?« Mayas Augen sind voller Empathie, die mich berührt.

»Nein. Aber ich versuche, es herauszufinden«, sage ich und erzähle ihr dann, dass Fluffster meine Eltern gekannt haben könnte, aber sich wegen seiner Amnesie nicht daran erinnert, wer sie waren.

»Vielleicht kann ich helfen?« Maya schaut mich schüchtern an. »Mit deinem Haustier, meine ich.«

»Das wäre toll.« Ich betrachte ihre winzige Gestalt mit unverschämter Neugierde von oben bis unten. »Wie?«

»Nun«, sagt sie, und ihr Selbstvertrauen verflüchtigt sich schnell. »Ich habe noch nie einen Domovoi getroffen, aber ich kann normalerweise meine Kraft dazu nutzen, um herauszufinden, wem etwas oder jemand gehört.«

»Das ist eine interessante Idee.« Ich kratze mich am Kopf. »Das ist lustig. Obwohl ich während meiner Auftritte so getan habe, als hätte ich deine Macht, bin ich es noch nicht gewohnt, sie als echt zu betrachten.«

»Wie kannst du so tun, als würdest du das tun, was ich tue?«, fragt sie, und ihre Augen weiten sich wieder.

»Es ist ein klassischer Effekt im Mentalismus und wird gewöhnlich als Pseudopsychometrie bezeichnet. Ich kann dir eine Demonstration zeigen, aber ich brauche zuerst eine Gruppe von Leuten«, sage ich. »Musst du direkt nach Hause gehen oder kannst du davor bei mir vorbeikommen und dein Ding mit meinem Chinchilla machen? Ich kann dich zum

Abendessen einladen, und wenn meine Mitbewohner zu Hause sind, kann ich dir meine Version der Psychometrie zeigen.«

»Meine Eltern erwarten, dass ich sonntagabends mit ihnen esse«, sagt Maya und verheimlicht ihre Enttäuschung kaum. »Wie wäre es, wenn ich einfach vorbeikomme, um dir mit deinem Domovoi zu helfen, und einen fürs Rumhängen bei dir guthabe?«

»Abgemacht«, sage ich. »Jetzt lass mich meinem Mitbewohner schreiben, um zu sehen, ob sie Essen für *mich* haben.«

Maya lächelt, und wir nehmen beide unsere Telefone heraus.

Als ich meins wieder einschalte, stelle ich entsetzt fest, dass ich Dutzende von Nachrichten von der Arbeit bekommen habe.

Die neueste von Nero ist kurz und bündig.

Ruf mich zurück. Sofort.

»Es tut mir leid«, sage ich zu Maya. »Ich muss bei der Arbeit anrufen.«

»Natürlich«, sagt Maya und nickt schnell. »Es muss so cool sein, einen Erwachsenen-Job zu haben.«

»Darüber lässt sich streiten«, sage ich und wähle Neros Nummer im Videocallmodus.

Nero ist in seinem Büro in der Innenstadt, als er antwortet – also lässt er zumindest keine Leute am Wochenende arbeiten, ohne selbst zu leiden. Er hat kratzig aussehende Stoppeln auf seinem Gesicht, und seine blau-grauen Augen sehen müde aus; er muss zwanzig Stunden lang ohne Unterbrechung auf Bildschirme gestarrt haben.

»Ah. Endlich. Die fleißige Biene«, sagt er mit einer Stimme, die an einen Tyrannosaurus erinnert, der einen Grizzly frisst. »Ich bin so froh, dass du dich endlich entschieden hast, uns mit deiner Aufmerksamkeit zu beehren.«

Ich erröte, aber nicht, weil er mich aufzieht. Eine Erinnerung an gestern Abend schleicht sich in mein Gehirn, und ich erinnere mich, dass ich an diese breiten Schultern dachte, während ich einen vibrierenden Copperfield zwischen meinen Beinen hielt.

Maya schaut auf mein Handy, zieht ihre Hand aus der Kamerasicht und gibt mir zwei nach oben gerichtete Daumen.

Ich decke das Mikrofon ab und zische: »Das ist mein Chef, Nero.« Ich entferne meine Hand, sehe Neros Blick und sage: »Ich war bei der Einführung.« Am Rande sehe ich, dass Mayas Augen drohen, aus ihren Höhlen zu springen. »Sie waren derjenige, der mir die Karte gegeben hat, um die Einführung zu organisieren«, sage ich Nero. »Und neben mir steht eine der Schülerinnen, die ich heute getroffen habe, also bitte sagen Sie nichts, von dem Sie nicht wollen, dass sie es auch hört.«

»Du wirst im Büro gebraucht«, sagt er in einem ruhigen Ton. »Der Grund für den Notfall ist nicht für die Öffentlichkeit bestimmt, also schätze ich die Vorwarnung über unsere mangelnde Privatsphäre.«

Ein Haufen Antworten schießen durch meinen Kopf. Sie reichen von einfachen wie »Es ist Sonntag« bis hin zu komplexen wie »Ich lasse mir lieber von betrunkenen Elefanten ein Loch in die Zähne bohren, als mehr Aktien zu erforschen«.

Leider würde ich für alles, was mir in den Sinn kommt, gefeuert, also versuche ich weiter, eine brillante, aber unbedenkliche Entschuldigung zu finden. Am besten eine, die auch wahr ist, denn Nero ist ein verdammter Lügendetektor.

»Das wäre also geklärt«, sagt er kurz und bündig. »Bis gleich.«

Er legt auf.

Ich starre auf mein Handy.

Er hat mir nicht einmal die Chance gegeben, eine abfällige Bemerkung zu machen.

Der Kerl hat Nerven.

»War das Nero Gorin?«, fragt Maya in einem gedämpften Flüsterton.

»Ja«, sage ich und bin immer noch sauer auf ihn. »In Fleisch und Blut. Oder im Telefon oder was auch immer.«

»Nero ist dein Boss?«, fragt sie in einem Ton nach, den ich benutzen würde, um so etwas wie »Elvis ist deine gute Fee?« zu fragen.

Ich nicke. »Was ist überhaupt so besonders an ihm? Vielleicht kannst du mir das sagen?«

Sie bedeckt dramatisch ihren Mund. »Meine Mutter sagte, er ist der gefährlichste aller Cogniti in New York. Vielleicht sogar der Welt.«

»Das ist sehr konkret«, sage ich und halte wegen des Lärms des anhaltenden Zuges und den kreischenden Türen inne. »Hat deine Mutter noch etwas anderes gesagt?«

»Er ist definitiv reicher als alle anderen Cogniti auf diesem Planeten«, sagt sie. »Und man sagt, dass er die Upyre ausgelöscht hat.« Bei meinem fragenden Blick erklärt sie: »Upyre waren eine bösartige Art von Cogniti, die wie Vampire waren, aber ohne auch nur einen Hauch von Gewissen und mit einem Hunger, der unersättlich war, selbst wenn sie regelmäßig tranken. Sie haben viele Probleme in Osteuropa verursacht, und nach dem, was ich gehört habe, hat Nero sie alle verschwinden lassen.«

»Halten Sie sich von den sich schließenden Türen fern«, ertönt eine Durchsage.

Ein starkes Angstgefühl überkommt mich plötzlich.

Ich hätte nicht erwartet, dass Gerüchte über Nero so eine Wirkung auf mich haben.

Dann sehe ich eine verschwommene Bewegung draußen, und mir wird schnell klar, dass das Angstgefühl nichts mit Nero zu tun hat, sondern alles mit einem riesigen Ork, der in letzter Sekunde in den Zug steigt, bevor sich die Türen schließen.

Er ist noch größer als die Orks, die ich zuvor getroffen habe – so enorm hoch, dass er sich krümmen muss, um sich seinen Kopf nicht an der Decke des Wagens zu stoßen. Seine rechte Hand befindet sich hinter seinem Rücken, und er ist mit Make-up bedeckt, das den grünen Farbton seiner Haut kaum verbirgt.

»Tu so, als ob du mich nicht kennst«, flüstere ich eindringlich der vor Schock wie betäubten Maya zu. »Starr auf dein Handy und schau nicht nach oben.«

Der Ork macht einen bedrohlichen Schritt in meine Richtung.

Mayas Hände zittern, aber sie hält sich ihr Handy vor das Gesicht und macht, was ich ihr gesagt habe.

Ich verfluche mich selbst dafür, die Kugeln nicht wieder in meine Waffe gesteckt zu haben.

Könnte ich laden und schießen, bevor der Ork weiß, was passiert?

Das ist eher unwahrscheinlich, aber es ist einen Versuch wert.

Ich schiebe meine linke Hand in meine Hosentasche, um die Kugel herauszuholen, während sich meine rechte in die Tasche schlängelt.

»Nimm die Hände da raus, oder ich reiße sie dir ab«, sagt der Ork und holt seine Hand hinter seinem Rücken hervor.

Seine gigantische Waffe scheint bei all diesen Muskeln überflüssig zu sein, aber das hält ihn nicht davon ab, das Ding auf meinen Kopf zu richten.

Mein Magen zieht sich zusammen, aber ich ziehe meine Hände wie befohlen heraus.

Es ist ja nicht so, dass ich überhaupt eine Chance auf Erfolg hätte.

»Und jetzt«, das hässliche Gesicht des Orks verwandelt sich in ein schauriges Lächeln, das ich je gesehen habe, »gib mir dein ganzes Geld oder stirb.«

KAPITEL 18

DAS IST EIN RAUBÜBERFALL?

Ich bin so verwirrt, dass ich kurzzeitig vergesse, Angst zu haben.

Warum sollte dieser Ork mich ausrauben wollen? Benutzen sie in der Welt, aus der er heimlich kommt, überhaupt Dollars? Bezahlt Chester – oder wer auch immer – ihn nicht, um mich zu töten? Vielleicht ist die Bezahlung nicht so gut?

Oder sagt er das, weil Maya hier ist? Vielleicht hätte er mich einfach getötet, aber wegen der Zeugin versucht er, meinen Mord wie einen Raubüberfall aussehen zu lassen. Vielleicht hat derjenige, der diese Orks angeheuert hat, um mich zu töten, ihnen gesagt, dass sie meinen Tod wie einen Unfall aussehen lassen sollen – deshalb wurde ich auch in das Hafenbecken geschubst – obwohl die Rettung nicht dazu passt –, mir ein Ziegelstein auf den Kopf geworfen und versucht, mich mit einem Auto zu überfahren.

Wenn diese Theorie stimmt, muss ich sicherstellen, dass dieser Überfall so reibungslos verläuft, wie es nur geht, und …

»Ich sagte: ›Gib mir dein Geld‹«, knurrt er und gestikuliert mit seiner kanonenartigen Waffe.

»Ich muss meine Hand wieder in die Tasche stecken, um an meine Brieftasche zu kommen«, erkläre ich ihm und tue mein Bestes, um nicht herausfordernd zu klingen.

Er zieht kurz seine Augenbrauen in die Höhe. »Mach es langsam.«

Ich greife in die Tasche und verfluche mich noch einmal dafür, dass ich diese Kugeln wieder herausgenommen habe. Wenn die Waffe geladen wäre, hätte ich es riskieren können, durch die Tasche auf ihn zu schießen. In der jetzigen Situation nehme ich aber nur meine Brieftasche und ziehe sie langsam heraus.

An einem Punkt in meinem Leben hatte ich Fantasien darüber, überfallen zu werden – wenn auch nicht exakt so.

Tommy Wonder, einer der größten Magier, hat eine Nummer namens *Ring, Uhr und Brieftasche*. In dieser erzählt er eine Geschichte darüber, wie er überfallen wurde, und während er spricht, nimmt er die Uhr von seinem Handgelenk, den Ring von seinem Finger und das Geld aus seiner Brieftasche – und steckt alles in einen Umschlag. Dann zeigt er den leeren Umschlag, und alles ist wieder an seinen ursprünglichen Platz zurückgekehrt.

Ich habe mir vorgestellt, so etwas zu tun, wenn ich

jemals selbst überfallen werden würde, aber ein solcher Effekt erfordert Vorbereitung. Ich hatte auch nicht erwartet, wie beängstigend ein echter Überfall sein würde – obwohl ich schätze, dass dieser Überfall nicht real ist, da, wie ich bereits festgestellt habe, es keinen Sinn ergibt, dass ein Ork mich ausraubt.

»Nicht so langsam«, sagt der Ork, nachdem er die eisgletscherschnelle Geschwindigkeit meiner Hand mit dem Portemonnaie satthat.

Ich beeile mich, die Brieftasche herauszuholen und sie zu öffnen.

Mist.

Warum habe ich heute so viel Geld dabei?

Ich nehme die gesamten vierhundertfünfundsechzig Dollar heraus und gebe sie dem *Straßenräuber*.

Er stopft das Geld in seine Tasche und schaut dann Maya an, so als ob er sie zum ersten Mal bemerkte. Seine Stirn runzelt sich im Ork-Äquivalent eines nachdenklichen Ausdrucks. Die geistige Gymnastik, die er macht, muss mühsam sein, denn er schwitzt fast vor Anstrengung.

»Du da.« Er richtet seine Waffe auf die zitternde Maya. »Gib mir auch dein Geld.«

»Jetzt komm schon.« Ich kann nicht anders, als damit herauszuplatzen. »Chester bezahlt dich nicht, damit du ihr Angst machst.«

Die Waffe zeigt wieder auf meinen Kopf, und das völlige Unverständnis auf dem Gesicht des Orks lässt mich daran zweifeln, ob Chester wirklich hinter allem steckt. Entweder das, oder dieser Ork ist ein überraschend guter Schauspieler.

»Was hast du gerade gesagt?« Er starrt mich bedrohlich an, während Maya sich auf ihrem Sitz ganz klein macht.

Ich halte meinen Mund, und er wendet sich wieder an sie, wobei er ihre Schulter mit seiner Waffe anstößt.

»Dein Geld, habe ich gesagt«, knurrt er, als sie nur winselt.

»Hey, lass sie in Ruhe!« Ich kann das keine Sekunde länger mitansehen. »Du wurdest angeheuert, um mich zu belästigen, nicht sie.«

Diesmal scheinen meine Worte ein großes, grünes Licht über seinem Kopf anzuschalten. »Was?«, knurrt er und nähert sich mir. »Sag das noch mal.«

Mein Selbsterhaltungstrieb übernimmt, und ich weiche instinktiv zurück.

Der Ork springt mit einer Geschwindigkeit zu mir, die für seine Größe schockierend ist.

In dem Bruchteil einer Sekunde packt er meinen Oberarm, und seine riesige Pranke zerquetscht fast meine Schulterpfanne.

Verdammt, ist der stark. Meine Schulter fühlt sich an, als hätte mich jemand in eine hydraulische Presse gesteckt.

»Lass sie los!«, schreit Maya hysterisch. »Hier ist mein ganzes Geld.«

Ich öffne meine Augen. Wann hatte ich sie geschlossen?

Maya hält eine kleine rosa Brieftasche und ein paar zerknitterte Dollarscheine hoch.

Der Ork lässt meinen Arm los und schnappt sich das Geld, wobei seine wurstähnlichen Finger neben Mayas winziger Handfläche wie ein CGI-Effekt aussehen.

»Schließt die Augen und zählt laut bis tausend«, befiehlt er, wobei seine Waffe zuerst auf mich, dann auf Maya und dann wieder zurück zeigt.

»Bitte töte uns nicht«, flüstert Maya, und ihre Augen sind so fest geschlossen, dass sich ihr ganzes Gesicht vor Anstrengung verzieht.

»Halt die Klappe«, bellt er.

Ich schließe wieder die Augen, und mein ganzer Körper ist taub.

Hier kommt das Leben der Cogniti nach dem Tod.

In einem letzten Anflug von Trotz gelingt es mir zu sagen: »Wenn du uns tötest, wird Nero einen Shrek-Kebab aus dir machen.«

Technisch gesehen ist Shrek ein Oger, kein Ork, und ich habe keine Ahnung, ob Nero sich über mein Ableben überhaupt aufregen würde, aber es ist eine angenehme Fantasie.

»Zählt, oder ich werde schießen«, knurrt der Ork.

»Eins«, sage ich mit zitternder Stimme.

KAPITEL 19

»ZWEI«, fahre ich fort und frage mich, warum ich noch am Leben bin. »Drei.«

Während ich zähle, schäume ich innerlich. Warum hat mich keine Vision davor gewarnt? Was nützt mir meine Kraft, wenn sie nicht funktioniert, wenn ich sie brauche?

Ich wünschte, ich wäre irgendwie mit Darian in Kontakt gekommen und hätte ihn dazu gebracht, mir beizubringen, wie man meine Macht richtig kontrolliert; auf diese Weise hätte sich kein Ork an mich heranschleichen können.

»Fünfzig«, sage ich und erlaube mir zu hoffen, dass ich das tatsächlich überlebe.

Als ich bei hundert ankomme, werde ich mir immer sicherer, dass er mich nicht erschießen wird – warum also so lange damit warten?

Aber warum sollte er überhaupt vorgeben, ein Räuber zu sein?

Als ich bei vierhundertsiebenundfünfzig bin, hält der Zug an, und die Türen öffnen sich.

Ich würde nicht mein Leben darauf verwetten, aber ich denke, ich höre schwere Schritte in der Ferne widerhallen.

Zur Sicherheit zähle ich weiter und halte die Augen geschlossen, da ich nicht bereit bin, dem Ork eine Entschuldigung zu geben, mich zu erschießen, falls er noch da steht und auf meinen Kopf zielt.

Die Türen schließen sich, als ich bei vierhundertachtundneunzig bin, und ich zähle eifrig weiter.

»Tausend«, kündige ich triumphierend an, als ich das Zählen beende und behutsam durch meine Wimpern schaue.

Abgesehen von Maya ist niemand im Abteil.

Ich öffne meine Augen vollständig und lasse sie sich an die Helligkeit des Abteils anpassen.

»Er ist weg«, flüstert Maya, die ihre Augen ebenfalls geöffnet hat. »Ich war mir sicher, dass wir sterben würden.«

Sie sieht blasser aus als die Vampire im Earth Club. Ich möchte mich nach ihr ausstrecken und sie umarmen, aber die Schulter, die der Ork gepackt hat, pocht vor Schmerz.

»Ich denke, das war der Plan.« Ich berühre die betreffende Schulter und zucke zusammen. »Ich glaube, er wollte uns genauso sehr erschrecken, wie unser Geld zu nehmen.«

Sie schluckt belegt. »Er war so riesig.«

Ich überlege, ihr zu sagen, dass er diese Größe hat, weil er ein Ork ist, aber entscheide mich dagegen. Was auch immer diese Orks wollen, scheint so bizarr unlogisch zu sein, dass ich mir Sorgen mache, dass, wenn ich ihr davon erzähle, sie das tiefer in mein Chaos reißt.

»Hast du Schmerzmittel bei dir?«, frage ich so ruhig wie möglich.

»Ich habe Celebrex.« Etwas Farbe kehrt auf ihre Wangen zurück, als sie ergänzt: »Meine Periodenschmerzen sind so schlimm, dass der Kinderarzt mir ein Rezept ausstellen musste.«

»Ich bin eifersüchtig, dass du jung genug bist, um noch zu einem Kinderarzt zu gehen«, sage ich, entschlossen, sie zu beruhigen. »Ich habe meinen geliebt.«

»Ich werde in ein paar Monaten achtzehn«, sagt sie und spitzt ihre Lippen fast bockig. »Bis du aufgetaucht bist, war ich wahrscheinlich die Älteste bei der Einführung.«

»Wie ist das passiert?«, frage ich, da ich entscheide, dass es kein Kompliment wäre, wenn ich ihr sagen würde, dass sie keinen Tag älter als vierzehn Jahre aussieht.

»Nur meine Mutter gehört zu den Cogniti.« Sie schaut auf das Kaugummi, das auf dem Boden klebt. »Ich habe ihr erst vor einigen Monaten von meinen Kräften erzählt; vorher dachte ich, ich könnte verrückt sein. Und meine Mutter konnte es mir wegen des Mandats nicht sagen.«

»Oh, wow.« Das ist schlimmer als das, was ich durchgemacht habe, als ich meine Kräfte entdeckt habe. Zumindest dachte ich nur kurz, dass ich verrückt sein könnte.

»Ja.« Maya schenkt mir ein grimmiges Lächeln. »Kräfte zu haben ist in meiner Situation so selten, dass sich niemand die Mühe machte, zu überprüfen, ob ich eine der glücklichen Ausnahmen war. Aber seit ich unter das Mandat gekommen bin, hat mir Mama alle möglichen coolen Dinge erzählt. Dadurch sind wir uns viel näher gekommen.«

Sie bleibt stehen und schaut mich schuldbewusst an. »Es tut mir leid. Es muss schwer für dich sein, so etwas zu hören, wenn du nicht weißt, wer deine biologische Mutter ist.«

»Das ist völlig in Ordnung«, beruhige ich sie. »Lass mich deine Tabletten nachschlagen, meine Schulter pocht immer schlimmer.«

Ich nehme mein Handy mit meiner unverletzten Hand heraus und segne die Mobilfunkgötter, die mir ein Signal geben. Mit Hilfe von Sprachbefehlen durchsuche ich das Internet nach ihrem Medikament.

»Ich nehme eine deiner Tabletten«, sage ich, nachdem ich ein paar Artikel überflogen habe. »Es ist ein NSAR, wie Aspirin.«

Maya gibt mir eine Tablette, und ich schlucke sie trocken, bevor ich ihr sage: »Du solltest vielleicht dieses Rezept von einem Gynäkologen prüfen lassen. Laut einem der Artikel bekommen einigen Menschen Herzprobleme davon.«

Sie errötet erneut, und um das Thema zu wechseln, benutze ich meinen unverletzten Arm, um ein Kartenspiel herauszuholen.

»Möchtest du etwas Cooles sehen?«, frage ich, und sie nickt heftig.

Für den Rest der Fahrt führe ich ihr jeden Karteneffekt mit einem Arm vor, der mir einfällt. Es stelle sich heraus, dass ich eine ganze Menge davon machen kann, was zu einem großen Teil der DVD des verstorbenen René Lavand zu verdanken ist, einem erstaunlichen Magier, der im Alter von neun Jahren seinen Arm verlor und trotzdem ein weltberühmter Künstler wurde.

Maya ist begeistert von allem, was ich ihr zeige, und scheint dabei unseren jüngsten Zwischenfall zu vergessen – was auch mein Ziel war.

»Das ist unsere Haltestelle«, sage ich und stecke widerwillig die Karten weg, als sich die Türen öffnen.

Wir steigen aus dem Zug, und ich merke, dass sich meine Schulter besser anfühlt.

Die Tablette wirkt. Das, oder meine Verletzung war von Anfang an nicht so schlimm.

»Du musst nicht mitkommen«, sage ich, als wir auf der Straße sind. »Du hattest genug Abenteuer für heute.«

»Ich möchte es aber«, entgegnet Maya. »Ich habe noch nie ein Chinchilla gesehen, und ich schulde dir etwas, weil du mir das Leben gerettet hast. Zweimal.«

Ich denke, die Wahrheit ist, dass sie beim zweiten

Mal meinetwegen in Gefahr war, aber ich widerspreche nicht.

Während wir gehen und reden, hole ich heimlich Kugeln hervor und lade die Waffe, ohne sie aus meiner Tasche zu nehmen.

Wenn ein Ork wieder mit einem Hund spazieren gehen sollte – oder etwas anderes in meiner Nähe tut –, werde ich ihm eine Kugel in den grünen Arsch feuern.

Murphys beziehungsweise Chesters Gesetz sorgt jetzt, da ich bewaffnet bin, natürlich dafür, dass wir ungestört zu meiner Wohnung kommen.

Ich öffne die Tür und führe sie hinein. »Das ist unsere Wohnung.«

Maya schaut sich mit unverhohlenem Neid um.

»Schätzchen, ich bin zu Hause«, schreie ich.

Ariel, Fluffster und Felix kommen gleichzeitig heraus, um uns zu begrüßen.

»Maya«, sage ich. »Das sind meine Mitbewohner.«

»Hi, Maya«, sagt Fluffster in Gedanken – ich nehme an, in ihrem Kopf und in unserem.

»Hallo.« Maya kniet sich hin und belohnt das Chinchilla mit einem mädchenhaften Lächeln. »Ist es okay, wenn ich sage, dass du süß bist?«

»Warum nicht?« Fluffsters mentale Stimme ist völlig ernst. »Sasha hat über zweihundert Dollar ausgegeben, um den Körper dieses Tieres zu kaufen. Er ist garantiert schön.«

»Hallo«, sagt Ariel und benutzt Mayas momentane

Ablenkung, um mir einen Was-zum-Teufel-Blick zuzuwerfen.

»Mayas Macht ist die Psychometrie«, erkläre ich. »Sie bot an, sie bei Fluffster anzuwenden, um zu versuchen, seine Herkunft zu bestimmen.«

»Oh wow«, sagt Felix und schaut zu Maya hinunter. »Du hast eine sehr beeindruckende Macht.«

Maya wendet ihre Augen von Fluffster ab und betrachtet Felix, wobei ihr Blick von seinen kuscheligen Pantoffeln über seine Jogginghose mit den ausgeleierten Knien bis hin zum schäbigen »There is no spoon«-T-Shirt wandert, das mit dem typischen Matrix-Code bedruckt ist. Zu meinem Erstaunen bleiben ihre Augen so lange auf dem Gesicht meines Mitbewohners hängen, dass ich in der Zeit »Sex mit Minderjährigen« schreiben könnte.

Felix scheint es allerdings überhaupt nicht aufzufallen, dass sie ihn anblickt. »Kannst du es jetzt tun?«, fragt er ungeduldig. »Ich bin mir sicher, dass es Fluffster nichts ausmacht.«

»Ich würde meine Herkunft sehr gerne wissen«, sagt Fluffster in allen Köpfen. »Junge Dame«, er schaut Maya an, »ich möchte, dass du mich berührst.«

Ariel, Felix und ich brechen in Lachen aus, während Maya und das Chinchilla uns ansehen, als seien wir völlig verrückt geworden.

»Wir sollten ihn von Spielplätzen fernhalten«, sagt Ariel in einer kurzen Lachpause, wodurch wir wieder lachen müssen.

Maya rollt mit den Augen, greift nach Fluffster und legt seinen Körper sanft in ihre Hände.

Eine leuchtende, violett getönte Energie sickert von ihrer Haut in Fluffsters Fell, und Mayas Gesichtsausdruck wird abwesend, so als sei sie in Trance.

»Ich sehe ihn sich waschen, aber in Staub statt in Wasser«, sagt sie leise. »Er bewacht deine Wohnung. Er frisst Heu. Und Erdnüsse. Und Rosinen.« Ihre Augen rollen für einen Moment nach hinten; dann atmet sie aus, und ihre Augen werden wieder normal, während sie Fluffster auf den Boden zurückstellt.

Sie schaut mich mit unverhohlener Enttäuschung an und sagt: »Alles, was ich herausgefunden habe, ist, dass er dir gehört. Wenn man überhaupt sagen kann, dass er zu jemandem gehört.«

»Das ist immerhin etwas«, sagt Felix beruhigend. »Wenigstens wissen wir jetzt ganz sicher, dass er nicht von meiner Familie kommt.«

»Er hat recht«, sagt Ariel. »Wir können jetzt sicher sein, dass du eine Verbindung zu Russland hast.«

»Das stimmt«, sage ich und tue so, als ob ich begeistert wäre, auch wenn ich es nicht bin. Ich hatte gehofft, Maya könnte mir ersparen, die mysteriöse Baba Yaga besuchen zu müssen, aber nein.

»Also«, sagt Felix, der wie immer begierig darauf ist, unangenehmes Schweigen zu brechen. »Was habt ihr Kinder heute bei der Einführung gelernt?«

Maya sieht aus, als hätte er sie mit dem Wort »Kind« geschlagen.

Ich schaue Felix mit zusammengekniffenen Augen an. »Wir haben darüber gesprochen, dass es in unserer DNA gespeichert ist, dass wir Cogniti sind.«

»Ah.« Er grinst. »Hekimas Theorien erinnern mich an diesen Sidney-Harris-Cartoon mit den beiden Wissenschaftlern, die vor eine Tafel stehen, die auf beiden Seiten mit einem Haufen mathematischer Formeln beschrieben ist, und in der Mitte stehen die Worte: ›und dann geschieht ein Wunder‹.«

Er schaut jeden an, aber ich scheine die Einzige zu sein, die den Witz versteht. Um ihn zu ärgern, versuche ich, so regungslos wie die anderen auszusehen.

»Wie auch immer«, sagt er mit deutlich weniger Enthusiasmus. »Der springende Punkt ist: Ich denke, man sollte hier im zweiten Schritt konkreter werden.«

Maya kichert so gefakt, wie ich es noch nie gehört habe, und Ariel versteckt ihr Gesicht lange genug, um mit ihren Augen zu rollen.

Ich schaue mir Fluffsters und die Auren aller anderen an. »Wenigstens versucht er, das alles zu erklären. Ich sehe nicht, dass du Theorien darüber anstellst, wie die Kräfte der Cogniti, die Otherlands und alles andere funktionieren.«

Ariel macht mit ihrer Handfläche eine Geste, als würde sie sich die Kehle durchschneiden – Pantomimensprache für »hör sofort auf, darüber zu reden«.

Felix blüht auf. »Ich habe tatsächlich eine Theorie, die alles erklärt. Ich kann nicht glauben, dass ich dir noch nichts davon erzählt habe.«

»Ich muss auf die Toilette«, sagt Ariel und schaut mich mit einem Blick an, der zu sagen scheint: »Ich habe versucht, dich zu warnen. Jetzt musst du allein damit fertigwerden.«

Felix ignoriert ihren Abgang, geht zur Couch im Wohnzimmer und nimmt Platz. »Habt ihr jemals von der Simulationstheorie gehört?«, fragt er.

Ich deute Maya mit einer Geste an, dass sie sich auf die Couch setzen soll, und da sie neben Felix Platz nimmt, setze ich mich rechts neben sie. »Ich höre von dieser Theorie jedes Mal, wenn du betrunken oder high bist.«

Ich schaue Fluffster um Unterstützung bittend an, aber das Chinchilla springt einfach auf meinen Schoß und wackelt mit dem Kopf, damit ich es streichele – was ich auch tue. »Du erzählst immer wieder, wie die Realität auf einem leistungsstarken Computer außerhalb unseres Universums simuliert wird«, sage ich zu Felix. »Und, dass sogar das Gehirn aller Menschen simuliert wird.«

»Ich schätze, ich habe schon mit dir darüber gesprochen«, sagt er enttäuscht. Dann schaut er Maya an, ohne zu bemerken, dass sich ihre Knie berühren. »Nur damit du auf dem Laufenden bist, Maya, lass mich besser erklären, worauf Sasha gerade angespielt hat. Aber als Erstes: spielst du Videospiele?«

»Ich habe den Nintendo Switch«, antwortet Maya, und ihre Wangen erröten, als ob sie gerade zugegeben hätte, eine Perverse oder eine Telefonverkäuferin zu sein.

»Ich habe auch so einen«, sagt Felix, und die Aufregung in seiner Stimme steigt um eine Oktave an.

»Du hast alle Spielsysteme, die jemals erfunden wurden«, sage ich, neugierig, wie diese Offenbarung den verträumten Blick auf Mayas Gesicht beeinflussen wird. Zu meiner Überraschung starrt sie Felix mit noch größerer Bewunderung an.

Er ignoriert mich und sagt zu ihr: »Denke an den Unterschied zwischen so etwas wie Pac Man – einem älteren Spiel, bei dem ein gelber Kreis umherläuft und formlose Kugeln frisst – und dem neuesten Zelda-Spiel, das wie eine voll ausgestattete Mikrowelt ist, in der man sich verlaufen kann.«

Maya nickt wissend, ohne dass ihre Augen sich von Felix' Gesicht lösen.

»Und jetzt denke auch an die virtuelle Realität.« Er berührt Mayas Hand, während er spricht, und sie sieht aus, als hätte sie entweder einen Orgasmus oder ein Aneurysma. »Hast du jemals Virtual Reality auf deinem Handy oder einem dieser VR-Geräte ausprobiert?«, fragt er sie.

Sie schüttelt den Kopf, leckt dann über ihre Lippen und sagt heiser: »Nein. Das habe ich nicht. Aber ich würde gerne.«

»Ich habe«, melde ich mich, da ich mir Sorgen mache, dass Maya vergessen könnte, dass ich hier bin, und über Felix herfällt, was mich zu einer Komplizin bei strafbarem Sex mit einer Minderjährigen machen würde. »Abgesehen von einer reisekrankheitsartigen

Übelkeit war es wirklich cool. Es fühlte sich an, als würde man in eine andere Welt versetzt.«

»Genau«, ruft Felix. »Angesichts der Entwicklung der Spieleindustrie erscheint es dir nicht logisch, dass Spiele irgendwann nicht mehr von der Realität zu unterscheiden sein werden?«

»Vielleicht«, sage ich. »Irgendwann.«

»Wie in Matrix?«, fragt Maya, und ihre Hand schwebt gefährlich nahe bei Felix' Knie.

»Du hast Matrix gesehen?« Zum ersten Mal schaut Felix das Mädchen in einer Art an, die einem Bewusstsein dafür ähnelt, dass sie eine echte Person ist, und nicht nur ein Paar Ohren, mit denen er reden kann. »Was ich meine, ist in der Tat wie in Matrix«, fährt er fort, ohne auf ihre Antwort zu warten, »aber auf einer multiplen Skala und mit Leuten, die vollständig simuliert werden, wie die Agenten in der Matrix. Kein Anschließen. Keine Körper.«

Ich möchte etwas darüber sagen, dass Maya geboren wurde, nachdem Matrix herauskam, aber angesichts der Bewunderung in den Augen des armen Mädchens unterdrücke ich den Drang. Mayas Welpenschwärmen gibt mir nicht das unangenehme Gefühl, das ich empfand, als ich von Felix' Date erfuhr.

Apropos mysteriöses Mädchen: Ich frage mich, wann ihr Date stattfindet. Denn wenn sie in den nächsten Minuten auftaucht, wird Maya am Boden zerstört sein.

»Wow.« Mayas Begeisterung scheint echt zu sein. »Denkst du, dass unsere Welt so ist?«

»Das ist nur logisch.« Felix dreht sich ganz zu ihr um und schließt mich aus dem Gespräch aus. »Wenn alle Kinder in einem Universum außerhalb unseres Videospielsysteme haben, die die ganze Realitäten simulieren können, und wenn es Millionen oder Milliarden dieser simulierten Welten gibt, aber nur wenige reale, dann befinden wir uns statistisch gesehen eher in einer der simulierten Welten.«

»Das ist alles toll«, sage ich und kraule Fluffster unter seinem Kinn. »Aber welchen Beweis gibt es für diese Theorie?«

»Das Universum scheint verdächtig mathematisch zu sein«, sagt Felix und dreht sich zu mir zurück. »Fast so, als hätte es vielleicht ein Informatiker entworfen?« Seine Augenbraue geht nach oben. »Und um auf das zurückzukommen, was diese Diskussion überhaupt erst ausgelöst hat: Diese Simulationstheorie ist der einzige rationale Weg, um uns zu erklären – die Cogniti.«

»Ist er das?«, frage ich letztendlich trotzdem fasziniert.

»Denk doch mal darüber nach.« Er wendet sich zu Maya, dann zu mir, dann wieder zurück zu Maya. »Wie sonst erklärt ihr euch eure Kräfte? Die Zukunft in der realen Welt vorherzusagen wäre wahrscheinlich unmöglich, aber wenn die Welt wie ein Videospiel ist, dann kannst du Computerressourcen außerhalb des Spiels nutzen, um vorherzusagen, was als Nächstes innerhalb des Spiels passieren könnte. Die Psychometrie ist auch leicht zu erklären. In einer

Computerwelt hat alles Metadaten – Informationen, die beschreiben, zu wem etwas gehört, und solche Dinge.«

Maya sieht aus, als sei sie überwältigt, aber ich bin viel skeptischer.

»Wie würde das Regeln erklären, wie die ›Wenn du nach Gomorrha ziehst, wirst du mit der Zeit deine Kräfte verlieren‹?«, frage ich und streichele Fluffster zwischen seinen Ohren. »Oder dass ein Domovoi den Körper eines Tieres braucht, um eine physische Gestalt zu bekommen?«

»Es ist interessant, dass du Gomorrha erwähnt hast«, sagt er und schaut zurück zu mir. »Auf dieser Welt haben sie VR-Technologie, die unsere wie ein Kinderspiel erscheinen lässt. Aber um auf den Punkt zurückzukommen, bei Videospielen dreht sich alles um Regeln.« Er schaut Maya an. »Warum benutzt Mario – der eigentlich ein Klempner sein soll – einen Sprung als seinen Modus operandi? Warum schlägt er Gumbas nicht mit einem Schraubenschlüssel? So etwas wie die Regel über den Domovoi macht mehr Sinn als dieses Mario-Spiel, da es auf einem Mythos in der Welt basieren könnte, in der die Konsole entwickelt wurde.«

Ich kratze mich am Kopf. »Ich weiß nicht …«

»Die Cogniti könnten spielbare Figuren sein«, sagt er leidenschaftlich. »Eine Möglichkeit, Spaß mit Superkräften zu haben oder ein Vampir zu sein oder ein Ork oder was auch immer. Die Erde und solche Orte könnten PVP-Zonen sein, während Gomorrha eine Nicht-PVP-Zone ist.«

»Was ist PVP?«, frage ich, als ich einen fragenden Blick auf Mayas Gesicht sehe.

»›Player versus player‹, also Spieler gegen Spieler«, sagt er. »Zonen, in denen ein direkter Kampf möglich ist.«

Ich schüttele den Kopf. »Was ist mit der Sache, dass der menschliche Glaube uns mehr Kräfte gibt? Wie passt das zusammen?«

Ariel kommt zurück in den Raum; ihr Haar sieht ordentlicher aus, und ihr Make-up ist aufgefrischt.

»Das ist wahrscheinlich ein Detail der Implementierung«, sagt Felix. »Das Universum im Spiel könnte eine Art Konsensrealität sein – ein guter Weg, um Ressourcen zu sparen.«

»Du redest immer noch darüber?«, sagt Ariel mit einem nur vielleicht vorgetäuschten Entsetzen. »Wie wäre es, wenn wir unserem Gast etwas zu trinken anbieten?«

»Es tut mir leid.« Felix sieht Maya verlegen an. »Willst du einen Tee?«

»Ja, ich will«, sagt Maya mit der gleichen Betonung, mit der sonst Mädchen einen Heiratsantrag annehmen. »Aber leider muss ich schnell nach Hause.«

»Oh.« Ich bin mir nicht sicher, ob Felix es schade findet, dass Maya gehen muss oder – wahrscheinlicher –, dass er aufhören muss, über seine Theorien zu sprechen.

»Du solltest wiederkommen und dir meine Psychometrie-Effekte ansehen«, sage ich zu Maya und unterdrücke meine eigene Enttäuschung darüber, dass ich sie heute nicht vorgeführt habe. »Komm an einem Tag, an dem du zum Essen bleiben kannst. Felix ist ein fantastischer Koch.«

Maya schluckt hörbar und sagt sehr schnell: »Ja. Das mache ich gerne. Danke.«

»Wir freuen uns drauf«, sage ich und habe auf einmal den Schalk im Nacken. Ich drehe mich zu Felix um. »Kannst du Maya bitte nach Hause bringen? Ich würde es selbst tun, aber ich muss zur Arbeit.«

Felix hebt die Augenbraue höher als sonst und schaut Maya an, als ob er gerade erst bemerkt hätte, dass sie da ist.

»Das ist nicht nötig«, sagt Maya so halbherzig, dass ich ein Lachen unterdrücken muss. »Ich wohne nur ein paar Blocks entfernt.«

»Nein«, sagt Felix, und es ist offensichtlich, dass da der Gentleman-Chauvinismus, den er von seinem Vater übernommen hat, spricht – so wie ich es erwartet habe. »Ich werde dich begleiten. Ich bestehe darauf.«

»Okay«, erwidert Maya mit einem sittsamen Augenaufschlag. »Danke.«

»Kein Problem.« Felix springt auf und streckt eine Hand aus, um Maya beim Aufstehen von der Couch zu helfen.

Sie errötet, nimmt aber seine Hand und steht übertrieben langsam auf.

Ich setze Fluffster auf die Couch und stehe auf, um sie zur Tür zu bringen.

»Bin gleich wieder da«, sagt Felix und zieht seine Turnschuhe an.

»Ich werde nicht hier sein.« Ich blinzele Maya zu, als Felix nicht hinsieht. »Ich muss zur Arbeit.«

Maya lächelt mich schüchtern an und verlässt die Wohnung mit Felix.

»Bist du verrückt?«, ruft Ariel, sobald sich die Tür hinter ihnen schließt. »Willst du, dass er ins Gefängnis kommt?«

»Sie wird in ein paar Monaten achtzehn.« Ich lasse meine Stimme so hoch wie die von Maya klingen.

»Das sagt sie.« Ariel schließt die Tür ab. »Felix sollte besser ihren Ausweis überprüfen.«

»Zwischen ihnen wird sowieso nichts passieren«, sage ich und gehe in die Küche. Als Ariel zu mir kommt, füge ich hinzu: »Er ist diesem imaginären Mädchen treu, das er erwähnt hat. Du weißt schon – sein potentielles Netflix-und-Chillen-Date.«

»Ich merke schon, Felix ist beliebt. Vielleicht wird er endlich seine Jungfräulichkeit verlieren.« Sie kichert. »War das Date schon?«

Felix' mögliche Jungfräulichkeit ist einer von Ariels Lieblingswitzen. Leider enden diese Witze oft mit einer Lösung, die auch meine lange Abstinenz beendet, so dass ich kein großer Fan davon bin.

»Ich habe keine Ahnung«, sage ich, öffne den Gefrierschrank und gebe vor, das J-Wort nicht gehört zu haben. »Ich hatte gehofft, dass du das wüsstest.«

»Nein.« Sie sieht verlegen aus. »Ich bin erst vor etwa einer Stunde nach Hause gekommen.«

»Wenn du und Gaius feiert, feiert ihr offensichtlich richtig.« Ich untersuche den Inhalt des Gefrierschranks eingehend und entscheide mich für gefrorene Erbsen.

»Wofür brauchst du die?« Ariel verengt ihre Augen, als sie meine provisorische kalte Kompresse sieht. »Ist etwas passiert?«

Ich ziehe mein Hemd zur Seite und zeige ihr meine angeschlagene Schulter.

»Wer war das?«, fragt sie, und ich habe den leisen Verdacht, dass sie einen Teil der Anatomie des großen Orks abreißen würde, wenn er hier wäre, um die Lorbeeren für seine Arbeit einzufordern.

»Ich muss es dir auf dem Weg ins Büro erzählen«, sage ich und berühre behutsam den Bluterguss.

Die Schulter ist empfindlich, aber nicht so schlimm, wie Ariels Reaktion vermuten lässt.

Mann, ist die Medizin stark.

»Lass mich mal sehen«, sagt sie und untersucht meine Schulter sorgfältig. »Es scheint nur ein Bluterguss zu sein«, gibt sie widerwillig zu, als sie fertig ist. »Kältetherapie ist eine hervorragende Idee.«

Ich lege die Erbsen auf den Tisch und bedecke meine Schulter wieder. Während ich die Packung gefrorenes Gemüse auf meiner Kleidung an der richtigen Stelle platziere, gehe ich zur Tür und frage: »Fertig?«

Ariel schaut an sich herunter, nickt und zieht ihre alten Uggs an, um das bequeme Outfit zu vervollständigen.

Auf dem Weg nach unten erzähle ich ihr von

meiner Begegnung mit der Werwölfinnen-Gang und dem Orküberfall.

»Es tut mir so leid«, sagt sie, als das Taxi am Straßenrand hält. »Es tut mir wirklich so leid.«

»Es war nicht deine Schuld«, sage ich, als wir ins Auto steigen. »Du hast mir die Waffe besorgt. Es ist meine eigene Schuld, dass sie nicht geladen war, als ich überfallen wurde.«

»Wäre ich zu einer vernünftigen Uhrzeit nach Hause gekommen, hätte ich dich zur Einführung begleiten können.« Sie knallt die Tür so fest zu, dass Farbe vom Auto abplatzt und der Fahrer ihr einen wütenden Blick durch den Rückspiegel zuwirft. »Wie konnte ich nur so egoistisch sein?«

»Du kannst mich doch nicht rund um die Uhr beaufsichtigen.« Ich rücke die Erbsen wieder auf meiner Schulter zurecht. »Und jetzt spuck es aus. Was habt du und Gaius die ganze Zeit gemacht?«

»Nichts.« Sie entwickelt ein plötzliches Interesse am Boden des Wagens. »Wir sind nur Freunde …«

Mein Telefon klingelt.

Es ist ein Videoanruf von Nero.

»Vermissen Sie mich schon?«, frage ich, als ich den Anruf annehme.

»Ich hatte erwartet, dass du inzwischen im Büro bist«, sagt Nero und schaut sich meine Umgebung an. »Sag mir, dass das ein Taxi auf dem Weg ins Büro ist.«

»Es ist ein Taxi«, bestätige ich. »Und ich bin fast da.«

»Was ist das?« Er schaut auf die Erbsen in meiner Hand.

»Das ist eine lange Geschichte. Es reicht, wenn ich Ihnen sage, dass ich zur Arbeit gehe, obwohl ich verletzt bin. Erinnern Sie sich daran, wenn die Bonuszeit kommt.«

»Was ist passiert?« Er knurrt fast.

Ich schaue auf den Fahrer vor uns und beschließe, den Mandatsschmerz nicht zu riskieren, der auftreten würde, wenn ich vor einem Menschen über geheime Dinge wie Orks sprechen würde.

»Ich bin ausgeraubt worden«, sage ich. »Aber es ist alles gut gegangen. Hat mich nur ein paar hundert Dollar gekostet.«

»Ich werde mich erinnern.« Sein bereits tobender Blick verwandelt sich in einen Hurrikan der Kategorie fünf. »Was Belohnungen betrifft, stelle ich immer sicher, dass jeder bekommt, was er verdient.«

Mit dieser kryptischen Anmerkung legt er auf.

Ich sehe Ariel verwirrt an, aber sie lächelt nur lasziv. In einem übertrieben sexy Tonfall sagt sie lautlos: »Du wirst deine Belohnung bekommen.«

»Das hat er nicht gesagt.« Ich denke darüber nach, ihr die Erbsen an den Kopf zu werfen, aber mein Handy rettet sie, indem es laut klingelt.

Es ist eine Benachrichtigung meiner Bank-App. Ich öffne sie und starre auf die Transaktion, die mir angezeigt wird.

»Nero hat mir gerade hunderttausend Dollar überwiesen«, sage ich wie betäubt. »Völlig grundlos.«

Ariel starrt mich an und beugt sich dann vor. »Könnte das ein unmoralisches Angebot sein?«, flüstert sie verschwörerisch. »Ist ihm nicht klar, dass er die Ware umsonst bekommen kann?«

Ich debattiere wieder, ob ich die Erbsen nach ihr werfen soll, aber mein Telefon klingelt erneut.

Diesmal ist es eine E-Mail von Nero, in der er erklärt, was ich heute für ihn tun soll. Zu meinem Schrecken steht vorweg: »Wenn du dich nicht wohlfühlst, komme ich auch ohne dich aus.«

Angesichts des unerwarteten Bonus, den er mir gerade gegeben hat, und vor allem dieser Einleitung – das Schönste, was Nero mir je geschrieben oder gesagt hat –, beschließe ich, ein gutes Unternehmensmitglied zu sein und es durchzuziehen.

Sobald ich jedoch die Arbeitsbelastung unter die Lupe nehme, schwindet meine Begeisterung spürbar. Nero braucht mich, um für potenzielle Investoren eine Präsentation über sechs der von mir empfohlenen Aktien vorzubereiten, komplett mit einem vollständigen Finanzprojektionsmodell für jede Aktie. Das ist ein gutes Pensum für drei Arbeitstage in gemächlichem Tempo, aber er braucht sie bis Montagabend.

Es gibt keine Möglichkeit, hier zu betrügen, indem ich auf meinen Instinkt setze; ich muss tatsächlich die Stunden einplanen.

»Wir sind da«, sagt Ariel und holt mich aus meiner durch die Arbeit ausgelösten Trübsal.

Das Taxi hält vor dem Eingang, und ich greife nach dem Türöffner.

»Ruf mich an, wenn du fertig bist«, sagt Ariel.

»Ich werde eine Nachtschicht einlegen.« Ich steige aus dem Auto aus. »Ich habe Glück, wenn ich Montagabend nach Hause komme.«

Ariel runzelt die Stirn, aber ich schließe die Tür des Taxis, bevor sie etwas sagen kann.

Tabellenkalkulationen und EBITDA-Kennzahlen drehen sich in meinem Kopf, während ich zu meinem Schreibtisch gehe.

Die Erbsen sind nicht mehr kalt, als ich dort ankomme, also lege ich sie weg und benutze den kleinen Spiegel, der an einem meiner Monitore befestigt ist, um einen Blick auf meinen Bluterguss zu werfen.

Das Ding mit seinen hundert Schattierungen von Rot, Lila, Schwarz und Blau sieht so übel aus, dass ich Glück habe, nur einen dumpfen Schmerz zu spüren.

Ich bedecke ihn wieder und schaue mich heimlich um. Das Büro um mich herum ist leer, aber es halten sich hartnäckig Gerüchte über versteckte Kameras in jedem Winkel dieses Gebäudes – Videoaufnahmen, die Nero angeblich persönlich ansieht. Ich habe immer gedacht, dass diese Geschichten riesige Übertreibungen oder schlicht Lügen sind, zum Teil deshalb, weil einige einfach so lächerlich sind, wie die über einen unterirdischen Bunker voller Gold, in dem Nero schwimmt wie Dagobert Duck. Andererseits hat der Fonds stark in Gold investiert, also wer weiß?

Ohne weitere Umschweife schalte ich meinen Computer ein und mache mich an die Arbeit.

Als ich Hunger bekomme, bestelle ich mir zwei Burritos, einen für jetzt und einen für mitten in der Nacht, wenn hier nicht mehr geliefert wird.

Nachdem ich gegessen habe, stelle ich ein vollständiges Finanzmodell, Wechsel, Hypothesen und alles, was dazugehört, fertig, bevor ich mir den Luxus eines Glases Wasser gönne.

Um drei Uhr morgens mache ich genügend Fortschritte mit dem zweiten Modell, um mich mit dem zweiten Abendessen und ein paar Tassen Espresso zu belohnen.

Bei Sonnenaufgang bin ich so müde, dass ich anfange, all die Excel-Abkürzungen zu vergessen, und hunderttausend Dollar für ein Nickerchen in meinem Bett zahlen würde.

Als die Leute anfangen, für ihren üblichen Wochenstart einzutrudeln, mache ich eine Pause und hole mir etwas Porridge in der Cafeteria.

Während ich auf dem Rückweg esse, fällt mir auf, wie viel Glück ich hatte, dass ich in dem Klub war und deshalb gestern lange geschlafen habe. Wenn ich nicht weggegangen wäre, würde ich mich wahrscheinlich noch viel schlechter fühlen, als ich es bereits tue – und ich fühle mich wie eine ausgepresste Zitrone, die danach im Mixer war.

Um elf Uhr höre ich eine Textnachricht auf meinem Handy.

Sie ist von meinem Vater.

Ich freue mich auf das Mittagessen.

Oh, nein, das ist heute.

Ich debattiere heftig, ob ich ihm absage, und wenn ich ihn nicht die ganze Zeit gemieden hätte, würde ich das wahrscheinlich auch tun. Unter den gegebenen Umständen beschließe ich allerdings, die Verabredung zum Mittagessen einzuhalten, aber sie so schnell, wie das höflich möglich ist, hinter mich zu bringen.

Da ich zu Fuß zum Sushi-Laden gehen kann, stelle ich mein Telefon so ein, dass es mich daran erinnert, um 12.15 Uhr loszugehen, und schicke mir einige Quartalsberichte per E-Mail, damit ich sie unterwegs lesen kann.

Dann widme ich mich wieder meiner Arbeit.

Der Alarm klingelt und reißt mich aus meinem Excel-Vollrausch heraus. Ich reibe mir die trüben Augen und merke, dass ich in der letzten Stunde und fünfzehn Minuten tatsächlich viel erreicht habe.

Angesichts meiner Fortschritte könnte ich mir sogar ein etwas längeres Mittagessen gönnen.

Meine Augen sind während des ganzen Wegs bis zum Restaurant auf mein Handy gerichtet, da ich die Informationen nachschlage, die ich für das nächste Modell brauche. Überraschenderweise rempele ich nicht zu viele Leute an.

Papa wartet vor dem Restaurant.

Er hat keine Aura.

Ich weiß nicht, ob ich enttäuscht oder erleichtert sein sollte.

Groß und mit einem maßgeschneiderten Anzug

gekleidet, sieht mein Vater für einen Siebenundsiebzigjährigen großartig aus und kann wahrscheinlich als zehn Jahre jünger durchgehen. Andererseits ist sein »jugendliches« Aussehen nicht der Grund, warum er jetzt mit seiner Frau 2.0 verheiratet ist, die in den Vierzigern ist. Dad besitzt eine sehr erfolgreiche Technologiefirma, die 3D-Drucker herstellt, und Mamas Nachfolgerin ist wahrscheinlich auf sein Geld aus – auch wenn ehrlich gesagt sein Geld vielleicht ebenfalls der Grund dafür war, warum meine Mutter ihn geheiratet hat.

»Hey, Kiddo«, sagt er mit seinem charakteristischen Bostoner Akzent. »Ich freue mich so sehr, dass du es geschafft hast.«

»Hi, Dad«, sage ich und bekomme ein schlechtes Gewissen. »Es ist schön, dich zu sehen.«

Er strahlt mich an und hält mir die Restauranttür mit einer butlerartigen Geste auf.

Ich stecke mein Handy ein und betrete das Lokal.

Vielleicht hätte ich mich früher mit ihm versöhnen sollen. Ich fühle mich leichter, und meine frühere Müdigkeit scheint nachgelassen zu haben. Und – obwohl das vielleicht nur ein reiner Placeboeffekt ist – sogar meine angeschlagene Schulter stört mich gar nicht mehr so sehr.

»Hallo, Teuerste«, sagt Papa kokett zu der schönen Empfangsdame. »Meine Tochter und ich haben eine Reservierung für Braxton Urban.«

Und einfach so bin ich mit beiden Füßen zurück auf dem Boden, und die ganze Leichtigkeit ist weg. Hat mein Vater gerade der Empfangsdame mitgeteilt, dass er mit seiner Tochter hier ist, damit sie weiß, dass er kein Date hat? Dann bemerke ich, dass er auch keinen Ehering trägt – vielleicht haben er und Ehefrau 2.0 sich ja auch inzwischen getrennt.

So oder so, das ist mein Dad: er flirtet immer mit allem, was nicht bei drei auf den Bäumen ist.

»Kiddo?«, sagt er, und ich sehe ihn mürrisch an, da ich mich gerade wieder wie ein Teenager fühle.

»Setzen wir uns hin«, sage ich, und folge ihm und der Empfangsdame.

Die Empfangsdame schwingt beim Gehen ihre Hüften wie ein Pendel, und natürlich starrt Papa wie hypnotisiert auf den Anblick.

Sie reicht uns die Speisekarten, und ich vergrabe meine Nase in meinem Exemplar, um ein paar Atemzüge zu machen, damit ich nichts sage, was ich später bereuen könnte.

»Der Königslachs-Sashimi ist fabelhaft«, sagt der farbenfroh gekleidete Kellner, der wie ein Ninja aus dem Nichts auftaucht.

Ich schaue zu ihm auf und nicke. »Ich probiere ihn gern.«

Was ich nicht hinzufüge, ist, dass ich ihm extra Trinkgeld geben werde, weil er ein Kerl ist und mir dadurch erspart, dass ich Dad dabei zusehen muss, wie er mit einer weiteren Frau flirtet.

»Ich möchte dasselbe«, sagt Dad. »Außerdem nehme ich die lebenden Jakobsmuscheln und eine Mango-Avocado-Rolle.«

»Die nehme ich auch noch«, sage ich und lächele Dad an.

Er war derjenige, der mich schon früh mit der japanischen Küche bekannt gemacht hat, und da Mama sich geweigert hat, sie überhaupt zu probieren, war Sushi essen etwas, was wir immer als Vater-Tochter-Aktivität getan haben. Im Laufe der Zeit haben wir sogar eine Vorliebe für ähnliche Gerichte entwickelt.

»Ich habe eine ungewöhnliche Frage«, sage ich, als der Kellner geht. »Hast du russisches Blut in deiner Familie?«

Papa nimmt eine Serviette und legt sie sorgfältig auf seinen Schoß. »Nicht, dass ich wüsste. Warum?«

»Nur so«, lüge ich. »Weil ich es interessant finde.«

Er zuckt mit den Schultern. »Ich bin eine amerikanische Straßenkötermischung – teils deutsch, daher unser Nachname, aber auch französisch und irisch, mit ein wenig italienisch.«

»Ich glaube, ich könnte russische Vorfahren haben«, platze ich heraus. »Biologisch gesehen, meine ich.«

Der Kellner kommt zurück und stellt zwei grüne Tees und zwei Misosuppen auf den Tisch.

»Das ist möglich«, sagt mein Vater nachdenklich. »Aber als wir dich gefunden haben, haben wir uns an die russische Botschaft gewandt, und sie hatten keine Akte über dich.«

Im Gegensatz zu Mama fühlt sich Dad nicht bedroht, wenn ich das Thema meiner biologischen Eltern anspreche – wofür ich immer dankbar war.

»Hatte ich Haustiere, als ich klein war?«, frage ich

und setze mein Verhör fort. »Ich kann mich an keine erinnern, aber …«

»Wir hatten keine Tiere.« Papa nimmt seine Suppe und hält sie in seinen Handflächen, so als ob er sie erwärmen würde. »Deine Mutter …«

»Was ist mit dir?« Ich nehme einen Schluck von meinem grünen Tee – er ist ausgezeichnet. »Hatte deine Familie Haustiere, als du aufgewachsen bist?«

»Nein. Dein Opa war sehr allergisch.« Er trinkt die Suppe traditionell japanisch direkt aus der Schüssel. »Ich hatte aber mal ein Aquarium.«

Könnte Fluffster einen Fisch verkörpert haben? Scheint eher unwahrscheinlich, außerdem ist die Tatsache, dass Papa kein Russe ist, ein zusätzlicher Beweis dafür, dass ich Fluffster nicht von seiner Seite der Familie bekommen habe – etwas, was ich bereits vermutet habe. Aber ich bin froh, es mit Sicherheit zu wissen, bevor ich Baba Yaga besuche.

Ich setze mich gerader hin und schlage mir fast auf die Stirn.

Dieses Mittagessen ist nicht die einzige Montagsverpflichtung, die ich fast vergessen hätte. Ich habe auch das Treffen mit Baba Yaga heute Abend um elf Uhr.

Wie soll ich dafür nach dieser Nachtschicht noch wach bleiben? Was, wenn …

»Alles in Ordnung mit dir?«, fragt Papa und runzelt die Stirn. »Du siehst ausgebrannt aus.«

»Ich musste die ganze Nacht arbeiten.« Da ich nicht so hardcore bin wie Dad, nehme ich mir einen

Löffel, um meine Suppe zu essen. »Ein Notfall bei der Arbeit.«

»Ich hoffe, sie wissen dich dort zu schätzen.« Er stellt seine Schüssel ab. »Du weißt, dass du jederzeit für mich arbeiten kannst, oder?«

»Jetzt schon«, sage ich und lächele dankbar.

Er nickt und isst den Rest seiner Suppe.

Ich wusste definitiv nicht, dass ich für ihn arbeiten kann, und das Angebot erfüllt mich mit mehr Wärme als meine Suppe und mein Tee zusammen. Ich würde es natürlich nie annehmen, aber ich bin trotzdem dankbar. Ich möchte das Gefühl haben, dass ich mein Geld selbst verdiene, außerdem ist seine Firma nach San Francisco verlegt worden, und ich lebe einfach zu gern in New York.

Unser Sushi kommt, und wir stürzen uns voller Begeisterung darauf, während wir über sein Geschäft sprechen, das boomt.

»Ich habe deinen Fernsehauftritt gesehen.« Er gestikuliert aufgeregt mit seinen Essstäbchen. »Ich war so stolz.«

»Ich bin mir nicht sicher, ob das jemals wieder passieren wird«, sage ich, und mein Appetit verschwindet.

»Redest du über diesen Unsinn auf YouTube?« Er führt ein Stück rohen Lachs in seinen Mund.

Ich nicke. Ich kann ihm nicht die Wahrheit sagen – dass mir eine geheime Gesellschaft übernatürlicher Wesen verboten hat, ins Fernsehen zu gehen bzw.

meine Magie überhaupt vor Menschen wie ihm aufzuführen.

»Lass sie nicht an dich ran«, sagt er. »Haters gonna hate.«

Durch die Kombination dieser Worte mit seinem Akzent muss ich schnauben, aber meine Unbekümmertheit wird gedämpft, als ich einen anderen Gast des Restaurants sehe.

Es ist Beverly, eine von Mamas geschwätzigsten Freundinnen.

Ich schaue sofort weg.

Hat sie mich gesehen? Ich hoffe nicht. Es ist nicht so, dass ich mich schäme, mich wieder mit Dad zu treffen; es ist nur, dass Mom glücklicher wäre, wenn sie nichts davon wüsste.

»Musst du zurück ins Büro?«, fragt Dad, der meinen besorgten Ausdruck falsch interpretiert.

»Ja«, sage ich, und das ist nicht gelogen. Ich habe noch eine Menge zu tun.

»Dann los.« Er wischt sich den Mund mit seiner Serviette ab. »Ich übernehme die Rechnung.«

Normalerweise würde ich protestieren, aber das hier sind besondere Umstände, also sage ich: »Vielen Dank, Dad. Das nächste Mal geht auf mich.«

Er grinst mich an, da er sich offensichtlich freut, dass es ein nächstes Mal geben wird.

»Es war toll, dich mal wieder zu sehen.« Er holt seine Brieftasche heraus und gibt dem Kellner ein Zeichen, herzukommen.

»Das war es.« Ich springe auf, und mein Stuhl

knarrt. »Ruf mich an, wenn du das nächste Mal hier bist. Wir werden etwas arrangieren.«

Ich beginne meine Flucht, als eine Hand meine verletzte Schulter berührt.

»Vorsichtig«, sage ich und zucke zusammen.

Natürlich gehört diese Hand Beverly. Ich hatte die kleine Petze für einen Moment aus den Augen verloren, und jetzt steht sie neben mir und fragt: »Was ist los, Sasha?« Mit einem tiefen Stirnrunzeln und einem Rümpfen ihrer Maiskolben-Nase fügt sie hinzu: »Hallo, Baxter.«

»Ich wollte gerade gehen«, sage ich und hebe die Hand von meiner Schulter. Ich habe vielleicht zu viel Kraft angewendet, weil Beverly sich danach das Handgelenk reibt.

»Ihr habt bestimmt viel nachzuholen«, sage ich zu ihnen und lasse beide schockiert über eine so abwegige Vermutung zurück, während ich aus dem Restaurant laufe und dabei Mamas Nummer wähle.

Ich möchte auch ihre Abstammung überprüfen, und ich möchte es jetzt tun. Sobald Beverly die Bombe über dieses Mittagessen fallen lässt, könnte es schwieriger sein, Mom auszufragen.

Sie nimmt beim dritten Klingeln ab.

»Hi, Süße«, übertönt sie den Hintergrundlärm. »Ich habe nicht viel Zeit zum Reden.«

»Hast du russische Wurzeln?«, platze ich heraus. »Felix, mein Mitbewohner, ist aus der ehemaligen Sowjetun…«

»Nein, Liebling«, sagt Mama eilig. »Meine Familie

hat ihre Wurzeln im britischen Königshaus. Das habe ich dir bestimmt auch schon erzählt.«

Jetzt, da ich darüber nachdenke, hat sie es mir wirklich erzählt, aber ich neige dazu, viele der Dinge, die sie sagt, nicht aufzunehmen. Sonst wäre mein Gehirn eine Müllhalde aus Mom-Details.

»Hattest du Haustiere, als du aufgewachsen bist?«

»Oma hatte einen Sittich«, sagt sie. »Was ist los? Bist du auf Drogen?«

»Ich bin nicht auf Drogen«, sage ich und versuche, nicht verärgert zu klingen. Dann kommt mir eine boshafte Idee in den Sinn, und ich füge hinzu: »Es gibt eigentlich etwas Wichtiges, das ich dir sagen wollte.«

»Was ist es?«, fragt sie neugierig. Sie hat eine Schwäche für Klatsch und Tratsch.

»Ich war mittagessen …« Anstatt weiterzusprechen, zische ich ins Telefon, drückte dann eine Sekunde lang die Stummschalttaste, dann stelle ich den Ton wieder an, sage »Sushi« und zische und unterbreche wieder. Ich hebe die Stummschaltung erneut auf und sage: »Mom, ich glaube, ich verliere dich.«

Wenn Mama mich jetzt fragt, warum ich mit Papa mittaggegessen und es ihr nicht gesagt habe, kann ich immer noch behaupten, dass ich es ihr gesagt habe – und dass sie mich vielleicht nicht gehört hat, weil sie ein neues Telefon braucht.

»Ich gehe jetzt sowieso besser«, sagt sie. »Ich bin auf einer Tour durch Paris. Warum reden wir nicht später?«

»Okay, hört sich gut an. Schön, wie cool du mit

dieser Nachricht umgehst«, sage ich und lege auf, bevor sie nachfragen kann.

Ich gehe ein paar Herzschläge lang schweigend und denke nach. Ich kann jetzt fast sicher sein, dass Fluffster meine Verbindung zu meinen biologischen Eltern ist. Die andere Möglichkeit ist, dass er entweder ein Fisch oder ein Sittich in einer von zwei nicht-russischen Familien war, die nicht einmal Cogniti sind – mit anderen Worten, eine eher unwahrscheinliche Möglichkeit.

Jetzt muss ich meine ganze Arbeit erledigen, damit ich es tatsächlich zu meinem Termin mit Baba Yaga schaffen kann – meine einzige verbliebene Ressource.

Ich atme tief durch und lese die von mir vorbereiteten Quartalsberichte für den Rest des Weges bis zu meinem Schreibtisch auf meinem Handy.

Um 15 Uhr habe ich einen großen Fortschritt mit meinem Arbeitspensum gemacht, aber der übliche Tiefpunkt zu dieser Tageszeit ist eine erdrückende Last, die mich im Sitzen einschlafen zu lassen droht.

Mit ganz viel Kaffee kämpfe ich darum, meine Augen offen zu halten, während ich an dem letzten Modell arbeite.

Es ist 20.23 Uhr, als ich endlich alles fertig habe.

Kein Wunder, dass Schlafentzug als Folter benutzt wird. Ich bin bereit, alle meine besten magischen Geheimnisse zu verraten, um ein Nickerchen zu machen.

Unter häufigem Blinzeln tippe ich alles zusammen und schreibe als einleitende Worte: »Ich bin erledigt.

Wenn ich in den nächsten fünf Minuten nichts von Ihnen höre, gehe ich nach Hause und kollabiere.«

Ich schicke die E-Mail an Nero und lege meinen Kopf auf meinen Schreibtisch. Wenn ich warten muss, kann ich genauso gut meine armen Augen schließen.

Die Oberfläche des Schreibtisches fühlt sich unter meiner Wange wie ein Kissen an, und ohne es zu wollen, schlafe ich ein.

———

ICH BIN EIN KÖRPERLOSES BEWUSSTSEIN, das in einer Seitenstraße schwebt.

Es dauert einen Moment, bis ich diesen besonders schmutzigen kleinen Winkel der Stadt erkannt habe. Hier stehen eigentlich die riesigen Müllcontainer für mein Arbeitsgebäude, aber die Leute versammeln sich hier, um eine Zigarette zu rauchen, ohne, dass sich jemand beschwert – besonders dann, wenn sie sie mit Pot rauchen. Ich schätze, wenn man raucht, stört einen der Gestank von Müll nicht so sehr.

Vier Gestalten stehen in einer Reihe. Die Straße ist breit genug für einen Müllwagen, aber diese vier sind so groß, dass sie fast die ganze Breite der Straße einnehmen.

Ich kenne diese Gruppe.

Es sind die Orks, die versucht haben, mich zu töten.

Ganz rechts ist derjenige, der den Bauhelm trug, als ich fast durch herabfallende Gegenstände getötet wurde. Neben ihm steht der weibliche Ork, der mich gleich nach dem Bauunfall mit seinem Auto fast in einen Pfannkuchen verwandelt hätte. Neben der Frau steht der Hundeausführer-Ork, und daneben der größte Ork, der, der sich heute Morgen als Straßenräuber ausgegeben und den blauen Fleck auf meiner Schulter hinterlassen hat.

»Es ist 20.45 Uhr«, sagt der Straßenräuberork mit einer Stimme, die mich zum Zittern bringen würde, wenn ich einen Körper hätte. »Wo ist er?«

»Ja«, sagt die Frau mit einer fast genauso tiefen Stimme. »Und wo ist Bogof?«

»Bogof ist immer zu spät«, sagt der Hundeausführer-Ork, und ich merke, dass diese angsteinflößenden Stimmen ein Merkmal sind, das alle Orks teilen. »Wir können unser Geschäft ohne ihn machen.«

Wer ist dieser »er«, den der Straßenräuber erwähnt hat, und wer ist dieser Bogof? Ist es sicher, anzunehmen, dass Bogof der Name eines anderen Orks ist und nicht die Abkürzung für die Verkaufstaktik *buy one, get one free*?

Was noch wichtiger ist, worauf warten diese vier? Sind sie dabei, jemanden zu überfallen, der zur Abwechslung einmal nicht ich bin?

Die Orks blicken auf den Eingang der Gasse.

Anstelle eines anderen Orks – vorausgesetzt, dass Bogof ein Ork ist – taucht eine mir sehr vertraute Person auf.

Es ist Nero, und er geht direkt auf die Horde Orks zu, als ob er sie nicht sieht.

Was noch schlimmer ist, ist, dass ein anderer Ork – wahrscheinlich der bereits erwähnte Bogof – Nero in einigem Abstand folgt, und mein Chef scheint das auch nicht zu bemerken.

»Nein«, will ich Nero zurufen, aber ich habe keinen Mund. »Geh nicht dorthin. Es ist eine Falle.«

Nero geht weiter.

Die Orks bilden einen Halbkreis und gehen bedrohlich auf ihn zu.

KAPITEL 20

ICH ÖFFNE DIE AUGEN.

Mein Kopf liegt immer noch auf dem Schreibtisch, aber das Adrenalin, das durch meine Adern strömt, zwingt mich, aufzuspringen.

Laut meinem Telefon ist es 20.38 Uhr.

Hektisch rufe ich Nero an, aber mein Anruf geht direkt auf die Mailbox.

Mist.

War dieses Hintergassenszenario eine neue Traumvision?

Es fühlte sich jedenfalls genauso an wie die, die ich vor ein paar Tagen hatte.

Angenommen, es war eine Vision, ging es um etwas, was heute passieren wird? Denn wenn die Prophezeiung für heute ist, steckt Nero gerade in Schwierigkeiten.

Ohne nachzudenken, schnappe ich mir meine Waffentasche, renne zum Aufzug und suche dabei nach

Verbündeten.

Die meisten Mitarbeiter sind bereits gegangen, und die wenigen Analysten, die noch arbeiten, sehen aus wie Weicheier.

Wenn ich nur einen der Sicherheitsleute des Gebäudes finden könnte.

Dann begreife ich, dass ich keine Zeit habe, die Leute davon zu überzeugen, sich mir anzuschließen. Selbst ich werde es nur mit Glück bis zur Gasse schaffen, wenn ich den ganzen Weg dorthin laufe.

Der Aufzug kommt glücklicherweise schnell, und ich drücke den Knopf »P« – der schnellste Weg zu meinem Ziel.

Mein Herz hämmert in meiner Brust, als ich das fast leere Parkhaus erreiche.

Während ich hindurchlaufe, greife ich in meine Tasche und ziehe mit verschwitzten Fingern die Waffe heraus.

Es sind sechs Kugeln in dieser Waffe. Es gibt fünf Orks. Meine Chancen stehen nicht gut. Jede meiner Kugeln müsste einen Ork treffen, idealerweise in den Kopf – ein verrückt ehrgeiziges Ziel, angesichts meiner Treffsicherheit auf dem Schießstand.

Ein unangenehmer Gedanke wirbelt ständig in meinem Kopf herum. Warum bin ich bereit, mein Leben für Nero in Gefahr zu bringen?

Wenn ich nur ein guter Samariter sein wollte, hätte ich 911 anrufen können, um ihnen eine Geschichte zu erzählen, die keine Visionen und Orks beinhaltet, und dann die Daumen drücken können. Ich habe bereits versucht, Nero telefonisch zu erreichen, so dass mein Gewissen rein sein sollte.

Andererseits ging der Anruf auf die Mailbox, und ich weiß, dass die Polizei es nicht rechtzeitig schaffen würde. Eine andere Möglichkeit, diese unangenehme Frage zu stellen, ist also: Bin ich bereit, Nero sterben zu lassen?

Aus irgendeinem Grund schreit alles in mir ein überwältigendes Nein.

Das verstehe ich von mir selbst nicht. Tue ich das, weil er gestern Abend eine Sekunde lang nett zu mir war? Oder hat das etwas mit dem ganzen Debakel zu tun, als ich mit einem Vibrator an meiner intimsten Stelle unzüchtige Fantasien mit ihm hatte?

Wenn ich das überlebe – was leider unwahrscheinlich erscheint –, muss ich herausfinden, ob ich eine Art Gefühl für Nero empfinde – abgesehen von der normalen Irritation, heißt das.

Nein, das ist absurd. Ich rette ihn nur, weil das das Richtige ist. Das ist mutig. Geht es bei Mut nicht darum, etwas zu tun, von dem man weiß, dass es verrückt ist?

Ich rase vom Parkplatz und biege um die Ecke.

Ich bin jetzt einen Meter von der Hintertür entfernt, und wenn ich kneifen wollen würde, wäre jetzt der richtige Zeitpunkt.

Ich atme tief ein, umfasse meine Waffe fester und rase zur Ecke.

Als ich sie umrunde, brauche ich nur einen kurzen

Augenblick, um festzustellen, dass mein Traum tatsächlich eine Vision war.

Nero ist bereits hier. Er ist bereits von den Orks umzingelt – genau wie in meinem Traum.

Der andere Ork – Bogof – ist auch hier, direkt vor mir.

Jetzt oder nie, denke ich mir und hebe meine Waffe.

KAPITEL 21

DIE WAFFE LIEGT SCHWER in meiner Hand und macht mich schmerzhaft auf meine angeschlagene Schulter aufmerksam. Ich beiße die Zähne zusammen, ignoriere den Schmerz und gehe auf Bogofs riesigen Rücken zu.

Ich drückte den Lauf gegen den Fleischberg und zischte: »Wenn du dich noch einen Zentimeter bewegst oder einen Blick riskierst, wirst du sterben.«

Bogof erstarrt an Ort und Stelle.

Ich schiebe den Lauf über seinen Rücken, um ihn gegen seinen Kopf zu drücken – auch wenn ich mich gezwungen sehe, mich auf Zehenspitzen zu stellen, um ihn tatsächlich zu erreichen. Ich stelle mir vor, ich sei Clint Eastwood, und flüstere: »Das ist eine .44er Magnum, Punk.«

Der Ork hebt seine dicken Arme über seinen Kopf. »Ich hätte dich ertrinken lassen sollen«, knurrt er leise.

Hat er gerade wirklich das gesagt, was ich denke?

All dieses Adrenalin macht es mir schwer, mich zu konzentrieren, aber ich denke, Bogof hat gerade die mysteriöse Wiederbelebungsmaßnahme zugegeben – und wahrscheinlich auch, dass er mich überhaupt erst ins Wasser gestoßen hat.

Dieser riesige Rücken kommt mir furchtbar bekannt vor.

Vor uns befinden sich die anderen vier Orks nur eine Armlänge von Nero entfernt.

Ich kann Neros Gesicht von meinem Standpunkt aus nicht sehen, aber er scheint nicht angespannt genug für die Situation zu sein. Er nähert sich gerade dem Straßenräuber-Ork – dem größten der fünf Exemplare vor mir –, und einen Moment lang stehen die beiden da und starren sich mit herausgestreckter Brust an, wie Hähne kurz vor einem Kampf.

Ich erkenne einen großen Fehler in meinem gesamten Rettungsplan. Wenn ich auf einen der vier Orks neben Nero schieße, ist es bei meiner Treffsicherheit genauso wahrscheinlich, dass ich Nero statt der Orks treffe.

Nun, zumindest habe ich Bogof unter Kontrolle. Außerdem kann ich in die Luft schießen und versuchen, sie zu erschrecken; sie wissen nicht, was für eine schlechte Schützin ich bin.

»Du solltest ihr nicht wehtun«, knurrt Nero den Straßenräuber-Ork an und erschreckt mich damit so sehr, dass ich fast die Waffe fallen lasse. Sein wütender Ton löst Gänsehaut auf meinem Nacken aus, und ich brauche einen Moment, um zu registrieren, was er eigentlich sagt.

Die Waffe fühlt sich an, als würde sie mit jedem Moment, der vergeht, ein Pfund schwerer werden. Wen meint Nero mit »ihr«? Es kann unmöglich sein …

Die Schultern des Straßenräubers sinken. »Ich …«

»Du hast ihr einen Bluterguss verpasst, du verdammter Schwachkopf.« Wenn die Fenster in der Nähe durch das kehlige Gebrüll von Nero zerbrechen würden, wäre ich nicht überrascht.

Mit zitternder Hand versuche ich, den Sinn dessen zu verstehen, was gerade passiert.

Mein Chef hat gerade einen Bluterguss erwähnt.

Ich habe einen Bluterguss.

Bevor ich die Bedeutung dessen, was Nero gerade gebrüllt hat, weiter analysieren kann, tut er etwas.

Etwas übernatürlich Schnelles.

In einer Sekunde knurrt der Straßenräuber-Ork eine Antwort, in der nächsten explodiert sein Kopf in kleine Stücke, und Blut und Hirnsubstanz besprühen den Rest der Gruppe wie ein kaputter Feuerhydrant.

Nero bewegt sich wieder.

Trotz der Schnelligkeit seiner Bewegung, die mir die Sicht erschwert, sieht sein Arm falsch aus. Er ist größer als sonst, und ich sehe einen Schimmer von so etwas wie Krallen oder Klauen.

Was auch immer Nero tut, das Ergebnis ist, dass der Rest des Körpers des Straßenräubers auf den Boden regnet, als ob jemand eine Bombe in ihm gezündet hätte.

Der Hundeausführer-Ork ballt seine riesigen Hände zu Fäusten von der Größe meines Kopfes. »Er hat nur getan, was Sie ...«

Nero stürzt sich auf ihn, und der Körper des Hundeführers explodiert in kleine Stücke aus Ork-Fleisch und gebrochenen Knochen.

Ich bin so schockiert über die Heftigkeit dieses Gewaltausbruchs, dass ich fast meine Waffe in Bogof entlade – obwohl das, was ich wirklich tun will, ist, die Waffe fallen zu lassen und wegzulaufen.

Mein Gehirn stürzt ab wie ein Computer. Eine kleine rationale Stimme erinnert mich an eine Tatsache, die ich in meiner Eile, hierherzukommen, völlig vergessen habe.

Jeder geht in Neros Gegenwart immer wie auf rohen Eiern – und jetzt verstehe ich, warum.

Die weibliche Ork ruft etwas, aber ihr Schrei verwandelt sich in ein blutiges Gurgeln, als ihr Kopf in die eine Richtung fliegt und ihr zerfetzter Körper in die andere.

Der Baustellen-Ork scheint der klügste zu sein und versucht, zu mir und Bogof zu laufen.

Er kommt nicht weiter als einen Meter, bevor Nero ihn erwischt. Die Bewegungen meines Chefs sind immer noch verschwommen, aber das Ergebnis ist allzu anschaulich – ein weiterer Ork verwandelt sich in einen Ork-Kebab, der in alle Richtungen spritzt.

Bogof zittert.

Mein Herz schlägt bis zum Hals.

Immer noch mit Orkblut und Fleisch bedeckt,

wendet sich Nero uns zu, und der wilde Ausdruck in seinen blaugrauen Augen ist nicht einmal annähernd menschlich.

Bogof muss erkennen, dass der Tod durch meine Kugel besser sein könnte als das, was Nero im Sinn hat, also dreht er sich um.

Völlig versteinert habe ich nur Zeit, zu erkennen, dass seine grüne Haut nicht mit Make-up bedeckt ist, bevor er seinen Mund vor meiner Waffe öffnet.

Es gibt deutlich mehr als zweiunddreißig Zähne in seinem Maul, plus Stoßzähne – etwas, was seine getarnteren Verwandten abgefeilt haben müssen.

Eine Sekunde lang sieht es so aus, als ob er will, dass ich ihm in den Rachen schieße, im Selbstmordstil. Stattdessen kaut er auf der Waffe herum.

Das Knirschen von verbogenem Metall auf Zähnen lässt die legendären Nägel auf der Tafel im Vergleich dazu himmlisch klingen.

Ohne zu blinzeln, verarbeite ich das unmögliche Endergebnis.

Die Hälfte meiner Waffe ist in Bogofs Mund, und die andere Hälfte in meiner verschwitzten Hand, als sich die riesigen Arme des Orks um mich herum zu schließen beginnen.

Ich bin so schockiert über die Tatsache, dass der Kiefer und die Zähne der Orks stark genug sind, um durch Stahl zu beißen, dass ich schließlich den Abzug drücke.

Nichts passiert.

Bogof spuckt das zerkaute Metall aus und beugt

sich vor, wobei er mich mit seinem fauligen Atem überflutet.

Ich werfe die Überreste meiner Waffe gegen seine hervorstehende Stirn.

Bogof blinzelt nicht einmal. Stattdessen vollenden seine riesigen Arme die umarmungsähnliche Bewegung und drücken mich gegen seinen riesigen Körper.

Ohne mir die Möglichkeit zu geben, mich vom Leben zu verabschieden, öffnet er sein Maul wieder über meinem Kopf.

KAPITEL 22

DAS WAR ES.

Wenn er eine Waffe zerbeißen kann, werden diese Zähne durch meinen Schädel fahren wie durch Zuckerwatte.

Aber der Ork bekommt keine Chance, seinen Mund zu schließen.

Nero packt mit Händen, die jetzt wieder normal aussehen, Bogofs Kiefer in einem Manöver, das in Cartoons immer bei Krokodilen angewendet wird, und reißt – fast ohne Anstrengung – den Mund des Orks in zwei Hälften.

Blut und Hirnsubstanz spritzen über mich.

Nero bewegt sich immer noch zu schnell, als dass ich ihn vollständig erfassen könnte, und macht mit seinen Händen etwas anderes.

Bogofs riesige Arme fallen neben mir mit einem lauten Platschen auf den Boden.

Der Ork spuckt Unmengen von Blut aus den leeren

Sockeln, in denen sich seine Arme und sein Kopf befanden, und fällt dann auf den Boden – wo Neros Tritt seine massive Brust durchbricht und das riesige Herz zerquetscht, das dort nach all den Verlusten immer noch schlug.

Meine Starre verschwindet, und ich trete zurück, wobei ich das Blut ignoriere, das mein Gesicht bedeckt und in meine Augen tropft.

»Geht es dir gut?«, fragt Nero, und seine Stimme ist so unnatürlich tief, dass sie meine inneren Organe in Schwingungen versetzt.

Ich wische mir mit meinem Ärmel das Gesicht ab – obwohl ich genauso gut versuchen könnte, eine Waffenwunde mit einem Q-Tipp zu reinigen. Alles, was ich dabei schaffe, ist, das Blut auf meinem Gesicht zu verschmieren.

Während ich mich noch weiter zurückziehe, starre ich auf das Blutbad um uns herum, als ob die Antwort auf Neros Frage durch die Inspektion von Orkdärmen erraten werden könnte.

»Warum bist du hier?« Mit einer ruhigen Bewegung, die fast geübt aussieht, wischt Nero eine dicke Schicht Blut von seinem Gesicht.

Zerreißt er regelmäßig Orks?

Ich finde endlich meine Stimme wieder. »Warum ich hier bin? Was ist mit Ihnen? Warum sind Sie hier?«

Nero legt seinen Kopf schief und macht einen Schritt nach vorne.

Ich gehe noch einen Schritt zurück, rutsche aber

auf einem blutigen Orküberrest aus. Verzweifelt fuchtele ich mit meinen Armen, um nicht hinzufallen.

Nero verschwimmt wieder vor Schnelligkeit und fängt mich, bevor ich in den blutigen Dreck um mich herum eintauche.

Seine Arme sind unglaublich stark, und sein Körper so warm, als er mich an seine Brust drückt. Mein Bauch zieht sich seltsam zusammen und mein Herzschlag wird noch schneller, als er mich vorsichtig auf meine Füße stellt.

»Geht es dir gut?«, murmelt er und schaut auf mich herab.

Meine Beine sind wackelig, aber ich schaffe es, mich von ihm zu entfernen und mich auf ein Stück Straßenbelag zu stellen, das auf wundersame Weise von Orkresten verschont wurde.

Zu meiner Erleichterung folgt Nero mir nicht.

»Ich werde dir nicht wehtun«, sagt er, und seine Stimme kehrt zu ihrer normalen Tiefe zurück.

»Uh-huh.« Ich schaue mich nach einer weiteren Oase um, aber ich stehe auf dem einzigen Stück orkfreiem Boden.

Blut oder Nero? Ich weiß nicht, was schlimmer ist.

»Ich werde nicht in deine Nähe kommen«, sagt er und erkennt damit ganz richtig mein Dilemma. Er greift mit einer blutgetränkten Hand in seine Innentasche.

Ich bin mir nicht sicher, was ich erwartet hatte, was er herausholen würde, aber ein Telefon war sehr weit unten auf meiner Liste.

»Eine Sekunde«, sagt er zu mir.

Meine Augen treten fast aus ihren Höhlen, als ich beobachte, wie Nero beiläufig eine Nummer wählt.

»Ja. Hier ist Nero. Ich brauche dich jetzt«, sagt er im Befehlston »Bei den Müllcontainern in der Nähe meines Gebäudes. Fünf extragroße Bestellungen. Der Platinsatz ist in Ordnung.«

Ich atme die metallisch riechende Luft ein und versuche, meine Gedanken zu ordnen.

Ich kann nicht anders, als das Gefühl zu haben, dass es etwas Wichtiges gibt, über das ich nachdenken sollte – etwas, was mir auf der Zunge liegt.

Etwas, was offensichtlich wäre, wenn das Adrenalin nicht wie Säure durch meine Venen strömen würde.

Dann geht mir ein Licht auf.

»Er wollte sagen ›Er hat nur getan, was Sie uns aufgetragen haben‹, nicht wahr?«, sage ich, und meine Stimme ist kaum lauter als ein Flüstern. »Der Hundeausführer-Ork.« Ich zeige auf einen Haufen vermischter Körperteile. »Ich war diejenige, die sie nicht verletzen sollten, nicht wahr? Ich bin diejenige, deren Bluterguss, Sie in diesen … Rausch versetzt hat, nicht wahr?«

Nero runzelt die Stirn. »Sasha …«

»Beantworten Sie meine Frage.« Meine Stimme wird laut, bevor ich mich daran erinnere, dass ich den Mann anschreie, der gerade eine Szene aus dem *Texas Chainsaw Massacre* mit seinen bloßen Händen nachgebildet hat. Ich atme tief durch, um zu einem halbwegs ruhigen Ton zurückzukehren. »Sagen Sie mir, dass Sie diese Orks nicht angeheuert haben, um mich zu verfolgen.«

Nero schweigt.

Ich balle meine Hände zu Fäusten. »Warum?«

Ich kann fast sehen, wie sich die Zahnräder in seinem manipulativen Gehirn drehen.

»Hast du Karate Kid gesehen?« Er tritt sanft ein großes Stück Bogof beiseite, so als ob er einen saubereren Weg schaffen will, für den Fall, dass er beschließt, mit einem Satz bei mir sein zu wollen. »Oder war das vor deiner Zeit?«

»Was?« Ich bin so verblüfft, dass ich vergesse, wütend zu sein. Dann merke ich, dass das sein Ziel sein könnte, also verenge ich meine Augen zu Schlitzen und verschränke die Arme. »Das sollte besser zu diesen Orks führen.«

»In diesem Film«, sagt Nero, »wollte ein Junge Karate lernen, und sein Meister ließ ihn verschiedene Aufgaben erledigen, die nichts mit dem Kämpfen zu tun zu haben schienen, ihm aber tatsächlich die Bewegungen des Angriffs und der Verteidigung lehrten …«

»Auftragen und polieren«, sage ich, und mein Gefühl, bei *Twilight Zone* mitzumachen, wird immer intensiver. »Mein Mitbewohner hat ihn mir gezeigt. Aber ich verstehe immer noch nicht, was …«

»Ich wusste schon, als ich dich zum ersten Mal sah, dass du eine Seherin bist«, sagt Nero, und während ich von diesem Informationstritt in den Bauch noch völlig schockiert bin, fährt er fort: »Ich wusste auch, dass du deine Macht beherrschen wollen würdest, aber dass es ein Problem geben würde … deine tief verwurzelte Skepsis.«

Ich starre ihn an, und mein Kopf droht zu explodieren wie der der unglücklichen Orks.

»Also, habe ich dich betreut.« Nero wirft einen weiteren Ork-Brocken aus dem Weg. »Ich habe dir Aktien für die Recherche gegeben, aber immer weniger Zeit, sie richtig zu erforschen.« Er verschränkt seine Arme vor der Brust und spiegelt meine eigene Körperhaltung wider. »Mein Ziel war es, dass du dich auf deine Kräfte als Seherin verlässt, um mit meinen wachsenden Anforderungen Schritt zu halten – und das hast du wunderbar gemacht.«

»Auftragen und polieren«, murmele ich und beginne, zu verstehen.

»Genau«, sagt Nero. »Außer, dass sich das Gesamtbild nie verwirklicht hat. Du hast nie an dich selbst geglaubt. Niemals akzeptiert, dass du eine Seherin bist. Stattdessen hast du deine finanziellen Erfolge dem Glück, deiner Klugheit und allem anderen zugeschrieben, was du glauben musstest. Deshalb können sich deine Kräfte nur manifestieren, wenn du schläfst – wenn dein immer wachsames Bewusstsein zur Ruhe kommt.«

Mein Mund ist so weit geöffnet, dass ein Tropfen Orkblut eindringt und mich zum Würgen bringt. Ich verbringe ein paar Sekunden damit, mich heftig zu übergeben, während Nero geduldig wartet.

Als ich fast fertig bin, mich zu erbrechen, erfasse ich seine Worte vollständig.

Wie irgendein verdammter Peter Pan muss ich an meine Magie glauben, um sie nutzen zu können. Eine solche Selbsttäuschung ist nichts Natürliches für mich, also hat er versucht, mich in die richtige Richtung zu lenken, indem er mich rein instinktiv die Aktienauswahl durchführen ließ – deren Erfolg ich immer noch dem Glück zugeschrieben habe, selbst nachdem ich herausgefunden hatte, dass ich Seherkräfte habe.

»Du warst frustriert, weil du keine Tagesvisionen hattest«, sagt er, als ich endlich aufhöre zu versuchen, den Geschmack von Orkblut aus meinem Mund zu bekommen. »Und du hast mir erklärt, dass Stresssituationen dir helfen, deine Visionen zu bekommen – die du damals geträumt hast.«

Nein.

Er kann nicht meinen, was ich denke, was er sagt.

Die Orks waren Teil eines verrückten Trainings, um mich dazu zu bringen, Tagesvisionen zu haben?

Er starrt mich mit einem unleserlichen Blick an.

»Nennen Sie diese Nahtoderfahrungen ernsthaft ›Stresssituationen‹?« Die Ungläubigkeit in meiner Stimme wird dem Wirbelsturm der Verwirrung in meinem Kopf nicht gerecht. »Kennen Sie die Definition des Wortes ›Understatement‹?«

»Du warst nie in Gefahr.« Er macht einen Schritt auf mich zu.

Ich gehe so weit zurück, wie ich kann, ohne den

sauberen Platz zu verlassen. »Ich wäre fast ertrunken …«

»Bogof war ein ausgezeichneter Schwimmer.« Nero blickt auf das, was von dem Ork übrig ist. »Er hätte dich gerettet – wenn es nötig gewesen wäre, heißt das.«

»Ein Ziegelstein hat mir fast den Kopf eingeschlagen.« Ich bemerke, dass ich schreie.

»Er wurde sorgfältig so fallen gelassen, dass er fünfundzwanzig Zentimeter neben dir landet«, antwortet Nero.

»Dieses Auto …«

»Ich habe zwanzig Riesen ausgegeben, um das Auto umzubauen.« Nero macht einen weiteren kleinen Schritt auf mich zu. »Es wäre ausgewichen, wenn du nicht weggegangen wärst – was etwas ist, worüber du nachdenken solltest. Woher wusstest du, dass du wegspringen musst?«

Ich ignoriere seine Frage, auch wenn sie verdammt gut ist. »Was ist mit dem Hund? Werden Sie sich jetzt hinstellen und mir sagen, dass es ein Roboterhund war? Oder hatten Sie eine Bombe drin, die es Ihnen erlaubt hätte, ihn in die Luft zu jagen, wenn ich in Gefahr gewesen wäre?«

»Max ist ein gut ausgebildeter, leibhaftiger Hund und hätte dich auch dann nicht verletzt, selbst wenn du ihn zuerst verletzt hättest.« Wenn ich es nicht besser wüsste, würde ich denken, dass Nero beleidigt aussieht – der Kerl hat Nerven. »Ich würde so einen Hund nicht töten. Für was für ein Monster halten Sie …«

Mein Lachen ist grenzwertig hysterisch. Er ist ein Monster, obwohl ich keine Ahnung habe, was für eines. »Der letzte Typ hat mir eine Waffe an den Kopf gehalten …«

»Sie war leer.« Nero räumt noch ein weiteres Stück blutige Ork-Reste zwischen uns weg. »Aber weil du nicht allein warst, hat der Schwachkopf sein Drehbuch geändert. Ich hoffe, wir sind uns einig, dass er und seine Sippe dafür teuer bezahlt haben.« Er deutet auf das Blutbad.

Ich schaue mich nicht um, damit ich nicht wieder würgen muss. »Ich hätte trotzdem sterben können. Ich hätte unter den Ziegelstein springen können, anstatt weg von ihm, ich hätte in die gleiche Richtung springen können, in die das Auto gebogen wäre, ich …«

»Du warst in Sicherheit«, sagt Nero, und sein Ton ist hart wie Stahl. »Darian hat mir einen Gefallen geschuldet, und ich habe ihn den Ausgang dieser Übung sehen lassen.« Sein Gesichtsausdruck wird dunkler. »Er hat mir versichert, dass du unversehrt bleiben würdest.«

Ich bekämpfe den Drang, ein saftiges Stück Ork-Fleisch aufzuheben und es Nero an den Kopf zu werfen. »Selbst wenn diese kleine Geschichte über Darian wahr wäre, garantieren seine Visionen nicht meine Sicherheit.« Dann lässt mich irgendein Kobold hinzufügen: »Wussten Sie zum Beispiel, dass Ihr guter Freund Darian seine Zukunft als mein Liebhaber gesehen hat?«

Neros Augen strahlen die Bereitschaft aus, etwas oder jemanden in kleine Stücke zu zerschreddern.

Ist er eifersüchtig?

Und selbst wenn, interessiert es mich wirklich?

»Wie Sie sich denken können«, sage ich, während ich mich im Blutbad umsehe, »wenn Darian etwas damit zu tun hatte, dann wird die rosige Zukunft, die er sah, nicht eintreten.«

»In diesem Punkt stimme ich dir zu.« Neros Gesicht sieht fast so furchterregend aus wie während des Gemetzels. »Du und Darian, ihr werdet niemals ein Paar werden.«

Die besitzergreifende Note in seiner Stimme schickt meine siedende Wut in kochendes Terrain.

»Ich hatte meine eigenen Visionen«, sage ich ihm, und meine Hände ballen sich zu Fäusten. »Sobald man das verflixte Ding hat, kann man es ändern. Die bloße Tatsache, dass er Ihnen gesagt hat, dass es mir gut gehen würde, hätte zu meinem Tod führen können.«

Neros Gesicht glättet sich und wird wieder kühl und ausdruckslos. »Mit all seinen Fehlern ist Darian viel besser mit Prophezeiungen als du. Er betrachtet die Auswirkung seiner eigenen Visionen, und sogar die Auswirkungen von Visionen anderer Seher. Sein Leben stand auf dem Spiel, als ich den Gefallen einforderte, damit du es richtig verstehst.« Nero klingt, als würde er versuchen, uns beide zu überzeugen.

»Sieht das für Sie nach unversehrt aus?« Ich ziehe den Kragen meines Hemdes beiseite und zeige ihm meinen blauen Fleck.

Seine Augen funkeln gefährlich bei dem Anblick. Ist er dabei, wieder diese Klauen-Krallen auszufahren?

Dann macht es klick. Er wusste bereits von meinem Bluterguss – das scheint zu diesem Massaker geführt zu haben. Ich habe ihm in dem Videoanruf gesagt, dass ich verletzt bin, aber keine Details erzählt, also wäre der einzige Weg, wie er speziell von dem blauen Fleck gewusst haben könnte, wenn diese Gerüchte über Kameras im Büro – wo ich meine Schulter untersucht habe – wahr wären.

Ich kann aber nicht viel wütender werden, als ich es schon bin. Eine Verletzung der Privatsphäre ist nichts im Vergleich zu dem, was er mir bereits angetan hat.

»Selbst wenn ich nicht in Gefahr gewesen wäre – und das war ich –, hatten Sie kein Recht, mir das anzutun«, sage ich und starre ihn wütend an.

»Als dein Arbeitgeber hatte ich das Recht, dir Arbeit zu geben«, sagt Nero und macht einen Schritt auf mich zu. »Und was die Mutprobe betrifft, so habe ich als dein Mentor das Recht dazu.«

»Ist das so?« Ich bin so sauer, dass ich jetzt tatsächlich auf ihn zukomme – und sofort in eine Blutlache trete. Das widerliche Gefühl von den Körperteilen, die unter meinen Schuhen zerquetscht werden, lässt die Galle in meinen Hals aufsteigen, und bevor ich es mir noch einmal anders überlegen kann, sage ich zu Nero: »In diesem Fall kündige ich. Ich kündigte diesen Job«, ich zeige mit meinem Daumen auf das Hedgefonds-Gebäude hinter mir, »und ich kündige definitiv Ihnen.«

Er tritt nah an mich heran, und sein großer Körper überragt mich. »Das meinst du nicht ernst«, murmelt er, und die intime Note in seiner Stimme beschleunigt meinen Puls noch mehr.

Ich kämpfe darum, meine Atmung zu beruhigen, und gehe zurück zur blutlosen Oase. »Oh, ich meine es ernst. Ich habe noch nie in meinem Leben etwas so ernst gemeint. Suchen Sie sich einen anderen Seher, den Sie missbrauchen können.«

»Ich will keinen anderen.« Er tritt an den Rand meines Rückzugsorts.

»Was Sie wollen, ist nicht mein Problem.« Ich war noch nie so stolz darauf, etwas ruhig zu sagen.

Ist Nero gerade größer geworden – oder hat er schon immer so viel dreidimensionalen Raum eingenommen? Es ist, als ob eine viel größere Kreatur im Körper eines Mannes gefangen ist und nun droht, sich den Weg nach draußen zu bahnen. »Du triffst gerade vorschnelle, emotionale Entscheidungen«, sagt er, und obwohl sein Ton eisig ist, ist sein minziger Atem warm auf meinem Gesicht. »Du wirst deine Meinung ändern.«

Ein Gebrüll von Motoren unterbricht meine rasiermesserscharfe Antwort – wahrscheinlich ist das auch das Beste.

Egal wie verlockend es auch sein mag, es ist nicht klug, diesen übernatürlichen Jack the Ripper, oder was auch immer Nero ist, zu verärgern.

Eines der ankommenden Autos ist ein Leichenwagen, während das andere wie eine Kreuzung zwischen einem Lebensmittel-LKW und einer dieser gepanzerten Geldtransporter aussieht.

Die Autos parken am Rande des Blutbads, und ihre Türen öffnen sich alle auf einmal.

Ich bin nicht überrascht, Pada zu sehen – den Mann, der für Vlad ein ähnliches Durcheinander von Zombie-Körperteilen aufgeräumt hat, sowie einen sehr animierten Zombie für mich.

Seine Jungs sehen aus wie jüngere Versionen von ihm, bis hin zu den schwarzen Lederjacken und den mürrischen Gesichtsausdrücken.

»Jik, schnapp dir die Knochensäge«, ruft Pada einem asiatischen Kerl zu, der aussieht, als sei er der Jüngste der Gruppe. »Wen, du arbeitest heute an der Pumpe«, schreit er einem anderen Kerl zu, der vage indianisch aussieht.

Die Crew greift das Chaos mit unheimlicher Effizienz an.

»Was ist mit ihr?«, fragt Pada Nero und zeigt auf mich, als sei ich ein blutiger Kadaver, der in seinen Zuständigkeitsbereich fällt.

»Sie muss nach Hause gebracht werden«, sagt Nero. »Kannst du sie bringen, während deine Kollegen hier aufräumen?«

Pada grunzt, greift in den hinteren Teil des Leichenwagens und zieht einen großen roten Regenmantel hervor.

»Zieh den an«, sagt er zu mir, und seine Stimme ist etwas freundlicher als sonst.

Immer noch sprachlos, aber erleichtert über die

Aussicht, nach Hause zu gehen, ziehe ich das hässliche Kleidungsstück über meinen Kopf und verschmiere überall Blut.

Pada greift in das größere Auto und kommt mit einem großen, weißen Handtuch zurück. Bevor ich protestieren kann, tupft er mir damit das Gesicht ab. Meine Augen brennen, und der Geruch von etwas Chemischem lässt mich niesen und gleichzeitig würgen wollen – eine gefährliche Kombination.

Versucht er, mich mit Chloroform zu betäuben?

Nein.

Ich bin immer noch schmerzhaft bei Bewusstsein.

Als Pada das Handtuch schließlich wegnimmt, sieht es aus wie ein Tampon aus einem Slasher-Film.

Als er die Tür des Leichenwagens öffnet, sieht er meinen Blick. »Bitte steige ein.«

Ich tue, was mir gesagt wird, und merke, dass Neros Augen mir den ganzen Weg von meinem Platz bis zum Auto gefolgt sind.

»Ich habe es ernst gemeint.« Ich drehe mich um, um Nero anzusehen, als ich den Türgriff ergreife. »Wir sind fertig.«

Nero beginnt zu antworten, und ich genieße es sehr, die Tür zuzuschlagen, bevor er auch nur ein Wort aussprechen kann – nichts, was er sagen könnte, würde meine Meinung ändern.

»Großartige Idee«, sagt Pada, als er reinkommt und seine eigene Tür schließt. »Warum machst du dir nicht auch gleich den Teufel zum Feind, wo du schon mal dabei bist?«

»Bist du sicher, dass Nero nicht eigentlich der Teufel ist?«, frage ich, nur halb im Scherz.

»Wenn ich wüsste, was er ist, glaube ich nicht, dass ich noch unter den Lebenden wäre«, flüstert Pada, als ob Nero uns im Auto hören könnte – was ich mir auch gut vorstellen kann.

Da ich nichts mehr sage, startet Pada das Auto und legt den Rückwärtsgang ein.

Der Leichenwagen fährt langsam aus der Gasse heraus, und nach einigen Anlaufschwierigkeiten manövriert Pada ihn auf die Straße.

»Ich hatte nie die Chance, dich das zu fragen«, sage ich, als wir den Broadway hinunterfahren. »Was für eine Art Cogniti bist du?«

»Einer, der ehrlich arbeitet«, sagt er, und seine Augen sind noch auf die Straße gerichtet.

»Ernsthaft?« Ich drehe mich zu ihm um, wobei mein Regenmantel gummiartige Raschelgeräusche macht.

»Ich bin mir nicht sicher, was du hören möchtest.« Pada setzt den Blinker. »Die Mythen über meine Art sind ziemlich unschön.«

»Das ist mir egal.« Ich ziehe die Kapuze des Regenmantels herunter, aber als Pada mir einen bösen Blick zuwirft, setze ich sie wieder auf.

»Wenn du darauf bestehst, nenne ich dir einige Beispiele«, sagt er mit einem verzweifelten Seufzer. »Jiks Vorfahre zum Beispiel hieß in Japan Jikininki.« Er schaut mich wegen meiner Reaktion an, sieht meinen fragenden Blick und fügt hinzu: »Wens

Ururgroßvater hieß Wendigo – vielleicht hast du schon davon gehört?«

Bei Wendigo klingelt zwar etwas in der Ferne, aber ich muss mein Telefon herausnehmen und beide Namen googeln – etwas, was ich bedauere, sobald ich Beschreibungen wie *Geister, die menschliche Leichen essen* für Jikininki und *mythisches Kannibalenmonster* für den Wendigo sehe.

»Unschön?« Ich betrachte einige der von Menschen gezeichneten Bilder der beiden Wesen. »Was du nicht sagst.«

»Wir dienen einem wichtigen Zweck.« Pada schneidet ein gelbes Taxi und fährt bei dem gleichen Manöver fast einen Fußgänger über den Haufen. »Wir scheren uns nicht um die sensiblen Gefühle anderer.«

»Ich weiß dich sehr zu schätzen«, sage ich beruhigend, für den Fall, dass er über meine sensiblen Gefühle spricht – die bei weitem nicht sehr sensibel zu sein scheinen. »Tut mir leid, wenn ich etwas gereizt bin. Zeuge davon zu werden, wie Nero Shredder spielt, scheint das bei mir auszulösen.«

»Das war ein schönes Chaos«, sagt Pada, als er eine weitere Kurve nimmt.

»Ja.« Ich reibe mir die Augen, als ob das irgendwie den in meine Netzhaut eingebrannten Mitschnitt des Massakers auslöschen könnte. »Macht es dir was aus, wenn ich kurz telefoniere?«

»Nur zu.« Pada greift in die Tiefe seiner Lederjacke, zieht ein Paar Kopfhörer heraus und setzt sie sich auf die Ohren. Lauter fügt er hinzu: »Ich sollte mich wahrscheinlich sowieso besser auf die Straße konzentrieren.«

Ich antworte mit einem Daumen nach oben und greife nach meinem Handy. Ich habe immer noch diesen Termin um 23 Uhr mit Baba Yaga, und denke mir, ich verschiebe ihn besser auf einen Tag, an dem ich nicht gerade die ganze Nacht durchgemacht und danach ein Orkblutbad überlebt habe.

Ich suche die Telefonnummer von Baba Yaga heraus und wähle.

Die angenehme Frauenstimme antwortet mir wieder auf fließendem Russisch, und als ich nach dem Besitzer frage, stellt sie mich wie das letzte Mal zum Manager durch.

»Sasha«, sagt Koschei in seiner typischen Gruftwächter-Stimme. »Ich hatte nicht erwartet, bis heute Abend zur verabredeten Zeit von Ihnen zu hören.«

»Deshalb rufe ich gerade an.« Das Auto fährt über ein Schlagloch, also umfasse ich das Telefon fester. »Ich möchte meinen Termin auf einen anderen Tag verschieben. Wenn das okay ist.«

Am anderen Ende des Telefons herrscht Totenstille.

»Hallo?«, sage ich. »Wurde das Gespräch unterbrochen?«

»Nein«, sagt Koschei, und seine Stimme ist noch unheimlicher.

»Nein, das Gespräch wurde nicht unterbrochen?«

»Nein, es ist nicht in Ordnung, die Verabredung nicht einzuhalten.«

»Schön«, sage ich so höflich wie möglich unter den gegebenen Umständen. »Dann sehen wir uns um elf Uhr, wie vereinbart.«

»Vergewissern Sie sich, dass Sie pünktlich hier sind«, sagt Koschei ruhig und legt auf.

»Was für ein Charmeur«, murmele ich leise.

Pada scheint mich nicht zu bemerken. Stattdessen summt er zu der Melodie, die aus seinen Kopfhörern ertönt – No One Loves Me and Neither Do I von Them Crooked Vultures.

Anstatt Padas Frieden zu stören, schließe ich die Augen in der Hoffnung, einzuschlafen und vielleicht eine nützliche Traumvision mit Informationen zu dem Treffen mit Baba Yaga zu bekommen.

Leider schlafe ich nicht ein, egal wie sehr sich mein Gehirn danach sehnt.

»Wir sind da«, sagt Pada, und als ich meine Augen öffne, sehe ich, dass wir tatsächlich vor meinem Haus stehen. »Ich bringe dich hoch.«

Er öffnet die Tür und führt mich zum Aufzug.

»Du kannst kaltes Wasser benutzen, um die Blutflecken zu lösen«, sagt er gesprächig, nachdem er den Knopf für meine Etage gedrückt hat. »Danach kannst du etwas Wasserstoffperoxid auftragen, eine Weile warten und alles mit warmem Wasser ausspülen.«

»Ich hebe keine blutgetränkte Kleidung auf«, sage ich und erschaudere. »Ich hoffe nur, dass ich alles von meiner Haut abbekomme.«

»Warmes Wasser und Seife sollten dich so gut wie

neu machen«, sagt er. »Wenn du diese Kleidung nicht behalten willst, ist es vielleicht das Beste, wenn ich sie mitnehme.«

Der Aufzug kündigt mit dem Gong seine Ankunft an.

»Hört sich gut an«, sage ich, als wir aussteigen.

Während ich gehe, höre ich ein lautes weibliches Keuchen.

Als ich zurückblicke, sehe ich, wie Rose ihren Müllsack fallen lässt und ihr Blick auf die Blutflecken gerichtet ist, die ich hinter mir zurücklasse.

»Mir geht es gut«, sage ich Rose schnell. »Das ist nicht mein Blut.«

»Ich werde diese Flecken gleich beseitigen«, sagt Pada. »Hallo, Rose.«

»Hallo, Pada«, sagt sie und blickt ihn abfällig an, bevor sie sich wieder auf mich konzentriert. »Sasha, Liebes, du gehst dich besser duschen, und dann erwarte ich, dass du bei mir vorbeikommst und mir erklärst, was los ist.«

»Wie spät ist es?«, frage ich.

»Neun Uhr dreißig«, sagt Pada, nachdem er auf seine Uhr geschaut hat.

»In diesem Fall sollte ich ein wenig Zeit haben, um auf eine schnelle Tasse Kaffee vorbeizuschauen«, sage ich Rose. »Ich bin um elf in Brighton Beach verabredet.«

»Geh«, sagt Rose. »Du tropfst überall Blut hin.«

Ich gehe zügig zu meiner Wohnung und schließe die Tür auf.

»Hallo?«, rufe ich, als Pada und ich eintreten. »Ist jemand zu Hause?«

Fluffster und Ariel kommen heraus, um uns zu begrüßen. Ariels Gesicht wird kreidebleich, und Fluffsters macht wahrscheinlich das Chinchilla-Äquivalent – ich bin nicht so gut darin, Nagergesichter zu lesen.

»Mir geht es gut«, rattere ich heraus. »Das ist nicht mein Blut.«

Sie überhäufen mich mit einer Flut von Fragen, aber ich umgehe sie, indem ich direkt zum Badezimmer eile.

»Ariel«, schreie ich, als ich mein Ziel erreiche, »kannst du mir bitte ein paar Müllsäcke bringen?«

Als sie kommt, steige ich in die Wanne, schließe den Vorhang, ziehe mich aus und werfe meine ganze blutige Kleidung in die Säcke.

Die arme Wanne sieht aus, als hätte sich jemand darin die Pulsadern aufgeschnitten.

»Kannst du das Pada mit einem großen Dankeschön von mir geben?« Ich stelle die Beutel heraus, und ohne auf eine Antwort zu warten, drehe ich den Duschknopf auf den stärksten Strahl.

Ich schnappe mir das Duschgel, schmiere mich mit einer dicken Schicht ein und lasse die heißen Wasserströme rote Bäche in den Abfluss tragen.

Die Badezimmertür schließt sich, öffnet sich aber bald wieder.

»Fang an zu reden«, sagt Ariel über das Geräusch von fließendem Wasser hinweg.

»Mal ehrlich«, fügt Fluffster mental hinzu. »Du kannst nicht so einen Auftritt hinlegen und dann nichts ausspucken.«

»Schön«, sage ich, während ich mich mit einer weiteren Schicht Seife einschmiere. »Das waren die Orks.«

Ich erzähle ihnen, was passiert ist, und lege den Schwerpunkt darauf, wie und warum es Neros Schuld war.

»Das erklärt die seltsame Herzmassage«, sagt Ariel, als ich fertig bin. »Und auch, wie diese Orks auf die Erde gekommen sind. Nero hat sicherlich genug Einfluss, um sie hierherzubringen und damit durchzukommen.«

»Besonders jetzt.« Obwohl meine Haut zu diesem Zeitpunkt schon gummiartig quietscht, trage ich eine weitere dicke Schicht Seife auf. »Sie sind praktisch verschwunden.«

»Weißt du«, sagt Ariel, »du hast erwähnt, dass du vor den Angriffen etwas gespürt hast. Vielleicht hatte Nero … «

»Kannst du mich zu diesem Termin mit Baba Yaga begleiten?«, frage ich, um das Thema zu wechseln. Das Letzte, was ich hören will, ist, dass sie irgendwelche Ausreden für diesen manipulativen Bastard findet.

»Natürlich«, sagt Ariel. »Ich hole schon mal das Auto.«

»Kannst du Fluffsters Transportbox vorbereiten, bevor du gehst?« Ich gieße mir eine weitere große Handvoll Duschgel in die rechte Hand. »Ich nehme an, dass es für dich okay ist, dass du mitkommst, Süßer. Ich denke, die Hexe könnte dich dort für die Behandlung der Amnesie brauchen – vorausgesetzt, sie weiß eine.«

»Ich kann es kaum erwarten, endlich meine Erinnerungen anzukurbeln.« Seine mentale Antwort ist überwältigend vor Begierde. »Ich werde im Käfig warten.«

Sie gehen, und ich spüle mich ab und wiederhole die Seifenbehandlung noch einige Male, bis meine Haut zu brennen beginnt.

Widerwillig steige ich aus der Wärme der Dusche, trockne mich ab und putze meine Zähne mit der gleichen Gründlichkeit wie meine Haut.

In ein Handtuch gehüllt, schleiche ich mich in mein Zimmer. Nach einer sehr kurzen Überlegung beschließe ich, mich bequem anzuziehen und auf Make-up zu verzichten.

Auf dem Weg zur Wohnungstür finde ich Fluffster bereits in dem speziellen Käfig, den ich für ihn besorgt habe, als ich mit ihm zum Tierarzt musste.

»Ich muss kurz bei Rose vorbeigehen«, sage ich ihm. »Willst du mitkommen?«

»Ich warte hier«, sagt Fluffster und erinnert sich zweifellos an Luzifer, Roses Katze.

Ich gehe zu Roses Tür.

Als sie sie öffnet, ist ihr Make-up so makellos wie immer. Sie trägt auch neue Ohrringe und ein stylisches Sommerkleid, das viel Haut zeigt – Haut, die gesund genug aussieht, um zu einer Frau zu gehören, die halb so alt ist wie Rose. Oder das Alter, von dem ich annahm, dass sie es hätte, als ich noch dachte, dass sie menschlich sei.

Die Katze schlendert gemächlich herbei, um zu sehen, wer an der Tür ist. Mit einem Blick riesiger Enttäuschung auf ihrem flachen, pelzigen Gesicht nimmt sie meine Existenz zur Kenntnis, bevor sie ins Wohnzimmer schlendert.

»Komm rein«, sagt Rose und führt mich hinein. »Ich mache dir deinen Kaffee.«

Im Wohnzimmer liegt die Katze in der Mitte auf dem Teppich, also gehe ich um sie herum und setze mich auf die Couch.

Rose geht, und zu meinem völligen Entsetzen steht Luzifer auf, springt auf die Couch neben mir und kuschelt sich schnurrend an mein Bein.

»Friert die Hölle gleich ein?«, frage ich die Katze. »Oder ist es, weil ich dir das Leben gerettet habe?«

Sie schenkt mir einen kalten Blick, der zu sagen scheint: *Du bist warm, und unsere Majestät musste sich an irgendetwas ankuscheln. Lass es dir nicht zu Kopf steigen.*

Rose kommt zurück und gibt mir einen warmen Becher Kaffee, den ich beim Wiederholen meiner Geschichte schlürfe – diesmal angefangen bei den Zwischenfällen mit den Orks bis hin zum Fleischwolffinale.

»Ich glaube, du musst noch früher anfangen«, sagt Rose und lehnt sich in ihrem Loungesessel zurück. »Du hast mir nie gesagt, wie du zu den Cogniti kamst und als Neros Mentee geendet bist.«

»Das muss ich dir an einem anderen Tag erzählen.« Ich kraule Luzifer zerstreut unter dem Kinn, und sie beißt mir nicht den Finger ab, was bedeuten muss, dass es ihr gefällt. »Ich muss gleich los.«

Rose zieht ihre perfekt getrimmten Augenbrauen in die Höhe, und ich frage mich, wie schwer diese Geste mit dem ganzen Botox auszuführen sein muss.

Sie schaut mich weiterhin an, also erkläre ich ihr schnell, wie meine Suche nach meinen biologischen Eltern mich zum bevorstehenden Treffen mit Baba Yaga geführt hat.

Rose hört sich meine Geschichte aufmerksam an. Vielleicht findet sie als Hexe das Projekt der Wiederherstellung von Fluffsters Gedächtnis faszinierend?

»Man muss vorsichtig sein, wenn es um Yaga geht«, sagt sie, als ich fertig bin. »Wie ich schon sagte, können Hexen gefährlich sein, und das gilt doppelt für sie.«

»Nun«, sage ich mit einem plötzlichen Hoffnungsschimmer, der bei mir ein Licht aufgehen lässt. »Denkst du, dass du das Gedächtnis meines Domovoi wiederherstellen könntest?« Ich trinke einen Schluck von meinem Kaffee. »Ich müsste sie nicht sehen, wenn du das könntest.«

»Leider nicht«, sagt Rose, ihre stark mit blauem Maskara geschminkten Augen sehen traurig aus. »Meine Spezialität sind Manipulationen von Kräften. Wenn du wolltest, dass ich deinen Domovoi für einige Zeit stärker oder besser geschützt mache, könnte ich das tun, aber was du brauchst, ist Baba Yagas

Spezialgebiet.« Sie sieht eine Sekunde lang nachdenklich aus und sagt dann: »Ich glaube aber, ich kann trotzdem etwas für dich tun.« Sie nimmt einen Ring von ihrem kleinen Finger und gibt ihn mir. »Setz den auf.«

Ich streife den Ring über. Er ist ein einfacher Silberring mit einem winzigen Stein darauf.

Einem Stein, der allerdings vertraut aussieht, wie mir auffällt.

Er ist ein winziger Cousin des Steins, den Nero in einen Lügendetektor verwandelt hat, als der Rat mich befragt hat – der Stein, der sich auch an der Halskette befand, die ich zu meiner Initiation trug und die sich immer noch in meinem Zimmer befindet.

»Atme tief durch«, sagt Rose und zeigt mit dem Zeigefinger auf den Ring.

Ich atme bewusst ein, und ein rosaroter Energiestrom fließt von Roses Finger in den kleinen Ring.

Der angehaltene Atem schießt gewaltsam aus meiner Lunge, während sich prickelnde Energie in meinem Körper ausbreitet und mich überraschenderweise wieder mit Energie versorgt – obwohl dieser Teil auch auf den Kaffee zurückzuführen sein könnte, dessen Wirkung jetzt eintritt.

»Was ist das?« Ich betrachte den Ring.

»Schutz«, sagt Rose und steht von ihrem Stuhl auf. »Jetzt gehst du besser. Du willst jemanden wie Baba Yaga nicht warten lassen.«

Ich unterdrücke ein Dutzend Fragen, schiebe Luzifer vorsichtig zur Seite und stehe auf.

»Egal was passiert, unterschreibe keine Verträge«, sagt Rose. »Verträge sind in der Regel sehr bindend in unserer Welt.«

Ich nicke genau in dem Moment, in dem es an der Tür klingelt.

Roses Lippen verwandeln sich in ein wissendes Lächeln. »Komm. Ich bringe dich raus und lasse ihn rein.«

Wir machen uns auf den Weg zur Tür, und als sie sie öffnet, bin ich nicht überrascht, dass Vlad dort steht.

Sein Blick gleitet fast unbewusst über mich und verweilt dann bewundernd auf Rose.

Die Perfektion seines gewohnt dunklen und grüblerischen Aussehens wird durch den Hauch eines Lächelns beeinträchtigt, das so schwer zu fassen ist wie das der Mona Lisa.

Er schlendert hinein, und bevor ich mich verabschieden kann, nehmen seine blassen Hände Rose in eine enge Umarmung.

Ich gehe so schnell zum Ausgang, als ob es in der Wohnung brennt, aber ich sehe immer noch, wie er sie küsst.

Leidenschaftlich. Auf die Lippen.

Ich kann nicht anders, als verblüfft hinzustarren.

Ja, intellektuell weiß ich, dass Rose und Vlad ein Paar sind, aber es ist immer noch schockierend, diese öffentliche Demonstration von Zuneigung zu sehen –

es erweckt die gleiche Art von Entsetzen, wie zu wissen, dass die eigenen Eltern noch Sex haben.

»Ich gehe jetzt besser«, murmele ich, als ich ernsthafte Zungenakrobatik sehe, und beeile mich, in meine Wohnung zu kommen, um Fluffster so schnell wie möglich abzuholen.

Mit dem Käfig in der Hand gehe ich nach draußen, steige in Ariels Auto und erzähle meiner Mitbewohnerin alles über das, was ich gerade gesehen habe.

KAPITEL 23

DER PARKSERVICE-TYP der Izbushka sagt etwas auf Russisch zu uns. Ariel lächelt ihn verständnislos an und übergibt den Schlüssel.

Ich schnappe mir Fluffsters Käfig von der Rückbank und sage: »Wenn ich diese Woche noch ein weiteres Mal nach Brighton Beach komme, geben sie mir eine kostenlose Flasche Wodka.«

Wir gehen die Treppe hinauf, und Ariel murmelt etwas Unverständliches, während sie auf die Hühnerbeine in der Nähe des Eingangs starrt.

Ein Türsteher mit Ork-Proportionen – aber eindeutig menschlich – öffnet uns die schweren Türen und sagt auch etwas auf Russisch. Wir bedanken uns auf Englisch und betreten das Restaurant.

Die Hütte ist innen alles andere als rustikal. Marmor und Kristall sind überall und erinnern mich an die Metropolitan Opera – besonders, wenn jemand sie irgendwo in Vegas nachgebaut und mit viel Bling-Bling überhäuft hätte.

Auf einer Bühne in der Mitte des Raumes findet eine Kabarettvorstellung statt. Die russisch klingende Musik ist beschwingt, was man allerdings von der Kundschaft nicht behaupten kann.

Obwohl ich Stereotypisierung hasse, wirbeln nur zwei Wörter in meinem Kopf herum, während ich die Ansammlung tätowierter Kerle und ihren silikonverstärkten Escorts aufnehme.

Russische Mafia.

»Sie müssen Sasha sein«, sagt eine bekannte Stimme.

Ich drehe mich um. Obwohl er persönlich noch skelettartiger klingt, sieht Koschei nicht so aus, wie ich ihn mir vorgestellt hatte – wie ein abgemagerter alter Mann. Obwohl er in der Tat schlank ist, ist er jung und gefährlich attraktiv. Sein schulterlanges Haar ist rabenschwarz, und seine marmorgrünen Augen mit den blau-schwarzen Augenbrauen funkeln schelmisch, während er uns betrachtet.

»Und Sie sind?«, fragt er Ariel, und ein halbes Grinsen erscheint auf seinem Gesicht.

»Ich möchte sichergehen, dass niemand meiner Freundin zu nahe kommt«, antwortet sie mit einem Lächeln, das die Bedrohung in ihrer Stimme kaum verdeckt.

»Nur der Seherin wird die Audienz gewährt. Sie müssen hier warten.« Er zeigt zu einem kleinen Tisch.

Ariel sieht mich unsicher an. Ich nicke, und sie setzt sich auf den angebotenen Platz.

Koschei gibt dem Kellner ein Zeichen, wendet sich dann an mich und sagt: »Folgen Sie mir.«

Er geht weiter in das Restaurant hinein, ohne einen Blick zurückzuwerfen.

Wann immer ein Mafiosi Koschei in die Quere kommt, schaut der dünne Mann einfach auf ihn, und die großen, tätowierten Typen schleichen einer nach dem anderen weg, als ob sie es mit jemandem zu tun hätten, der dreimal so groß wäre.

Koschei hat eindeutig einen bestimmten Ruf.

»Da drin«, sagt er, als wir uns einer Tür im hinteren Bereich nähern.

Ich greife nach dem Griff und kann nicht umhin, zu bemerken, dass dieser Eingang genau wie die Tür einer einfachen Holzhütte aussieht – völlig unpassend zu der ansonsten schicken Umgebung.

Die Tür öffnet sich mit dem knarrenden Geräusch einer alten Holzachterbahn.

»Hallo, Liebes«, sagt jemand von innen mit einem starken russischen Akzent. Die androgyne Stimme klingt, als gehöre sie jemandem aus der Antike.

Ich trete vorsichtig ein, aber bevor ich über die Schwelle gehen kann, gibt Koschei meinem Rücken einen leichten Schubs. Ich stolpere hinein, und er schlägt die Tür hinter mir zu.

Ich halte mein Gleichgewicht und betrachte den Raum und diejenige, die sich in ihm befindet.

Der Ort sieht aus wie die Nachbildung einer

Waldhütte mit Holzwänden, Boden und Decke. Yaga muss einen Fetisch für Holz haben, denn selbst die Schale und die Löffel sind aus Holz im bunten Stil der Matroschka-Puppen verziert.

Nun, zumindest sehe ich keine Verträge, deren Unterzeichnung ich vermeiden muss.

Meine Gastgeberin – ich nehme an, Baba Yaga selbst – sieht noch älter aus, als ihre Stimme vermuten lässt. Einige der Falten auf ihrer Stirn haben schon ihre eigenen Falten. Tatsächlich sieht sie so alt aus, dass ich sie für einen alten Mann halten könnte. Nur ihre löwenzahnartig aufgebauschte Frisur ist irgendwie feminin. Ihre Kleidung sieht noch älter aus und besteht aus einer Art rauem Stoff mit Löchern. Vielleicht einem Kartoffelsack?

Trotz alledem sind ihre Augen nicht rheumatisch. Sie strahlen viel Intelligenz und Kraft aus.

»Sasha?« Sie spricht meinen Namen genauso aus wie Felix' Eltern.

»Hallo«, sage ich. »Baba Yaga, richtig?«

»Du bist eine Seherin?«, fragt sie, und ihr Akzent wird stärker.

Ich nicke.

»Seher sind sehr nützlich.« Yaga springt quirlig von ihrem Holzstuhl, streckt ihre Hand aus und murmelt etwas vor sich hin.

»Lauf weg«, sagt Fluffster in meinem Kopf. »Sie verhext dich mit einem Zauberspruch.«

Bevor ich die Worte meines Haustieres vollständig aufnehmen geschweige denn verarbeiten kann, schießt ein schwarzer Blitz aus den Fingern der Hexe und trifft mich direkt auf die Stirn.

Ein unerträglicher Schmerz durchdringt mein Gehirn und verwirrt meine Gedanken.

»Sie versucht, deinen Willen zu stehlen«, sagt Fluffster, und seine mentale Stimme klingt wie aus der Ferne. »Wir sind nicht in meinem Revier, also kann ich sie nicht aufhalten. Es tut mir so leid.«

KAPITEL 24

DER SCHMERZ in meinem Gehirn verändert sich leicht – so als ob ein Magnet die abscheuliche Energie aus meinem Kopf in meinen Körper zieht.

Die Schmerzen wandern durch meine Schulter und in meine Hand.

Sie sind so intensiv, dass ich Fluffsters Käfig fast fallen lasse.

Dann sehe ich, wie der schwarze Strom in der Nähe von Roses Ring rosa wird, und so plötzlich, wie der Schmerz auftauchte, verschwindet er langsam, genau in dem Moment, in dem der Ring zerbricht.

»Der Zauber ist fehlgeschlagen«, benachrichtigt mich Fluffster aufgeregt. »Wir sollten von hier verschwinden, bevor sie noch einen loslässt.«

Da ich nicht weiß, wie ich mit Fluffster mental sprechen soll, sage ich ihm nicht, dass es nicht einfach ist, aus einem verschlossenen Raum zu kommen, der von Koschei auf der anderen Seite bewacht wird.

Dann geht mir ein Licht auf.

Roses Ring hat mich beschützt.

Erst jetzt ist er kaputt, also ist der Schutz weg.

Rein instinktiv tue ich so, als würde ich Fluffsters Käfig von einer Hand in die andere bewegen. Mit dem magischen Prinzip der größeren Bewegung, die eine kleinere umfasst, drehe ich den Ring so, dass der Stein in meine Handfläche zeigt.

Wie ich gehofft habe, scheint Baba Yaga nicht bemerkt zu haben, dass ich an dem Ring herumgefummelt habe.

Stattdessen sieht sie beeindruckt aus, dass ich mich überhaupt bewegen kann.

Ich starre sie wütend an.

Als sie meinen Blick sieht, benutze ich ihre Ablenkung, um meine Hand zu krümmen, so als ob ich eine Karte in ihr hätte. Auf diese Weise wird sie den Zustand des Ringes nicht sehen, obwohl ich hoffe, dass sie nicht einmal darauf achtet.

»Haben Sie gerade versucht, meinen Verstand zu übernehmen?«, frage ich sie wie nebenbei, so als hätten viele Menschen es versucht und seien gescheitert.

Sie starrt mich an. »Sie scheinen mächtige Freunde zu haben.« Ihr Akzent ist plötzlich viel weniger ausgeprägt. »Sieht so aus, als könnte ich heute keine Abkürzungen benutzen. Das ist auch gut. Ich könnte etwas Übung darin gebrauchen, auf altmodische Weise zu verhandeln.« Sie sieht mich wie zum ersten Mal an. »Was war es, was du wolltest, Liebes?«

Ich bin extrem versucht zu sagen, dass ich

überhaupt nichts will, aber meine Intuition warnt mich davor. »Mein Domovoi«, sage ich ruhig und hebe den Käfig höher. »Ich möchte sein Gedächtnis wiederherstellen.«

Ich wünschte, Nero wäre hier, damit ich ihm sagen könnte, dass ich einfach nur meiner Eingebung gefolgt bin, ohne noch einmal darüber nachzudenken. Seine Worte sind jetzt eindeutig bei mir angekommen, und ich beginne, an meine Kräfte zu glauben. Außerdem wette ich, dass wenn Nero hier wäre, diese Hexe es nicht gewagt hätte, sich mit mir anzulegen.

»Ein Domovoi?« Baba Yaga untersucht den Käfig mit Interesse. »Woher hast du ihn?«

»Das ist es, was ich herausfinden möchte.« Ich kämpfe mit meinen Nerven, während ich einen Schritt in Richtung der alten Frau mache und Fluffster näher an ihre faltige Nase bringe. »Er erinnert sich an nichts, was passiert ist, bevor er diese Tierform angenommen hat.«

Sie schließt ein Auge und untersucht Fluffsters Schnurrhaare wie ein Juwelier. »Das tun sie nie. Setz ihn da hin.« Sie zeigt mit einem gekrümmten Finger auf den Holztisch.

Ich stelle den Käfig vorsichtig auf den Tisch und öffne ihn.

Baba Yaga nähert sich Fluffster und greift nach ihm.

Ohne zu zögern, beißt Fluffster in ihren Finger.

»Ein temperamentvoller Domovoi.« Yaga zieht den Zeigefinger vom Chinchilla weg. Sie schaut ihn streng an und sagt mit leiser Stimme: »Du vergisst, dass wir nicht in deinem Reich sind. Hier, in meinem, bist du genau das, wonach du aussiehst – eine Ratte mit Fell.«

»Fluffster«, sage ich und handle wieder rein instinktiv, was mir sagt, dass mein Freund in echter Gefahr ist. »Sei nett zu der Dame. Sie versucht nur, zu helfen.«

Mit ihrem Finger im Mund geht Baba Yaga in die Ecke des Raumes, wo ein riesiger Mörser neben einem großen Besen steht. »Ich könnte versuchen, seine Erinnerungen wiederherzustellen. Ich habe das mit anderen seiner Art getan, wenn auch mit weniger sturen als diesem. Er könnte sich nur an einen Schimmer seiner allerletzten Verkörperung erinnern, oder er könnte sich an sie alle im Detail erinnern – es gibt keine Garantien in diesem Geschäft.«

»Aber Sie könnten es tun?«, frage ich, um sicherzugehen.

»Ich könnte«, sagt sie, und als sie grinst, zähle ich nur ein paar gezackte Zähne in ihrem sonst leeren Mund.

»Also«, ich kämpfe darum, ruhig zu bleiben, »werden Sie es tun? Bitte.«

»Du bittest so freundlich.« Baba Yaga lächelt noch breiter, und ein großes, faltiges Grübchen erscheint auf ihrer Wange. »Ich werde es tun. Irgendwann, möglicherweise aber auch nie, werde ich dich bitten, mir eine kleine Gefälligkeit zu erweisen. Aber bis dahin …«

»Zitieren Sie aus *Der Pate*?«, frage ich, und vor Ungläubigkeit kichere ich hysterisch.

»Soll ich lieber sagen: ›Auge um Auge‹?« Baba Yagas Lächeln wird räuberisch. »Oder vielleicht: ›Eine Hand wäscht die andere‹?«

»Ich traue ihr nicht«, sagt Fluffster eindringlich in meinem Kopf. »Zweifellos wird sie dich in den nächsten fünf Minuten um diesen Gefallen bitten, und er wird dir nicht gefallen.«

Nochmals wünschte ich, ich könnte Fluffster mental antworten. Ich würde ihm sagen, dass ich ohne weiteren Schutz von Rose in einer ziemlich verletzlichen Position bin. Wenn Baba Yaga dringend etwas von mir will, könnte sie ihren früheren Zauber noch einmal versuchen, und diesmal würde er reibungslos funktionieren.

Was könnte sie überhaupt von mir wollen? Sie hat eine große Sache daraus gemacht, dass ich eine Seherin bin, also ist das wahrscheinlichste Szenario, dass sie eine Prophezeiung will – oder zumindest ist das die beste Annahme, die mein übernächtigtes, adrenalingesättigtes Gehirn auftreiben kann.

Vielleicht wäre ich mit einem Schönheitsschlaf in einer besseren Position, um das herauszufinden.

»Ich werde nichts Illegales für Sie tun«, sage ich nach einer Pause, so bedeutungsschwanger, dass Menschen im Zug mir ihren Sitzplatz anbieten würden. »Damit meine ich, dass ich keine menschlichen Gesetze brechen werde oder schriftliche oder ungeschriebene Regeln der Cogniti.«

»Noch etwas?«, fragt sie, ein wenig zu fröhlich.

Verhandelt sie wirklich gerne oder spielt sie nur mit ihrem Essen?

»Der Gefallen muss zur Zeit der Anfrage in meinen Möglichkeiten liegen«, sage ich und denke, dass ich, wenn sie mich in den nächsten fünfzehn Minuten um eine Prophezeiung bittet, ihr ehrlich sagen kann, dass ich meine Kräfte nicht unter Kontrolle habe und ihr nicht weiterhelfen kann. »Sie können Ihren Gefallen nicht dazu nutzen, um weitere Gefälligkeiten zu erbitten«, füge ich hinzu, wobei ich an all die Geschichten über den Dschinn denke.

»Einverstanden.« Baba Yaga spuckt auf ihre Hand und streckt sie zu mir aus.

Ich durchsuche den Raum nach einem Holzgefäß mit Desinfektionsmittel, finde keines und strecke widerwillig meine Hand aus, damit sie sie schütteln kann.

Zumindest ist das nur eine mündliche Vereinbarung – ich hatte Angst, dass sie mich bitten würde, etwas zu unterschreiben.

»Ist der Zauber oder was auch immer gefährlich für ihn?« Ich schaue Fluffster besorgt an, nachdem ich meine Hand weggezogen und sie mit der ganzen heimlichen Fertigkeit eines Magiers an meiner Hose abgewischt habe.

»Nein«, sagt Baba Yaga. »Er könnte gleich nach der Behandlung schwach sein, aber sobald du ihn in sein Revier zurückgebracht haben wirst, wird er so gut wie neu sein.«

»Letzte Chance, auszusteigen«, sage ich zu ihm.

»Ich mache mir Sorgen um dich, nicht um mich«, sagt Fluffster mental. »Ich will nicht, dass du dieser Kreatur meinetwegen etwas schuldest.«

»Ich tue das für mich«, erinnere ich ihn laut – ohne mich darum zu kümmern, ob Baba Yaga das hört, denn es ist kein großes Geheimnis, dass sie es gegen mich benutzen kann.

»In Ordnung«, sagt Fluffster. »In diesem Fall bin ich bereit.«

»Tun Sie es.« Ich schaue Baba Yaga mit einem Selbstvertrauen an, das ich nicht fühle. »Wir haben einen Deal.«

Baba Yaga streckt mit vor Konzentration verzerrtem Gesicht ihre knorrigen Hände in Fluffsters Richtung aus, und dünne schwarze Energie strömt von ihren Fingern in Fluffsters Fell.

KAPITEL 25

FLUFFSTER SCHREIT.

Kein Zirpen oder Kreischen wie bei normalen Chinchilla-Vokalisationen, sondern er schreit ein Klagegeschrei, von dem ich nicht wusste, dass seine kleine Kehle es produzieren kann.

Dann beginnt er zu zittern, als hätte er einen epileptischen Anfall – oder, vielleicht passender, als würde er auf einem elektrischen Stuhl getötet werden.

»Hören Sie auf! Sie werden ihn umbringen!« Ich durchsuche den Raum nach etwas Schwerem, um damit Baba Yaga auf den Kopf zu schlagen.

»Es wird ihm gut gehen«, stößt die Hexe aus. »Er ist nur ein altes und starkes Exemplar seiner Art, das ist alles.«

Die Energie strömt weiterhin aus ihren Fingern, und Fluffsters Fell steht in alle Richtungen ab, so als ob er sich in ein Stachelschwein verwandelt hätte.

Im nächsten Moment hört sein Protest auf, und er fällt auf die Seite.

Baba Yagas Energie durchdringt einen Moment lang seinen leblos aussehenden Körper und versiegt dann.

Die Hexe sieht blass aus, als sie sich mit einer zitternden Hand am Tisch festhält.

»Hoffentlich sind Sie es wert, Mädchen«, sagt sie in einem kaum hörbaren Flüstern. »Ich habe seit fünfzig Jahren nicht mehr so viel Energie verbraucht.«

Ich ignoriere die Hexe, lehne mich über Fluffster und lege eine Hand auf seine Brust.

Sein Herzschlag ist langsam und seine Atmung flach, aber er ist eindeutig am Leben – was bedeutet, dass Baba Yaga auch leben wird, auch wenn es ein interessantes Rätsel ist, wie ich sie aus Rache hätte töten können.

»Süßer«, sage ich zum Domovoi. »Alles in Ordnung mit dir?«

Er antwortet nicht.

»Du bringst ihn besser in sein Revier.« Die Hexe plumpst müde in einen Stuhl, und ihre Bewegungen passen jetzt besser zu ihrem Alter. »Sein Reich ist dein Zuhause, falls du dich nicht mit seinem Wesen auskennst.«

»Danke.« Es erfordert meine ganze Selbstbeherrschung, ihr nicht in das zerknitterte Gesicht zu schlagen. »Das werde ich jetzt gleich tun.«

Ich drücke Fluffsters winzigen Körper gegen meine

Brust, gehe zur Tür und lasse den Transportkäfig für Baba Yaga als Souvenir zurück.

Koschei öffnet die Holztür in genau dieser Sekunde, so als sei er der Hellseher und nicht ich.

Ich gehe an ihm vorbei, ohne einen zweiten Blick zu riskieren, und beeile mich, zu Ariels Tisch zu kommen.

»Was ist los?«, fragt Ariel, sobald sie mich sieht. Dann fällt ihr Blick auf meine Hände. »Geht es Fluffster gut?«

»Das sollte es besser. Er muss nach Hause, je früher, desto besser.«

»Natürlich.« Sie springt auf. »Gehen wir.«

Mit ihrer übernatürlichen Kraft bahnt Ariel einen Weg für uns durch die Menge. Zu meiner Erleichterung tun die Gangster, die sie zur Seite schiebt, so, als seien wir unsichtbar.

»Das Auto. Jetzt«, schreie ich den Parkservice an, sobald wir draußen sind. Um meine Worte zu bekräftigen, zieht Ariel einen Zwanziger heraus und drückt ihn dem Kerl in die Hand.

Der Parkservice eilt um die Ecke, und nach ein paar langen Sekunden kehrt er mit Ariels Hummer zu uns zurück.

»Gib Gas«, sage ich zu Ariel, als wir drin sind.

Das tut sie, und die Reifen quietschen, als wir nach vorne schießen.

Ariel muss bei der Armee aggressives Fahren gelernt haben. Der Hummer schneidet sich wie ein

Panzer durch den Verkehr; alle, selbst die gelben Taxis, ergeben sich und machen den Weg frei.

Um mich von einer beginnenden Panikattacke von Ariels Fahrweise abzulenken, erzähle ich ihr detailliert, was in Baba Yagas Holzbüro passiert ist.

»Gott sei Dank hattest du Roses Schutz«, sagt Ariel. »Wenn Yaga mit ihrem Zauber Erfolg gehabt hätte, hätte sie die vollständige Kontrolle über dich gehabt. Der Zauber ist noch schlimmer als der Sire Bond.«

Ich unterdrücke ein Schaudern und streichele Fluffsters schlaffen Körper. »Was ist ein Sire Bond?«

Ariel schleudert auf die Autobahn, und die Reifen des Autos hinterlassen eine schwarze Spur. »Wenn ein Pre-Vampir das Blut eines vollwertigen Vampirs trinkt, bevor er stirbt, wird der Spendervampir der Erzeuger des resultierenden Vampirs sein – und der neue Vampir wird durch die Erzeugerbindung seine Befehle für ein Jahrzehnt befolgen müssen.«

»Wow. Warum sollte ein Pre-Vampir angesichts der Folgen jemals das Blut trinken?«

»Es ist der einzige sichere Weg für einen Pre-Vampir, sich zu verwandeln.« Ohne ihre Absicht zu signalisieren, wechselt Ariel auf die mittlere Spur – direkt vor einen Schnellbus. »Wenn ein Pre-Vampir nicht stark genug ist, verwandelt er sich vielleicht nicht, wenn er stirbt. Er könnte wirklich sterben – und der einzige Weg, das herauszufinden, ist, zu sterben, ohne das Blut eines anderen Vampirs zu trinken. Die meisten bevorzugen die Sicherheit des Sire Bonds gegenüber der unsicheren der Möglichkeit der Freiheit mit dem Risiko, wirklich zu sterben.«

Ich denke über diese Wahl nach, als wir auf die Überholspur wechseln und beschleunigen, um die Höchstgeschwindigkeit zu verdreifachen.

Im Gegensatz zu mir sind Fluffsters Atmung und Herzschlag unverändert – obwohl ich dankbar sein sollte, dass es nicht schlimmer geworden ist.

Der Rest der Fahrt vergeht für mich in einem Adrenalinschleier, und ich atme nur einen erschrockenen Atemzug aus, als wir zum Battery Park kommen, und Ariel zum ersten Mal, seit wir das Restaurant verlassen haben, auf die Bremse tritt.

Mit einem so heftigen Ruck, dass meine angeschlagene Schulter wieder zu schmerzen beginnt, halten wir an.

Ich halte Fluffster in meiner linken Hand, als ich die Autotür mit meiner rechten Hand öffne und den Geruch von dem verbrannten Gummi der Reifen einatme.

Ariels Telefon klingelt mit einer eingehenden Nachricht.

Sie schaut darauf und zuckt zusammen. »Ich muss los. Ich komme nachher wieder. Kannst du mir eine Nachricht schicken, sobald es Fluffster besser geht?«

Ich nicke und eile zu unserem Gebäude.

Wenn ich es nicht so eilig gehabt hätte, hätte ich Ariel gefragt, worum es hier geht, aber ich habe trotzdem einen Verdacht. Es war wahrscheinlich eine weitere Sexnachricht von Gaius. Oder ist es eine Hals-

oder Blutnachricht, wenn dein »nur ein Freund« ein Vampir ist?

Es mag meine Fantasie sein, aber das Chinchilla fühlt sich beim Betreten des Gebäudes wärmer an, und seine Atmung ist gleichmäßiger, als ich den Aufzug auf unserer Etage verlasse.

Ich hole meine Schlüssel heraus, öffne die Wohnungstür und gehe in die Küche. Ich lege Fluffster auf den Tisch und untersuche ihn gründlich.

Seine Atmung ist jetzt normal und sein Herzschlag ruhig, aber er reagiert immer noch nicht, wenn ich ihn rufe.

»Es wird alles gut«, sage ich dem bewusstlosen Chinchilla. »Lass mich meine schmutzigen Schuhe ausziehen und das Licht an der Eingangstür ausschalten.«

Meine Hoffnung war, dass die Aussicht auf Stromeinsparung eine Reaktion von ihm hervorrufen würde, aber so viel Glück habe ich nicht.

Als ich zur Tür zurückkomme, bemerke ich dort ein Paket. Felix muss es vorhin mitgebracht haben, was bedeutet, dass er zu Hause sein muss.

Als ich mich umsehe, sehe ich auch Felix' Lieblingssneaker.

Wenn er zu Hause ist, ist es seltsam, dass er nicht gekommen ist, um mich zu begrüßen. Vielleicht hat er seine Kopfhörer auf?

Dann sehe ich ein zierliches Paar Stilettos, das weder mir noch Ariel gehört.

Wenn Felix sich nicht entschieden hat, mit einer

Drag zu experimentieren, muss er mitten in einem echten Netflix-und-Chillen-Date sein.

Ich ziehe meine Schuhe aus, und mein Blick fällt wieder auf das Paket.

Es hat ein eBay-Logo darauf, also muss es mein Videorekorder-Kauf sein – etwas, was ich durch meine ganzen anderen Erlebnisse völlig vergessen habe.

Dann bemerke ich den Namen des Absenders, und meine Augen drohen aus ihren Höhlen zu springen.

»Wie?«, murmele ich, als ich ihn noch einmal lese.

Das Paket ist von Darian.

Er hätte den Videorekorder im richtigen Moment und zum richtigen Preis auflisten müssen, damit ich ihn kaufen würde, als ich es tat. Aber warum sollte man sich solche Umstände machen? Zuerst schickt er mir die Videokassette und verkauft mir dann das Gerät, das zum Abspielen benötigt wird.

Wenn ich mir keine Sorgen um Fluffster machen würde, würde ich die Verpackung sofort aufreißen, aber so, wie die Dinge nun einmal sind, drehe ich mich um, um in die Küche zurückzukehren – und bemerke endlich den Duft.

Ein leckerer Duft, den ich schon einmal gerochen habe, während meiner fast tödlichen Verbindung mit Harper, dem Inkubus, in Neros Earth Club.

Schon allein von der Erinnerung an die Begegnung stellen sich meine Nackenhaare auf – genauso wie die Magie des Geruchs seine aphrodisische Wirkung auf andere Teile meines Körpers ausübt.

Wie ein Hund lasse ich mich von meiner Nase

führen, und der Geruch wird stärker, als ich mich Felix' Zimmer nähere.

Als ich beinahe da bin, zwingt mich ein starkes Gefühl der Vorahnung, anzuhalten und einen beruhigenden Atemzug zu nehmen.

Allerdings erweist sich das tiefe Einatmen als eine schlechte Idee.

Es erhöht die Menge an Inkubus-Essenz, die in meine Lungen gelangt.

Mein Verstand ist kurz davor, völlig schwammig zu werden, aber mit schierer Willenskraft wehre ich die unerwünschte Erregung ab.

Wie kann das sein?

Warum rieche ich Harper?

Mehr denn je will ich, dass meine dummen Kräfte funktionieren.

Nero hat gesagt, dass ich an mich selbst glauben muss, aber das Frustrierende ist, dass ich in diesem Moment ganz und gar an meine Kräfte glaube – aber es mir nicht zu helfen scheint.

Der Geruch verstärkt sich weiter und lässt keinen Zweifel an der Quelle aufkommen – Felix' Zimmer.

In diesem Moment ruft der Geruch oder der Stress das seltsamste Gefühl aller Zeiten in mir hervor.

Blitze explodieren vor meinen Augen.

Habe ich mir gerade den Kopf gestoßen?

Der Blitzeffekt fühlt sich an, als würde er aus meinen Händen direkt in meine Augäpfel fließen.

So plötzlich, wie sie kam, verschwindet die visuelle Illusion, und ich finde mich vor Felix' Tür wieder.

Ich höre ein Stöhnen durch die Tür. Es ist schwer zu sagen, ob es ein Stöhnen aus Schmerz oder vor Vergnügen ist – nicht, dass eines davon angesichts von Harpers Kräften besser wäre.

Mein Körper reagiert wie ferngesteuert, als ich alle meine Kräfte sammele und die Tür eintrete.

KAPITEL 26

DIE TÜR SCHWINGT mit einem Knall auf, aber niemand scheint meine Ankunft zu bemerken.

Ich starre auf Felix' Bett, und meine Augen weigern sich zu glauben, was sie sehen.

Harper ist hier und sitzt auf einem blassen und nackten Felix.

Nur, dass der Inkubus nicht wie er selbst aussieht.

Das Schlüsselwort dabei ist *er*.

Harper ist eine vollwertige Sie.

Ihr nackter Körper lässt keinen Zweifel an ihrer tödlichen Weiblichkeit. Ihre Brüste sind rund und fest, und zwischen ihren Beinen gibt es definitiv keine andere als die weibliche Anatomie. Ihr Make-up betont die hübschen Gesichtszüge, die sich bereits im Klub abgehoben haben, und als ich diese Kreatur betrachte, frage ich mich, wie ich jemals etwas anderes als eine Frau sehen konnte.

»Eine sexy, leckere Frau«, flüstert ein Teil von mir verführerisch, aber ich schüttele den Kopf und tue mein Bestes, um dieses verräterische Flüstern zu ignorieren.

Ich schaue unter Harper, und es kommt mir vor, als sei der zitternde Fleischberg, der Felix ist, in den wenigen Momenten, seit ich die Tür geöffnet habe, noch blasser und schwächer geworden.

Harpers Lippen schweben in der Nähe von Felix' Geschlechtsteilen, und Felix' Erektion sieht aus, als hätte er zwanzig Packungen Viagra genommen.

»Also bist du ein Sukkubus«, sage ich laut und hoffe, dass ich den Zauber breche, unter dem Felix steht. »In dem Klub dachte ich, du seist ein Inkubus.«

Harpers Aufmerksamkeit wendet sich von Felix zu mir.

Ihr hübsches Gesicht verzieht sich zu einem angsteinflößenden Lächeln. »Du hast meine Freundin getötet«, sagt sie, und ihre Stimme ist jetzt eindeutig weiblich. »Jetzt werde ich dich und deinen Freund töten.«

»Welche Freundin?«, möchte ich sagen, aber bevor ich überhaupt die Chance bekomme, den Mund zu öffnen, öffnet Harper ihre Schmolllippen, um tief einzuatmen, und eine Art blaue Energie springt von Felix' Leiste in sie hinein – was Felix wie eine verdorrte Schale zurücklässt.

Als Harper meinen entsetzten Gesichtsausdruck sieht, greift sie in Felix' Brust, als wäre es eine mit warmem Wasser gefüllte Badewanne, reißt sein geschrumpftes Herz heraus und wirft es mit einem matschigen Klatschen vor meine Füße.

Ich starre auf das blutige Herz, dann auf Harper, und mein Gehirn kann die Informationen nicht verarbeiten, die meine Sinnesorgane ihm schicken.

Harper springt auf und landet geräuschvoll mit ihren nackten Füßen auf dem Boden neben dem Bett, wobei einer auf Felix' Herz aufkommt und es zerquetscht.

Dann schaut sie mich an.

Der Sukkubusgestank lässt die Luft um sie herum schimmern, und trotz meiner Versuche, nicht zu atmen, wird ihr Gesicht so verführerisch schön, dass ein Teil von mir sich danach sehnt, in ihre ausgestreckten Arme zu springen.

Ich zwinge mich, auf Felix' Leiche zu sehen.

Sie hat das getan.

Sie hat ihn getötet.

Die in meinen Schläfen pulsierende Wut macht es möglich, Harpers tödlichen Reiz zu bekämpfen – und das Monster scheint dies zu erkennen, denn sie lässt jeden Vorwand der Verführung fallen, und ihr Gesicht verzerrt sich zu einer Maske purer Wut.

Ich balle meine Hände zu Fäusten, und meine Nägel graben sich schmerzhaft in meine Handflächen.

Harpers Kehle entfesselt einen unmenschlichen Schrei, und sie springt auf mich zu.

KAPITEL 27

ICH SCHLAGE DORTHIN, wo ich Harpers Gesicht vermute, aber sie bewegt sich zu schnell, und meine Faust verfehlt ihr Ziel.

Dann stößt sie mich weg – und ich fühle mich, als wäre ich von einem Auto angefahren worden, als ich gegen Felix' 65-Zoll-Fernseher fliege.

Ich krache in den Bildschirm, und die Luft verlässt meine Lungen, während brennende Schmerzen in meinem Schulterblatt explodieren.

Eine scharfe Kante von dem, was von seiner Videospielekonsole übrig ist, hat meinen Rücken durchbohrt, und ich merke, wie etwas Warmes wie ein Blutopfer für Nintendo herunterrieselt.

Harper schwebt über mir.

Sie scheint es nicht zu mögen, dass ich mich an der Kante des Fernsehständers festhalte, weil sie auf meinen Arm stampft – und der alte Schmerz wird zu einer fernen Erinnerung, als die Knochen in meinem Unterarm wie glutenfreie Cracker zerbrechen.

Sterne explodieren vor meinen Augen, und meiner Kehle entweicht ein lautstarker Schrei.

Als Harper meinen gequälten Ausdruck sieht, lächelt sie sadistisch und tritt so hart auf meine Hand, dass auch jeder Knochen darin zerbricht.

Diesmal ist mein Schrei animalisch und heiser. Ein Teil meines Verstandes verschwindet zusammen mit meiner Stimme, und ich falle fast – aber leider nicht ganz – in Ohnmacht. Es ist, als ob mein Verstand vor dem Schmerz in einen kleinen Raum in meinem Gehirn flieht – einen, in dem meine Fähigkeiten, zu denken, geschwächt, aber nicht vollständig verschwunden sind.

In diesem reduzierten Geisteszustand ist meine größte Sorge, dass ich meinen Lieblingskarteneffekt nicht mehr ausüben kann, da ein Chirurg, egal wie brillant, auf keinen Fall in der Lage sein wird, meinen Arm wieder richtig zu heilen.

Harpers nächster Tritt landet auf meiner Wirbelsäule, und etwas bricht dort mit einem apokalyptischen Knacken. Sie tritt mich noch einmal, und das Meer aus Schmerzen verschwindet vollständig – und ich bemühe mich, nicht darüber nachzudenken, was das bedeutet.

Meine Gegnerin packt meinen Puppenkörper und geht damit zum Fenster.

Mit einem kräftigen Schwung wirft sie mich durch das Glas.

Während ich falle, staune ich, dass die Glasscherben nur mein Gesicht verletzt haben, aber sonst nichts.

Morbid, frage ich mich, ob das bedeutet, dass ich die Auswirkungen nicht spüren werde, wenn ich auf irgendetwas anderem als meinem Kopf lande – und dann schlägt mein Körper auf dem Boden auf.

KAPITEL 28

ICH HABE NOCH EIN BEWUSSTSEIN, aber ich fühle nichts.

Bin ich gelähmt?

Nein.

Ich treibe körperlos in Felix' Zimmer und beobachte Harper, wie sie aus dem Fenster auf meinen zerschmetterten Körper herabschaut.

»Das ist für Beatrice«, sagt sie grimmig und spuckt auf meine Überreste.

Hinter ihr bewegt sich etwas …

———

ICH STEHE WIEDER VOR FELIX' Tür.

Dort, wo ich war, als dieser seltsame Blitz aus meinen Händen auf meine Augen traf.

Eine Reihe von semi-rationalen Erklärungen wirbeln durch meinen Kopf, von einem fokalen Anfall bis hin zu jemandem, der heute Morgen einen Pilz in mein Frühstück geschmuggelt hat.

Ich lasse sie alle fallen.

Was gerade geschah, war genau wie meine Traumvisionen – nur kam diese, als ich wach war.

Natürlich.

Meine allererste Wachvision.

Neros grobe Machenschaften oder mein wachsender Glaube an meine Kräfte müssen mir am Ende geholfen haben, diese Hürde zu nehmen. Unmittelbar bevor der Blitz meine Augen traf, dachte ich tatsächlich darüber nach, wie sehr ich an mich selbst glaube.

Und wenn ich gerade eine Vision hatte, bedeutet das natürlich, dass Harper hinter dieser Tür ist und das Leben aus Felix heraussaugt.

Harper, die eine Frau ist, und kein fremder Boyband-Schönling, mit dem ich fast Sex hatte.

Harper, die anscheinend die Freundin der Totenbeschwörerin Beatrice war – was erklärt, warum sie hinter mir her ist.

Sie will Beatrices gewaltsames Ableben rächen.

Sie hat versucht, im Klub direkt an mich heranzukommen und sich dann über Felix Zugang zu mir verschafft. Deshalb habe ich mich wahrscheinlich so unwohl gefühlt, als ich von Felix' Date erfuhr. Es war das Kribbeln meines Sehers-Spideys, nicht irgendeine Art von seltsamer Eifersucht …

Ein vertrautes Stöhnen erreicht meine Ohren – ein Beweis dafür, dass alles nach meiner Vision verläuft.

In meinem Kopf bildet sich ein Plan, und obwohl jede Faser in meinem Körper danach schreit, dass ich in diesem Moment hineinstürmen und Felix retten soll, weiß ich auch, dass eine solche Leichtsinnigkeit dazu führen wird, dass wir beide sterben.

Nein.

Meine einzige Chance, Felix zu retten, liegt in Ariels Zimmer.

Ich rase hin und bete, dass meine Mitbewohnerin ihre Waffe nicht dabei hatte, als sie mich zu Baba Yaga begleitet hat.

Meine Gebete werden nicht erhört.

Die Waffe ist nirgendwo zu sehen.

Glücklicherweise trägt Ariel ihr wertvolles Armeemesser nicht mit sich herum, also schnappe ich es mir und renne zurück zu Felix' Zimmer.

Während ich laufe, wühle ich in meiner linken Hosentasche, finde ein großes Bündel Pyropapier und spieße es auf die Spitze des Messers, wodurch ein Papierspieß entsteht.

Ich halte das Messer vor mich, nehme ein Feuerzeug aus der Tasche und bereite mich darauf vor, das Feuer zu entzünden, während ich die Tür erneut eintrete.

Die Tür schwingt auf.

Ich schließe meine Augen und benutze das Feuerzeug.

Sogar durch meine geschlossenen Augenlider kann ich sehen, dass das Pyropapier so hell brennt wie immer.

Meine Hoffnung ist, dass das blendende Licht den Blendungseffekt erzeugt, auf den sich Sondereinsatzkräfte in den Filmen so oft verlassen.

Mit ausgestrecktem Messer springe ich auf das Bett, während ich meine Augen wieder öffne.

Ich sehe eine glatte weibliche Haut und steche das Messer zwischen Harpers perfekte Brüste.

Anstatt ihr Herz zu erreichen, schneidet die Klinge in die Schulter, da sich Harper bereits bewegt.

Ich umfasse das Messer fester, greife sie erneut an, und sie landet auf ihrem Rücken.

Ich drücke sie wie eine Ringerin nieder und hebe das Messer, um erneut zuzustechen.

Felix stöhnt hinter uns. Hoffentlich bedeutet das, dass er am Leben bleibt.

Die Zeit scheint sich zu verlangsamen.

Harpers Augen starren in meine, und wenn Blicke töten könnten, würden ihre mich wahrscheinlich zerfleischen.

Das Messer gleitet nach unten.

Ihre Hand bewegt sich wie eine Kobra, und sie ergreift das Messer an der Klinge, wobei sie sich in die Handfläche schneidet, dadurch aber meinen tödlichen Stich verhindert.

Mit einem heftigen Ruck, der ihre Hand bis auf die Knochen aufgeschnitten haben muss, reißt sie mir das Messer weg und schleudert es unter das Bett, wobei es eine Blutspur hinterlässt.

Ich schlage ihr ins Gesicht.

Sie grinst zurück. Mein Schlag hat sie nicht einmal gekitzelt.

Dann stößt sie mich weg – und ich fliege durch den Raum.

Mit einem schrecklichen Gefühl von Déjà-vu krache ich in Felix' Fernseher.

Die Schmerzen sind nicht so stark wie in meiner Vision. Ich denke, ein Teil von mir hat gelernt, wie man diese Landung etwas weniger fatal macht – das, oder Harpers Stoß hatte nicht so viel Schwung, da sie auf dem Rücken auf dem Boden lag.

Die Luft rauscht trotzdem aus meiner Lunge, und ich denke darüber nach, wie frustrierend es ist, wenn die Zukunft, die in einer Vision aufgezeigt wird, immer wieder versucht, sich durchzusetzen, so als ob sie einen eigenen Willen hätte.

Während ich wieder Sauerstoff in meine Lungen zwinge, kann ich nur daran denken, wie dieser Kampf von hier aus ablaufen wird – gebrochene Knochen, gefolgt von Lähmung und Tod.

Ich klammere mich an den Fernsehständer und hoffe, dass ich diesmal auf die Beine komme, bevor sie mir den Arm bricht.

Harper springt hoch, landet neben mir und hebt ihren Fuß.

Felix stürzt sich mit dem Messer auf sie – und sticht ihr in den Oberschenkel.

Sie schreit vor Schmerzen auf und schlägt Felix mit dem Handrücken, so als wäre er eine lästige Mücke.

Das Messer landet klappernd auf dem Boden, und Felix landet wie ein nackter Klumpen neben dem Bett.

Harper tritt die Waffe wieder unter das Bett, gerade, als ich auf die Füße stolpere.

Ich kann Felix' abgehackte Atmung hören, also ist er am Leben, auch wenn er sich nicht bewegt. Ich hoffe, er ist entweder bewusstlos oder weise genug, es vorzutäuschen.

Harper folgt meinem Blick, und eine Sekunde lang scheint sie hin- und hergerissen, welches unserer Leben sie zuerst beenden will.

Ich benutze diese Ablenkung, um ihr gegen das Schienbein zu treten.

Sie strotzt vor Felix' Sexualenergie und blinzelt nicht einmal vor Schmerzen. Stattdessen packt sie mich an meinen Schultern und hebt mich in die Luft, ohne zu bemerken, dass meine Füße ihren ganzen Körper mit Tritten bedecken.

Ihre Absicht ist offensichtlich.

Sie ist dabei, mich durchs Fenster fliegen zu lassen – genau wie in meiner Vision.

Dann sehe ich eine Bewegung hinter ihr – die Bewegung, die ich am Ende der Vision gesehen habe.

Es ist Fluffster.

Er rennt mit unnatürlich gefletschten Zähnen in den Raum.

»Aufhören!« Die Nachricht trifft mich wie eine mentale ballistische Rakete. Es ist, als ob Fluffsters übliche Art der Kommunikation mit genügend Energie verstärkt wurde, um New York für ein Jahr zu versorgen. Ihre Stärke löst in mir den Wunsch aus, mich in eine dunkle Ecke zu verkriechen und zu erschaudern.

Harper hat der mentale Angriff offensichtlich getroffen. Sie lässt mich los und greift nach ihren Ohren – als ob Fluffsters Schrei nicht direkt in ihren Kopf eingedrungen wäre.

Ich falle auf meine Hände und Knie und krieche so weit wie möglich von Harper weg.

Der Sukkubus ignoriert mich komplett und wendet sich Fluffster zu.

Die Augen des Chinchillas, die nichts mehr von Nagetieraugen haben, verengen sich, und Fluffster beginnt zu wachsen.

KAPITEL 29

ALS ER WÄCHST, ähnelt der Domovoi nicht einem riesigen Chinchilla – was ein so süßer Anblick gewesen wäre, dass er als Waffe durchgehen hätte können.

Stattdessen verwandelt er sich in eine Kreatur aus einem Alptraum – eine Verschmelzung von Zähnen, Klauen und einem skorpionartigen Stachel anstelle eines Schwanzes. Tentakel ersetzen seine Schnurrhaare, und ich sehe tödliche Dornen auf den Spitzen.

Ein weiterer mentaler Schrei ertönt von der Kreatur, und Felix und ich umfassen unsere Köpfe vor Schmerz. Es klingt wie russischer Death Metal, der bei maximaler Lautstärke von jedem Lautsprecher der Erde rückwärts gespielt wird.

Harper schreit und tritt einen Schritt zurück.

Mit einer verschwommenen Bewegung, deren Geschwindigkeit Neros in nichts nachsteht, stürzt sich

Fluffster auf sie – woraufhin ein Regen von Harpers Körperteilen folgt, da diese wie eine höllische Piñata explodiert ist.

Zum zweiten Mal in einer Nacht bin ich mit Blut überzogen.

Nein, nicht nur Blut, erkenne ich, als ich nach unten schaute.

Es gibt auch Teile des Darms.

Ich bekämpfe meine Übelkeit, stehe auf und schaue mich um.

Das ist noch schlimmer als diese verdammte Gasse. Stücke von Harper rutschen am Fenster herunter, und Stücke von ihr bedecken die Decke, den Computertisch und Felix' Bett. Sein Lieblingsposter von Matrix sieht aus, als hätte es jemand gegen eines aus einem Horrorfilm ausgetauscht, und der Fernseher ist ein kaputtes, blutiges Durcheinander.

Ich versuche, nicht auf Harpers Überresten auszurutschen, während ich zu Felix humpele. Ich fühle mich überraschend intakt, wenn man bedenkt, was mit mir in der Traumvision passiert ist. Meine bereits angeschlagene Schulter tut jetzt noch mehr weh, und mein oberer Rücken ist wund, aber ansonsten geht es mir gut.

Fluffster steht mir in seiner gewohnten Form im Weg und sieht extrem zahm aus. »Sie ist in mein Gebiet eingedrungen.« Seine mentale Stimme ist auch wieder normal – obwohl er schüchtern klingt, aus Mangel an einem besseren Begriff.

Ich starre ihn mit in die Netzhaut eingebrannten Bildern von Tentakeln und Krallen an.

Das Chinchilla steht auf seinen Hinterbeinen und reinigt seine Schnurrhaare in einer zerstreuend niedlichen Geste.

»War das, wie du wirklich aussiehst?«, frage ich und schlucke hörbar – was ich sofort bedauere, als ich Kupfer schmecke.

»Ich weiß nicht, wie ich aussah, als ich das tat.« Er betrachtet ernst den Raum. »Ich weiß auch nicht, wie ich wirklich aussehe. Ich war nur wütend, also habe ich reagiert. Vielleicht habe ich überreagiert. Diese ganzen Sachen zu ersetzen wird uns ein Vermögen kosten.«

Zu hören, wie er sich Sorgen um die Finanzen macht, lässt mich hysterisch kichern. Dann sehe ich, dass er mich verwirrt ansieht und merke, dass ich eine miese Freundin bin.

»Wie fühlst du dich?«, frage ich. »Baba Yaga …«

»Ich fühle mich so gut wie neu«, sagt Fluffster und plustert seinen Schwanz auf. »Ich kam in der Küche wieder zu mir und habe ein Geräusch gehört, also bin ich gekommen, um nachzusehen …«

»Und hast mir das Leben gerettet«, sage ich mit Nachdruck und verbanne soweit ich kann die Bilder aus meinem Kopf. »Zögere nicht, noch einmal so auszusehen, sollte erneut jemand versuchen, uns zu töten.«

Fluffster nickt und huscht aus dem Raum – zweifellos, um ein Staubbad zu nehmen.

Ich merke, dass ich vergessen habe, ihn zu fragen, ob er irgendwelche Erinnerungen zurückgewonnen hat, aber ich schätze, das wird warten müssen.

Ich kämpfe gegen einen weiteren Übelkeitsschub an und gehe zu Felix hinüber.

Abgesehen von der Schicht Harper-Blut und seiner – trotz allem, was geschehen ist – unglaublich harten Erektion scheint es Felix gut zu gehen.

Seine Atmung ist gleichmäßig, und nichts scheint gebrochen zu sein – obwohl ich natürlich kein Mediziner bin, den er eigentlich gerade braucht.

Ich nehme das Telefon heraus, um 911 zu wählen.

»Nicht«, sagt Felix, und seine Stimme ist nicht mehr als ein Flüstern. »Der Zustand dieses Raumes könnte den Polizisten sehr schwer zu erklären sein.«

Ich stecke das Telefon weg. »Bist du in Ordnung?« Ich knie mich neben ihm hin. »Ist irgendetwas gebrochen?«

Felix stützt sich auf seine Ellbogen, blickt auf seinen nackten Körper und errötet so sehr, dass sein Gesicht die Farbe des darauf verschmierten Blutes annimmt.

Er setzt sich auf und bedeckt sich mit seinen Händen. »Ja, ich bin intakt«, sagt er mit der Stimme einer jungfräulichen Jungfer. »Könntest du mir vielleicht einen Moment allein geben?«

»Sicher«, sage ich und schaue überall hin, außer auf seine Hände. »Wenn du sicher bist, dass es dir gut geht, werde ich als Erste duschen gehen.«

Obwohl ich nicht direkt dorthin schaue, könnte ich

schwören, dass etwas unter seinen Handflächen zuckt, und seine Errötung vertieft sich bis in das ultraviolette Spektrum.

Ich hinterlasse blutige Fußspuren auf dem Boden, als ich ins Badezimmer fliehe und dabei mein Handy herausnehme und Ariel schreibe, um ihr mitzuteilen, dass es Fluffster gut geht und dass sie »einige lustige Dinge verpasst« hat, von denen ich ihr erzählen werde, wenn sie zurückkommt.

Als Nächstes suche ich Padas Nummer in meinen Kontakten und wähle sie.

»Sei gegrüßt«, sagt eine Männerstimme.

»Pada, hier ist Sasha. Nochmals vielen Dank für vorhin.«

»Sasha. Ich hatte nicht erwartet, so schnell von dir zu hören.«

Ich schaue mir mein blutgetränktes Spiegelbild an. »Ich befürchte, ich könnte deine Hilfe in meiner Wohnung gebrauchen.«

»Welches Maß an Unterstützung?« Wie üblich klingt er fast übermütig bei der Aussicht auf eine schreckliche Säuberungsaktion.

»So etwas wie heute Morgen.« Ich erschaudere. »Aber nur eine einzige kleine Bestellung«, füge ich hinzu, als ich mich an Neros Umschreibung erinnere.

»Dieses Ausmaß der Säuberung wird dich zehn Riesen kosten«, sagt Pada nüchtern. »Ich gebe dir eine Stammkundenrate – auch wenn es streng genommen erst deine zweite Direktbestellung ist.«

Toll. Das ist der Vorteil, den ich mir schon immer

gewünscht habe – ein Stammkundenpreis für einen Leichenentsorgungsservice. Was kommt als Nächstes, ein Groupon für Bestattungsarrangements?

»Das ist in Ordnung«, sage ich und wünschte mir, ich hätte nicht gerade meinen sicheren Gehaltsscheck verloren. »Ich hoffe, du kannst bald hier sein.«

»Ich bin gerade zu Hause, also hast du Glück.«

Das stimmt. Er wohnt in unserer Nähe – ein weiterer zweifelhafter Glücksfall.

»Danke, Pada«, sage ich. »Bis gleich.«

Ich beende das Gespräch, lege das Telefon auf den Rand des Waschbeckens und wiederhole die aggressive Seifenroutine von vorhin.

Was sagt es über mein Leben aus, dass ich so gut darin bin, Blut aus meinen Haaren zu waschen?

Als ich fertig bin, ist meine Haut wund vom übermäßigen Schrubben, also schmiere ich mich dick mit Lotion ein. Ich wickele mich in ein Handtuch, nehme mein Telefon, steige über die blutigen Lumpen auf dem Boden und gehe barfuß hinaus, um meine Pantoffeln von ihrem Platz bei der Eingangstür zu holen.

In Richtung Felix' Zimmer rufe ich: »Die Dusche gehört dir, wenn du sie brauchst.«

»Danke«, schreit Felix zurück. »Kannst du bitte für ein paar Minuten in dein Zimmer gehen?«

Stattdessen gehe ich in die Küche. Ich greife in die Schublade, in der Ariel unsere medizinischen Vorräte aufbewahrt, nehme Pflaster heraus und verarzte alle

Schnitte und Kratzer, die ich an meinem Körper finden kann.

Als ich damit fertig bin, greife ich in den Gefrierschrank und schnappe mir unser vorletztes Paket mit Tiefkühlerbsen.

Ich setze mich an den Tisch, lege die Kältepackung auf meine Schulter, schließe die Augen und atme ein paar Mal entspannend durch.

Ich muss ein paar Minuten lang abgeschaltet haben, denn Felix kommt auch mit einem Handtuch bekleidet in das Zimmer. Andererseits ist es möglich, dass seine Reinigung nicht so lange gedauert hat wie meine; seine extrem kurzen Duschen sind eine der vielen großartigen Sachen daran, Felix als Mitbewohner zu haben.

»Ich habe mir das Überwachungsvideo von meinem Zimmer und dem Flur angesehen.« Felix gestikuliert mit seinem Handy. »Das ist unglaublich.«

Ich weiß nicht, ob es daran liegt, dass er ein Technomant ist oder ein Paranoiker, oder beides, aber Überwachungsgeräte sind Felix' Leidenschaft – noch mehr als andere Apparate. Er hat als Erstes, als wir in die Wohnung eingezogen sind, eine Alarmanlage mit Videoaufzeichnung installiert. Sein Zimmer ist das einzige Schlafzimmer, das er damit ausstatten darf, aber der Flur, das Wohnzimmer und die Küche werden regelmäßig aufgezeichnet und überschrieben – so dass, wenn jemand einbricht, ein Alarm ausgelöst wird und Beweise für die Polizei bereitliegen.

Als Ariel und ich seinem Setup zustimmten,

wussten wir natürlich nicht, dass wir bereits ein viel besseres – wenn auch etwas chaotisches – System im Einsatz haben: Fluffster.

»Sieh dir das an«, sagt Felix und zeigt mir den Bildschirm. »Ich glaube, das ist passiert, kurz bevor du in Ariels Zimmer gerannt bist, um das Messer zu holen.«

Ich starre auf den Bildschirm.

In der Aufnahme gehe ich den Flur hinunter. Dann bleibe ich stehen, und ein blauer Lichtstrahl strömt aus meinen Händen direkt in meine Augen.

Anstatt verbrannt zu werden, werden meine Augen einfach glasig, und ich stehe da wie eine Statue, bis ich zur Besinnung komme und in Ariels Zimmer laufe.

»Ich dachte, dass dieser Lichtstrahl nur eine Illusion in meinem Kopf war«, murmele ich. »Ich kann nicht glauben, dass es wirklich das war, was die Wachvision ausgelöst hat.«

Ich erkläre Felix, wie ich Harper zweimal bekämpft habe, und er hört mit einem so weit geöffneten Mund zu, dass ich versucht bin, die gefrorenen Erbsen hineinzuwerfen.

»Ich frage mich, ob das Gleiche während deiner Traumvisionen passiert«, sagt er und errötet dann – zweifellos stellt er sich vor, dass er im Schlaf über mir steht.

»Setz dich besser hin«, sage ich zu ihm, als ich ein paar Schnitte an seinem Oberkörper bemerke, aus denen Blut läuft. »Ich kümmere mich darum.«

Felix legt das Telefon auf den Tisch und nimmt

Platz. Ich gebe ihm mein Kühlpack, damit er ihn sich auf die Stirn legt, nehme den Erste-Hilfe-Kram und schraube die Neosporin-Creme auf.

»Ich habe sie im Café getroffen«, sagt Felix und schaut nach unten, als ich eine Schicht Antiseptikum auf seine Schnitte auftrage. »Mädchen beginnen nie ein Gespräch mit mir. Es tut mir so leid …«

»Wenn überhaupt, dann ist das meine Schuld.« Ich schnappe mir die Pflaster und bereite sie vor.

Unglaublicherweise scheint Harpers Pheromon-Zauber immer noch durch meine Adern zu fließen, auch wenn der Rest von ihr im ganzen Zimmer verteilt ist. Jedes Mal, wenn ich mich Felix' Haut nähere, werde ich mir seines nackten Oberkörpers bewusst – der wohlgeformte Muskeln zu haben scheint, die ich noch nie zuvor dort wahrgenommen habe.

Ich atme tief durch und lege den ersten Verband direkt über seinem Schlüsselbein an. Meine Finger streicheln versehentlich seinen Hals, und er erzittert sichtbar unter meiner Berührung.

Pornographische Bilder mit Felix schwirren mir durch den Kopf, und der plötzlichen Animation seines Handtuchs nach zu urteilen liegt Felix' Kopf – und Körper – auf der gleichen unpassenden Wellenlänge.

»Sasha.« Seine Stimme ist heiser, und seine Errötung ist zurück, röter denn je. »Ich denke, ich sollte den Rest des Zeuges selbst auftragen.«

»Bist du sicher?«, frage ich mit meiner heiseren Stimme, während ich gegen den wahnsinnigen Wunsch meiner Hand kämpfe, unsere beiden

Handtücher wie ein Magier, der einen fertigen Effekt offenbart, wegzureißen. »Willst du es alleine machen?« Ich halte inne und lecke über meine plötzlich trockenen Lippen. »Ich kann dir helfen.« Ich nehme den provisorischen Eisbeutel aus seiner Hand und lege ihn zur Seite.

Es klingelt an der Tür.

Felix erblasst.

»Das ist Pada«, erkläre ich. »Er wird sich um das Chaos kümmern.«

Felix atmet einen gequälten Atemzug aus, dann nickt er.

Während ich zur Tür gehe, wünsche ich mir, ich würde Kleidung tragen – besonders wenn Pada seine Kollegen mitbringt.

Zu meiner Erleichterung ist Pada allein, und falls er bemerkt, dass ich nicht angezogen bin, zeigt er es nicht.

Ganz geschäftlich zieht er sich ein Paar Einmal-Überstiefel wie im Krankenhaus an und beginnt mit der Reinigung – angefangen mit den blutigen Fußspuren, die zum Badezimmer führen.

Soll ich zurück in die Küche gehen?

Jetzt, da Felix nicht nackt vor mir steht, merke ich, dass wir Gefahr gelaufen sind, die von Harper verursachte Spannung direkt auf dem Küchentisch abzubauen. Das wäre aus allen möglichen Gründen schrecklich gewesen, aber vor allem, da es, abgesehen von Ariels Witzen, möglich ist, dass Felix noch Jungfrau ist.

Was wäre, wenn er noch nie so nahe daran gewesen war, Sex zu haben, wie heute?

Ich kann einfach nicht die Verantwortung übernehmen, seine Erste zu sein, noch sollte Felix ausgerechnet derjenige sein, mit dem ich meinen langen Kampf gegen die Enthaltsamkeit gewinne.

Außerdem ist es Felix. Was habe ich mir in der Küche nur gedacht? Harper hat wirklich verdient, was sie bekommen hat. Diese Macht ist giftig und sollte verboten werden – wie chemische und biologische Waffen, als die man den leckeren Geruch wohl bezeichnen könnte.

Mein Blick fällt auf das Paket, und ich lasse meine Neugierde vorübergehend meine Libido unterdrücken, als ich den Karton nehme, ihn aufreiße und den Videorekorder in mein Zimmer bringe.

Es dauert ein paar Minuten, bis ich ihn an meinen winzigen Fernseher angeschlossen und die Kassette hineingesteckt habe.

Darians hübsches Gesicht erscheint auf dem Bildschirm, und seine grünen Augen funkeln schelmisch.

»Zuerst«, sagt er, mit einem stärkeren britischen Akzent als sonst, »wollte ich sagen, wie leid es mir tut, dass ich an Neros verrücktem Plan beteiligt war. Ich schuldete ihm einen Gefallen, musst du wissen, also habe ich ihm widerwillig geholfen, als er um eine Vision zu diesem Ork-Unsinn bat. Aber du solltest wissen, dass – auch wenn es sich für dich in diesem Moment nicht so anfühlen mag – von allen

Zukunftsmöglichkeiten, die ich gesehen habe, diese hier die beste war.«

Ich halte das Band an und sitze einfach da und starre auf Darians körniges Gesicht.

Das beste Szenario?

Bei allem, was ich gerade durchgemacht habe?

Was waren dann die Alternativen? Sollte ich von Kannibalen mit stumpfen Zähnen bei lebendigem Leib gefressen werden?

Oder … redet er von sich selbst? Ein bestes Szenario für Darian könnte durchaus beinhalten, dass ich mit Nero breche …

»Hi«, sagt Fluffster in meinem Kopf, und ich sehe ihn neben seinem Staubbad sitzen und viel zu nachdenklich für ein Chinchilla aussehen.

»Möchtest du, dass ich den Staub austausche?«, frage ich, als ich feststelle, dass das Pulver im Inneren leicht rötlich gefärbt ist.

»Ja, bitte«, antwortet Fluffster dankbar.

Ich wechsele es aus und stelle sicher, den Beutel mit dem alten Staub in den Flur zu stellen, damit Pada ihn mitnehmen kann, wenn er den Rest der Beweise einsammelt.

Als ich wieder auf das Bett zurückkomme, bedecke ich meine plötzlich kalten Füße mit der Decke. »Also«, sage ich und betrachte Fluffster aufmerksam. »Hat Baba Yagas Zauber funktioniert? Erinnerst du dich an deine Vergangenheit?«

»Ja.« Er klettert auf den Bettrahmen und setzt sich

neben mich. »Ich kann mich nur an Bruchstücke meiner letzten Inkarnation erinnern, aber vielleicht nützen sie dir.« Er hält inne, als ob er Luft holen müsste – was angesichts der mentalen Natur seiner Kommunikation albern erscheint. »Ich war eine sibirische Katze und …«

Ich breche in Lachen aus. Ich kann nicht anders.

Kein Wunder, dass er diese Katzenvideos mag.

»Mein Name war Murzik«, fährt er langsam fort. »Ich erinnere mich an Russland, aber vor langer Zeit – vor der Revolution, die die Monarchie beendete. Ich erinnere mich an flüchtige Blicke auf mein Zuhause – und auf meinen letzten Besitzer.« Er hält wie für einen dramatischen Effekt inne, und ich kann den Drang kaum unterdrücken, die Informationen aus seinem kleinen Körper zu schütteln. »Sein Name war Grigori«, verkündet Fluffster schließlich triumphierend. »Grigori Rasputin.«

Ich schaue zu meinem Chinchilla, und es blickt unschuldig zurück.

»Das ist kein Witz?«, frage ich. Ausdrücke auf Nagetiergesichtern sind schwer zu lesen, also könnte er beschlossen haben, im unpassendsten Moment der Geschichte einen Witz zu machen. »Der Typ, der dich vor der Russischen Revolution besaß – also etwa im frühen zwanzigsten Jahrhundert – hieß Grigori Rasputin, so wie der Mann, der diesen Teil der Geschichte mitgeprägt hat?«

»Ich kannte ihn nur als Grigori«, sagt Fluffster. »Alles, woran ich mich erinnere, sind kurze

Begegnungen mit ihm, an den seltenen Tagen, an denen er nach Hause kam und mich hochnahm.«

Ich springe auf und googele Rasputin auf meinem Laptop.

Als ich Fluffster das bärtige Bild auf der Wikipedia-Seite zeige, frage ich: »Sah er so aus?«

»Ja«, antwortet er aufgeregt. »Das ist er.«

Ich lese den ganzen Eintrag zusammen mit Fluffster. Rasputin, der 1916 starb, war *ein russischer Mystiker und selbsternannter Heiliger, der sich mit der Familie von Zar Nikolaus II., dem letzten Monarchen Russlands, anfreundete und einen beträchtlichen Einfluss im späten kaiserlichen Russland gewann.*

»Du erinnerst dich nicht an etwas zwischen Rasputins Katze und dieser Form?«, frage ich Fluffster und gebe mein Bestes, um nicht so enttäuscht zu klingen, wie ich mich fühle. »Diese Erinnerungen sind mehr als hundert Jahre alt.«

»Das ist alles, woran ich mich erinnere«, sagt Fluffster kleinlaut. »Vielleicht kommt mit der Zeit mehr?«

»Ich hoffe es«, sage ich und streichele ihm beruhigend über den Kopf.

Das ist nicht viel Information. Im besten Fall könnte Rasputin mein Urgroßvater oder so etwas gewesen sein. Eine schnelle Internetrecherche zeigt, dass er Kinder hatte, also wäre es möglich, dass …

Jemand räuspert sich und klopft sanft an meine Tür.

Ich stehe auf, ziehe mein Handtuch wieder zurecht und öffne die Tür.

»Ich bin fertig.« Pada deutet auf den makellosen Flur. »Wirst du wieder mit Kreditkarte bezahlen?«

»Ja.« Ich gehe zu meinem Schreibtisch und hole eine Karte. »Hier, bitte schön.« Ich kämpfe gegen ein Gefühl von Surrealismus an und schiebe die Karte durch ein Gerät, das Pada an seinem Handy befestigt hat.

Er nickt zufrieden und macht sich auf den Weg.

»Du solltest es vielleicht für ein paar Tage ruhig angehen lassen.« Er öffnet die Eingangstür und tritt hinaus. »Ich habe viel zu tun. Du musst mir nicht im Alleingang einen Arbeitsplatz garantieren.«

»Ich werde mein Bestes geben, um mich aus Schwierigkeiten herauszuhalten«, sage ich trocken. »Nochmals vielen Dank.«

»Kein Problem«, sagt er und geht zum Aufzug.

Ich schließe die Tür und drehe mich um.

Fluffster steht neben dem Schuhregal, und sein Kopf ist zur Seite geneigt.

»Hey, Süßer«, flüstere ich. »Kannst du in die Küche gehen und Felix Gesellschaft leisten?«

»Natürlich«, sagt Fluffster in meinem Kopf. »Er wird wahrscheinlich einen Anfall bekommen, wenn er die nackten Wände in seinem Zimmer sieht.«

»Du bist der Beste.« Ich lächele ihn an und gehe zurück in mein Zimmer.

Ich schließe die Tür hinter mir ab, gehe zurück aufs Bett und gähne, während ich wehmütig auf mein

Kissen schaue. Aber ich will zuerst den Videorekorder wieder einschalten – obwohl ich so müde bin, schlafe ich vielleicht nicht ein, bis ich den Rest von dem gehört habe, das Darian mir sagen möchte.

»So«, sagt Darian mit einem Lächeln. »Jetzt, da du Neros Mentorschaft zurückgewiesen hast und deine erste Wachvision hattest, kann ich dir endlich mein Geschenk zur Initiation überreichen: eine Technik, die es dir ermöglichen sollte, Sehervisionen nach Belieben zu verwirklichen, wann immer du willst.«

Ich halte das Video an und starre mit offenem Mund auf den Bildschirm.

Ich hatte dieses Band die ganze Zeit, also muss er schon lange vorhergesehen haben, dass ich Neros Mentorschaft zurückweisen würde. Oder hat er geholfen, das zu verwirklichen? So oder so ist es unheimlich beeindruckend.

Er weiß auch von meiner Wachvision. Heißt das, er wusste von Harpers Angriff? Und wenn ja, warum hat mich der Bastard nicht gewarnt?

Dann erinnere ich mich an seine Worte: »von allen Zukunftsmöglichkeiten, die ich gesehen habe, war diese hier die beste.«

Ich denke, ich beginne zu sehen, woher die negative Einstellung gegenüber Sehern kommt.

Tief seufzend drücke ich wieder auf Play.

»Kurz gesagt, musst du eine besondere Art der Meditation lernen«, sagt Darian. »Ein Teil davon ist es, dir beizubringen, deinen Geist zu reinigen; ein anderer Teil ist, dich ohne einen Hauch von Zweifel an deine

Kräfte glauben zu lassen. Das ist nichts, von dem ich erwarte, dass du es in naher Zukunft meisterst, und ich würde es auch nicht mit deinem derzeitigen Schlafentzug versuchen. Um zu beginnen, musst du lernen, langsam ein- und auszuatmen, wobei du jeweils bis fünf zählst.«

Danach beschreibt Darian die eigentliche Meditationstechnik – und er hat recht. Schon das Anschauen seiner Beschreibung lässt mich fast im Sitzen einschlafen.

Als er mit den Anweisungen fertig ist, sitzt Darian einfach da und blickt mich an.

»Ich gehe besser schlafen und schaue mir das nochmal in Ruhe an«, sage ich dem Darian auf dem Bildschirm. »Aber das wusstest du wahrscheinlich schon, bevor wir uns überhaupt trafen.«

»Ja«, sagt Darian im richtigen Moment vom Bildschirm. »Das wusste ich.«

Ich schüttele den Kopf, schalte den Fernseher aus, lege das Handtuch weg und betrachte meine Schublade mit Copperfield nachdenklich.

Der Hauptgrund, der mich davon abhält, ihn zu benutzen, ist das Gefühl, dass Darian jede meiner Bewegungen beobachtet – was verrückt ist. Oder genauer gesagt, ist die Wahrheit viel verrückter.

Was auch immer ich tue, er hat es mich bereits tun sehen, also ist es egal, ob ich es tue oder nicht. Es spielt einfach keine Rolle.

Mein schwaches Fleisch gewinnt, also hole ich Copperfield heraus und kümmere mich um mich –

und denke nur für einen Moment gegen Ende an Nero.

Fertig – in jeder Definition des Wortes – lege ich meinen Kopf auf das Kissen, ziehe die Decke hoch und schließe die Augen.

Während ich einschlafe, frage ich mich, ob ich es lebend bis zu meinem einmonatigen Jubiläum als Mitglied der Cogniti schaffen werde – und ob Darian es bereits weiß.

Vielen Dank dafür, dass Sie dieses Buch gelesen haben! Ich hoffe, die Fortsetzung von Sashas Geschichte hat Ihnen gefallen! Ihre Abenteuer werden in *Widerspenstiges Medium* (Sasha Urban Serie: Buch 3) weitergehen.

Möchten Sie über meine Neuerscheinungen informiert werden? Melden Sie sich für meinen Newsletter auf www.dimazales.com/book-series/deutsch/an!

Möchten Sie meine anderen Bücher lesen? Sie können wählen aus:

- *Gedankendimensionen* – die actionreichen Urban-Fantasy-Abenteuer von Darren, der die Zeit anhalten und Gedanken lesen kann.
- *Mensch++* – die spannende Science-Fiction-Geschichte von Mike Cohen, dessen neue

Technologie unser Gehirn und die Welt verändern wird.

- *Die letzten Menschen* – die futuristische und dystopische Science-Fiction-Geschichte von Theo, der in einer Welt lebt, in der nichts so ist, wie es zu sein scheint …
- *Der Zaubercode* – die epischen Fantasy-Abenteuer des Zauberers Blaise und seiner Schöpfung, der schönen und mächtigen Gala.

Und jetzt blättern Sie bitte eine Seite weiter für einen Auszug aus *Oasis – Die Letzte Oase (Die letzten Menschen: Buch 1)*.

Mein Name ist Theo und ich bin ein Einwohner Oasis',
dem letzten bewohnbaren Fleckchen Erde. Es sollte ein
Paradies sein, ein Ort, an dem wir alle glücklich sind.

Schlechtes Benehmen, Gewalt, Geisteskrankheiten und
andere Gesundheitsprobleme sind nur noch eine
entfernte Erinnerung – auch der Tod ist keine
Bedrohung mehr.

Einst war ich auch glücklich, aber jetzt habe ich mich
verändert. Jetzt habe ich eine Stimme in meinem Kopf,
die mir Dinge erzählt, die kein imaginärer Freund
wissen sollte. Sie sagt, ihr Name sei Phoe – und sie ist
meine Wahnvorstellung.

Oder etwa nicht?

Anmerkung: Dieses Buch enthält Kraftausdrücke. Wir

finden, dass diese für die im Roman thematisierte Zensur wichtig sind. Sollten Sie ein Problem mit derartigen Wörtern haben, könnte es sein, dass Ihnen dieses Buch nicht zusagen wird.

Ficken. Vagina. Scheiße.

Ich konzentriere mich auf diese verbotenen Worte, aber mein neuronaler Scan zeigt nichts anderes an, als wenn ich an phonetisch ähnliche Worte wie *Kicken, Angina* oder *Neiße* denke. Ich kann keinen Hinweis darauf erkennen, dass mein Gehirn beeinflusst wird, aber vielleicht ist es auch einfach schon so kaputt, dass es nicht schlimmer werden kann. Vielleicht brauche ich ein anderes Testobjekt – einen anderen »leicht zu beeindruckenden« Dreiundzwanzigjährigen wie mich.

Schließlich könnte ich geisteskrank sein.

»Ach Theo. Nicht schon wieder«, sagt eine überfreundliche, hohe, weibliche Stimme. »Außerdem haben diese Worte eine Wirkung auf dein Gehirn. Der Teil deines Gehirns, der für Ekel verantwortlich ist, leuchtet zwar auf, wenn du an ›Scheiße‹ denkst, aber nicht bei ›Neiße‹.«

Es ist Phoe, die gerade zu mir spricht. Dieses Mal ist sie aber keine Stimme in meinem Kopf; stattdessen scheint sie sich in den dichten Büschen hinter mir zu befinden, auch wenn sie das nicht tut.

Ich bin die einzige Person auf dieser Rasenfläche.

Niemand anderes kommt hierher, weil sich der

Rand etwa einen Meter von hier entfernt befindet. Nur wenige Einwohner von Oasis mögen es, sich die trostlose Barriere anzuschauen, an der unsere bewohnbare Welt endet und das Ödland des Goo beginnt. Ich habe kein Problem damit.

Allerdings könnte ich wie gesagt auch verrückt sein – und Phoe wäre der Grund dafür. Ich meine, ich denke nicht, dass Phoe real ist. Meiner Meinung nach ist sie meine imaginäre Freundin. Und ihr Name wird übrigens »Fi« ausgesprochen, auch wenn er »P-h-o-e« geschrieben wird.

Ja, so spezifisch ist meine Wahnvorstellung.

»Jetzt kommst du von einem durchgekauten Thema direkt zu einem anderen.« Phoe schnaubt. »Meine sogenannte Echtheit.«

»Genau«, erwidere ich. Obwohl wir allein sind, antworte ich, ohne meine Lippen zu bewegen. »Weil du nur meine Wahnvorstellung bist.«

Sie schnaubt erneut, und ich schüttele meinen Kopf. Ja, ich habe gerade für meine Wahnvorstellung meinen Kopf geschüttelt. Ich fühle mich auch gezwungen, ihr zu antworten.

»Nebenbei gesagt«, meine ich, »ich bin mir sicher, dass das Wort ›Scheiße‹ eine genauso starke Reaktion in dem Teil meines Gehirns auslöst, der für Ekel verantwortlich ist, wie seine akzeptableren Cousins, also zum Beispiel Fäkalien. Was ich damit sagen will, ist, dass das Wort meinem Gehirn weder schadet noch es beeinflusst. Diese Worte sind nichts Besonderes.«

»Ja, ja.« Diesmal ist Phoe in meinem Kopf und hört

sich spöttisch an. »Als Nächstes wirst du mir erzählen, dass einige der verbotenen Wörter damals einfach nur Tierbezeichnungen waren und dass es Wörter aus den toten Sprachen gibt, die eigentlich tabu waren, aber es jetzt nicht mehr sind, weil sie ihre ursprüngliche Stärke verloren haben. Danach wirst du dich wahrscheinlich darüber beschweren, dass die Gehirne beider Geschlechter nahezu identisch sind, aber es nur Männern nicht erlaubt ist, Worte wie ›Vagina‹ zu sagen.«

Mir fällt auf, dass ich genau diese Dinge gerade ansprechen wollte, was bedeutet, dass Phoe und ich schon häufiger darüber gesprochen haben müssen. Das passiert bei engen Freunden: sie wiederholen Unterhaltungen. Und ich nehme an, mit imaginären Freunden noch öfter. Allerdings glaube ich, dass ich in Oasis der Einzige bin, der einen hat.

Jetzt, da ich gerade darüber nachdenke: Zählen Gespräche mit imaginären Freunden überhaupt? Schließlich spricht man in diesem Fall ja eigentlich mit sich selbst.

»Das ist mein Stichwort, dich daran zu erinnern, dass ich real bin, Theo.« Phoe spricht das absichtlich laut aus.

Ich bemerke, dass ihre Stimme von rechts kam, so als sei sie einfach ein Freund, der neben mir im Gras sitzt – ein Freund, der zufällig unsichtbar ist.

»Nur weil ich unsichtbar bin, heißt das nicht, dass ich nicht real bin«, kommentiert Phoe meinen Gedanken. »Zumindest bin ich davon überzeugt, dass ich real bin. Ich wäre verrückt, wenn ich das nicht denken würde. Außerdem deuten eine Menge Punkte genau darauf hin, und das weißt du auch.«

»Aber müsste ein imaginärer Freund nicht darauf bestehen, real zu sein?« Ich kann nicht widerstehen, diese Worte laut auszusprechen. »Wäre das nicht Teil dieser Wahnvorstellung?«

»Sprich nicht laut mit mir«, erinnert sie mich mit besorgter Stimme. »Manchmal bewegst du auch leicht deine Halsmuskeln oder sogar deine Lippen, wenn du in Gedanken zu mir sprichst. Alle diese Dinge sind zu riskant. Du solltest einfach zu mir denken. Deine innere Stimme benutzen. Das ist sicherer, besonders in der Gegenwart anderer Jugendlicher.«

»Mit Sicherheit, aber dabei fühle ich mich noch verrückter«, entgegne ich, aber denke meine Worte und konzentriere mich darauf, meine Lippen und Nackenmuskeln so wenig wie möglich zu bewegen. Danach denke ich, als Test: »In meinem Kopf mit dir zu reden unterstreicht die Tatsache, dass du unmöglich real sein kannst, und ich fühle mich, als hätte ich noch mehr Schrauben locker.«

»Das solltest du nicht.« Ihre Stimme ist jetzt in meinem Kopf, aber hört sich immer noch hoch an. »Ich kann mir vorstellen, dass selbst damals, als es nicht verboten war, nervenkrank zu sein, ein lautes Gespräch mit deinem imaginären Freund die Menschen um dich herum nervös gemacht hätte.« Sie lacht kurz auf, aber ihre Stimme klingt eher besorgt als belustigt. »Ich weiß nicht, was passieren würde, sollte jemand denken, dass du verrückt bist; aber ich habe ein schlechtes Gefühl dabei, also tue es bitte nicht, okay?«

»In Ordnung«, denke ich und ziehe an meinem linken Ohrläppchen. »Auch wenn es etwas zu viel verlangt ist, selbst hier nicht normal mit dir zu reden. Schließlich sind wir allein.«

»Ja, aber die Nanobots, von denen ich dir erzählt habe, diese Dinger, die alles durchdringen können – angefangen von deinem Kopf bis hin zum Utility Fog – können theoretisch auch dazu benutzt werden, diesen Ort zu überwachen.«

»Okay. Außer natürlich, diese praktischerweise unsichtbare Technologie, von der du mir immer erzählst, ist genauso ein Produkt meiner Einbildung wie du«, denke ich zu ihr. »Da aber niemand etwas von dieser Technologie zu wissen scheint, wie kann sie dann dazu benutzt werden, um uns auszuspionieren?«

»Falsch: Keiner der Jugendlichen weiß etwas davon, aber den anderen könnte sie bekannt sein«, verbessert mich Phoe geduldig. »Wir wissen viel zu wenig über die Erwachsenen und noch viel weniger über die Betagten.«

»Aber wenn sie mit den Nanozyten Zugriff auf meinen Kopf haben, würde das Gleiche dann nicht auch auf meine Gedanken zutreffen?«, denke ich und unterdrücke einen Schauer. Wenn das so wäre, hätte ich ein Problem.

»Die Tatsache, dass du für deine häufig missratenen Gedanken noch keine Konsequenzen tragen musstest, ist der Beweis dafür, dass sie nicht generell überwacht werden – zumindest nicht deine«, antwortet sie, und das, was sie sagt, beruhigt mich. »Deshalb denke ich, dass die computergestützte Überwachung von Gedanken entweder verboten ist oder aber gegen eine der Milliarden Richtlinien für den richtigen Umgang mit Technologie verstößt. Ich muss zugeben, dass ich mir diese ganzen Regeln kaum merken kann.«

»Und was ist, wenn eine Technik, die in mich hineinhören kann, generell ein Tabu ist?«, entgegne ich, auch wenn sie anfängt, mich zu überzeugen.

»Das kann sein, aber ich habe Dinge gesehen, die man am besten damit erklären kann, dass die Erwachsenen spioniert haben.« Ihre Stimme in meinem Kopf hört sich jetzt gedämpft an. »Denk doch einfach nur an das eine Mal, als Liam und du Pläne gemacht habt, Physik zu schwänzen. Woher konnten sie das wissen?«

Ich erinnere mich an die epische Stille, die unsere Bestrafung war, und daran, dass wir uns beide damals geschworen haben, niemandem davon erzählt zu haben. Daraufhin sind wir zu dem gleichen Ergebnis gekommen: unsere Gespräche sind nicht sicher. Das ist der Grund dafür, dass Liam, Markwart – für Freunde Mark – und ich oft verschlüsselt miteinander reden.

»Es könnte aber auch eine andere Erklärung dafür geben«, denke ich zu Phoe. »Diese Unterhaltung haben wir während einer Vorlesung geführt, also könnte uns jemand gehört haben. Und selbst wenn nicht – nur weil sie uns während des Unterrichts überwachen, bedeutet das nicht, dass sie das Gleiche auch an diesem abgelegenen Ort tun.«

»Auch wenn sie diesen Ort oder generell alles außerhalb des Instituts nicht überwachen sollten, möchte ich trotzdem, dass du dir angewöhnst, dich richtig zu verhalten.«

»Was wäre, wenn ich in Geheimsprache spreche?«, schlage ich vor. »Du weißt schon, in der gleichen, die ich auch mit meinen nicht-imaginären Freunden benutze.«

»Für meinen Geschmack redest du sowieso schon zu langsam«, denkt sie mit offensichtlicher Verzweiflung. »Wenn du diese Geheimsprache sprichst, hörst du dich lächerlich an und erhöhst die Anzahl der Silben extrem. Falls du allerdings bereit wärst, eine der toten Sprachen zu lernen …«

»Okay. Ich werde denken, wenn ich dir etwas zu sagen habe«, erwidere ich in Gedanken. Dann sage ich ihr lautlos, allerdings nicht, ohne meine Lippen zu bewegen: »Aber ich werde dabei meinen Mund bewegen.«

»Wenn es sein muss.« Sie seufzt laut. »Aber es wäre besser, wenn du es einfach so machen würdest wie eben: ohne deine Gesichtsmuskeln zu bewegen.«

Statt ihr zu antworten schaue ich wieder auf den Rand, die Barriere, an der das frische Grün unter der Kuppel auf den abstoßenden Ozean aus trostlosem Goo trifft – dieser parasitären Technik, die sich pausenlos vermehrt und jegliche Substanz verschlingt. Das Goo ist das Einzige, was von der Welt außerhalb der Kuppel noch übrig geblieben ist, und sollte diese Hülle jemals zerstört werden, würde das Goo uns umgehend vernichten. Natürlich ruft dieser Anblick alle möglichen schlechten Gefühle hervor, und die Tatsache, dass ich freiwillig dorthin schaue, muss ein weiteres Zeichen dafür sein, dass mein Geisteszustand labil ist.

»Das Zeug ist definitiv widerlich«, denkt Phoe, die wie immer versucht, mich aufzuheitern. »Es sieht aus, als habe jemand versucht, aus Kotze und menschlichen Exkrementen einen Wackelpudding zu kreieren.« Dann fügt sie mit einem gedachten Lachen hinzu: »Entschuldigung, ich hätte ›Kotze und Scheiße‹ sagen sollen.«

»Ich habe keine Ahnung, was Wackelpudding ist«, denke ich zurück und bewege dabei meine Lippen. »Aber was auch immer es ist, du hast wahrscheinlich recht, was die Zutaten betrifft.«

»Wackelpudding war etwas, was unsere Vorfahren aßen, bevor es die *Nahrung* gab«, erklärt Phoe. »Ich werde herausfinden, wo du etwas darüber anschauen oder lesen kannst; wenn du Glück hast, gibt es vielleicht bald etwas davon auf dem anstehenden Jahrmarkt der Geburtsfeiern.«

»Das hoffe ich. Es ist schwer, aus Filmen oder Büchern etwas über Essen zu lernen«, beschwere ich mich. »Das habe ich schon versucht.«

»In diesem Fall würde es vielleicht sogar funktionieren«, widerspricht Phoe. »Das Entscheidende an Wackelpudding war die

Beschaffenheit, nicht der Geschmack. Er hatte die Konsistenz von Quallen.«

»Die Menschen haben damals wirklich diese schleimigen Dinger gegessen?«, denke ich angewidert. Ich kann mich nicht daran erinnern, das jemals in einem der Filme gesehen zu haben. Mit einer Handbewegung in Richtung des Goos sage ich: »Kein Wunder, dass so etwas aus der Welt geworden ist.«

»In den meisten Teilen der Welt haben sie keine Quallen gegessen«, erwidert Phoe, und ihre Stimme nimmt einen belehrenden Ton an. »Und Wackelpudding wurde genau genommen aus teilweise zersetzten Proteinen aus der Haut, den Hufen, den Knochen und dem Bindegewebe von Kühen und Schweinen hergestellt.«

»Jetzt willst du doch nur erreichen, dass ich mich ekele«, denke ich.

»Und das kommt ausgerechnet von Ihnen, Herr Scheiße.« Sie lacht. »Wie dem auch sei, du musst diesen Ort verlassen.«

»Muss ich das?«

»Du hast in einer halben Stunde Unterricht, aber viel wichtiger ist, dass Mark dich sucht«, sagt sie, und ihre Stimme vermittelt mir den Eindruck, als sitze sie bereits nicht mehr auf dem Rasen.

Ich stehe auf und beginne, mir den Weg durch die hohen Sträucher zu bahnen, die den Blick der restlichen Jugendlichen von Oasis auf das Goo versperren.

»Und nebenbei bemerkt –«, Phoes Stimme kommt

aus einiger Entfernung; sie tut also so, als würde sie vor mir gehen – »wenn du herausfindest, dass Mark wirklich nach dir sucht, dann versuche doch mal eine Erklärung dafür zu finden, wie ein imaginärer Freund wie ich so etwas wissen könnte … etwas, was du selbst nicht wusstest.«

———

Die letzten Menschen ist überall erhältlich. Bitte besuchen Sie www.dimazales.com/book-series/deutsch/, um Ihr Exemplar zu bestellen.

ÜBER DEN AUTOR

Dima Zales ist ein *New York Times* und *USA Today* Bestsellerautor in den Genres Science-Fiction und Fantasy. Bevor er ein Schriftsteller wurde, hat er sowohl als Programmierer als auch als leitender Angestellter in der Softwareentwicklungsindustrie in New York gearbeitet. Von Hochfrequenzhandel-Software für große Banken bis hin zu Handy-Apps für bekannte Zeitschriften, Dima hat schon alles programmiert. 2013 verließ er dann die Software-Branche, um sich auf seine Karriere als Schriftsteller zu konzentrieren und nach Palm Coast, Florida zu ziehen, wo er derzeitig lebt.

Um mehr zu erfahren besuchen Sie bitte die Seite www.dimazales.com/book-series/deutsch/.